JAMES PATTERSON UND BRENDAN DUBOIS
Die Frau des Präsidenten

GOLDMANN
Lesen erleben

Buch

Der US-Präsident hat eine Affäre. Als der Skandal mitten im Wahlkampf öffentlich wird, stehen Präsident Tucker und sein Regierungsstab im Kreuzfeuer. Um wiedergewählt zu werden, braucht der Staatschef die First Lady an seiner Seite. Grace Tucker aber hat nicht vor, weiter die Vorzeigegattin für ihren untreuen Ehemann zu spielen. Zutiefst verletzt verlässt sie Washington – und verschwindet spurlos. Sally Grissom, Topagentin beim Secret Service und verantwortlich für die Sicherheit des Präsidenten, erhält den Auftrag, die First Lady aufzuspüren und zurückzubringen. Doch ist diese freiwillig untergetaucht? Oder befindet sich die Frau des Präsidenten in viel größerer Gefahr als gedacht?

Weitere Informationen zu James Patterson
sowie zu lieferbaren Titeln des Autors
finden Sie am Ende des Buches.

James Patterson
und
Brendan DuBois

Die Frau
des Präsidenten

Thriller

Aus dem Amerikanischen
von Peter Beyer

GOLDMANN

Die amerikanische Originalausgabe erschien 2019 unter dem Titel
»The First Lady« bei Grand Central Publishing,
a division of Hachette Book Group, Inc., New York.

 Dieses Buch ist auch als E-Book erhältlich.

MIX
Papier aus verantwor-
tungsvollen Quellen
FSC® C014496
FSC www.fsc.org

Penguin Random House Verlagsgruppe FSC® N001967

1. Auflage
Deutsche Erstveröffentlichung Dezember 2020
Copyright © 2019 by JBP Business, LLC
This edition arranged with Kapla/DeFiore Rights through Paul & Peter Fritz AG
Copyright © der deutschsprachigen Ausgabe 2020
by Wilhelm Goldmann Verlag, München,
in der Penguin Random House Verlagsgruppe GmbH,
Neumarkter Str. 28, 81673 München
Umschlaggestaltung: UNO Werbeagentur, München
Umschlagmotiv: FinePic®, München
Redaktion: Viola Eigenberz
KS · Herstellung: ik
Satz: Buch-Werkstatt GmbH, Bad Aibling
Druck und Bindung: GGP Media GmbH, Pößneck
Printed in Germany
ISBN: 978-3-442-49112-4
www.goldmann-verlag.de

Besuchen Sie den Goldmann Verlag im Netz

1

Einundzwanzig Minuten vor der Attacke liegt Harrison Tucker – ehemaliger Senator, ehemaliger Gouverneur von Ohio, Präsident der Vereinigten Staaten von Amerika, Anführer der freien Welt und nur einen Monat davon entfernt, einen erdrutschartigen Sieg bei seiner Wiederwahl zur zweiten Amtszeit zu erringen – bäuchlings auf einem Kingsize-Bett in einem Hotelzimmer in Atlanta. Die Füße in Richtung Kopfende, das Kinn auf einem Kopfkissen ruhend, sieht er gemeinsam mit der Liebe seines Lebens einen Dokumentarfilm über die Fernsehserie *House of Cards* an.

Einen Servierwagen mit den Resten von zwei Frühstücksmahlzeiten haben die beiden an eine Seite des kleinen, doch zweckdienlichen Zimmers geschoben. Er seufzt vor Wonne, während ihm seine Gefährtin, Tammy Doyle, eine intensive Rückenmassage verpasst.

»Sieh nur«, sagt er, während auf dem Bildschirm gerade der fiktive Präsident zu sehen ist, »im Film müssen sie die Politik und das Geschacher als Fiktion darstellen, wie in *The West Wing* oder *Madam Secretary*. Aber im echten Leben würde Frank Underwood niemals zum Präsidenten gewählt werden. Und weißt du auch, warum?«

Tammy senkt den Kopf und pustet ihm ins Ohr. Bevor sich die Tür des Hotelzimmers hinter ihnen schloss, hatten sie beide schick gekleidet an einer Fund-Raising-Veranstaltung teilgenommen, wo er eine Rede gehalten und sie von einem weiter entfernten Tisch zugeschaut hatte, der ihre Lobbyingfirma zehntausend Dollar kostete. Jetzt hingegen sind sie beide nackt, und das Zimmer ist erfüllt mit dem Geruch von Schweiß, Kaffee und Sex.

»Liegt es daran, dass er ein Toupet trägt?«, flüstert sie. »Oder weil Wie-hieß-er-noch-mal in Ungnade fiel und gefeuert wurde?«

»Teufel auch, nein«, erwidert Harrison. »Es liegt daran, dass er in der ersten Episode diesen Hund erdrosselt hat. Weißt du nicht mehr? Die meisten Wählerinnen und Wähler halten eine Katze oder einen Hund. Sie reagieren ablehnend auf Leute, die keine Tiere mögen. Kein Mensch würde Frank wählen, vertraue mir.«

Sie drückt ihm einen Kuss auf das rechte Ohr. »Habe ich dir jemals nicht vertraut?«

»Falls dem so war, hast du es für dich behalten – was mal eine nette Abwechslung ist.«

Tammy lacht – ein Geräusch, das ihn nach wie vor erregt – und knetet weiter mit ihren warmen Fingern seinen Rücken. »Sag mal … dein Wahlkampfleiter hier in Georgia, der Kongressabgeordnete Vickers.«

Er schließt die Augen. Nur seine Tammy spricht nach dem Sex über Politik. »Jetzt im Moment möchte ich lieber keinen Gedanken an ihn verschwenden«, sagt Harrison.

»Solltest du aber«, versetzt Tammy mit ihrer sanften, tiefen Stimme. »Die Organisation dieser Veranstaltung war die reinste Katastrophe. Einer ganzen Reihe von Leuten wurde der Eintritt verwehrt, weil sie nicht die richtigen Eintrittskarten hatten. Das bedeutet, dass der Auftritt vor Ort hier mehr oder weniger für die Katz war.«

»Ich dachte, meine Rede wäre gut angekommen.«

Tammy beugt sich erneut vor und schnuppert an seinem dichten Haar, wie eine verschmuste Katze, die sich an jemandem reibt, um Aufmerksamkeit zu erheischen. »Harry, die Rede kam gut an, weil die Leute dich lieben. Nach konfliktreichen Jahren mit viel Geschrei hast du die Lage in den Griff bekommen, hast das Land wieder auf Kurs gebracht. Und weil dein Gegner, der ehrenwerte Gouverneur von Kalifornien, ein Spinner ist. Aber es hätten mehr Leute dort sein müssen. Außerdem hat das Fiasko mit den Eintrittskarten einige deiner Unterstützer verärgert, und das war total überflüssig. Das hat alles der Kongressabgeordnete Vickers verbockt. Feuere ihn.«

Harrison verlagert unter ihrem Körper ein wenig seine Position. »Tammy … in vier Wochen sind Wahlen. Würde man das nicht als Zeichen der Schwäche werten? Außerdem haben wir seit den letzten Umfragen in Georgia sechs Prozent dazugewonnen.«

»Fünf Komma sechs«, korrigiert sie ihn. »Und nein, es würde nicht als Zeichen der Schwäche gewertet werden. Es würde mal wieder beweisen, dass du die Eier dazu hast, schwere Entscheidungen zu treffen, wenn es hart auf hart kommt. Vickers ist eine Belastung im Wahlkampf. Schick ihn in die Wüste – das wird deinen Unterstützern und freiwilligen Helfern neuen Auftrieb geben.«

»Da ist was dran«, räumt er ein. »Ich werde darüber nachdenken.«

Tammy lässt ihre Hände zu seinen Schultern gleiten

und dreht ihn auf den Rücken. Er schlingt seine kräftigen Arme um sie, als wollte er sie ewig festhalten. Während ihr das dichte braune Haar in Kaskaden um ihr schönes Gesicht herabfällt, sagt sie mit leisem Lachen: »Weißt du, was?«

»Was denn?«

»Ich liebe dich wirklich, obwohl du ein machtgieriger, das Patriarchat unterstützender Präsident der bösen Vereinigten Staaten bist.«

Er verstärkt den Druck um ihre Taille. »Und ich liebe dich wirklich, obwohl du eine korrupte, geldgierige Lobbyistin bist, die das Ansehen des politischen Systems schädigt.«

Es folgt ein weiterer Kuss, zärtlich und genussvoll, gestört einzig und allein durch Harrisons Gedanken daran, was seine Frau, Grace Fuller Tucker, First Lady der Vereinigten Staaten, genau in diesem Moment wohl im District of Columbia, Hunderte Meilen entfernt, tun könnte.

Nachdem er sich geduscht hat und wieder in seinem grauen Brooks-Brothers-Anzug steckt, den Tammy Doyle ihm vor ein paar Stunden vom Leib gerissen hat, verlässt Harrison Tucker sein Hotelzimmer, genau eine Minute vor dem Zeitplan, Tammy auf seinen Fersen. Vor dem Zimmer steht Jackson Thiel, der leitende Agent seines Personenschutzteams, reglos auf dem orientalisch gemusterten Teppichboden und nickt ihm zu. »Guten Morgen, Mr President.«

»Guten Morgen, Jackson«, sagt er.

Sein Secret-Service-Agent, ein hochgewachsener, wuchtiger Afroamerikaner mit kurzem Haar und dem zu erwartenden gewellten Motorola-Funkdraht im Ohr, sagt dann auch:

»Morgen, Ma'am«, und diese Form der Anerkennung für Tammy freut Harrison. Er weiß, dass er den Secret Service mit seiner Beziehung in eine missliche Lage gebracht hat – er liebt diese Frau und weigert sich, es eine Affäre zu nennen. Aber er hat in den letzten vier Jahren ein vertrauensvolles Verhältnis zu seinen Agents aufgebaut, hat auf ihre Sicherheitsempfehlungen gehört, an ihre Geburtstage gedacht und dafür gesorgt, dass ihre Arbeit honoriert wird. Im Gegenzug haben sie ihm Respekt, Zuneigung und ... Verständnis entgegengebracht.

Harrison geht hinter dem im Business-Outfit gekleideten Jackson, während er die nahe gelegenen Aufzüge ansteuert. Jackson führt sich seinen Mantelkragen an den Mund und murmelt ins Mikrofon: »CANAL ist unterwegs.« CANAL ist der Codename des Präsidenten beim Secret Service.

Als sie beim Aufzug ankommen, gleitet die Tür auf und gibt den Blick frei auf einen weiteren Secret-Service-Agent sowie einen ziemlich militärisch wirkenden, jedoch Zivilkleidung tragenden Mann, der zwei voluminöse Aktenkoffer trägt. Das einzige Mal während seiner Präsidentschaft, bei dem Harrison sich überfordert fühlte, war der Tag, an dem er über die erschreckende Macht und Verantwortung informiert wurde, die ihm in Form dieser Aktenkoffer zustand, in der die Codes und Kommunikationsgeräte zum Einsatz von Nuklearwaffen aufbewahrt werden.

Harrison tritt in den Aufzug, gefolgt von Jackson und Tammy. Sie lächelt sie alle an und verweilt noch einen Moment neben Harrison, und er weiß, das klingt jetzt, als wäre er wieder in der Highschool, aber dieses strahlende Lächeln haut ihn einfach von den Socken. Sogar der Mann, der die

Schlüssel zum nuklearen Armageddon in der Hand hält, wirkt jetzt nicht mehr so Furcht einflößend.

Es ist eng in der kleinen Aufzugkabine, und Tammy steht direkt neben ihm. Er lässt seine rechte Hand in ihre linke gleiten, um sie zu drücken. Tief in seinem Inneren weiß er, dass es ein Fehler ist, dass er diese Beziehung mit Tammy beenden sollte, aber sie macht ihn glücklich. Das ist alles. Sie schenkt ihm Liebe und Zuneigung und macht ihn glücklich, und bei all den späten Abenden, den Kompromissen, den harten Entscheidungen und den bis auf die Knochen ermüdenden Verpflichtungen, um das zu sein, was der Secret Service »The Man« nennt ... tja, hat er denn nicht ein wenig Glück verdient?

Der Aufzug hält, und binnen weniger Sekunden bewegt sich die Gruppe geschlossen und zügig durch einen unterirdischen Gang. Atlanta ist durchzogen von Tunneln, Dampfleitungen und alten Schächten, und dieser führt zum Kellergeschoss des Hotels, in dem er die Nacht angeblich alleine verbracht hat.

Wieder ein Aufzug, wieder ein Agent, der vorab Position bezogen hat. Sie betreten die Aufzugkabine, und Tammy beugt sich vor und flüstert: »Also gut. Wenn wir rauskommen, schwenke ich vor dem Eingang ab und nehme mir ein Taxi. Wann sehe ich dich wieder?«

Er wendet sich um, küsst ihr durch ihr dichtes Haar das Ohr und erwidert genauso leise: »Wie wäre es in New Hampshire? In drei Tagen halte ich dort eine Rede in Hart's Location, einem der Orte, wo landesweit die ersten Stimmen abgegeben werden.«

»Nur, weil du's bist«, sagt Tammy. »Ich hasse diesen

Staat. Die glauben, sie wären von Gott dazu auserwählt, den nächsten Präsidenten zu stellen.«

Er löst seine Lippen von ihr. »Sie haben mich immerhin gewählt.«

Tammy lacht. »Sogar eine kaputte Uhr geht zweimal am Tag richtig.«

Die Aufzugtür öffnet sich, er wird von weiteren Secret-Service-Agents in Empfang genommen und folgt ihnen durch einen Lagerraum, in dem in Kunststofffolie eingeschweißte Waren auf Holzpaletten gestapelt sind, vorbei an hochgerollten Metalltoren und einer Laderampe zu einer breiten Gasse. Es dämmert gerade erst, die morgendliche Luft in Atlanta fühlt sich erfrischend an, und er hat den Arm um Tammys Schultern gelegt.

Als er sich Tammy zuwendet, um sich von ihr zu verabschieden, passiert es.

Das Erste, was er bemerkt, sind die grellen Lichtblitze, und er rechnet schon fast damit, Schüsse fallen zu hören, während nun Menschen angerannt kommen; sie stürmen aus einem Eingang, kommen auf ihn zu, erneut zucken Lichtblitze, und es sind …

Kamerablitze.

Scheinwerfer von Fernsehkameras.

Etwa ein Dutzend davon bewegen sich auf ihn zu, sie gehen auf ihn los wie heulende Bestien, die ihr Futter einfordern, Antworten verlangen; er wird angeschrien, nach vorn geschoben …

»Mr President!«

»Mr President!«

»Mr President!«

2

Grace Fuller Tucker, First Lady der Vereinigten Staaten, lässt sich Zeit, während sie durch die Büroräume im East Wing geht und ihr junges Team mit »Guten Morgen!« und »Hallo!« begrüßt. Ihr aus zwei Frauen und einem Mann bestehender Personenschutz des Secret Service folgt ihr wie ein Schutzschild, während sie an ihren jungen Mitarbeitern, von den Nachrichtenmedien »die Kinder der First Lady« genannt, vorbeigeht. Diese Formulierung bringt sie jedes Mal zum Lächeln – obwohl sie doch eine fortwährende Erinnerung daran ist, dass sie und Harrison kinderlos geblieben sind.

Sie mag die First Lady sein, Gast in Ellen DeGeneres' Show, beliebtes Motiv auf dem Cover von *People* und *Good Housekeeping* und Schirmherrin einer Reihe von Kinderhilfswerken, aber das Schicksal und der Stress durch die politische Karriere ihres Mannes scheinen sich verschworen zu haben, dass sie nie Mutter werden konnte.

An manchen Tagen, so wie heute, glaubt sie fast, dass es das wert ist.

»Morgen, Ma'am.«

»Guten Morgen, Mrs Tucker.«

»Gut sehen Sie aus, Mrs T.«

Sie lacht, tätschelt den Leuten den Arm oder die Schulter, während sie sich ihren Weg bahnt und dabei denkt: *Ja, bis jetzt ist es ein guter Tag.* An diesem Morgen hat sie an einem Frühstückstreffen in einer Obdachlosenunterkunft für Kinder in Anacostia teilgenommen. Dort waren jede Menge Vertreter der Presse anwesend, es gab jede Menge Aufmerksamkeit angesichts der Überbelegung und der knappen Finanzausstattung und auch – leider – jede Menge Kinder mit großen Augen, die auf Matten auf dem Fußboden saßen und hochschauten auf das Treiben all dieser Erwachsenen. Kinder, die kein Bett oder irgendeinen Ort hatten, den sie hätten ihr Zuhause nennen können.

Ja, es war ein gutes Meeting, ein guter Fototermin gewesen, obwohl sie den versammelten Medienvertretern zu gern mitgeteilt hätte, es sei eine nationale Schande, dass ein so reiches Land mit so tüchtigen Bewohnern wie die Vereinigten Staaten das Problem der Obdachlosigkeit von Kindern nach wie vor nicht gelöst habe. Aber letzten Endes behielt sie diese Meinung für sich. Früher hätte sie mit Harry darüber sprechen können, aber der hatte ihr gegenüber schon lange dichtgemacht.

Die Büros im ersten Obergeschoss des East Wing waren früher winzig gewesen und von einem einzigen langen schmalen Flur abgegangen, doch die vorherige First Lady hatte sie zu Großraumbüros umbauen lassen. Die einzigen Einzelbüros haben sie und ihre Stabschefin inne.

Eine ihrer Mitarbeiterinnen, Nikki Blue, tritt auf sie zu. In der Hand hält sie einen Kaffeebecher, der mit einer Karikatur der First Lady verziert ist, auf der diese einen Heiligenschein und Engelsflügel trägt – ursprünglich von einer Blog-Site, auf der ihr und ihrem Mann Hass entgegengebracht wurde.

»Danke, Nikki«, sagt sie, nimmt den Becher entgegen und nippt am Kaffee. »Wenn Patty mir dann den Terminplan bringen könnte und ...«

Etwas stimmt nicht.

Etwas stimmt ganz und gar nicht.

Gerede und Geschnatter sind verstummt. Erschrockenes Flüstern erfüllt die Luft, ansonsten herrscht in diesem Gehege aus Arbeitsplätzen mit einem Mal Totenstille.

Sie dreht sich um und schaut dorthin, wohin alle schauen.

Auf ein Trio aus Fernsehbildschirmen, die hinter ihr von der Decke hängen und auf verschiedene Nachrichtensender eingestellt sind.

»Oh, was für ein Mistkerl«, flüstert jemand.

Oben auf den Bildschirmen läuft ein Video, auf dem zu sehen ist, wie ihr Mann aus einer Gasse irgendwo in Atlanta hervortritt und so geschockt aussieht wie ein des Nachts von Scheinwerfern aufgeschreckter Hirsch. Er hat den Arm um eine Frau gelegt.

Eine andere Frau.

Grace steht mucksmäuschenstill da und unterdrückt ein Zittern ihrer Beine.

Das Video wird immer und immer wieder abgespielt, wie die verdammten Bilder vom Einschlag der Flugzeuge im World Trade Center. Harry wird vom Secret Service auf den Rücksitz eines SUV gestoßen, die Frau – ziemlich attraktiv, räumt ein kühl und logisch denkender Teil von Grace ein – wird bis in ein Hotel verfolgt, durch eine Küche, hinaus in die Lobby und dann zum Vordereingang, wo es ihr gelingt, in ein Taxi zu springen; die Kameraführung ist holprig, während die Reporter sich bemühen, mit ihr Schritt zu halten.

Das Taxi steckt allerdings im Stau, während der Fahrer versucht, sich in den fließenden Verkehr einzufädeln, und man sieht, wie die Frau – deren Namen in diesem Moment mit Tammy Doyle, Lobbyistin bei einem Unternehmen an der K Street hier in DC, angegeben wird – sich angesichts des ganzen Geschreis von Kameras und Mikrofonen abwendet.

Jetzt läuft wieder das Video, das zeigt, wie der Präsident in das SUV geschoben und weggefahren wird. Dann fangen die TV-Sprecher damit an, ihre Ansichten, Theorien und tiefsinnigen Gedanken daherzuplappern – obwohl die Nachricht erst wenige Minuten alt ist –, und Grace stößt einen Laut des Erschreckens aus, als heißer Kaffee auf ihre zitternde Hand spritzt.

Grace hebt den Kaffeebecher.

Oh, es wäre so verlockend, ihn gegen den nächsten Fernsehbildschirm zu schleudern.

Sie macht kehrt und zwingt sich dazu, ihren »Kindern« ein Lächeln zu schenken.

»Ich bin dann in meinem Büro«, sagt sie. »Und geht bitte jemand an das verdammte Telefon? Machen wir uns wieder an die Arbeit, Leute.«

Grace schließt leise die Tür hinter sich und verriegelt sie. Ihre Hand zittert immer noch, als sie den Kaffeebecher auf ihrem Schreibtisch abstellt.

Sie schaltet alle Lichter aus, schlingt die Arme um ihren Oberkörper und lehnt sich mit dem Rücken gegen die verschlossene Tür.

Sie wird nicht weinen.

Sie wird nicht weinen.

Diesen Gefallen wird sie ihrem Mann nicht tun, auch wenn er Hunderte Meilen von ihr entfernt ist.

Grace schreckt auf, als eines der Telefone auf ihrem Schreibtisch läutet. Der Klingelton verrät ihr, dass es ihr Privatanschluss ist, und sie weiß auch, wer am anderen Ende ist.

Noch nie in ihrem Leben hat ein läutendes Telefon sie so sehr in Angst und Schrecken versetzt.

3

Als er damals in Ohio für den Senat kandidierte, vor Jahren, erinnerte sich Harrison Tucker daran, eine Geschichte über die Air Force One am 11. September gelesen zu haben. Deren Piloten hatten, verzweifelt bemüht, den Präsidenten von der Startbahn in Sarasota, Florida, vom Boden zu bekommen, so rasend schnell abgehoben, dass die Maschine fast senkrecht in den Himmel hinaufgeschossen war, um Höhe und Sicherheit zu gewinnen.

Jetzt, als Präsident, sitzt Harrison in seinem gut ausgestatteten Büro im Hauptdeck der Air Force One und wünscht sich, dieses große, teure Flugzeug könnte ihn irgendwohin in Sicherheit und Abgeschiedenheit fliegen.

Aber das ist nicht möglich.

Es gibt keine sichere Zuflucht vor den Folgen dessen, was in Atlanta geschehen ist, und die Nachrichten werden von Minute zu Minute schlimmer werden. Seine Verbündeten im Capitol Hill werden sich hüten, zu seinen Gunsten ihren politischen Einfluss geltend zu machen. Die Kolumnisten und Blogger werden ihre Unterstützung überdenken, während der Wahltag schnell näher rückt. Der Gouverneur von Kalifornien wird eine Chance wittern, das Blatt zu seinen Gunsten zu wenden. Und alle Pläne und Träume Harrisons, diesen Millionen von Menschen dort unten in den Weiten dieses Landes zu helfen … sind nun in Gefahr.

Ihm gegenüber, auf der anderen Seite seines breiten, glänzenden Schreibtisches, sitzt Parker Hoyt, sein Stabschef, der Mann, der seit Jahren hinter den Kulissen agiert – Abmachungen trifft, Strippen zieht und Brände löscht, was ihn vom Parlamentsgebäude in Ohio in die Pennsylvania Avenue gebracht hat. Seine dunkelblauen Augen blicken ernst, er hat einen grau melierten Bürstenschnitt und eine Adlernase, über die politische Karikaturisten von einer Küste zur anderen spotten.

Parker wirft ihm einen mitfühlenden Blick zu. »Ich hatte Sie gewarnt, dass man Sie irgendwann ertappen würde.«

»Ich weiß.«

»Ich hatte Ihnen gesagt, dass der meistfotografierte, meistbeobachtete Mann der Welt eine Affäre nicht ewig verheimlichen kann.«

»Ich weiß.«

»Ich hatte Ihnen gesagt …«

Harrison macht eine abwehrende Geste. »Verdammt, Parker, es reicht jetzt mit der Ich-hatte-Sie-gewarnt-Leier, ja? Schmieden Sie mir einen Plan, erarbeiten Sie eine Strategie, irgendwas, das mir diese Geschichte vom Hals schafft und mich aus diesem Schlamassel bringt.«

»Nun, wenn wir gerade davon sprechen: Hinten in diesem Flugzeug warten ungefähr ein Dutzend Vertreter der Presse auf ein Statement.«

»Lassen Sie sie warten.« Harrison rutscht auf seinem Sessel herum, schaut aus der Reihe von fünf Fenstern, die mit einem Vorhang seitlich davon verdunkelt werden können, und sieht, wie die menschenleere, bewaldete Landschaft des südöstlichen Nordamerika unter ihnen dahingleitet. In diesem Land gibt es so viel weite Fläche ... ihn überkommt ein kurzer Moment des Neids auf die Männer seines Alters, die dort unten leben – in kleinen Städten, in kleinen Häusern und mit noch kleineren Problemen.

Er schwenkt seinen Drehsessel zurück und sagt: »Parker ...«

Sein Stabschef nickt knapp. »In Ordnung. Wir werden reinen Tisch machen müssen, was Ihre Beziehung zu Tammy Doyle angeht.«

Ein heftiges, eisiges Gefühl breitet sich in ihm aus. »Können wir nicht einfach sagen, sie sei ... nun ja, eine Freundin? Eine Reisebegleiterin? Jemand, der mir auf diesen langen Reisen Gesellschaft leistet?«

Er erntet ein vehementes Kopfschütteln. »Mr President, bei allem Respekt, schauen Sie den Tatsachen ins Auge. Sie haben der Raubtiermeute von der Presse vier Wochen vor der Wahl ein riesiges Stück rohes Fleisch zugeworfen. Die werden Doyles Vorgeschichte, ihre Reisedaten und ihre Beziehung mit Ihnen unter die Lupe nehmen. Sie werden Ihre Wahlkampfauftritte mit den Reisen abgleichen, die sie unternommen hat, um mit ihren Lobbyistenkunden zu sprechen. Das ist Schritt eins. In Schritt zwei werden sie damit beginnen, mit allen möglichen Menschen zu plaudern, und die Leute lieben es zu plaudern. Man benötigt bloß ein einziges Zimmermädchen, einen einzigen Angestellten des Zimmerservice, eine einzige Person mit lockerer Zunge, die sich ihre fünfzehn Minuten Berühmtheit erhofft, um zu bestätigen, dass Sie beide die Nacht zusammen verbracht haben, irgendwo, in New Orleans, in LA oder in Chicago.«

Harrison seufzt. »In Chicago nie.«

»Sie Glücklicher«, sagt Parker. »Wir müssen also bei dieser Story die Zügel in der Hand behalten, und das bedeutet, einem Drehbuch folgen. Und ich mache Sie darauf aufmerksam: Es wird Ihnen nicht gefallen.«

Das eisige Gefühl in seinem Inneren erfüllt ihn immer noch, aber er weiß aus Erfahrung, dass er sich auf Parker Hoyt verlassen kann. Sein Stabschef weiß nicht nur, wo die Leichen vergraben sind, sondern er hatte auch seine Hand im Spiel, als es darum ging, sie unter die Erde zu bringen. Harrison betrachtet sich gerne als Realisten – etwas, das er den Wählern vor vier Jahren während seiner ersten Kandidatur um das Amt im Weißen Haus erzählt hat – und weiß, dass er ohne Parkers Rat und Empfehlungen jetzt nicht hier säße.

»Na schön«, lenkt Harrison ein. »Was sieht das Drehbuch vor?«

Parker nickt befriedigt. »Es beginnt mit einem Anruf bei Ihrer Frau. Dann folgen ein, zwei Tage an einem stillen Ort, eine Entschuldigung und dann ein Foto von Ihnen beiden, wie Sie Hand in Hand über den Südrasen schreiten, bevor Sie Marine One besteigen, um nach Camp David zu fliegen. Vielleicht können Sie einen geistlichen Berater dazu bewegen, Sie aufzusuchen. Danach ein paar sorgfältig platzierte Indiskretionen gegenüber den Medien – dass die First Lady stinksauer auf Sie ist, Sie auf einer Couch oder im Luftschutzbunker des Weißen Hauses schlafen lässt, dass sie aber offen für Vergebung und letztendlich Versöhnung ist.«

Harrison reibt sich über das Gesicht. »Was ist mit Tammy?«

Parker stößt eine obszöne Bemerkung aus. »Die vergessen Sie. Jetzt sofort, in diesem Moment.«

»Aber sie …«

»Ist mir egal, ob sie nach außen hin Mutter Theresa und im Bett die tollste Liebhaberin der Welt, ein politisches Genie und auch noch eine Sterneköchin ist – sie ist raus aus der Sache. Sie müssen sich Gedanken über Ihre Wiederwahl machen, Gedanken über die First Lady. Abgesehen davon, dass sie wütend und verletzt ist, ist sie jetzt auch noch in der Stimmung, Ihnen das Gemächt abzuschneiden und es in den Potomac zu werfen. Und ein großer Teil der Bevölkerung sind Wählerinnen, Mr President, die ihr dabei zujubeln würden. Das müssen wir vermeiden.«

Harrison schweigt. Die Air Force One ist dermaßen isoliert und gut designt, dass das Geräusch der leistungsstarken Düsentriebwerke im Inneren lediglich als fernes Rauschen wahrzunehmen ist.

»Gibt es noch eine andere Möglichkeit?«, fragt er dann.

»Nein.«

»Sind Sie sicher?«

»Mr President, wenn Sie Ihre Präsidentschaft retten und dieser Nation weitere vier Jahre dienen wollen … dann müssen Sie diesen Anruf tätigen. Andernfalls … nun, dann ebnen Sie einem Gouverneur von der Westküste den Weg, damit er Sie in vier Wochen aus dem Weißen Haus werfen kann. Derselbe Gouverneur übrigens, wenn ich Sie daran erinnern darf, von dem dreihundert führende Wirtschaftswissenschaftler letzten Monat sagten, dass er im Falle seiner Wahl die Wirtschaft unserer Nation ruinieren würde.«

Parkers Worte berühren ihn in seinem Inneren. Hier im

Land und auch weltweit hat es zwar Fortschritte gegeben, aber es bleibt immer noch so viel zu tun.

Und er weiß, dass er der richtige Mann dafür ist.

Parker hat recht.

Er zögert, nimmt dann den Hörer auf und sagt zu dem diensthabenden Communications Officer, der die Fähigkeiten und das technische Know-how besitzt, jeden per Telefon zu erreichen, überall auf der Welt:

»Bitte verbinden Sie mich mit der First Lady.«

4

Kopf hoch!, denkt die First Lady, und während das Licht in ihrem Büro nach wie vor ausgeschaltet ist, geht sie mit großen Schritten hinüber und nimmt den Hörer ab.

»Ja?«

Knistern und statisches Knacken verraten ihr sofort, dass der Anruf aus der Air Force One kommt. Der Communications Officer, der irgendwo dort oben mitfliegt, sagt: »Bitte bleiben Sie in der Leitung, der Präsident möchte Sie sprechen.«

Grace lehnt sich gegen die Kante ihres Schreibtischs.

Wartet.

Sie ist überrascht, wie ruhig sie sich fühlt.

»Grace?«, erklingt da die Stimme, die sie früher einmal erregt, fasziniert hat, sie in den letzten Jahren aber häufig enttäuschte.

»Ja«, antwortet sie. Mehr will sie nicht sagen.

Erneut sind Rauschen und Knackgeräusche zu vernehmen. Lass ihn erst mal aus der Deckung kommen.

»Grace, ich weiß nicht, was ich sagen soll. Ich meine, es tut mir so leid, was ...«

»Halt den Mund, Harry!«, faucht sie. »Heb dir das für deine Tussi auf, wer immer sie ist ... Wer ist sie eigentlich?«

»Sie ist, äh, also, wir können darüber reden, wenn ich zurück bin ...«

»Reden?«, unterbricht sie ihn. »Was gibt es denn da zu reden? Ist sie die Erste? Wirklich? Oder ist sie eine von vielen eifrigen jungen Damen, die Schlange stehen, um dem Präsidenten der Vereinigten Staaten ihre Dienste anzubieten?«

»Ja«, fährt er sie seinerseits an. »Sie ist die Erste. Und die Einzige. Und sie ist nicht bloß ...«

»Oh, verschone mich damit, Harry, mir zu erzählen, wie sehr viel mehr sie doch ist als eine Geliebte oder eine Frau, mit der du bloß fremdgegangen bist«, sagt sie. »Erzähle mir nicht, dass diese heimliche, schmutzige Angelegenheit etwas ganz Besonderes, ganz Romantisches gewesen ist. Bist du stolz auf dich? Wirklich? Du hast es fertiggebracht, mich zu demütigen, unsere Ehe zum Gespött der Leute zu machen, und du hast den Wählern eine Seite von dir offenbart, über die sie nachdenken können, wenn sie in vier Wochen ihre Stimme abgeben. Wenn sie in die Wahlkabine treten, wen werden sie dann wohl vor Augen haben? Den ehrenwerten Harrison Tucker, Präsident der Vereinigten Staaten, oder einen betrügerischen Ehemann?«

»Grace, bitte, ich hoffe, wir können ...«

»Du hoffst?«, fährt sie ihm mit lauter werdender Stimme über den Mund. »Ich sage dir, worauf du hoffen solltest, du Esel. Du solltest hoffen, dass die amerikanischen Wähler dümmer sind, als du denkst, dass sie diese himmelschreiende ... Dummheit ignorieren, einen Monat vor den Wahlen deine Chancen zu versemmeln. Dass sie ihr Kreuzchen nicht bei diesem Joghurt und Müsli liebenden Gouverneur machen

24

und dich mit einem Arschtritt aus dem Oval Office katapultieren. Und mich mit deinem … Fehltritt mit hinunterziehen, Harry, denn das werde ich nicht zulassen. Ich habe mir im Lauf der Jahre genug von dir gefallen lassen, von Columbus bis DC, und du weißt, welche Opfer ich gebracht und was ich alles aufgegeben habe.«

Schließlich versagt ihr die Stimme, und sie beißt sich auf die Lippe, um ein Schluchzen zu unterdrücken. Sie konfrontiert ihn auch nicht damit, was ihr sonst noch durch den Kopf geht, nämlich dass all die soziale Arbeit, die sie in den vergangenen vier Jahren als First Lady geleistet hat – den Hilfsbedürftigsten und Verletzlichsten in diesem Land zu helfen, für diese auch dann zu kämpfen, wenn er und sein Fiesling von Stabschef es nicht für nötig hielten –, jetzt angesichts der anstehenden Klatschgeschichten ignoriert werden wird.

Nun strömen ihr die Tränen über die Wangen. Harrison hat sie verletzt, aber sie bezweifelt, dass er weiß, wie tief.

Durch die statischen Störungen im Telefon – die von dem umfangreichen Verschlüsselungssystem der Air Force One herrühren – dringt die Stimme ihres Mannes durch, besänftigend und entschuldigend.

»Grace, bitte … Ich habe einen Fehler gemacht. Einen schwerwiegenden Fehler. Ich will mich gar nicht herausreden, es ist alles meine Schuld … aber bitte … können wir das alles besprechen, es aufarbeiten …«

Seine Stimme klingt nicht wie die eines liebevollen und zerknirschten Ehemannes, sondern wie die eines geübten Politikers, der versucht, einen Handel abzuschließen.

Das ist zu viel.

Sie unterbricht ihn ein letztes Mal. »Wann kommst du in Andrews an?«

»In … weniger als zwei Stunden.«

»Und du willst darüber sprechen, wenn du gelandet bist?«

»Grace, bitte. Können wir das tun?«

Die First Lady holt tief Luft. »Ich will nicht mit dir reden, weder jetzt noch nachher noch irgendwann sonst.«

Nach diesen Worten knallt sie den Hörer auf die Gabel.

5

An Bord der Air Force One legt Präsident Harrison Tucker den Hörer behutsam wieder auf die Gabel. Auch Parker Hoyt lässt seinen Hörer sinken, nachdem er die wütende Unterhaltung zwischen dem Präsidenten und seiner tief verletzten First Lady mitgehört hat.

Parker fixiert seinen Freund und Präsidenten, den Mann, den er aus dem Parlamentsgebäude in Columbus ins Weiße Haus im District of Columbia zu bugsieren mitgeholfen hat. Abgesehen von ein paar Jahren, in denen er für ein internationales Rüstungs- und Nachrichtendienstunternehmen tätig war – um ein paar ernsthafte Veränderungen anzuschieben und hier wie im Ausland bedeutende militärische Beziehungen zu knüpfen –, ist Parker schon immer an Harrison Tuckers Seite gewesen. Der Präsident ist ein kluger Mann, ein knallharter Mann in einem mehr als knallharten Job, und Parkers Rolle besteht darin, ihm die zusätzlichen Ressourcen und die Härte zu verleihen, damit er seinen Job durchhalten kann. Der Präsident trägt einen hellgrauen Anzug und ein weißes Hemd ohne Krawatte, und selbst angesichts der Probleme an diesem Morgen ist er ein gut aussehender Mann mit einem offenen Lächeln; er hat pechschwarzes Haar mit den obligatorischen weißen Strähnchen an den Schläfen, und abgesehen von seiner etwas schiefen Nase – die er sich

27

als Quarterback in der Highschool gebrochen hat – sieht er fast aus wie ein jüngerer Bruder von George Clooney.

Er ist intelligent, sympathisch und hat Charisma. So etwas hatten zu Parkers Lebzeiten nur einige wenige Präsidenten. Lyndon Johnson hatte sie, Reagan ebenfalls, und Gott noch mal, Bill Clinton hatte sie erst recht – die Fähigkeit, einen Raum einzunehmen, im Zentrum der Aufmerksamkeit zu stehen, zu lächeln, zu plaudern und, vor allem, Dinge auf die Reihe zu bekommen.

Aber nur, wenn er weiterhin clever und fokussiert handelt.

Was heute Morgen eine Herausforderung ist, denkt Parker.

Harrison schaut ihn müde an. »Was zur Hölle hat sie Ihrer Meinung nach damit gemeint? Dass sie weder jetzt noch irgendwann mit mir reden will? Das hört sich so … endgültig an.«

Er schenkt seinem Präsidenten ein beruhigendes Lächeln. »Das wird schon alles wieder. Vertrauen Sie mir. Überlegen Sie mal, was beim letzten Mal passiert ist, als eine First Lady ihren Göttergatten beim Fremdgehen erwischt hat. Da gab es ein paar schwierige Monate, aber hinterher war er stärker, hat die Wiederwahl erdrutschartig gewonnen, hat sogar im Kongress Sitze dazubekommen. Es gibt vieles, das für Sie spricht, zum Beispiel, dass Sie nicht mit einer Praktikantin herumgemacht haben.«

»Uns bleiben aber keine Monate mehr«, stellt Harrison fest.

Beruhigend legt Parker dem Präsidenten seine Hand auf das Handgelenk. »Sie müssen mir einfach vertrauen.«

Der Präsident schüttelt den Kopf. Parker fährt fort: »Das ist mein Job«, sagt er. »Sie zu schützen. Ihre Vision und diese Regierung zu schützen. Und ich werde nicht zulassen, dass dieses Miststück – entschuldigen Sie die Ausdrucksweise – etwas unternimmt, was Ihnen schadet.«

Falls Harrison die ordinäre Ausdrucksweise beleidigt hat, lässt er es sich nicht anmerken.

»Haben Sie mal einen Drahtseilakt gesehen?«, fragt der Präsident leise. »Sie wissen schon, wo ein Kerl mit einer Stange in der Hand über ein Seil läuft und sich so ausbalanciert, dass er nicht abstürzt?«

Parker weiß nicht, worauf der Präsident hinauswill, beschließt jedoch mitzuspielen. »Klar, wer nicht?«

Schweigen. Sie befinden sich im exklusivsten fliegenden Kokon der ganzen Welt, aber in diesem Moment will Parker sich endlich an die Arbeit machen, um den Mann, der da vor ihm sitzt, zu retten.

Harrison fährt fort. »Sie sehen also diesen Kerl da oben, wie er vor sich hingeht, wie er langsam und gleichmäßig voranschreitet. Genau, wie es diese Regierung tut: langsame, gleichmäßige Schritte. Nichts Schrilles oder Ausgefallenes.« Er lächelt. Es ist sein Lächeln mit den strahlend weißen Zähnen, das so viele Millionen von Wählern für ihn eingenommen hat. »So wie wir in den letzten vier Jahren, nicht wahr?«

»Ja, Sir, absolut. Und die Wähler werden Sie im November belohnen.«

Der Präsident behält seinen leisen Tonfall bei. »Aber es bedarf nur eines einzigen Fehltritts, einer Fehleinschätzung, eines Fehlers. Dann fängt das Seil an zu schwanken. Erst rutscht der eine Fuß ab, dann der andere. Und weg ist man.

Dieser ganze Fortschritt … weg … während man in die Tiefe stürzt.«

Mein Gott, denkt Parker, *dieser Mann muss endlich wieder zurück auf die Spur.* »Das stimmt, Sir, aber eines haben Sie vergessen.

»Was denn?«

Erneut eine beruhigende Berührung. »Unten ist ein Sicherheitsnetz aufgespannt. Um den Drahtseilakrobaten zu schützen. Damit er hochfedern und sich gleich wieder zurück auf das Seil schwingen kann.«

Der Präsident schweigt.

»Mr President«, sagt Parker. »Ich bin Ihr Sicherheitsnetz. Und ich werde Sie beschützen. Das verspreche ich.«

Der Präsident bekommt feuchte Augen; er nickt und gibt dann vor, sich für die bewaldete Landschaft zu interessieren, die unter ihnen dahingleitet.

Parker schaut erneut auf seine Uhr. Nach ihrer Landung wird er die notwendigen Telefonate führen, eines nach dem anderen, um ein sehr großes Netz aufzuspannen – was die Sicherheit und anderes angeht –, damit die Dinge unter Kontrolle bleiben.

Die Air Force One ist ein großartiges Flugzeug mit genügend Kommunikationsmöglichkeiten, um den Präsidenten in die Lage zu versetzen, in fünfundvierzigtausend Fuß Höhe einen Krieg zu befehlen, doch in diesen schwierigen Zeiten traut Parker der Integrität dieser Kommunikationsmöglichkeiten nicht.

Insgeheim schmiedet er schon die ersten Pläne, Pläne, die er vor seinem Freund und Chef verbergen will und vor allem vor WikiLeaks und den russischen Geheimdiensten.

Er wird tun, was getan werden muss, egal was, egal welches Risiko er dabei eingeht.

Um den Präsidenten zu schützen.

Und zur Hölle mit der First Lady und jedem anderen, der ihm in die Quere kommt.

6

Grace Fuller Tucker tritt aus ihrem Büro und hält dann verblüfft inne, da ihr gesamter Stab vor ihr steht und zu applaudieren beginnt. Freude und Verlegenheit lassen sie erröten –
Freude über die Unterstützung und Liebe, die ihre »Kinder«
ihr zeigen, und Verlegenheit, weil alle hier zweifellos ihre
laute Stimme gehört haben, die diese alten, dünnen Wände
durchdrungen hat, als sie den Präsidenten anschrie.

Sie macht eine abwehrende Geste, blinzelt die Tränen weg
und murmelt lediglich: »Danke, danke.«

Schließlich hören sie auf zu applaudieren, und einige wi-
schen sich die Augen. Grace holt lange und tief Luft, während sie überlegt, was sie sagen könnte, das für ihre Mitarbeiter von Bedeutung wäre. Unwillkürlich schaut sie zu
den drei Fernsehbildschirmen hoch, auf denen nach wie vor
über das berichtet wird, was »die Attacke in Atlanta« genannt wird.

Zur Hölle damit.

Grace wendet sich erneut ihrem Stab zu und verschränkt
die Finger. »Es ... es wird für uns alle in den nächsten Stunden und Tagen schwer werden. All die tolle Arbeit, die Sie
mit mir geleistet haben – Kindern in Not zu helfen, Kindern,
die verletzt und von ihren Familien oder der Gesellschaft im
Stich gelassen wurden –, leider wird all diese hervorragende

Arbeit jetzt überschattet werden. Für die von uns, die im East Wing arbeiten, wird es auf absehbare Zeit bloß ein einziges Thema geben. Das ... bedauere ich sehr.«

Grace muss jetzt durchhalten und schlägt rasch die Augen nieder, um ihre Fassung zurückzugewinnen. »Aber so schwer es Ihnen auch fallen wird, ignorieren Sie dieses Thema. Konzentrieren Sie sich auf das Positive, das Sie mit mir geschaffen haben. Konzentrieren Sie sich auf die Kinder, deren Leben Sie verbessert oder gerettet haben. Und irgendwann, eines Tages, wird dieser Quatsch, dieser Skandal in Vergessenheit geraten sein.«

Erneut brandet Applaus auf, und sie lächelt und klatscht nun ebenfalls. Dann fängt sie den Blick ihrer Stabschefin Donna Allen ein und signalisiert ihr, sie möge ihr in Donnas Büro folgen. Grace macht sich nicht die Mühe, hinter ihnen die Tür zu schließen, da sie ihre Stabschefin nur einen kurzen Moment benötigt.

»Wie sieht mein Terminplan für den Rest des Tages aus?«, fragt Grace. »Bringen Sie mich auf Stand, bitte.«

Donna ist eine schlanke, hübsche Frau mit Brille und kurzem schwarzen Haar, die offenkundig imstande ist, trotz nur vier Stunden Schlaf effizient zu arbeiten. Sie tritt an ihren Schreibtisch und nimmt ein Blatt Papier in die Hand. »Ma'am ... dann schauen wir mal. Sie haben ein Mittagessen mit den Senatorengattinnen aus der Partei, ein Gruppeninterview mit prominenten politischen Bloggern um 14 Uhr, einen frühabendlichen Empfang um 17 Uhr mit der Gattin des japanischen Botschafters. Dann ... äh, Abendessen mit ... hmm, dem Präsidenten und um 20 Uhr einen Besuch im Kennedy Center, bei dem ...«

Grace nickt. »Sagen Sie alles ab.«

Schockiert schaut Donna auf. »Ma'am?«

»Sie haben richtig verstanden, Donna«, sagt sie, dreht sich um und geht hinaus in den Bürotrakt des East Wing. »Sagen Sie alles ab. Ich verreise.«

Donna folgt ihr. »Aber … aber … wohin fahren Sie denn?«

Grace erblickt ihre leitende Secret-Service-Agentin, Pamela Smithson, eine zierliche Blondine, die aussieht, als wiege sie vierzig Kilogramm, die jedoch Nahkampf-Expertin sein soll. Pamela spricht gerade in den Ärmelaufschlag ihrer Bluse, und Grace weiß, was sie jetzt sagt, nämlich: »CANARY setzt sich in Bewegung.«

Mann, und ob ich das tue, denkt Grace.

Anfangs hasste sie ihren Codenamen, den ihr der Secret Service verpasst hat, doch mittlerweile hat sie ihn sich zu eigen gemacht. Kanarienvögel haben eine lange und vortreffliche Geschichte, zum Beispiel wenn es darum ging, Bergarbeiter vor bevorstehenden Gefahren zu warnen, und sie denkt gerne, dass dies eine ihrer Rollen ist – die amerikanische Gesellschaft zu warnen, dass sie die Kinder nicht ignorieren darf, die in den tiefen, dunklen Fallen der Armut gefangen sind.

Sie möchte noch einmal etwas zu ihrem Stab sagen, deren Mitglieder sie nun alle voller Liebe und Besorgnis anschauen.

Doch was gibt es noch zu sagen?

Grace Fuller Tucker, First Lady der Vereinigten Staaten, dreht sich um und verlässt den Bürotrakt im East Wing zum letzten Mal.

Präsident Harrison Tucker hatte es nicht für möglich gehalten, doch tatsächlich hebt sich seine Stimmung, als die Air Force One langsam zu der ihr vorbehaltenen Position auf dem Luftwaffenstützpunkt Andrews rollt. Er weiß, dass die Piloten von Air Force One stolz darauf sind, immer pünktlich anzukommen, doch er kennt auch ihr Geheimnis – sie müssen nur genau zur richtigen Zeit an den Bremsklötzen zum Stillstand kommen, und um das sicherzustellen, reduzieren oder erhöhen sie ihre Rollgeschwindigkeit.

Geheimnisse.

Mein Gott, wäre doch nur sein einziges Geheimnis ein solches geblieben, wenigstens noch einen weiteren Monat.

Parker Hoyt war in den vergangenen Stunden ständig an seiner Seite, hatte darauf bestanden, dass sie eine Partie Cribbage nach der anderen spielen, und auch wenn Harrison jede einzelne Partie gegen seinen gewieften Stabschef verloren hat, haben ihm diese letzten Stunden der Zerstreuung gutgetan.

Er schaut aus dem Fenster. Gott sei Dank ist das hier eine Militärbasis, und der Zutritt für die Öffentlichkeit und die Pressevertreter lässt sich kontrollieren.

»Was nun?«, fragt er.

»Sie sollten es noch einmal bei der First Lady versuchen«,

rät Parker. »Es ist zwar sehr unwahrscheinlich, aber vielleicht können wir sie dazu bringen, sich einen Moment neben Sie zu stellen, für eine Art Fototermin auf dem Südrasen, wenn Marine One gelandet ist …«

»Oh, jetzt hören Sie aber auf, Parker!«, sagt Harrison, »dazu wird sie auf keinen Fall bereit sein.«

»Seien Sie sich da nicht so sicher«, entgegnet sein Stabschef. »Was ist sie denn ohne Sie? Eine von vielen Hausfrauen mit Träumen und großen Ambitionen. Wenn sie mit ihrer Weltverbesserei weitermachen will, muss sie mit Ihnen zusammenbleiben. Früher oder später wird sie das einsehen, wird für die Kameras lächeln und gute Miene zum bösen Spiel machen.«

Harrison denkt über das nach, was Parker gerade gesagt hat. Es klingt … logisch. Harsch, aber logisch. »Was noch?«

»Wir müssen ein Treffen mit den leitenden Mitarbeitern Ihrer Wahlkampfkampagne und mit Republikanern einberufen, sowohl aus dem Repräsentantenhaus als auch aus dem Senat. Nicht die Kongressabgeordneten oder Senatoren … Mein Gott noch mal, das brauchen wir nicht, dass diese Wichtigtuer danach draußen auf dem Südrasen ein Statement abgeben. Wir wollen Stabsmitglieder vom Capitol Hill, die wir ohne großes Trara zu uns holen und briefen können.«

»Um ihnen was zu sagen?«

»Dass wir es mit ein, zwei holprigen Wochen zu tun bekommen, danach aber wieder in ruhigere Fahrwasser gelangen werden. Diese Nachricht bringen sie zurück zum Hill, und das wird den Großteil der Belegschaft dort oben beruhigen. Die werden womöglich wütend auf Sie sein, haben aber auch eine Heidenangst davor, mit ansehen zu müssen, wie der Gouverneur von Kalifornien im nächsten Januar vereidigt wird.«

»Wer übernimmt das Briefing?«

»Das müssen Sie tun«, sagt Parker. »Bei jedem anderen würden die Mitglieder des Stabs wie die Haie Blut im Wasser riechen, auf schnellstem Weg zur Pennsylvania Avenue rennen und ihrem Senator oder Repräsentanten verklickern, er solle auf Abstand gehen. Die sind zuallererst Politiker und wollen nur ihre eigene Haut retten, und wenn die irgendein Zeichen von Verwirrung oder Schwäche erkennen, das aus dem Weißen Haus kommt, dann werden die Sie im Regen stehen lassen, Sir. Sie müssen denen gegenüber Reue zeigen, aber vor allem müssen Sie ihnen Stärke beweisen.«

Nach wie vor verabscheut Harrison das, was sein Stabschef sagt, weiß jedoch, dass der Mann recht hat. »Das klingt vernünftig.«

»Gut«, erwidert Parker. »Aber eins nach dem anderen, Sir. Machen Sie erst einmal den Anruf.«

Er nimmt sein Telefon in die Hand. »Verbinden Sie mich mit der First Lady, bitte.«

Dann wendet er sich wieder seinem Stabschef zu: »Was ist mit der Presse hier an Bord?«

Parker schenkt ihm ein dünnes Lächeln. »Lassen Sie Jeremy« – der Pressesekretär des Präsidenten – »sich dieses eine Mal sein Gehalt verdienen. Er wird sie so lange in die Schranken verweisen, bis Sie sicher an Bord von Marine One sind.«

»Aber was wird er ihnen über das erzählen, was ... was in Atlanta passiert ist?«

»Keine Sorge, ich werde mich um Jeremy kümmern, und er wird sich dann um die Presse kümmern. Kümmern Sie sich einfach um die First Lady, versuchen Sie, sie zu beruhigen. Das ist Ihre Aufgabe für heute. Ach, und eines noch.«

»Was denn?«

»Wenn Sie hier auf dem Stützpunkt die Treppen hinuntergehen«, sagt Parker, »dann begrüßen Sie das Militär wie üblich. Die einzige Kamera wird eine Pool-Kamera sein, die es festhält, falls Sie beim Verlassen der Maschine auf den Arsch fallen. Traben Sie nicht die Stufen hinunter, als hätten Sie es eilig, und vermasseln Sie es nicht bei den Jungs von der Air Force auf dem Rollfeld. Nehmen Sie sich Zeit. Sie sind jemand, der Mist gebaut hat, aber zuversichtlich ist, die Sache wieder hinbiegen zu können.«

Harrison nickt. »Ich verstehe, was Sie meinen.«

»Gleiches gilt für Ihre Ankunft im Weißen Haus. Wenn Sie die First Lady dazu überreden können, dort anzutanzen, perfekt. Das bedeutet dann, ihr Meinungsumschwung erfolgt schneller, als ich gehofft hatte. Aber wenn sie immer noch angepisst ist und nicht auftauchen will, kein Problem. Sie steigen aus der Marine One, winken und schlendern zurück ins Weiße Haus, als wäre nichts passiert, als hätten Sie das Ruder ganz fest in der Hand.«

»Schön und gut«, sagt Harrison und erinnert sich an etwas, das heute Morgen Tammy geäußert hat. »Aber Sie müssen da noch etwas für mich tun.«

»Meine To-do-Liste ist ziemlich lang, aber fahren Sie fort«, sagt Parker.

»Der Kongressabgeordnete Vickers. Der gestrige Abend war eine Beinahekatastrophe, weil viele meiner Unterstützer, die meine Rede hören wollten, abgewimmelt wurden. Ich will, dass er rausfliegt.«

»Aber das könnte …«

»Mir egal«, sagt Harrison. »Er ist bis heute Abend raus, okay?«

»Wir liegen in Georgia mit sechs Prozent vorn.«

»Fünf Komma sechs«, korrigiert Harrison, der sich daran erinnert, was seine Tammy ihm erzählt hat. »Und ohne ihn wäre es wahrscheinlich noch ein halber Prozentpunkt mehr. Er ist raus.«

Parker nickt, und Harrison sieht, dass Erleichterung in seinem Blick liegt. Sein Stabschef merkt, dass der Präsident der Vereinigten Staaten seine Arbeit wiederaufgenommen hat.

Jemand klopft leise an die Tür. »Ja, kommen Sie rein«, sagt Harrison.

Der Chef seines Personenschutzteams, Jackson Thiel, tritt ein. Der große Mann wirkt beunruhigt.

Plötzlich bekommt Harrison es mit der Angst zu tun.

»Ja, Jackson, was gibt es?«

»Sir … der Communications Officer … er hat mich kontaktiert, nachdem Sie darum gebeten hatten, mit der First Lady verbunden zu werden.«

»Okay«, sagt Harrison. »Aber warum sind Sie hier?«

»Sir …«

»Ja?«

Einen kurzen, höchst alarmierenden Moment zögert Jackson, um dann mit ruhiger, kühler Stimme zu sagen:

»Sir … die First Lady … kann nicht lokalisiert werden.«

8

Dort, wo ich arbeite, ist es kühl und spärlich beleuchtet, damit ich die Überwachungsmonitore und die Fernsehbildschirme, auf denen die neuesten Nachrichten, der Klatsch und die reißerischen Schlagzeilen übertragen werden, besser sehen kann. Ich schaue hoch, überfliege die Bildschirme und bemühe mich, meinen Kollegen vom Secret Service zuliebe heute Morgen professionellen Anstand zu bewahren und nicht in Gelächter auszubrechen. Der Mann, den ich, wie ich geschworen habe, mit meinem Leben schützen würde, ist gerade dabei ertappt worden, wie er seine präsidiale Schreibfeder in ein nicht autorisiertes Tintenfass getaucht hat. Er ist nicht der Erste, und er wird nicht der Letzte sein, und es interessiert mich nicht besonders. Der Secret Service ist ein Schutzorgan. Wir sind nicht Amerikas Moralapostel. Leises Stimmengemurmel ist zu vernehmen, das Klappern von Tastaturen sowie Funkgeschnatter von Polizei-Scannern, die den Großraum von DC und sämtliche örtliche Polizeireviere abdecken, damit wir immer wissen, was bei unseren einigermaßen freundlichen Nachbarn von der Strafverfolgung los ist.

Mein direkter Stellvertreter – Assistant Special Agent in Charge Scott Thompson – stellt sich neben mich und sagt: »Was hältst du davon, Sally?«

»Jetzt im Moment möchte ich, dass du die aktuelle Nachricht verbreitest, vor allem an die uniformierte Abteilung«, sage ich. »Wir werden es mit gesteigerter Aufmerksamkeit seitens der Nachrichtenmedien und der üblichen publicitygeilen Typen zu tun bekommen. Ich will keine Zaunspringer, die dem Präsidenten Ratschläge in Sachen Liebesleben erteilen oder ihm eine Bibel überreichen wollen, kapiert? Verdoppelt die Patrouillen auf den Bürgersteigen; wir müssen jeden, der sich den Zäunen nähert und den Anschein erweckt, als wolle er darüberklettern, auf der öffentlich zugänglichen Seite aufhalten. Verstanden?«

»Verstanden, Boss«, sagt Scott und kehrt zurück an seinen Schreibtisch. Scott ist ein ehemaliger Army-Ranger, massig und taff, respektvoll mir und allen anderen in der Befehlskette gegenüber, und das macht ihn zu einer Vertrauensperson.

Ich wende meinen Blick von den Bildschirmen ab – ATTACKE IN ATLANTA ist heute Morgen offenkundig die Schlagzeile des Tages – und schaue auf die elektronische Statustafel.

Wir und andere Mitglieder der Presidential Protective Division haben insofern Glück mit dieser Regierung, da keine verwöhnten Kinder durch die Gegend laufen, die versuchen, ihre Agents in Bars oder Discos abzuschütteln, oder leicht hirnrissige Schwiegermütter, die behaupten, Spanner würden sie in ihren Gästequartieren beim Ausziehen beobachten. Es gibt nur den Präsidenten und die First Lady, was meinen Job verdammt viel weniger kompliziert macht als den meiner Vorgänger.

Der Statustafel zufolge befindet sich CANAL an Bord von

Marine One, wenige Sekunden vor der Landung auf dem Südrasen, und CANARY ist …

»Hey, Scotty!«, rufe ich laut, als er gerade das Telefon in die Hand nimmt. »Verrätst du mir mal, warum CANARY auf einer Pferdefarm in Virginia ist? Auf ihrem Tagesplan heute Morgen stand davon nichts.«

»Planänderung im letzten Moment, Boss«, antwortet er. »Nach den Nachrichten von heute Morgen … tja, wer kann es ihr da verübeln? Ich nicht, das steht mal fest.«

»Ja, das verstehe ich«, sage ich, während ich mich wieder zu meinem Schreibtisch herumdrehe. Ich mag keine Planänderungen in letzter Minute. Man hat dann keine Zeit mehr, den Besuchsbereich vorzubereiten, die Nachbarschaft abzuchecken und diese Spinner auf der Klasse-3-Liste aufzustöbern, die in der Vergangenheit Drohungen gegen die First Family ausgesprochen haben. Der einzige Vorteil besteht darin, dass von etwas, das so schnell auf den Plan kommt wie dieser Besuch der Pferdefarm, auch Bösewichte überrascht werden, die sich dort draußen herumtreiben.

Der Nachteil besteht natürlich darin, dass irgendwelche Bösewichte – vor allem die geduldigen und hartnäckigen – womöglich schnell reagieren und deine Schutzperson umlegen könnten.

Nicht gut, um sich eine Beförderung zu sichern.

»Hey, Scotty«, rufe ich zu meinem Assistenten hinüber. »Wenn du damit fertig bist, nimm Kontakt mit dem Personenschutz von CANARY auf.«

»Klar, Boss. Was soll ich denen sagen?«

Ich verspüre einen Hauch von Besorgnis. »Frag nach, ob alles in Butter ist.«

»Wäre es das nicht, wärst du die Erste, die es erfährt.«

»Scotty«, sage ich. »Mach das verdammte Telefonat.«

Dann versuche ich, mich wieder meiner Arbeit zuzuwenden.

9

Mein Schreibtisch steht in einer Ecke jenes Kellerbüros im Weißen Haus, das Raum W-17 heißt – die Kommandozentrale für den Secret Service in der 1600 Pennsylvania Avenue. Seit ich dort angestellt bin, lautet einer der wenigen Witze, die ich gegenüber Freunden und Familie über meinen Arbeitsplatz reiße, dass mein Stab und ich näher als jeder andere am Oval Office sind, nämlich kaum mehr als zwei Meter von ihm entfernt.

Damit ernte ich für gewöhnlich anerkennende Ooohs und Aaahs, bis ich ihnen die Pointe erzähle: Wir, die wir im Raum W-17 arbeiten, der auch Horsepower genannt wird, befinden uns zwei Meter *unter* dem Oval Office.

Nicht gerade bloß einen Steinwurf entfernt.

Auf meinem Schreibtisch steht ein Holzschild, auf das meine elfjährige Tochter Amelia vor zwei Jahren die krakeligen Buchstaben SALLY GRISSOM, SUPERAGENTIN eingebrannt hat. Der einzige Agent, der jemals über dieses Namensschild gelacht hat, ist jetzt für die Heimatschutzbehörde aktiv und inspiziert Frachtschiffe in Anchorage. Was auf dem Namensschild tatsächlich stehen sollte, ist SALLY GRISSOM, SPECIAL AGENT IN CHARGE, PRESIDENTIAL PROTECTIVE DIVISION, doch so gern Amelia mir Geschenke macht, würde sie wahrscheinlich in Tränen ausbrechen, wenn ich sie um ein neues Schild mit meiner korrekten Berufsbezeichnung bitten würde.

Eine Liveaufnahme einer der zahlreichen Überwachungskameras zeigt, wie Marine One gerade auf dem Südrasen landet.

Ohne Zweifel wird der Rest des Landes schockiert sein über das, was da über den Präsidenten enthüllt wurde. Ich nicht. Im Gegensatz zu 99 Prozent der anderen Personenschützer des Secret Service bin ich durch und durch ein Gewächs aus DC und weiß alles über die Gerüchte und Skandalgeschichten, die hier inmitten all dieser hübschen alten Gebäude ständig unter der Oberfläche brodeln. Politik ist Politik, und die menschliche Natur bleibt immer menschliche Natur – warum also so tun, als wäre man verblüfft?

Meine Mom arbeitete im Bildungsministerium, mein Dad für die Capitol Police. Sie leben jetzt beide in Florida, genießen die Sonne, praktizieren Tai-Chi und zanken miteinander. Ich habe zwei Schwestern, eine arbeitet beim US-Bundesrechnungshof, die andere für den Auslandsgeheimdienst, die NSA. Und eines kann ich sagen: Bei Familienfeierlichkeiten ist es lustig, wenn sich eine Schwester ohne Ende über Budgets und Tabellen auslässt, während die andere nichts darüber erzählen darf, was sie tut.

Auf meinem Schreibtisch stehen zwei gerahmte Fotos. Eines zeigt Amelia mit ihrem süßen Lächeln und ihrem langen blonden Haar – im Gegensatz zu dem wuscheligen braunen Wischmopp, mit dem ich mich jeden Morgen abplage. Das andere zeigt uns beide breit über unsere roten, verschwitzten Gesichter grinsend, nachdem wir im vergangenen Jahr den 10.000-Meter-Lauf des Marine Corps absolviert hatten, bei dem wir Secret-Service-T-Shirts mit der Aufschrift »Ihr wählt sie, wir beschützen sie« trugen.

Dann ist da noch eine leere Stelle, wo früher einmal ein Foto meines – so Gott will – baldigen Ex-Mannes stand, Ben, einer der gesichtslosen, namenlosen Bürokraten im Innenministerium, der daran mitwirkt, unsere Nationalparks und andere Kleinode für die Nachwelt zu erhalten.

Das Foto steht schon seit fast einem Jahr nicht mehr hier, und da er und sein Wichser von – Entschuldigung, sein *übereifriger* Anwalt – zur Besinnung gekommen sind, sollte unsere Scheidung in weniger als zwei Wochen über die Bühne gehen.

Mein Schreibtisch ist klein, überladen und genau dort postiert, wo ich ihn haben möchte. Ich habe noch ein Büro auf der anderen Straßenseite im Eisenhower Executive Office Building, in dem ich ab und zu einen Würdenträger empfange und, seltener noch, einen Agent feuere, der es vermasselt hat. Aber ich fühle mich nicht wohl in dem großen Raum mit seinem ganzen schicken Mobiliar, seinen Bücherregalen, Couchs und Couchtischen. Mir gefällt es hier, ganz dicht bei »The Man« und meinen Leuten, die in jeder wachen Sekunde ihres Lebens bereit sind zu sterben, während sie ihn und seine arme, von ihm betrogene Frau beschützen.

Andererseits werde ich dieses große Büro nachher wahrscheinlich dazu nutzen, um mit Jackson Thiel eine Einsatznachbesprechung abzuhalten, wenn seine Schicht heute zu Ende ist, um herauszufinden, wie lange diese Affäre schon währt und warum er mir nichts davon erzählt hat. Das ist definitiv nicht gut, aber darum werde ich mich später noch kümmern. Aus einem dicken Stapel schnappe ich mir einen

Ordner und wünsche mir dabei wieder einmal, ich würde die Hälfte der Zeit, die ich mit Papierkram verschwende, in einem Fitnessstudio verbringen oder auf dem Schießstand, um meine Waffenberechtigungen zu aktualisieren. Das Telefon läutet.

»Agent Grissom«, melde ich mich, was einige meiner Kollegen überrascht. Gemäß Protokoll sollte ich mich mit »Special Agent in Charge Grissom, Presidential Protective Division« melden, was meiner Meinung nach aber ein bisschen zu viel Gerede ist. Was, wenn im East Room jemand ist, der in der Zeit, die ich benötige, um mich zu melden, eine hereingeschmuggelte Handgranate wirft?

Aber Überraschungen gibt es nun mal, und da wäre nun eine davon: In der Leitung ist Mrs Laura Young, die Sekretärin des Präsidenten. Ich kann mich nicht daran erinnern, wann sie mich zum letzten Mal angerufen hat.

»Agent Grissom«, sagt sie, »der Präsident möchte Sie sprechen. Sofort.«

»Äh …«

Einer meiner Agents macht in diesem Moment eine handschriftliche Anmerkung auf der zusätzlichen Statustafel, welche die elektronische Tafel widerspiegelt. Das ist eine der Veränderungen, die ich vor ein paar Monaten einführte, für den Fall eines Stromausfalls. »CANAL ist im Oval Office.«

»Ich komme sofort hoch«, sage ich und lege den Hörer auf.

Das gefällt mir nicht.

Scotty schaut herüber und fragt: »Alles in Ordnung, Boss?«

Ich stehe auf und ziehe los.

Der Präsident ruft nie auf eine solche Weise die Leiterin der Presidential Protective Division zu sich – es sei denn, es gibt einen größeren Notfall oder eine Krise.

Nie.

»Boss?«, fragt Scotty erneut.

Ich setze meinen Weg zur Bürotür fort.

Und zwar schnell.

10

So ziemlich die einzige Unterhaltungsserie, die in meinen Augen das Geschehen im Weißen Haus richtig darstellt, ist *The West Wing*. Nicht etwa wegen der knackigen Dialoge oder weil sich die Stabsmitglieder darin streiten, während sie rückwärts aus der Tür gehen, oder weil der Präsident dort als jemand dargestellt wird, der sich nachmittags entspannt, indem er am Reflecting Pool entlangspaziert. Sondern weil *The West Wing* zeigt, wie pickepackevoll das Weiße Haus ist und welch emsiges Treiben darin herrscht.

Hier schwirren ständig jede Menge Menschen umher, von denen bis auf einige wenige alle einen Zugangsausweis um den Hals tragen, farblich gekennzeichnet, damit die Leibeigenen (pardon, die *Mitarbeiter* und *Freiwilligen)* vom West Wing abgeschottet werden. Ich nicke den Stabsmitgliedern, die ich besser kenne, zu, und einer meiner Agents, Carla Luiz, öffnet die Tür zum Oval Office.

Ein gut gehütetes Geheimnis: Die Türen des Oval Office haben spezielle Griffe, was bedeutet, dass falls irgendein wirrer Tourist aus Idaho sich von einer Führung wegstiehlt und es bis hierher schafft, er wertvolle Sekunden damit verschwenden wird auszubaldowern, wie man diese Tür aufbekommt, und er rechtzeitig mittels Taser zur Strecke gebracht werden kann.

Die Bürotür schließt sich hinter mir, und da ist der Präsident und erhebt sich von einer der beiden Couches. Neben ihm sitzt sein Stabschef, Parker Hoyt. Sie sind natürlich beide gut gekleidet und gepflegt, sehen jedoch aus wie Cousins, die gerade erfahren haben, dass die Farm ihrer Familie von einer Reihe biblischer Plagen heimgesucht wurde.

»Mr President«, sage ich und dann: »Mr Hoyt.«

»Sally«, begrüßt mich der Präsident und deutet auf die Couch ihnen gegenüber, hinter einem niedrigen Couchtisch. »Bitte, nehmen Sie Platz.«

Ich schaue mich um und stelle fest, dass sonst niemand im Raum ist.

Das gefällt mir nicht. Gewöhnlich halten sich in diesem Raum noch ein, zwei oder drei Helfer im Hintergrund auf, um irgendwelche Wünsche zu erfüllen – zum Beispiel eine Tasse Kaffee besorgen oder den französischen Staatspräsidenten ans Telefon holen. Aber nein, wir sind allein. Der berühmte Schreibtisch des Präsidenten steht, als ich mich hinsetze, zu meiner Linken, flankiert von der amerikanischen Nationalflagge und der blauen Präsidentenflagge. Durch dicke, kugelsichere Fensterscheiben hat man einen Blick in den Rosengarten, und ich sehe dort draußen den Rücken eines weiteren Agents, der Wache hält.

Ich denke zurück an meine sechzehn Wochen Ausbildung beim Secret Service im James J. Rowley Training Center drüben in Laurel, Maryland, wo meine Gruppe und ich stundenlang verworrenen Szenarien ausgesetzt wurden, zu denen Schusswechsel, Explosionen und bewaffnete Angriffe gehörten, aber ich glaube, keines dieser Szenarien wird mich auf das vorbereitet haben, was als Nächstes geschieht.

Der Präsident sagt: »Agent Grissom ... ähem, Sally, wir sind da in eine heikle Lage geraten.«

»Sir«, erwidere ich, froh darüber, nun von ihm zu hören, was Sache ist, ohne dass ich zig Fragen stellen muss.

Der Präsident schaut Parker an, als bitte er um dessen Rückversicherung, holt dann tief Luft und sagt: »Wir brauchen Ihre Hilfe.«

»Selbstverständlich«, sage ich und warte ab, während ich mich frage, was zur Hölle hier vorgeht.

Hoyt wirft mir den selbstgefälligen Blick eines Mannes zu, der etwas weiß, von dem er nichts wissen sollte, und sagt dann: »Sie haben ja eine beeindruckende Vorgeschichte aufzuweisen, Agent Grissom.«

Mir ist nicht danach zumute, darauf irgendetwas zu erwidern, also tue ich es auch nicht. Ich nicke bloß.

»Vor allem dieser Vorfall vor vier Jahren, bei dem der iranische Botschafter involviert war«, sagt er. »Erzählen Sie doch dem Präsidenten mal von diesem Ereignis, ja?«

»Tut mir leid, Sir. Da diese Information der Geheimhaltung unterliegt, darf ich Ihrer Bitte nicht entsprechen.«

»Ich bin sicher, der Präsident besitzt die Befehlsgewalt, jedwede Auflagen auf Geheimhaltung aufzuheben, denen Sie unterliegen«, kontert Hoyt.

CANAL sagt: »Aber sicher, Agent Grissom. Bitte erzählen Sie es mir.«

Ich könnte mich weigern, aber was würde mir das einbringen? »Sir, ich war zum damaligen Zeitpunkt damit beauftragt, bei einem streng inoffiziellen Treffen in Maryland bei den Vereinten Nationen mit dem iranischen Botschafter, dem israelischen Botschafter in den Vereinigten Staaten und dem Außenminister diplomatische Sicherheit zu gewährleisten. Dabei wurde ein Anschlag auf das Leben des iranischen Botschafters verübt. Er wurde erfolgreich vereitelt.«

»Wie kommt es, dass ich davon nie etwas gehört habe?«, fragt der Präsident.

»Das geschah während der Amtszeit Ihres Vorgängers«, erklärt Hoyt. »Allerdings spielt Agent Grissom ihre Rolle bei dem Vorfall herunter. Das Treffen fand in dem Separee eines exklusiven Restaurants in Chevy Chase statt. Ein Mann hatte sich als Kellner ausgegeben und sich auf diese Weise Zugang verschafft. Agent Grissom durchschaute ihn und versuchte, ihn zu entwaffnen, worauf es zu einem Schusswechsel kam. Dabei tötete Agent Grissom nicht nur den Attentäter, sondern schirmte den iranischen Botschafter darüber hinaus mit ihrem Körper ab.«

»Ist das wahr?«, fragt der Präsident.

»Allerdings«, erwidere ich.

»Wie sind Sie dem angeblichen Kellner auf die Schliche gekommen?«

Ich zucke mit den Schultern. »Dieses spezielle Restaurant ist so exklusiv, dass es nicht einmal eine Website hat. Ich sah aber, dass der Kellner Dreck unter den Fingernägeln hatte. Der Mann passte da einfach nicht rein.«

CANAL grinst. »Bestimmt war der iranische Botschafter glücklich über Ihr beherztes Eingreifen.«

»Um die Wahrheit zu sagen, Sir«, erwidere ich, »stieß er mich so schnell wie möglich von sich, als der Schusswechsel zu Ende war. Er wollte nicht von einer fremden Frau berührt werden.«

»Wie Sie sehen, Mr President«, sagt Hoyt, »ist Agent Grissom nicht nur mutig und weiß sich zu helfen, sondern ist auch diskret. Und deswegen sind Sie hier, Agent Grissom. Wir brauchen Sie wegen Ihres Könnens und wegen Ihrer Fähigkeit, ein Geheimnis zu bewahren.«

»Was für ein Geheimnis, Sir?«, frage ich den Präsidenten.

Er verzieht das Gesicht und sagt: »Wie es aussieht, wird die First Lady ... vermisst.«

Ich starre die beiden an und frage mich, ob das jetzt eine Art raffinierter Schwindel oder Scherz aus Anlass meines Geburtstags oder meines Einstellungsjubiläums ist. Aber in ihren Mienen ist keine Spur von Amüsement zu erkennen.

»Sir ...«, stoße ich hervor, »sie befindet sich auf einer Pferdefarm in Campton, Virginia. Mit ihren Personenschützern.«

»Wo sie gewesen ist, wissen wir«, sagt Parker mit nun lauterer Stimme. Dann schaut er kurz zum Präsidenten hinüber und fügt hinzu: »Aber seit einer Stunde können wir ... kann der Präsident sie nicht kontaktieren. An ihr Handy geht sie nicht, und ihr Personenschutz ... die sagen, sie können sie nicht lokalisieren.«

Eiseskälte steigt in mir auf. »Das ist unmöglich. Sie ... Wenn so etwas passiert wäre, hätte ich kontaktiert werden müssen.« Ich mache Anstalten aufzustehen und sage: »Mr President, Mr Hoyt, wenn Sie mich dann entschuldigen würden ...«

»Sally, bitte«, sagt der Präsident mit düsterer, finsterer Stimme. »Bleiben Sie sitzen. Nur noch einen Moment.«

Ich stehe trotzdem auf. Ich sollte nicht hier sein. Ich muss nach unten, in Raum W-17, und Kontakt mit CANARYs Personenschutz aufnehmen, um herauszufinden ...

»Wir müssen damit hinter dem Busch halten«, sagt Parker. »Für den Moment.«

»Was?«

Er fährt fort. »Das ist ein ... heikler Zeitpunkt. Und die First Lady ... es geht ihr nicht gut.«

Ich mache Anstalten, mich Richtung Tür zu bewegen, worauf der Präsident in einem so scharfen Ton, wie ich ihn noch nie aus seinem Mund vernommen habe, faucht: »Agent Grissom, setzen Sie sich! Geben Sie uns noch eine Minute. Bitte.«

Langsam sinke ich wieder auf die Couch, allerdings mit steifem Rücken, da ich es mir nicht gestatte, mich gegen die Kissen zu lehnen. »Mr President, bei allem Respekt, das kann nicht sein. Wäre Mrs Tucker etwas zugestoßen, wäre ich die Erste, die davon erfährt. Ihr Personenschutzteam hätte Alarm geschlagen ... wir hätten sofort darauf reagiert.«

Parker beugt sich vor, die Hände ineinander verschränkt. »Vor einer Stunde hat der Präsident versucht, die First Lady zu kontaktieren, kurz vor der Landung der Air Force One. Es kam kein Kontakt zustande. Der Communications Officer an Bord der Maschine konnte mit Hilfe von Agent Jackson Thiel ihren Personenschutz erreichen. Auf diese Weise haben wir von ihrer ... Situation erfahren.«

Erneut blitzt eine Erinnerung in mir auf, aus der Grundschule, als ich mich fragte, warum die Jungen draußen auf dem Fußballplatz mich nicht mitspielen ließen, warum ich ausgeschlossen, ignoriert wurde. »Ich ... mein Büro hätte sofort informiert werden müssen.«

»Ich habe angewiesen, das nicht zu tun«, sagt der Präsident.

Die Eiseskälte, die mir die Kehle zuschnürt, hat sich bis zu meinem Magen ausgebreitet, und auch meine Extremitäten fühlen sich kalt an.

Wie war das noch mal mit den Szenarien damals während der sechzehnwöchigen Ausbildung beim Secret Service?

Oh, ja, dieses hier war nicht dabei.

»Mr President ... das kann nicht wahr sein. Sie können nicht ... Ich meine ...«

Parker beugt sich noch weiter zu mir vor. »Wie gesagt, wir befinden uns in einer heiklen Situation. In einem Monat finden die Wahlen statt. Das amerikanische Volk muss mit einer Sache und nur einer Sache im Kopf in die Wahlkabinen gehen, nämlich, welcher Mandatsträger das Richtige für dieses Land tun wird. Keine Ablenkung durch eine kranke First Lady, eine vermisste Frau. Es wäre weder ihr noch der Nation gegenüber fair, damit jetzt an die Öffentlichkeit zu gehen.«

»Was genau wollen Sie damit sagen, Mr Hoyt?«, frage ich.

Mr Hoyt gibt keine Antwort, doch unser beider Boss tut es.

Der Präsident starrt mir in die Augen. »Wir wollen, dass Sie die First Lady finden.«

11

»Unmöglich«, versetze ich rundheraus und ohne zu zögern. »Wenn sie wirklich vermisst wird, müssen Sie FBI, Heimatschutz, DC Metro Police und Virginia State Police kontaktieren, und ich würde sogar noch …«

Der Präsident hebt eine Hand. »Das ist genau das, was wir nicht wollen. Die Berichterstattung, die verschiedenen Behörden mit ihrem Gerangel um Kompetenz und Schlagzeilen, eine groß angelegte Suchaktion … das wäre nicht zielführend. Deswegen wollen wir, dass Sie und eine Handvoll Agents, denen Sie vertrauen können, sie finden.«

»Sir, bei allem Respekt«, antworte ich, während mir das ganze Ausmaß dessen bewusst wird, was sich hier in diesem Oval Office gerade abspielt. Welche Wendung des Schicksals hat mich mitten ins Zentrum der womöglich größten Story katapultiert, die seit fünfzig Jahren hier ihren Ursprung genommen hat? »Das kann ich nicht tun. Wir sind eine Schutzbehörde. Keine Ermittlungsbehörde.«

»Blödsinn!«, blafft Parker. »Sie *sind* eine Ermittlungsbehörde. Sie haben Zugang zu nachrichtendienstlichen Informationen von der Heimatschutzbehörde. Sie recherchieren im Außeneinsatz und gehen Drohungen nach, die gegen den Präsidenten ausgesprochen wurden. Sie arbeiten mit

Strafverfolgungsbehörden zusammen, von Cops in kleinen Käffern bis ganz hinauf nach New York City.«

Am liebsten würde ich ihm in sein selbstgefälliges Gesicht schlagen. »Im Rahmen unserer Schutzpflichten, Mr Hoyt. Nicht, um eine vermisste Person aufzuspüren.«

»Es ist nicht so, als würde eine x-beliebige Person vermisst«, erwidert er. »Die First Lady der Vereinigten Staaten wird vermisst.«

»Aber …«

»Agent Grissom«, schaltet sich der Präsident ein, »Ich befehle Ihnen, den Aufenthaltsort der First Lady zu ermitteln und dabei diskret vorzugehen, vertraulich und rasch. Andernfalls werden in sämtlichen Nachrichtenbeiträgen, die anschließend veröffentlicht werden, auch andere Geschichten ans Tageslicht kommen. Da wird es zum Beispiel darum gehen, wie Sie und Ihre bestens ausgebildeten Agents … meine Frau verloren haben. Wollen Sie auf dem Capitol Hill vor einem Sonderausschuss des Kongresses zu erläutern versuchen, wie es dazu kommen konnte? Unter Ihrer Leitung? Wollen Sie das?«

»Das wäre mir immer noch lieber als … als das, worum Sie mich bitten«, erwidere ich.

Parker lehnt sich wieder auf der Couch zurück. »Wie geht's Amelia?«

Zum zweiten Mal in weniger als zehn Minuten bin ich fassungslos. »Meiner Tochter? Es … geht ihr gut. Wieso fragen Sie?«

Er grinst und lässt dabei sehr kräftige, scharfe Zähne aufblitzen. »Eine Scheidung ist für Kinder immer hart. Ganz gleich, wie viel Mühe sich eine alleinstehende Mutter gibt, trotz aller Therapiesitzungen und Beratungen bleiben doch immer Narben zurück, bleibt immer ein dauerhafter Schaden. Das Beste, was eine Mom wie Sie tun kann, ist, den Schaden zu begrenzen.«

Es ist, als befänden sich jetzt nur zwei Personen in diesem berühmten Raum, er und ich. »Ich verstehe nicht, worauf Sie hinauswollen … Mr Hoyt.«

Sein Lächeln wird noch ein wenig breiter. »Ihr Mann … Ben, nicht wahr? Er arbeitet im Innenministerium, hängt ein bisschen an der Flasche und an Praktikantinnen vom College … Ich verstehe, warum Sie kurz davorstehen, sich von ihm scheiden zu lassen. Sein Anwalt ist Albert Greer, habe ich recht?«

Schlagartig wird mir klar, worauf das hier hinausläuft, und ich fühle mich in der Falle. Es ist, als säße ich während eines stürmischen Schneeregens im Fond eines Taxis mit Trennscheibe. Der Fahrer hat die Kontrolle über sein Fahrzeug verloren, und wir sind ins Schleudern geraten, während wir in Richtung des Gegenverkehrs am Dupont Circle schlittern.

»Sie haben recht, Mr Hoyt.«

»Natürlich habe ich recht. Ich kenne zwar Albert Greer nicht, aber ich kenne seine Firma. Lockney, Trace, Fulton und Smith. Eine große Nummer in DC, übernimmt viele Mandate, sowohl öffentlich als auch privat. Als ich noch Vizepräsident des operativen Geschäfts bei Global Strategic Solutions war, haben wir denen eine Menge Jobs zugeschustert. Ich habe mich sogar ein paarmal von Mr Lockney beim Golf schlagen lassen, drüben im Burning Tree Club. Er und seine Firma schulden mir also die eine oder andere Gefälligkeit.«

Ich verlagere meinen Blick auf den Präsidenten, um einschätzen zu können, was er von alldem hier hält. Aber er starrt über meine Schultern hinweg und betrachtet ein Gemälde mit der Darstellung eines Segelschiffes, das an der gegenüberliegenden geschwungenen Wand hängt.

»Sie sind ein Stück Scheiße«, sage ich und überrasche mich damit selbst.

»Nein, kein Stück«, erwidert er seelenruhig. »Bloß der größte Haufen in ganz DC ... Stellen wir es also klar, damit kein Missverständnis entsteht. Sie tun, was Ihr Präsident von Ihnen verlangt, und wir geben Ihnen alles, was Sie brauchen ... weitreichende Unterstützung und alle Informationen, die nötig sind, solange alles leise, still und heimlich vor sich geht und unter dem Radar bleibt.«

Er legt eine Pause ein, zweifellos, um seinen Worten Nachdruck zu verleihen. In schärferem Ton fährt er dann fort: »Aber wenn Sie hier rausgehen, ohne zugestimmt zu haben, dann werden Sie feststellen, dass Ihre vorläufige Scheidungsvereinbarung aus dem Ruder laufen wird. Es wird dann noch eine Menge weiterer Anträge geben ... Anhörungen ... kostspielige Verzögerungen ... und mit einer endgültigen Scheidung können Sie frühestens rechnen, wenn Ihr hübsches kleines Mädchen im Begriff ist, aufs College zu gehen ... falls sie dann immer noch das Zeug dazu hat, mehr als die Highschool zu erreichen, und falls Sie dann noch das Geld für die Studiengebühren aufbringen können.«

Ich atme noch und bleibe bei Bewusstsein, aber es ist hart an der Grenze. Ich starre den Stabschef an, der ohne die Miene zu verziehen meinen Blick erwidert. »Ich verstehe, wie Sie es so weit bringen konnten«, sage ich.

»Diese ganzen hässlichen Gerüchte um meine Person?«, sagt er. »Die treffen zu. Wir verschwenden Zeit. Wie lautet Ihre Antwort?«

Ein Teil von mir wünscht sich, dass der Präsident interveniert, um alles zu richten, und der Bösewicht verschwinden muss. Aber der Präsident wird mir heute nicht helfen.

Ich stehe auf.

»Zwei Antworten«, sage ich. »Die erste lautet Ja.«

Ich entferne mich von der Couch, auf der die beiden Männer sitzen, von denen ich einen einmal bewundert habe.

»Und die zweite lautet: Fahren Sie zur Hölle.«

Ich verlasse das Oval Office, wobei mir noch etwas anderes, Wichtiges auffällt.

Aufgrund ihrer Bauart kann man die Tür nicht wütend zuschlagen.

12

In der Bar *Off the Record* im Luxushotel Hay-Adams in der Innenstadt von Washington, praktisch gegenüber vom Weißen Haus, lacht Marsha Gray über den blöden Witz, den ihr spätvormittagliches Date gerade zum Besten gegeben hat, und langt dann unter den Tisch, um sanften Druck auf seinen Oberschenkel auszuüben.

»Wirklich?«, fragt sie mit nun schmelzender Stimme. »Deswegen haben die Hühner die Straße überquert? All diese Jahre, und ich hab das nicht gewusst.«

Ihr Date errötet. Er ist ein süßer junger Bursche, vielleicht ein paar Jahre älter als sie, und er trägt einen schicken grauen Savile-Row-Anzug mit dazu passender roter Krawatte und Einstecktuch. Er kommt aus einem dieser »Stan-Länder«, die nach dem Zusammenbruch der Sowjetunion aus dem Boden schossen, und sein Vor- und sein Nachname bestehen fast nur aus Konsonanten – aber sie nennt ihn Carl, und das findet er hinreißend.

»Bist du sicher?«, fragt er, wobei seiner Stimme nur ein ganz leichter Akzent anzuhören ist. Seine Haut ist hellbraun, seine Augen und sein sorgfältig gepflegtes Haar sind tiefschwarz. »Ich dachte immer … na ja, das ist einer der ältesten Witze auf der Welt.«

Erneut drückt sie ihm sanft auf den Oberschenkel. »Oh,

Carl, das stimmt schon … aber so, wie du ihn erzählst … tja, du hast mich damit zum Lachen gebracht.«

Als er sie seinerseits anlächelt, graben sich seine Lachfalten tiefer ein. Langsam zieht sie ihre Hand zurück und fragt: »Wann ist noch mal dein Empfang?«

Carl schaut auf seine TAG-Heuer-Armbanduhr. »In … zwei Stunden. Es ist ein Mittagessen.«

Sie lächelt und beugt sich so weit zu ihm vor, dass ihre Brüste fast aus dem tiefen Ausschnitt ihres kleinen schwarzen Cocktailkleids springen. »Dann gehen wir doch noch schnell hoch auf dein Zimmer.«

Er erwidert ihr Lächeln. »Ich … ich glaube, dafür bleibt nicht genug Zeit.«

»Oh, Carl …«, sagt sie mit vor Enttäuschung triefender Stimme. Im *Off the Record* – einer der berühmtesten Kneipen im District – ist am heutigen Vormittag viel los, und das ist perfekt. Marsha beugt sich vor und küsst ihn aufs Ohr, lässt ihre Zunge sanft um sein Ohrläppchen gleiten und flüstert: »Das, was du immer schon mal tun wolltest … Mit mir kannst du es jetzt gleich machen. Ehrlich.«

Sie lehnt sich zurück, und schon nestelt er mit einer Hand an seiner Serviette herum, während er mit der anderen die Rechnung unterschreibt. Sie nimmt ihre kleine schwarze Lederhandtasche in die Hand, und er grinst wie ein Jugendlicher, der endlich seinen Führerschein ausgehändigt bekommt. Mit seiner süßen, tiefen Stimme sagt er: »Du … du bist ein grünäugiger Dschinn, ja, das bist du. So, wie du mich dazu bringst zu tun, was du willst.«

Marsha wartet, bis er um den kleinen Tisch herum auf sie zukommt, steht dann auf und bietet ihm ihren Arm. Er schiebt seinen Arm unter den ihren, und sie treten aus der Bar in die große, schicke Lobby des Hotels Hay-Adams mit ihren Säulen, ihren hohen Decken, ihrem poliertem Holzmobiliar und ihren dezent auftretenden, aber effizienten Angestellten.

Drei bullige Männer in schlecht sitzenden Anzügen sitzen in bequemen Sesseln und beäugen die beiden, als sie an ihnen vorbeigehen, ohne dass Marsha das Lächeln auf ihrem Gesicht verliert. Der Aufzug kommt schnell und leise, und nur wenige Sekunden später stehen sie in der Kabine; sie dreht den Kopf und schmiegt ihr Gesicht an seinen Nacken, knabbert und leckt sanft daran. Er schmeckt nach Vanille. Sie fährt damit fort, an ihm zu knabbern und stellt auf diese Weise sicher, dass ihr Gesicht nicht auf den Überwachungskameras im Aufzug zu sehen ist.

Dann gehen sie den Flur entlang, und dem armen Carl zittert förmlich die Hand, während er versucht, die Schlüsselkarte zu benutzen, einmal, zweimal, bis es ihm beim dritten Versuch gelingt, die Tür zu öffnen. Martha sieht die Ausbeulung seiner Hose.

Drinnen verschlägt es ihr förmlich den Atem angesichts des Luxus und der Größe der Suite, in der Carl seit zwei Wochen wohnt: antike stilvolle Möbel, eine Sitzecke, ein wunderschönes, edel gestaltetes Schlafzimmer sowie Fenster, die tatsächlich einen Blick auf das Weiße Haus gewähren.

Sie wendet sich ihm zu und küsst ihn gierig, presst ihn fest an sich und reibt einen ihrer schwarz bestrumpften Oberschenkel an seinem Schritt, worauf er vor Lust und Vorfreude aufstöhnt. Schwer atmend entzieht sie sich ihm dann. »Carl … nur einen Moment … in Ordnung?«

»Ja … mein Dschinn … was immer du willst.«

Während Marsha den Raum durchquert, denkt sie, dass eine einzige Nacht im kleinsten Zimmer dieses Hotels sie damals, als sie im Corps war, mehr als ein Monatsgehalt gekostet hätte. Sie zieht die Vorhänge zu, sodass das Weiße Haus nicht länger zu sehen ist, und verbirgt damit zugleich das Innere des Raums vor den Augen der Aufklärer des Secret Service auf dem Dach des Weißen Hauses. Sie öffnet ihre kleine Handtasche, tastet darin nach etwas und kehrt schließlich breit lächelnd zu Carl zurück, wo sie hinter sich langt, um den Reißverschluss ihres Kleids zu öffnen.

Carl ist schon viel weiter als sie, hat sich Mantel und Krawatte ausgezogen und das Hemd aufgeknöpft, wodurch seine dunkel behaarte Brust zum Vorschein kommt. Er nestelt gerade mit zitternden Händen an seinem Gürtel herum, als Marsha auf ihn zutritt, ihn küsst, ihn ein letztes Mal umarmt und ihn dann tötet.

13

Nachdem die sehr wütende und sehr entschlossene Leiterin seiner Presidential Protective Division aus dem Oval Office gestürmt ist, bleibt der Präsident der Vereinigten Staaten noch eine Weile schweigend neben seinem Stabschef sitzen. Schließlich erhebt er sich von der Couch und geht zu seinem Schreibtisch hinüber, dem Resolute Desk, einem Geschenk an die Nation von Queen Victoria. Harrison nimmt hinter dem kunstvoll verzierten Schreibtisch Platz, demselben, den auch JFK und Bill Clinton benutzten, und denkt dabei daran, dass auch diese beiden Probleme mit Frauen hatten – genau wie er, genau wie jetzt.

Das Oval Office … wie oft hat er aus diesem Raum eine Rede an die Nation gehalten? Wie oft hat er an dieser historischen Stätte ein Foto von sich mit Besuchern und Würdenträgern machen lassen? Wie viele Treffen hat er hier mit Kabinettsmitgliedern oder Nachrichtenreportern abgehalten?

Jetzt gerade hat er ein Treffen beendet, bei dem es darum ging, heimlich nach seiner vermissten Frau suchen zu lassen, am selben Tag, an dem sein Verhältnis mit Tammy Doyle auf gnadenlose Art und Weise ans Licht der Öffentlichkeit gezerrt wurde. Noch vor vierundzwanzig Stunden hätte er so etwas für ausgeschlossen gehalten.

Parker kommt herüber und setzt sich neben seinem Schreibtisch auf einen adrett gestreiften, gepolsterten Stuhl. Harrison wendet sich ihm zu und sagt: »Glauben Sie, sie wird es tun? Wir verlangen eine Menge von ihr.«

Parker lächelt. »Sie wissen doch, was man sagt: ›Hast du sie mal bei den Eiern, werden ihre Herzen und Köpfe folgen.‹«

Zum ersten Mal, seit er aus Atlanta zurückgekehrt ist, bringt Harrison ein Lachen zustande. »Sie ist eine Frau, Sie Idiot.«

Von seinem Stuhl aus erwidert sein Stabschef sein Lachen. »Als wären Sie Experte, was Frauen angeht. Glauben Sie mir, sie wird ihren Job erledigen. Sie haben zuerst auf der beruflichen Ebene Druck auf sie ausgeübt. Das hat sie nicht zum Nachgeben bewogen. Ich hingegen habe sie auf der persönlichen Ebene angegangen, sie und ihre Tochter. Das war der Trick.«

Harrison schaut auf sein Telefon, wohl wissend, dass er irgendwann heute in Kontakt mit Tammy Doyle treten muss. Zu der wachsenden Besorgnis darüber, was mit Grace geschehen ist, gesellt sich die Scham, wie er Tammy in Atlanta im Stich gelassen hat, während ihr dieses geifernde Rudel Reporter auf den Fersen war. Die Frau, die er liebt, im Stich gelassen und mutterseelenallein diesen Geiern von den Medien zum Fraß vorgeworfen hat. Er kann sich nicht erinnern, wann er sich das letzte Mal so geschämt hat.

»Wo, glauben Sie, hält sich Grace auf?«, fragt er.

»Sie kann nicht weit sein«, versichert Parker. »Vermutlich hat sie ihre Personenschützer vom Secret Service auf dieser Pferdefarm abgeschüttelt, hat sich einen Pick-up geborgt und ist vielleicht in irgendeinem Motel untergekommen, um sich dort mal so richtig die Augen aus dem Kopf zu heulen oder sich ein paar Drinks zu genehmigen.«

»Wie lange wird es dauern, bis wir sie gefunden haben?«

»Keine Sorge, Mr President«, beruhigt ihn Parker. »Sie ist eine der bekanntesten Frauen auf der ganzen Welt. Wie weit, glauben Sie, kann sie schon kommen? Es würde mich nicht überraschen, wenn wir diese Sache noch vor Ende des Tages unter Dach und Fach gebracht haben. Diese Agentin, Grissom ... Ich habe ihre Vorgeschichte gelesen. Sie wird das hinbekommen.«

»Erzählen Sie mir von ihr«, sagt er.

»Sie ist genauso lange im Weißen Haus tätig wie Sie und wurde vergangenes Jahr zur Leiterin der Presidential Protective Division ernannt«, sagt Parker. »Angefangen hat sie bei der DC Metro Police, wechselte dann zur Virginia State Police und hat sich schließlich dem Secret Service angeschlossen. Und diese Sache mit dem Iraner ... sie hat einem Mann das Leben gerettet, der sie dafür hasst, dass sie eine Frau ist, die für den Großen Satan arbeitet. Und sie hat das auch noch all die Jahre über für sich behalten.«

»Was Sie getan haben, kann ich nicht gutheißen«, sagt Harrison. »Sie zu bedrohen ... mit ihren Scheidungsverhandlungen. Und das mit ihrer Tochter. Das ist nicht in Ordnung.«

»Es hat seinen Zweck erfüllt«, antwortet Parker.

»Ich kann es trotzdem nicht gutheißen.«

»Dann vergessen Sie es und stellen Sie diesbezüglich keine Fragen mehr.«

Parker Hoyt versucht einzuschätzen, was sich hinter den

stahlgrauen Augen seines Präsidenten abspielt. Dann beschließt er, dass dieser Zeitpunkt so gut wie jeder andere ist, um ihn unter Druck zu setzen.

»Mr President, ich denke, Agent Grissom wird ihr Bestes geben, um die First Lady ausfindig zu machen … Aber sie könnte auf Hindernisse stoßen, die zu beseitigen … gegen ihr Naturell verstoßen. Ich denke, wir brauchen noch eine andere Ressource. Einen Plan B, wenn Sie so wollen.«

»Was schwebt Ihnen da vor?«

»Es wäre am besten, wenn ich Sie diesbezüglich nicht einweihe.«

Der Präsident zögert einen Moment. »Solange Sie sie finden.«

»Und ich Ihre Präsidentschaft schütze?«, fragt Parker.

Er nickt. »Ja. Sie finden und die Präsidentschaft schützen.«

»Ich habe alles im Griff«, sagt Parker und macht Anstalten aufzustehen. »Wenn Sie mich dann entschuldigen würden, Sir, ich muss kurz in mein Büro.«

»Und … die Nachrichtenmedien. Wir müssen denen was liefern.«

»Ich habe das im Griff, Sir. Ich bin in zehn Minuten wieder bei Ihnen.«

Parker steht auf und geht durch die Tür, die zum Büro von Mrs Young führt, verlässt das Oval Office, passiert einen hispanoamerikanischen Secret-Service-Agent, bevor er scharf rechts in sein eigenes Büro abbiegt. Geld, Prestige, Macht … hier in DC wird mit allen Währungen gehandelt, aber was wirklich zählt, ist der Zugang zum Präsidenten. Parker ist einer der ganz wenigen in diesem Haus, der den

Präsidenten jederzeit sprechen kann, ohne Termin, und er ist auch der Einzige in diesem Gebäude, der auf der Ecke seines Schreibtischs ein privates Telefon stehen hat, das nicht an die Telefonzentrale des Weißen Hauses angeschlossen ist und bei dessen Installation während eines Wochenendes vor fast vier Jahren es einer Menge Überredungskunst und Beschimpfungen bedurfte.

Er schließt die Tür und betrachtet das Telefon. Es gibt zwei Nummern, die er anrufen könnte, um in dieser Angelegenheit Hilfe zu erbitten. Aber für welche soll er sich entscheiden? Wie auswählen? Beide sind gleichermaßen gefährlich.

Was tun?

Es erinnert ihn an diese klassische Kurzgeschichte. »Die Dame oder der Tiger?«

Welche Tür öffnen?

Welche Nummer anrufen?

Sein Diensttelefon klingelt Sturm, doch er ignoriert es.

Jetzt ist keine Zeit für das reguläre Geschäft.

Er trifft eine Entscheidung und beschließt, die andere Nummer für später aufzuheben.

Rasch gibt Hoyt eine Abfolge von Ziffern ein. Es klingelt einmal, bevor einer seiner Mitarbeiter aus der Zeit, als er für Global Strategic Solutions tätig war, den Hörer abnimmt.

»Ja«, meldet sich eine Männerstimme.

»Ich muss … Gray treffen. Sofort.«

»Wo?«

Parker sagt es ihm.

»Einen kleinen Moment …«

Parker wartet.

»In einer halben Stunde.«

»Gut.«

Er legt den Hörer des privaten Telefons auf die Gabel und denkt darüber nach, was der Präsident gesagt hat.

Die First Lady finden.

Nicht sie schützen, retten oder ihr helfen.

Er sagte nur: »*Finden Sie sie.*«

Und genau das hat er vor.

14

Seine Augen weiten sich, während sie zurücktritt. Die winzige Einmalspritze zur subkutanen Injektion ruht nach wie vor verborgen in Marsha Grays rechter Hand, deren Fingernägel grellrot lackiert sind. Er zittert, versucht, Luft zu bekommen, und sie fragt sich, ob sie wohl noch ein letztes Wort zu ihm sagen könnte, bevor seine Seele in das Jenseits reist, an das er vielleicht glaubt. Doch im selben Moment bricht Carl zusammen und fällt zu Boden.

Marsha dreht und wendet sich, um sich den Reißverschluss ihres Kleids wieder hochzuziehen, und kehrt dann zu ihrer Ledertasche zurück, in der sie die leere Spritze verstaut. Sie enthielt eine tückische kleine Droge, die binnen weniger Minuten in Carls Blutkreislauf wieder abgebaut werden wird, und sollte seine Leiche obduziert werden, wird der Gerichtsmediziner einzig und allein eine natürliche Todesursache feststellen, vielleicht einen Herzinfarkt. Doch wie auch immer die offizielle Diagnose am Ende lautet, Carl wird tot sein.

Auftrag ausgeführt.

In der Nähe der Büroecke mit den hübschen Polsterstühlen und einem Mahagonischreibtisch stehen zwei identische schwarze Lederaktentaschen.

Verlockend.

Sie zieht ein Paar hellblaue Latexhandschuhe aus ihrer kleinen Handtasche, streift sie sich über und öffnet die Aktentaschen dann. Dass sie beide unverschlossen sind, überrascht sie.

Beide Aktentaschen sind randvoll mit gebündelten Hundert-Dollar-Scheinen.

Sie stößt einen Pfiff aus.

Ach du liebes bisschen! Na, da klopft aber die Versuchung an deine Tür, flüstert sie.

Sie wirft dem Geld einen letzten sehnsüchtigen Blick zu und schließt dann die Taschen.

Der arme Carl dort drüben ist – oder war – Sohn eines prominenten Politikers und Führungskraft in einem Ölunternehmen (was in diesem besonderen »Stan-Land« ein und dasselbe ist) und sollte sich an diesem Nachmittag mit prominenten Funktionsträgern der amerikanischen Ölindustrie sowie Vertretern seines Landes treffen.

Sicher wird sein unerwarteter Tod eine Menge Aufruhr und Misstrauen auslösen, vielleicht sogar ein oder zwei Rachemorde. Aber das soll nicht ihre Sorge sein.

Sie konzentriert sich jetzt nur darauf, wohlbehalten aus dem Hay-Adams zu gelangen.

Sie hebt ihre kleine Lederhandtasche auf und geht in das angeschlossene Badezimmer, das ungefähr so groß ist wie ihre erste Wohnung damals in Cheyenne.

Vierundvierzig Minuten später nippt Marsha Gray in einem Subway sechs Straßenzüge östlich vom Hay-Adams an einer Cola light. Der gleiche Drink, für den sie hier im Schnellrestaurant 1,99 Dollar bezahlt hat, hätte im Hay-Adams wahrscheinlich das Zehnfache gekostet. Da sie sich jedoch gerade erst erfolgreich dort weggeschlichen hat, hat sie nicht vor, wieder dorthin zurückzukehren, schon gar nicht angesichts des Tohuwabohus, das Polizei, FBI und Rettungssanitäter dort gerade veranstalten.

In Carls riesigem Badezimmer ist sie rasch und effizient zu Werke gegangen. Ihre grün gefärbten Kontaktlinsen hat sie in der Toilette hinuntergespült. Ihre schwarzen Nylonstrümpfe hat sie ausgezogen und stattdessen durchscheinende, hüfthohe angelegt. Durch mehrmaliges kurzes, heftiges Ziehen an ihrem speziell designten Cocktailkleid hat sie das tiefe Dekolletee beseitigt und das Kleid um etwa fünfzehn Zentimeter verlängert. Sie hat zweimal kurz an den hohen Absätzen ihrer Schuhe gezogen und sie entfernt, und schon haben sich ihre Schuhe in flache verwandelt. Ihre kastanienbraune Perücke hat sie abgenommen und samt Absätzen an einer zentralen Stelle unter ihrem jetzt schlichten Kleid verstaut, in dem sie nun den Eindruck erweckt, seit ein paar Monaten in anderen Umständen zu sein. Eine schwarze Hornbrille mit Fensterglas fand ihren Weg aus ihrer kleinen Handtasche auf ihre Nase. Und als all dies erledigt war, schlich sie sich aus Carls Zimmer, nahm den Aufzug hinunter in die Lobby und ging an Carls drei Leibwächtern vorbei, von denen keiner auch nur in ihre Richtung schaute.

Nun nippt sie also an ihrer Cola light und schaut auf die Uhr. Wie lange sie wohl warten muss, bis sie den nächsten Auftrag bekommt?

Ihr iPhone klingelt. Sie schaut auf das Display und lächelt.

Das hat nun ganz und gar nicht lange gedauert.

15

Bevor ich michs versehe, finde ich mich im abgedunkelten und – trotz des Geschnatters der Polizeiscanner – relativ ruhigen Raum W-17 wieder. Mein Herz hämmert so heftig, dass mir zumute ist, als hätte ich mal wieder einen Straßenlauf absolviert. Bei diesem Gedanken schaue ich auf das Foto meiner süßen Amelia auf dem Schreibtisch, und ich denke an das, womit Parker Hoyt gedroht hat. Ich schaue abwechselnd auf die Statustafel, die Bildschirme und sogar auf die Fernsehübertragungen, bei denen immer und immer wieder das gleiche Bildmaterial gezeigt wird, nämlich von »The Man« hier oben und seiner Geliebten oder Freundin.

Schließlich setze ich mich hin, betrachte erneut die Fotos von meiner Kleinen und fahre kurz mit den Fingern über das Holzschild, das sie für mich gebastelt hat.

Ich hole tief Luft. So viele Jahre harter Arbeit, spätabendlicher Überstunden und Reisen, um an diesen Punkt zu gelangen, den Höhepunkt meiner Karriere beim Secret Service. Die erste Frau, die jemals die Presidential Protective Division geleitet hat.

Und genauso viel harte Arbeit und Hingabe waren erforderlich, um meine andere Aufgabe meistern zu können, nämlich Mutter einer jungen Dame namens Amelia Grissom

Miller zu sein, die noch ihr ganzes Leben und ihre Zukunft vor sich hat.

Meine Finger gleiten von dem Schild ab.

Ich bleibe reglos sitzen.

Parker Hoyt hat recht.

Ich verschwende nur Zeit.

»Scotty!«, rufe ich.

»Boss«, erwidert er über seine Tastatur gebeugt, während er mit seinen kräftigen Fingern einen Bericht oder ein Update eingibt und dabei jeden Buchstaben auf der Tastatur so attackiert, als wäre er ein Feind, der es verdient hat, hart geschlagen zu werden. »Ich habe es bei CANARYs Personenschutz versucht, konnte aber niemanden erreichen. Ich sage dir, unser Funksystem muss nachgerüstet werden, bevor noch ...«

»Vergiss das mal für den Moment«, schneide ich ihm das Wort ab. »Trage einen nicht zurückverfolgbaren Suburban aus der Liste aus. Du und ich, wir machen einen Ausflug.«

Er greift nach einem Telefon. »Alles klar. Wohin fahren wir?«

Ich schnappe mir meine Tasche, meinen schwarzen Wollmantel und meinen knallroten Schal und sage: »Ins Verderben ... beziehungsweise in diesem Fall zu einer Pferdefarm in Virginia. Komm mit.«

Ein voll ausgerüstetes, nicht gekennzeichnetes und daher vollkommen unauffälliges schwarzes Zivilfahrzeug Marke Chevy Suburban aus dem Hauptquartier des Secret Service an der H Street wird zum Weißen Haus gebracht. Ich überlasse Scotty den Platz am Steuer, bevor wir langsam die lang gezogene, sich windende Auffahrt an der Südseite des Weißen Hauses entlangfahren. Er gibt die Adresse der Pferdefarm in Virginia ins Navigationssystem des Suburban ein, und nachdem ich mich angeschnallt habe, sagt er: »Was steht an? Unangemeldete Inspektion des Personenschutzes der First Lady?«

Ich stelle die Tasche auf den Boden zwischen meinen Füßen und mache es mir auf dem Beifahrersitz bequem. »So könnte man es nennen.«

Wir werden am Pförtnerhäuschen des Sicherheitsdienstes durchgewunken und fahren auf der 15th Street Northwest in südliche Richtung zur Constitution Avenue, vorbei an der Treasury Library und anderen dem römischen Baustil nachempfundenen Regierungsgebäuden auf der vierspurigen Straße. Es ist ein kühler Herbsttag, aber auf den Bürgersteigen tummeln sich viele Menschen, entweder Touristen, die all die historisierenden Gebäude bestaunen, oder Einheimische – Lobbyisten, Bürokraten und hier und da ein paar gewählte Amtsträger –, die in ihre Mobiltelefone sprechen, sich rasch durch die Menge dahinschlendernder Menschen bewegen, allesamt davon überzeugt, dass sie und nur sie in der Regierung von echter Bedeutung sind.

Versprengt in dieser kleineren Gruppe befindet sich eine noch kleinere Handvoll meiner Agents; diese haben sich so gekleidet, dass sie gut ins Bild passen, und verhalten sich wie Touristen oder Bürohengste, außer dieser einen Sache, nämlich ihrem ständig hin und her huschenden Blick, den Augen eines Jägers, mit denen sie Ausschau halten nach denen, die »The Man« schaden wollen.

»Boss?«

»Ja, Scotty«, antworte ich und wende meinen Blick von

den belebten Bürgersteigen ab. Wir haben die Gebäude mittlerweile passiert, und zu meiner Rechten befindet sich der Park The Ellipse (dorthin hatte ich vergangenen Dezember anlässlich der Illuminierung des National Christmas Tree Amelia mitgenommen; wir waren gegen die Kälte dick eingemummelt, und ich hatte meine Hände auf ihre Schultern gelegt, während die meinen in mein vorzeitiges Weihnachtsgeschenk von ihr eingehüllt waren), und vor uns kommt nun das Washington Monument in Sicht.

»Was geht hier wirklich vor?«, fragt er. »Das hier ist keine Inspektionsreise, oder? Das spüre ich. Dafür bist du zu angespannt.«

Die Typen von der Regierung dort draußen reden immer gerne von Machtkämpfen, Scotty hingegen hat die echten Kämpfe mitgemacht, hat mit M4 und AK47 gekämpft, es mit Autobomben und Luftschlägen zu tun gehabt. Das alles hat er dank seiner körperlichen Stärke, seiner Intelligenz, vor allem aber dank seines Riechers für Dinge, die keinen Sinn ergeben, so lange körperlich unbeschadet überlebt.

»Nein, ist es nicht«, sage ich.

»Was ist es dann?«

Während der Verkehr vor uns langsamer wird, halte ich mich an meinem Gurt fest, verstärke meinen Griff und sage schließlich: »Die First Lady ist nicht auffindbar.«

Gott sei Dank ist Scotty Profi. »Der Statustafel zufolge hält sie sich auf dieser Pferdefarm auf, in Campton. Und ihr Personenschutz hat nichts Ungewöhnliches gemeldet.«

»Das liegt daran, dass sie Anweisung bekommen haben, sich bedeckt zu halten.«

»Von wem?«

»Vom Ehemann der First Lady«, erwidere ich. »Er und sein Stabschef haben mich angewiesen, mich auf die Suche nach ihr zu machen … und zwar diskret und schnell, ohne Wellen zu schlagen oder Headlines zu produzieren.«

»Aber …«

»Im Fernsehen wird in diesem Moment eine Skandalgeschichte breitgetreten, Scotty, einen Monat vor den Wahlen. Wenn sich jetzt noch die Nachricht verbreitet, dass die First Lady vermisst wird – das würde ›The Man‹ im Handumdrehen das Genick brechen. Hier steht zu viel auf dem Spiel. Das Weiße Haus wird das nicht zulassen … und auch nicht, dass dieser kalifornische Spinner der nächste Präsident wird. Hast du gehört, was dieser Gouverneur über die Aufrüstung der Chinesen im Pazifik gesagt hat? Dass wir uns keine Sorgen über deren Stützpunkte machen sollen, weil der Klimawandel letztendlich deren Inseln absaufen lassen wird und wir deshalb unseren Verteidigungsetat um die Hälfte kürzen können.«

Im dichten Verkehr werden wir langsamer, während wir uns der Constitution Avenue nähern.

»Tja, Scheiße aber auch«, konstatiert Scotty.

»So ist es.«

Ich denke einen Moment nach und sage dann mit ein wenig Besinnung: »Weißt du, warum ich zum Secret Service gegangen bin?«

»Nicht wegen des Gehalts oder der Sozialleistungen.«

Ich muss lachen. »Ja, da hast du recht. Es ist bloß so … ich bin hier aufgewachsen, bin zur Polizei gegangen und musste dann feststellen, dass ich nichts tue, als ein Stück Rasen zu bewachen. Ich wollte aber etwas Größeres beschützen, nämlich die Träume und Hoffnungen, durch die diese hübschen Gebäude hier überhaupt erst entstanden sind. Klingt albern, oder? Aber ich muss morgens, wenn ich zur Arbeit fahre, wissen, dass ich etwas beschütze, das größer ist als ich selbst.«

Ich lege eine Pause ein, während ich versuche dahinterzukommen, warum das jetzt alles aus mir herausbricht. »Und heute wurde ich gerade daran erinnert, dass ich für einige nach wie vor nicht mehr bin als bloß ein Cop, der Scheiße wegräumt.«

Der Verkehr wird dichter, die Zeit drängt. Schließlich verschränke ich die Arme und sage: »Weißt du noch, was ich vorhin sagte, von wegen wir müssten diskret vorgehen?«

Wir sind noch etwa sechs Meter von der Kreuzung entfernt. Vor fast zehn Minuten haben wir das Gelände des Weißen Hauses verlassen und sind kaum vorangekommen.

»Ja, das weiß ich noch, Boss«, sagt er.

»Planänderung«, sage ich. »Mach die Christbaumbeleuchtung an.«

Mit der rechten Hand betätigt er ein paar Schalter, worauf die Sirene des Suburban zu jaulen beginnt, rote und blaue Lichter im Kühlergrill und oben hinter der Windschutzscheibe zu blitzen beginnen. Daraufhin wird uns, langsam und träge, eine Gasse frei gemacht, und nach ein paar Minuten befinden wir uns auf der Constitution Avenue und biegen Richtung Westen ab, um über die Theodore Roosevelt Memorial Bridge zu fahren und den Potomac River zu überqueren, die Grenze zu Virginia.

Während die Sirene plärrt, besteht kaum eine Möglichkeit, mit meinem Stellvertreter zu sprechen, was mir jedoch nur recht ist, denn momentan fällt mir nichts mehr ein, was ich ihm mitteilen könnte.

Die Fahrzeuge machen uns weiterhin den Weg frei, und ich lehne mich wieder in meinem Sitz zurück, während wir den Potomac River überqueren und nach Virginia hinein-rasen – und auf die Katastrophe zusteuern, die uns er-wartet.

16

Parker Hoyt hat einige Zeit beim Präsidenten verbracht, um gemeinsam mit ihm ein Statement aufzusetzen, das vor Schmalz trieft und im Kern beinhaltet, dass der Präsident zugibt, eine »unangemessene« Beziehung geführt zu haben. Er hofft, die Presse zumindest einen Tag lang mit der beinahe aufrichtigen Entschuldigung Harrisons gegenüber seiner »lieben Frau« und »dem amerikanischen Volk« zufriedenzustellen, verlässt das Gelände des Weißen Hauses und geht alleine und zu Fuß Richtung Süden, zum Pershing Park. Dieser wird von der Masse ignoranter Touristen, die meist wohl schon Mühe damit haben dürften, den Namen des vorherigen Präsidenten zu nennen, übersehen. Er setzt sich auf eine Bank in der Nähe der Brunnenanlage mit ihrem großen Becken, das im Winter als Eislaufbahn genutzt wird. Es herrscht eine leichte Brise, und die meisten Passanten haben sich gegen die vermeintliche Kälte dick eingepackt, doch Parker nimmt diese gar nicht wahr. Wenn man in Cleveland aufwächst, am bitterkalten Ufer des Lake Erie, lernt man schnell, wie sich richtige Kälte anfühlt.

Eine kleine Frau mit dunkel getönter Haut, feinem schwarzen Haar und braunen Augen, die eine hüftlange Navy-Jacke und Jeans trägt, kommt zu ihm herüber und setzt sich neben ihn auf die Bank. Parker lässt den Blick noch einmal über die Touristen schweifen. Er wäre überrascht, wenn auch nur einer von hundert ihm sagen könnte, wer Pershing war oder was er geleistet hat.

»Laut Marine Corps war Ihre bestätigte Abschusszahl zweiundvierzig«, sagt Parker zu der Frau neben ihm.

»Dreiundsechzig«, korrigiert sie ihn mit energischer Stimme. Marsha Gray, ehemals United States Marine Corps, mittlerweile Auftragnehmerin von Global Strategic Solutions, ist pünktlich zur Stelle.

»Woher kommt die Differenz?«

Sie hat die Hände in ihre Manteltaschen gesteckt. »Das Corps hat ziemlich strenge Regeln, was die Bestätigung von Abschüssen durch Scharfschützen angeht. Man braucht eine sekundäre Bestätigung. Für die meisten ist das kein Problem, weil man zusätzlich von einem Aufklärer unterstützt wird – der kann den Abschuss dann hinterher bestätigen. Ich habe aber alleine gearbeitet. Das heißt, dass nachrichtendienstliche Einsatzauswertungen oder Videomaterial von Drohnen nötig waren, um das, was ich getan habe, im Nachhinein zu bestätigen.«

»Seltsam, ganz alleine zu arbeiten.«

»Die Orte, an denen ich gearbeitet habe, waren seltsam«, sagt sie. »Dank meiner familiären Herkunft habe ich die richtige Hautfarbe, um mich optisch einzufügen. Wenn ich einen Tschador oder Ähnliches trage, lassen mich die Männer normalerweise in Ruhe. Unter dem Tschador konnte ich dann aber ein schönes Remington X600 Präzisionsgewehr verbergen, ein Spezialmodell. Ich konnte es zerlegen und mir über die Schulter hängen – kein Mensch hat es gesehen. Ich suchte mir eine Anhöhe, setzte meine Ausrüstung zusammen, machte das Ziel ausfindig und schaltete es aus. Und wenn das Blut aufhörte zu fließen, ging ich schon wieder die Straße entlang wie eine brave, dicht verschleierte Frau, gehorsam gegenüber dem nächstbesten bärtigen Mann und Gott.«

»Schön für Sie.«

»Wie lautet der Auftrag?«, fragt Marsha.

»Was halten Sie von unserem Präsidenten?«, entgegnet Parker.

Sie zuckt mit den Schultern. »Nicht besser und nicht schlechter als andere, schätze ich. Allerdings hat sein kleiner Freund ihn in Schwierigkeiten gebracht. Warum fragen Sie?«

Parker denkt darüber nach, wie er es formulieren soll, und beschließt dann, es einfach auszuspucken. »Präsident Tucker … verändert Dinge. Nicht immer weltbewegend oder publikumswirksam, aber er verändert Dinge. Zum ersten Mal seit langer Zeit haben wir einen Präsidenten, der nicht in eine bösartige Auseinandersetzung mit der anderen Partei verwickelt ist, nicht einmal mit den Nachrichtenmedien. Es hat Jahrzehnte gedauert, uns in den Schlamassel zu befördern, in dem wir nun stecken, und es wird auch wieder Jahrzehnte dauern, bis wir uns davon befreit haben, aber dieser Kerl hat zumindest eine Wende eingeleitet. Er hat einen guten Start hingelegt.«

Marsha wirkt nicht beeindruckt. Er fährt fort. »Ich bin in Cleveland an den Großen Seen aufgewachsen. Mein Dad, sein Dad und schon mein Urgroßvater hatten Aufstiegschancen in den Walzwerken und Gießereien. Feste Arbeitsplätze. Gute Jobs, die es ihnen ermöglichten, ein Haus zu kaufen, ihren Kindern etwas zu hinterlassen, vielleicht noch ein

Ferienhäuschen für den Sommer zu erwerben. Familien wie unsere, das waren keine Unternehmer – die haben nicht an neue Internet-Apps oder so etwas gedacht. Daher wurden sie im Stich gelassen, vergessen. Dieser Präsident jetzt … er hat sich an sie erinnert. Und er hat sich auch an meine Familie erinnert. Deshalb arbeite ich für ihn, und deshalb engagiere ich mich für seine Sicherheit und seinen Erfolg. Sein Kontrahent glaubt, wenn wir alle Grünkohl anbauen, einander an die Hand nehmen und Kumbaya singen, würden wir in ein neues Land voller Glück und Seligkeit geführt. Ich kann nicht zulassen, dass er gewinnt. Das wäre eine Katastrophe epischen Ausmaßes.«

»Nettes Verkaufsgespräch«, sagt Marsha. »Wie lautet der Auftrag?«

»Sie sind in Wyoming groß geworden, in ärmlichen Verhältnissen, nicht wahr?«, fragt Parker. »Als Waisenkind eines baskischen Schafzüchters, oben in den Bergen. Ihre Eltern kamen bei einem Lastwagenunfall während eines Schneesturms ums Leben. Sie haben sich dem Marine Corps angeschlossen, um dort rauszukommen und sich Ihren Lebensunterhalt zu verdienen. Es muss ziemlich hart da draußen in Wyoming gewesen sein.«

»Sie hatten einen großen See«, sagt sie. »Wir hatten Berge. Sie hatten es besser.«

»Die First Lady ist verschwunden«, sagt Parker. »Der Secret Service weiß nicht, wo sie steckt.«

»Schön für sie«, sagt Marsha. »Sehen Sie die Titten von diesem Mädchen da drüben? Ich würde meinem Gatten auch abhandenkommen, wenn ich mit der Nase daraufgestoßen würde, dass er mich mit ihr betrogen hat.«

»Das ist noch nicht alles«, sagt Parker. »Da ist etwas faul an ihrem plötzlichen Verschwinden. Sie könnte einfach abgehauen sein, vielleicht ist sie aus eigenen Antrieb von der Bildfläche verschwunden. Aber ich werde nicht zulassen, dass sie die zweite Amtszeit des Präsidenten sabotiert, deshalb halten wir die Suche nach ihr geheim. Ich werde Ihnen Informationen über die Ermittlungen des Secret Service zukommen lassen, und ich will, dass Sie sich denen an die Fersen heften … und, falls es die Situation erfordert, sie ausschalten.«

Marsha schlägt die Beine übereinander. »Woher weiß ich, wann die Situation es erfordert?«

»Ich werde fortwährend mit Ihnen Kontakt halten. Sie werden es erfahren.«

Eine Gruppe plappernder Schulkinder kommt vorbei, und zwei Lehrerinnen versuchen verzweifelt, sie vom Becken fernzuhalten. »Ist das okay für Sie?«, fragt Parker.

»Nur um das klarzustellen«, sagt Marsha, »geht es nur um sie, oder soll ich alles tun, was notwendig ist?«

»Tun Sie so, als wären Sie draußen im Feldeinsatz, und es gäbe keine Möglichkeit, jemanden zu kontaktieren. Tun Sie, was getan werden muss.«

Erneut zuckt sie leicht mit den Schultern. »Kein Problem.«

»Sicher?«

»Ich mochte sie sowieso noch nie«, sagt Marsha. »Kein Problem.«

»Gut«, sagt Parker. »Ihr Einsatz beginnt ab sofort.«

»Geht klar«, sagt sie.

»Bestens«, sagt er und rattert dann eine Ziffernfolge herunter. »Das ist meine Durchwahl im Weißen Haus. Rufen

Sie mich in einer halben Stunde an, dann gebe ich Ihnen, was ich weiß, und wir sehen weiter.«

»Abgemacht«, sagt sie.

Als Marsha aufsteht, sagt Parker: »Kann ich Ihnen noch eine Frage stellen?«

»Die Arbeitszeit hat noch nicht begonnen, also ja, fragen Sie nur.«

»Wer ist Pershing? Sie wissen schon, der Kerl, nach dem dieser Park hier benannt wurde.«

Zum ersten Mal seit ihrem Treffen lächelt die Auftragsmörderin.

»Soll das ein Witz sein? General John Joseph »Black Jack« Pershing. Leiter des Amerikanischen Expeditionscorps im Ersten Weltkrieg. Hatte vorher Pancho Villa durch ganz Mexiko gejagt, ihn aber nicht erwischt. Wollen Sie sonst noch etwas wissen?«

»Nein«, sagt Parker. »Ziehen Sie los. Und verspäten Sie sich nicht, was den Anruf angeht.«

»Das werde ich nicht«, erwidert Marsha und geht davon. Wie es allen Scharfschützen auf der Welt zu eigen ist, taucht sie rasch inmitten der Menschenmenge und der Bäume unter und verschwindet.

Parker hält das für ein sehr gutes Zeichen.

17

Auf der Pferdefarm Westbrook im Außenbezirk der ländlichen Gemeinde Campton in Virginia, vierzig Autominuten vom Weißen Haus entfernt, parkt Scotty unseren Suburban neben zwei anderen, identisch aussehenden schwarzen Suburbans auf einem unbefestigten Parkplatzgelände, das von einem brusthohen weißen Bretterzaun umgrenzt ist.

Ich steige aus, und Scotty versucht, mich einzuholen, während ich mit großen Schritten auf das dreiköpfige Personenschutzteam der First Lady zuhalte, das sich zusammengeschart hat wie sich schutzsuchend aneinanderdrängende Tiere. Ich verliere meine professionelle Beherrschung und stelle sie etwa drei vergeudete Minuten lang in den Senkel – schreie sie an und fuchtele mit der Faust vor ihnen herum, als wäre ich im Begriff, auf sie loszugehen und ihnen Kinnhaken zu verpassen.

Die Personenschützer, zwei Frauen und ein junger Mann, lassen es über sich ergehen, ohne mit der Wimper zu zucken. Schließlich halte ich inne, hole tief Luft und sage: »Das war jetzt unnötig. Tut mir leid. Ich habe Zeit verschwendet. Pamela, bringen Sie mich auf den neuesten Stand.«

Pamela Smithson tritt vor. Sie ist blond und bringt es nur knapp auf das für weibliche Agents des Secret Service erforderliche Körpergewicht und die entsprechende Körpergröße. Allerdings ist sie Nahkampfexpertin, und ich habe mit eigenen Augen gesehen, wie sie sich bei der Geburtstagsparty eines Agents im vergangenen Jahr einen Clown von der Heimatschutzbehörde, der sie belästigt hatte, vorknöpfte und in den Swimmingpool katapultierte.

»CANARY ist hierhergekommen, um ein paar Stunden auszureiten«, erklärt sie. »Das ist für sie Entspannung, und ihr Arzt hat es ihr als Teil ihrer Rekonvaleszenz empfohlen.«

Um uns herum sind Scheunen, Nebengebäude, Einzäunungen und jede Menge Pferde, alles zusammen mehrere Millionen Dollar wert. Das Parkplatzgelände liegt ein wenig abseits von den Ställen. Ich erblicke eine Reihe von Kindern, die in einer etwa dreißig Meter entfernten Einpferchung mit Ponys und Pferden spielen.

»Was geht da drüben vor?«, frage ich.

»Ein Teil der Ställe hier gehört einer Hilfsorganisation – Green Grass for Kids –, die Großstadtkinder und solche mit besonderen Bedürfnissen zu dieser Farm transportiert, damit sie hier mal ein bisschen frische Luft schnappen können und sehen, was es mit Pferden so auf sich hat. Es ist eine der Lieblings-Hilfsorganisationen der First Lady.«

»Okay, dann klären Sie mich auf, was passiert ist.«

Pamela richtet ihren Blick auf die beiden anderen Agents – Tanya Glenn, eine stämmige Afroamerikanerin, und Brian Zahn, ein schmächtiges Kerlchen, das nicht den Eindruck erweckt, als wäre es schon alt genug, um sich zu rasieren – und sagt: »Als das mit Atlanta bekannt wurde, hat die First Lady ihren Terminplan für heute über den Haufen geworfen. Sie wollte hier rausfahren, um sich bei einem Ausritt zu entspannen.«

»Also gab es keine Vorbereitungen, keine gründliche Durchsuchung, keine Sicherung.«

»Dafür hatten wir keine Zeit«, ergreift Tanya das Wort. »Und wenn man so lange für ihren Personenschutz verantwortlich ist wie wir, dann ist einem klar, dass wenn CANARY einmal eine Entscheidung getroffen hat, es auch dabei bleibt. Sie wollte ausreiten. Also ist sie ausgeritten. Sie sagt, hier sei einer der beiden einzigen Orte auf der Welt, wo sie entspannen kann.«

»Um wie viel Uhr war das?«

Pamela schaut auf ihre Uhr. »Vor knapp drei Stunden.«

»Sie alle können reiten«, sage ich. »Warum also haben Sie sie nicht begleitet?«

Der Wind dreht, und nun höre ich die Kinder aus der Ferne vor Vergnügen kreischen. Tanya sagt: »Wir begleiten sie sonst immer, lassen uns entweder zurückfallen oder reiten voraus. Aber heute bestand sie darauf, alleine zu sein, und meinte, sie werde in einer Stunde wieder hier sein.«

»Warum wurde ich nicht benachrichtigt, als sie nicht wieder zurückkehrte?«

Pamela wirkt trotzig und zugleich mitgenommen. »Anweisung.«

»Von wem?«

»Vom Präsidenten.«

»Erzählen Sie mir mehr«, fordere ich sie auf.

»Als sie überfällig war und nicht an ihr Handy ging, wurde ich von dem Communications Officer an Bord der Air Force One kontaktiert. Ich sprach mit Jackson Thiel, dem Leiter des Personenschutzteams des Präsidenten. Er bat mich, einen Moment zu warten. Das tat ich. Schließlich war der

Präsident am Apparat und wies mich an, diskret damit umzugehen, da er sich selbst darum kümmern wolle.«

»Und er hat Sie angewiesen, mich nicht anzurufen?«

Nun wirkt Pamela wie ein Häufchen Elend. »Er hat zu mir gesagt … ich solle mich ruhig verhalten und niemanden informieren. Überhaupt niemanden.«

Ich beiße mir auf die Unterlippe und schweige einen Moment. Frustriert wird mir klar, dass Pamelas Karriere und die der anderen Personenschützer den Bach runtergehen wird. Ganz gleich, was noch passiert. Je nachdem, wie sich diese Sache entwickelt, landet die meine wahrscheinlich im selben Bach.

»Wo könnte sie sich Ihrer Meinung nach aufhalten?«, frage ich.

Tanya ergreift erneut das Wort, und mir fällt auf, dass Brian, einziger Mann und als Letzter zum Personenschutzteam gestoßen, bisher stumm geblieben ist. »Sally, dort draußen sind kilometerweise Trampelpfade«, sagt sie. »Man geht einen davon entlang, dann verzweigt er sich, und danach verzweigt er sich wieder und immer so weiter. Sie könnte überall sein. Ich vermute, sie hat ihr Handy ausgeschaltet oder weggeworfen und sitzt jetzt bloß unter einem Baum und fühlt sich total miserabel.«

»Hat sie ihren Panik-Button dabei?«

»Na klar«, sagt Pamela.

Jede Schutzperson trägt einen getarnten Panik-Button bei sich. Der des Präsidenten ist eine Challenge Coin, hat also die Form einer Münze, und er trägt sie ständig in seiner Tasche. Der der First Lady befindet sich an einer kleinen Brosche, die sie an einer Goldkette um den Hals trägt. Und wenn er gedrückt wird, sendet er ein starkes Lichtsignal sowie ein GPS-Signal, das die exakten Koordinaten bis auf einen Fuß genau übermittelt.

»Aber er wurde nicht aktiviert.«

»Nein«, sagt Tanya. »Wurde er nicht.«

Erneut betrachte ich dieses armselige Trio von Agents, denen etwas Schlimmeres passiert ist, als dass ihre Schutzperson verwundet oder getötet worden wäre: Sie haben ihre Schutzperson aus den Augen verloren.

An Pamela gerichtet sage ich: »Wenn Sie einen Moment Zeit haben, rufen Sie die Supervisoren wegen Ihrer Vertretungsschichten an. Denken Sie sich eine plausible Erklärung aus. Aber sagen Sie denen, dass Sie alle drei im Dienst bleiben. Wir müssen den Kreis der Eingeweihten so klein wie nur möglich halten.«

Pamela nickt.

»In Ordnung«, sage ich, »haben Sie eine Karte von der Gegend?«

Pamela tritt an die Kühlerhaube des Suburban, auf der eine Karte ausgebreitet liegt, und weist auf die Stelle, die den Parkplatz markiert. Sie tippt mehrmals mit dem Finger auf die Karte und sagt: »Seit diesem Telefonat mit dem Präsidenten sind wir als Jogger die nahe gelegenen Wege abgelaufen, um zu sehen, ob wir irgendwas dabei finden. Einer von uns ist immer zurückgeblieben, für den Fall, dass sie wiederauftaucht.«

»Okay«, sage ich.

»Diese Farm ist riesig, es sind Hunderte Morgen Land, aber der Grenzzaun ist gesichert, da externes Sicherheitspersonal die Grundstücksbegrenzung überwacht und auch eine

Reihe von Überwachungskameras installiert sind. Aufgrund der Anweisungen, die ich erhalten habe, habe ich nicht mit deren Geschäftsleitung über eine Sicherung der Aufnahmen gesprochen, aber wenn Sie sie haben wollen, steht Ihnen das frei, Sally.«

Ich mache Anstalten, etwas zu erwidern, doch Brian kommt mir zuvor: »Da ist sie!«

Ich wirbele herum, und die Erleichterung, die blitzartig in mir aufsteigt, ist so groß, dass ich schon befürchte, ohnmächtig zu werden.

Der schwarze Morgan-Hengst der First Lady trottet vom Hauptzufahrtsweg auf das Parkplatzgelände.

Vehement fluchend trete ich gegen einen der beiden Vorderreifen.

Auf dem Pferd sitzt kein Reiter.

18

Fünf Minuten vor der Landung sitzt Tammy Doyle stocksteif in einem komfortablen Sitz der First Class. Es ist eigentlich nicht der von ihr gebuchte Platz, doch kurz nach dem Start auf ihrem Flug von Atlanta nach Dulles hat die Chefstewardess sie nach vorne gewinkt und ihr Handgepäck aus dem Gepäckfach geholt.

Mit ihrem forschen Auftreten und ihrem blond gefärbten Haar könnte sie Tammys Mom sein, und nachdem sie Tammy in einer freien Sitzreihe platziert hatte, beugte sie sich zu ihr herunter und flüsterte ihr zu: »Es ist immer die Schuld des Mannes, aber wir sind immer die Gelackmeierten.«

Beim Gedanken an die anderen Passagiere in der Maschine, die allesamt via Flugzeug-Wifi mit der Welt in Verbindung standen, hat sie während des gesamten Flugs mit hochrotem Kopf dagesessen, überzeugt davon, dass die meisten von ihnen ihr Geheimnis kannten – die Liebhaberin des Präsidenten, die Geliebte, die Schlampe.

In Atlanta hatte Harrison ihr von seinen Plänen erzählt, Grace nach dem Wahltag schonend von ihrer beider Beziehung zu erzählen, sich dann offiziell von ihr zu trennen und Tammy während seiner zweiten Amtszeit dezent ins Weiße Haus und in seine Welt einzuführen.

Aber jetzt?

Was wird Harrison tun?

Der plötzliche Ruck, mit dem das Flugzeug auf der Landebahn aufsetzt, lässt sie aufschrecken, und nun regt sich mit einem Mal ein anderer Gedanken in ihr.

Was wird *sie* jetzt tun?

Es dauert nur ein paar Minuten, bis die Maschine über das Rollfeld zum Gate gelangt, und nun übernimmt ihre Verbündete, die Chefstewardess, erneut das Ruder. Sie hilft Tammy mit ihrem Rollkoffer und blockiert den Gang, damit sie die Gelegenheit bekommt, den aussteigenden Passagieren zuvorzukommen. Schließlich legt sie ihr die Hand auf die Schulter.

»Ich werde für Sie beten«, flüstert sie, worauf Tammy nur nickt, nicht imstande, auch nur ein Wort hervorzubringen. Schließlich geht sie rasch die Fluggastbrücke entlang, ihren Rollkoffer neben sich herziehend, ihre große schwarze Lederhandtasche über die Schulter gehängt.

Als sie die Halle betritt, setzt sie sich eine Sonnenbrille und eine marineblaue Baskenmütze auf. Hier, in diesem den Fluggästen vorbehaltenen Bereich, sieht sie keinen einzigen Vertreter der Nachrichtenmedien, und sie ist erleichtert. Die Korinthenkacker der Transportation Security Administration schieben dort draußen Wache und gewähren auf keinen Fall jemandem ohne Bordkarte Einlass.

Was bedeutet, dass sie alle im Hauptterminal auf sie warten werden. In dem Wissen, dass sie an diesem langen, grauenhaften Tag gleich zum zweiten Mal attackiert werden wird, beginnt ihr Herz zu hämmern.

Zusammen mit einer Reihe weiterer Passagiere steigt sie

in den AeroTrain, der sie zum Hauptterminal transportiert. Sie entdeckt eine vielköpfige hispanoamerikanische Familie – Großmama, Mom, Dad und ein halbes Dutzend Kinder – und tritt näher an sie heran, während sie der gestressten Mutter lächelnd zunickt.

Mit einem Ruck setzt sich der Zug in Bewegung, nimmt Fahrt auf, und beinahe genauso schnell ist ihre Fahrt auch wieder zu Ende.

Schon wieder diese verdammten gleißenden Scheinwerfer von Fernsehkameras.

Verdammt!

Die hispanoamerikanische Familie schlängelt sich durch die Menge, und Tammy selbst quetscht sich, zwischen sie gedrängt, ebenfalls hindurch und geht dann zügigen Schrittes ihres Weges. Rufe ertönen, Fragen werden gerufen, weitere Passagiere strömen heraus. Gottlob herrscht heute im Hauptterminal reges Treiben, sodass sie sich immer wieder rasch unter Menschen mischen kann. Fragen werden gerufen, die sie alle ignoriert und einfach weitergeht; irgendwann drängt sich ein hartnäckiger Fotograf vor sie und versucht, ihr den Weg abzuschneiden, worauf sie mit ihrer schweren Handtasche ausholt und ihn so in die Flucht schlägt.

Ihr Idioten, denkt sie. *Ich bin im sozialen Brennpunkt von South Boston aufgewachsen, habe jeden Sommer als Praktikantin im Parlamentsgebäude auf dem Beacon Hill gearbeitet und mich mit Zähnen und Klauen zur K Street hochgearbeitet. Glaubt ihr wirklich, ich würde jetzt stehen bleiben und euch ein Statement geben?*

Sie schlängelt sich weiter, steuert vor dem Ausgang die Taxistände an und drückt dem Geschäftsmann ganz vorn in der Schlange zwei Zwanzig-Dollar-Scheine in die Hand, damit er ihr seinen Platz überlässt. Im nächsten Moment sitzt sie im Fond eines schwarzen Taxis, legt den Gurt an und ist auf dem Weg zu ihrer Wohnung in Arlington.

Ihre Brust schmerzt, und als sie sich zurücklehnt, begreift sie, warum dies so ist.

Sie hat mehr oder weniger vergessen, Luft zu holen.

Zum Glück sitzt ein Taxifahrer am Steuer, der sich kurz vorstellt, Hallo sagt und ansonsten die Klappe hält, während sie das Flughafengelände hinter sich lassen. Tammy presst die Hände ineinander, während sie sich sämtliche Versprechungen in Erinnerung ruft, die Harry ihr gemacht hat, zum Beispiel, dass er eines Tages im Verlauf seiner zweiten Amtszeit mit ihr in der Air Force One fliegen wird, sobald er sich von der First Lady getrennt hat.

»Das ist etwas, auf das man sich freuen kann, das verspreche ich dir!«, hatte Harry beteuert. »Mit deinem Gepäck hast du gar nichts zu tun. Die Mahlzeiten kannst du frei wählen. Die Flüge selbst sind die sanftesten, ruhigsten überhaupt. Du teilst dir mit mir eine separate Kabine, ganz vorne, kannst dir unter Hunderten Filmen einen aussuchen, Fernsehfilme oder irgendein Unterhaltungsprogramm. Verdammt, an Bord der Air Force One arbeiten so viele Flugbegleiter, dass immer einer da ist, dessen einzige Aufgabe darin besteht, das schwöre ich bei Gott, deine Serviette aufzuheben, wenn du sie mal fallen gelassen hast. Das ist ein Erlebnis, das du nie mehr vergessen wirst, eines, das du haben wirst, und zwar schon bald, das verspreche ich!«

Und nun?

Nun regt sich tief in ihrem Inneren ein düsterer Gedanke:

Waren all diese Versprechungen nur leere Worte? Seit Beginn ihrer ... Beziehung (es eine Affäre zu nennen, würde es herabsetzen, fand sie immer schon) hatte er Wort gehalten, sie zu beschützen, hatte seine Versprechen in Bezug auf ihre Zusammenkünfte stets eingehalten und sie behandelt wie ... nun, wie eine Frau eben gerne behandelt werden möchte. Mit Respekt, Zuneigung und Liebe.

Dann aber, vor ein paar Stunden in Atlanta, hat er sie im Stich gelassen, hat zugelassen, dass der Secret Service ihn von ihr abdrängt, hat sich nicht vergewissert, ob es ihr gut geht in dieser Meute der über sie herfallenden Reporter.

Und ...

Plötzlich erkennt sie, dass auf der Gegenfahrbahn der Schnellstraße in Höhe eines Baustellenbereichs etwas schrecklich schiefläuft – ein schwarzer Kleinlastwagen durchbricht in hohem Tempo den unbefestigten Mittelstreifen, sie schreit ihrem Fahrer etwas zu, der Transporter nimmt ihr gesamtes Blickfeld ein, bis er seitlich gegen das Taxi kracht und sie in Schmerz und Dunkelheit versinkt.

19

Während das Pferd der First Lady angetrottet kommt, fängt mein Handy an zu klingeln. Ich rufe: »Schnapp sich mal jemand dieses verdammte Pferd und check es!«

Brian Zahn ist der Agent, der ihm am nächsten steht; es gelingt ihm, in den Sattel zu springen und Zaumzeug und Zügel zu ergreifen, ohne dass das Pferd scheut. »Wonach soll ich suchen?«

Mein Telefon klingelt erneut. »Verdammt, irgendwelche Blutspuren, Zeichen von Gewaltanwendung oder ihr verdammter abgerissener Fuß, der noch im Steigbügel hängt!«

Vor dem nächsten Klingeln nehme ich den Anruf entgegen. »Grissom.«

»Hey, Sally«, ertönt eine besorgt klingende männliche Stimme. »Hier ist Gil.«

Ich nicke befriedigt. Gil Foster ist einer meiner vertrautesten Kollegen und arbeitet in der Technical Security Division des Secret Service. Ihn hatte ich vorhin angerufen, als wir nur noch ein paar Minuten von der Pferdefarm entfernt waren.

»Gil«, begrüße ich ihn. »Sag mir, dass du was für mich hast.«

Ich vernehme einen vagen Seufzer. »Ich kann dir nur so viel sagen, dass das Handy der First Lady noch vor drei Stunden eingeschaltet war und funktionierte. Basierend auf der Sendemast-Triangulation und dem geräteeigenen GPS-Sender befand sich das Telefon auf der Westbrook Horse Farm, fünfzig Meter östlich des Hauptstalls.«

»Super«, sage ich. »Genau dort halte ich mich gerade auf. Sonst noch was?«

»Um elf Uhr sechzehn verschwand das Signal.«

»Wie konnte es verschwinden? Hat der Akku seinen Geist aufgegeben?«

»Selbst wenn der Akku den Geist aufgibt, sendet der GPS-Sender weiter sein Signal«, sagt Gil. »Er wird von einer radioaktiven Quelle gespeist und hält ein Jahr lang durch.«

»Was also ist passiert?«

»Etwas mit dem Telefon«, sagt Gil. »Entweder wurde es beschädigt oder zerstört.«

»Moment mal, ich dachte, diese blöden Dinger wären mehr oder weniger unkaputtbar.«

»Sind sie auch«, bestätigt er. »Aber wenn sich jemand ernsthaft daran zu schaffen macht … zum Beispiel einen Schneidbrenner ansetzt, es in einen industriellen Schredder wirft oder es aufbricht und dann ins Wasser schmeißt, dann …«

Mir kommt ein Gedanke. »Gil, okay, danke, du warst mir eine große Hilfe.«

»Sally«, schiebt er rasch nach, »eines muss ich noch wissen … Als du mich vorhin angerufen hast, sagtest du, dies sei eine unangekündigte Übung, richtig? Eine Sicherheitsübung, um zu überprüfen, ob die First Lady über ihr Mobiltelefon ausfindig gemacht werden kann.«

»Das stimmt«, sage ich. »Bloß eine Übung.«

»Aber … na ja« – er stößt ein nervöses Lachen aus – »so, wie du redest, hört es sich so an, als wäre es echt. Nicht bloß eine Übung.«

»Gil?«

»Ja, Sally?«

»Wenn dich irgendwer fragt, von deinem Schichtleiter bis hin zum Mitglied eines Kongressausschusses irgendwann einmal, dann sagst du, deines Wissens war es eine gottverdammte Übung.«

Ich lege auf. »Pamela!«

Sie steht zusammen mit Brian und Tanya, der zweiten Agentin, drüben beim Pferd und schaut auf. »Zeigen Sie mir noch mal diese Karte.«

Pamela tritt wieder zu mir an den SUV. »Wo ist von diesem Weg aus das nächste Gewässer?«, frage ich. »Schnell.«

Ohne zu zögern, fährt sie mit dem Finger eine blaue Linie auf der Karte entlang. »Hier. Der Taccanock River. Er durchzieht das ganze Gelände. Ist nicht wirklich ein Fluss, eher ein breiter Bach.«

»Wie heißt noch mal ihr Pferd?«

»Arapahoe.«

»Der Weg, auf dem Arapahoe hierherkam …«

»Ja, der Weg führt dorthin«, sagt sie, »und verläuft danach parallel zum Wasserlauf.«

»Dorthin fahren wir jetzt«, sage ich. »Und zwar sofort. Ihr totes Telefon … eine Möglichkeit, es funktionsuntüchtig zu machen, besteht darin, es aufzubrechen und ins Wasser zu tauchen.«

»Also zum Beispiel, falls sie vom Pferd gefallen ist.«

»Wir brechen auf. Sofort.«

Ich nehme das Heft in die Hand, treffe die entsprechenden Vorbereitungen. An Scotty gerichtet sage ich: »Bleib du hier. Bring Arapahoe zurück in den Stall. Du bist unser Kommandoposten. Und halt uns die Presse vom Leib oder neugierige Gören oder wen auch immer.«

Scottys Augen verengen sich zu Schlitzen. Der Auftrag gefällt ihm nicht, aber er ist ein guter Agent und wird tun wie ihm befohlen. Ich dränge das Team in den nächsten SUV. Brian sagt: »Wir fahren den Weg entlang?«

»So ist es.«

»Das wird den Eigentümern nicht gefallen.«

Ich steige hinten ein. »Sie werden drüber hinwegkommen.«

Bevor ich die Tür des SUV zuschlage, fällt mir noch etwas auf.

Alle drei Agents vom Personenschutz der First Lady haben gerötete Augen.

Ich weiß, warum.

Sie haben geweint, weil sie ihre Schutzbefohlene verloren haben. Die First Lady der Vereinigten Staaten.

***

Der Weg ist gerade breit genug, dass der SUV durchpasst, ohne dass Äste oder zurückgestutzte Sträucher an Fenstern oder Schutzblech entlangschrammen. Gelegentlich zweigen breite Pfade vom Hauptweg ab, was mich fragen lässt: »Hier sind keine Schilder. Woher wissen die Reiter, welchen Pfad sie nehmen müssen?«

Vom Beifahrersitz antwortet Pamela: »Wer hier reitet,

kennt sich in der Gegend aus. Man weiß es … hey, Tanya, nicht so schnell!«

Sie hat recht, denn auch wenn wir angeschnallt sind, hüpfen wir ständig hoch und runter. Eine Sache von vorhin macht mich stutzig. »Hey«, sage ich. »Was hatte es vorhin damit auf sich, als Sie sagten, CANARY reitet aus Gründen der Rekonvaleszenz? Da gibt es medizinische Gründe?«

Pamela rutscht auf ihrem Sitz herum und dreht sich dann zu mir um. »Das ist … nun ja, ein Geheimnis, denke ich mal. Als der Präsident noch Gouverneur von Ohio war, hatte die First Lady Brustkrebs. Damals hielten sie es geheim, warum auch immer, und tun es auch heute noch.«

»Wie geht es ihr jetzt?«

»Gut«, schaltet sich Brian ein, der neben mir sitzt. »Es sind jetzt mehr als fünf Jahre vergangen … aber Reiten entspannt sie, ist gut für ihren Blutdruck … und so weiter.«

»Und so weiter?«

Erneut herrscht einen Moment Stille. Die andere im Personenschutz tätige Agentin, Tanya, die den Wagen lenkt, hält ihren Blick nach vorne gerichtet. »Aufgrund der Therapien, denen sie sich unterziehen musste und die ihr das Leben gerettet haben … setzte ihre Menopause vorzeitig ein.«

»Oh«, sage ich.

»So ist es eben«, bestätigt Tanya missbilligend. »Ihr Mann hat das Thema Kinder so lange hinausgeschoben, bis es zu spät war.«

20

Wir erreichen den Waldrand und fahren auf ein Feld, auf dem der unbefestigte Reitweg deutlich sichtbar nach rechts abzweigt. Wir setzen unsere Fahrt in dem SUV noch eine weitere Minute fort, dann tritt Tanya auf die Bremse, und wir kommen zum Stehen.

Vor uns rauscht das Gewässer, das Pamela Smithson einen Bach genannt hat.

Das Wasser jagt in hoher Geschwindigkeit an uns vorbei, Wellen und Spritzwasser wirbeln empor, und es schießt zwischen herausragenden Felsen und Findlingen hindurch. Was sie einen Bach nennt, ist breit, tief und bedrohlich.

Wir steigen alle aus und treten ans Ufer. Auf der anderen Seite ist Wald, und in der Ferne sind die Umrisse der Blue Ridge Mountains zu erkennen.

»Das ist ja mal ein Mordsbach, Pamela«, sage ich.

»Die Regenfälle von letzter Woche ... das Hochwasser ... wer hätte das ahnen können ...«

Ich beiße mir auf die Zunge und denke: *Du und dein Personenschutz hätten es ahnen müssen,* bevor ich mich wieder an die Arbeit mache. »In Ordnung. Brian und Tanya, Sie gehen stromaufwärts und schauen nach, ob Sie eine Stelle finden, an der es eine Furt gibt; dort überqueren Sie den Wasserlauf und gehen dann wieder stromabwärts. Pamela und ich kümmern uns um diese Seite. Wir sollten uns beeilen. Falls sie vom Pferd gefallen ist, hat sie sich wahrscheinlich verletzt, und es dauert nicht mehr lange, bis es dunkel und kalt wird.«

Brian und Tanya tun wie ihnen geheißen, während ich mit Pamela, der Leiterin des Personenschutzes, flussabwärts aufbreche. Dabei denke ich bei mir: *Das hier ist nicht richtig, wir sollten eine Großfahndung einleiten ...*

Dann erinnere ich mich wieder.

Die Anweisungen.

»Ihr drei scheint euch CANARY mit Leib und Seele verschrieben zu haben.«

»Absolut. Sie ist außergewöhnlich«, erwidert Pamela. »Sie will nicht Macht anhäufen, will nicht die Welt retten. Sie schert sich nicht um die Bedeutung von jemandem. Aber Kinder ... auf sie war sie immer schon fokussiert, schon seit dem Tag des Amtsantrittes.«

»Fährt sie deswegen hierher?«

»Und an andere Orte«, erwidert Pamela. »Die Presse sieht immer nur einen Teil von dem, was sie tut. Sie wollte von Anfang an kein großes Personenschutzteam. Jackie Kennedy begnügte sich mit dreien, und genau das strebte auch Mrs Tucker an. Drei, damit es ruhig und relativ dezent zugeht. Und wenn der Präsident auf Reisen ist, besucht sie häufig Obdachlosenunterkünfte, Suppenküchen oder Pflegeheime und packt dort mit an oder spendet. Oder hört einfach nur zu. Sie ist eine tolle Zuhörerin.«

Jemand ruft. Ich schaue hinüber zu Brian und Tanya auf der anderen Seite des rauschenden Gewässers. Sie winken kurz und setzen ihre Suche dann fort. Ihre Hosen sind bis über die Knie nass.

»Was noch?«, frage ich.

»Ihr sind ihre Personenschützer nicht egal, so viel kann ich Ihnen versichern«, sagt Pamela, während sie so wie ich den Blick auf den Boden und auf den Wasserlauf gerichtet hält. »Alle Reisen an Feiertagen – wie an Thanksgiving oder Weihnachten – finden immer eine Woche später statt, damit wir diese Zeit bei unseren Familien verbringen können. Und die ganzen Briefe, die sie bekommt … Es sind Berge von Briefen, in denen sie um Hilfe gebeten wird, um Geld. Sie beantwortet jeden einzelnen davon und legt meist noch einen Scheck oder so etwas hinein. Haben Sie davon jemals in den Medien gehört?«

»Nein«, sage ich.

»Und jetzt schauen Sie sich an, was sie davon hat«, sagt Pamela. »Sie ist unterwegs, um Kindern und ihren Müttern zu helfen, persönlich, und ihr Mann vögelt irgend so eine Tussi.«

»Diese spezielle Tussi ist Führungskraft bei einem der größten Lobbyunternehmen an der K Street«, erwidere ich. »Diesen Job hat sie nicht aufgrund ihrer Körbchengröße bekommen. Also schieben wir ihr die Sache nicht gleich in die Schuhe, okay?«

Pamela gibt keine Antwort. Mir egal. Wir setzen unsere Suche fort, schauen auf das Feld, auf den Wasserlauf, auf seine Uferböschungen, ein ständiges Hin und Her.

»Abgesehen davon, dass sie abgeworfen worden sein könnte, glauben Sie, sie könnte abgehauen sein? Oder sich verstecken? Oder sonst etwas in dieser Richtung?«, frage ich.

»Nein«, erwidert Pamela. Dann mustert sie mich und sagt: »Das ist ja mal ein Schal.«

»Danke«, sage ich. »Den hat meine Tochter gestrickt.«

»Das kann sie gut.«

»Ich weiß.«

Mittlerweile lenkt mich ihr Gerede ab, und ich bin schon drauf und dran ihr zu sagen, sie soll die Klappe halten, als ich dicht über der Wasseroberfläche etwas flattern sehe, so wie ein Blatt, ein weißes Blatt Papier, wie …

Ich hebe den rechten Arm. »Halt!«

Pamela bleibt stehen, und ich starre hin, um auszumachen, was mir da ins Auge gesprungen ist.

Weiß. Zwischen den Felsen eingeklemmt. Etwa einen Meter vom Ufer entfernt.

»Was ist das?«, fragt sie.

»Weiß nicht«, gebe ich zurück.

Die beiden anderen Mitglieder des Personenschutzteams sind nach wie vor auf der anderen Seite beschäftigt. Gut. Wenn sich herausstellt, dass das hier nichts von Bedeutung ist, warum sie aufhalten?

Ich trete einen Schritt vor und schaue genauer hin.

Es scheint Abfall zu sein oder ein Stück Papier.

»Ich gehe das holen«, beschließe ich.

»Fallen Sie nicht rein.«

»Ach was, danke für den Tipp.«

Ich streife meine Schuhe ab und zucke zusammen, als ich die Füße in das kalte Wasser tauche. Die schnell fließende Strömung zieht und zerrt an mir, dabei stehe ich kaum bis zu den Knien im Wasser. Ich mache einen Schritt, dann noch einen. Beim dritten Schritt trete ich auf einen glitschigen Stein und verliere beinahe den Halt. Nur durch heftiges Rudern mit den Armen und ein Hin-

und Herkippeln gelingt es mir, das Gleichgewicht zu bewahren.

Ich bin jetzt nah dran, kaum noch zehn Zentimeter.

Hab es.

Ein Blatt weißes Papier, mehr nicht, ramponiert und zerfetzt durch die rasche Strömung, eingeklemmt zwischen den Spalten eines Felsens dicht über der Oberfläche.

Vorsichtig löse ich es aus der Felsspalte und steuere damit wieder die Böschung an. Pamela streckt mir die Hand entgegen und hilft mir heraus.

»Was ist es?«

Ich sage nichts, weil ich nichts weiß.

Allmählich fange ich vor Kälte an zu zittern. Ich knie mich auf das Gras und bemühe mich dabei nach Kräften, das durchnässte Stück Papier vorsichtig zu entfalten. Der von meiner Amelia liebevoll gestrickte dicke rote Wollschal gleitet herunter und fällt in den Schlamm, und mit einem schnellen Reflex werfe ich ihn mir wieder über die Schulter.

»Ach du heilige Scheiße!«, entfährt es Pamela.

Ich erkenne das Briefpapier.

Oben befindet sich eine stilisierte Zeichnung des Weißen Hauses, darunter steht der eingravierte Satz: AUS DEM BÜRO DER FIRST LADY.

Und direkt darunter ist in deutlicher Handschrift zu lesen: *Ihr Lieben, nach den heutigen Ereignissen halte ich es einfach nicht mehr aus. Es ist klar, dass …*

Der Rest der Nachricht ist nur noch ein großer blauer Tintenklecks, durch das Wasser wurde die Handschrift hier restlos weggewaschen.

Während sie sich neben mich kniet, murmelt Pamela: »Oh Gott, ein Abschiedsbrief?«

»Keine vorschnellen Schlüsse«, mahne ich. »Konzentrieren wir uns darauf, was wir haben, das ist schon übel genug.«

Ich schaue auf das rauschende Gewässer.

»Eine abhandengekommene First Lady.«

21

»Missy? Missy?«, ertönt eine besorgt klingende männliche Stimme. »Geht es Ihnen gut, Missy?«

Tammy Doyle schlägt die Augen auf und zuckt zusammen. Die rechte Seite ihres Schädels schmerzt. Die Wagentür steht offen. Ihr Taxifahrer löst den Sicherheitsgurt und hilft ihr vorsichtig heraus, worauf sie einen Schritt auf den unbefestigten Seitenstreifen macht.

Um sie herum Chaos. Totales, vollkommenes Chaos.

Das Taxi, in dem sie gesessen hat, ist halb vom Highway abgekommen und steht entgegen der Fahrtrichtung. Der Kofferraum ist zerbeult und fast abgerissen. Überall auf der von Bremsspuren überzogenen Fahrbahn liegen zerborstenes Scheinwerferglas und Metallteile herum. Auch auf dem unbefestigten Mittelstreifen, an der Stelle, wo der Kleinlaster herübergerast kam, sind Reifenspuren zu erkennen. Auf beiden Seiten des Highways stockt der Verkehr, drei Spuren in westliche, drei in östliche Richtung.

Als der Taxifahrer sie an der Schulter berührt, zuckt sie zusammen. Er reicht ihr eine geöffnete Flasche Mineralwasser. Tammy nimmt einen ausgiebigen Schluck, worauf der Fahrer ein Lächeln aufsetzt. »Wir sind mal zwei Glückspilze, was? Zu Hause war ich in der ENDF und …«

»Was ist die ENDF?«, fragt Tammy mit zittriger Stimme.

»Ach so, die Ethiopian National Defense Force … ich fuhr … wie nennt ihr das … gepanzerte Fahrzeuge.« Er lacht, hebt die Hände. »Zwei Jahre lang habe ich in der Wüste gegen die Rebellen gekämpft. Wissen Sie, wenn man plötzlich ein gepanzertes Fahrzeug aus einem Sandsturm auftauchen sieht, dann lernt man auszuweichen. Ich sehe also diesen Verrückten auf uns zukommen und weiche aus!«

Er blutet an der linken Schläfe, und Tammy sagt: »Hey, Sie sind ja verletzt!«

»Ach, das ist nichts«, wiegelt er ab, holt ein Taschentuch hervor und presst es sich an die Schläfe. »Aber mein Taxi … mein armes Taxi …«

In der Ferne jaulen Sirenen, und der langsam fließende Verkehr macht nach und nach den heranrauschenden Polizei- und Rettungsfahrzeugen Platz. Ihr Fahrer lehnt sich gegen die offene Tür des Taxis, zieht sein Handy hervor und fängt an, rasch zu sprechen. Verschwommen erinnert sich Tammy daran, dass Äthiopier Amharisch sprechen, eine semitische Sprache. Dann beendet er sein Telefonat und sagt: »Mein Cousin Jamal kommt gleich her … er wird Sie nach Hause bringen.«

Tammy lehnt sich gegen den Wagen, nimmt einen weiteren Schluck Wasser und wird sich nun bewusst, dass ihre Beine schlottern. Zu Hause scheint sehr weit weg zu sein.

Als die Beamten der Virginia State Police eintreffen, nehmen sie eine kurze Aussage von Tammy auf – sie scheinen sich weit mehr für ihren Fahrer zu interessieren –, und als ein weiteres Taxi bei ihnen zum Stehen kommt und ihr Fahrer hinübereilt, um mit seinem Cousin zu sprechen, fragt sie einen der Polizisten: »Wo ist der Transporter?«

»Der, mit dem Sie zusammengestoßen sind?«, entgegnet er, während er auf sein Klemmbrett hinunterschaut und ein Formular ausfüllt. »Keine Ahnung. Ist wohl wieder zurück auf den Highway eingeschert. Bestimmt war der Fahrer betrunken oder hing gerade an seinem Handy und hat für einen Moment die Kontrolle verloren. Den schnappen wir uns noch, das kann ich Ihnen versprechen. Wollen Sie wirklich nicht ins Krankenhaus?«

»Nein, ich will bloß nach Hause.«

»Ich verstehe, warum«, sagt der groß gewachsene Polizist. »Ihr habt alle Glück gehabt.«

Glück. Das ist ein Wort, das für sie keinen Sinn ergibt.

Die Fahrt nach Hause verläuft schnell, und Tammy ist davon überzeugt, nach wie vor unter Schock zu stehen angesichts der Tatsache, dass sie um ein Haar schwer verletzt oder gar getötet worden wäre, hätte ihr äthiopischer Taxifahrer nicht so geistesgegenwärtig reagiert. Du meine Güte.

Etwas von dem, was er gesagt hat, nagt an ihr. Warum, weiß sie nicht.

Tammy schaut auf die exklusiven Häuser und im Bau befindlichen Projekte in diesem Viertel von Arlington. Wieder einmal verspürt sie heimlich Stolz darüber, es so weit gebracht zu haben. Sie will nach Hause, ihre Wäsche in die Maschine werfen, entspannen und darüber nachdenken, wie es morgen in ihrer Lobbyingfirma Pearson, Pearson and Price an der K Street wohl sein wird, aber Tammy ist klar, dass sie es nicht so weit gebracht hat, indem sie schwach oder ängstlich oder …

Ihr neuer Taxifahrer, Jamal, geht vom Gas und dreht sich zu ihr um. »Miss?«

Sie schaut auf, um zu fragen, was denn los ist, muss dann jedoch kein Wort sagen.

Vor dem Tor, das in ihre Wohnanlage führt, hat sich eine Horde von Pressevertretern versammelt. Fünf Sendewagen mit aufgeklappter Satellitenschüssel, Fotografen, Reporter mit Handmikrofonen und …

Ein kräftig gebauter Mann, der eine große Kamera auf der Schulter trägt, erspäht das langsamer werdende Taxi und zeigt darauf. Schon geht das Gerangel los, ein wahnwitziger Ansturm, Jamal wird langsamer und …

»Fahren Sie schon!«, ruft sie ihm zu und tastet in ihrer Handtasche nach der Schlüsselkarte, mit der sich das Schiebetor öffnen lässt.

Jamal kommt nur noch im Schritttempo weiter, während Blitzlichter das Innere des Taxis erhellen. Sie wendet den Kopf ab von dem Mob; Geschrei setzt ein und verschmilzt zu einem einzigen fortwährenden Durcheinander von Worten, Rufen, Fragen, Schmähungen und Forderungen.

Das Taxi fährt weiter, hält dann erneut an, und Tammy langt mit der Hand in ihre Tasche, findet einen Zwanzig-Dollar-Schein und schiebt ihn über Jamals Schulter. Er fällt neben ihn auf den Sitz, und sie sagt: »Noch mal zwanzig, wenn Sie mich bis durch das Tor fahren!«

Sie biegen scharf links ab und stehen schließlich vor einem schwarzen schmiedeeisernen Tor mit einem Lesegerät in einem Pfosten zwischen den beiden Fahrspuren. Auf einem Bronzeschild mit erhabenen Schriftzügen, ebenfalls in der Mitte des Tores, steht ARLINGTON ACRES, daneben BETRETEN VERBOTEN, ZUWIDERHANDLUNG WIRD STRAFRECHTLICH VERFOLGT.

»Halten Sie an, halten Sie an!«, sagt sie, während sie die Scheibe hinuntergleiten lässt. Mikrofone werden in ihre Richtung gehalten wie Speere, und sie hält ihre Schlüsselkarte kurz an das Lesegerät.

Das Tor bewegt sich nicht.

Sie beugt sich weiter vor, versucht es noch einmal.

Mit Erfolg.

Das Tor gleitet nach links auf, und sie lehnt sich zurück, wendet das Gesicht dabei immer noch von den Blitzlichtern, den Mikrofonen, dem Geschrei und den Rufen ab. Dann murmelt Jamal etwas, und das Taxi gleitet langsam hindurch.

»Mein Gott!«, flüstert sie.

Das Tor schließt sich hinter ihnen, und erleichtert lehnt sie sich in ihrem Sitz zurück.

Okay. Noch ein, zwei Minuten, dann ist sie in Sicherheit, zu Hause, und …

»Was ist das?« Sie beugt sich vor, schaut nach vorne und kann nicht glauben, was sie sieht.

Sie befinden sich jetzt in einer privaten, geschlossenen Wohnanlage, in dessen Innerem nur Bewohner oder geladene Gäste zugelassen sind, aber allmächtiger Gott, vor ihrem Hauseingang steht ein weiterer Pulk von Medienvertretern.

Vor ihrem Zuhause!

Ihr Taxifahrer erblickt die kleinere Gruppe und wendet sich ihr zu. »Keine Sorge, Missy. Ich kümmere mich um Sie. Bleiben Sie dicht bei mir, in Ordnung?«

Bevor Tammy Antwort geben kann, bringt er das Taxi zum Stehen, springt hinaus, langt nach ihrem Rollkoffer und sprintet um den Wagen herum zu ihrer Tür. Sie schnallt sich los, und Jamal öffnet den Wagenschlag, um sich dann, ihren Rollkoffer wie einen Rammbock vor die Brust haltend, seinen Weg durch das Gewirr von Reportern zu bahnen. Sie folgt ihm auf dem Fuße wie ein Schiff im Kielwasser eines Eisbrechers, der ihm den Weg freimacht, und ignoriert das ganze Geschrei.

Endlich steht sie, schwer atmend, im Foyer, die Eingangstür ist geschlossen, das Läuten der Klingel und das Hämmern gegen die Tür ignoriert sie. Jamal lächelt. Sie ist sich nicht sicher, was die Höhe des Fahrpreises betrifft, und reicht ihm einfach ein Bündel Geldscheine. Er nickt, kritzelt eine Quittung auf die Rückseite einer Visitenkarte und fragt sie dann verlegen: »Entschuldigung, kann es sein, dass ich Sie schon einmal gesehen habe?«

»Nein«, erwidert Tammy.

Als er davongefahren ist, dreht sie sich um und steigt die mit Teppich ausgelegten Stufen hinauf. Ihre Wohnung befindet sich im ersten Obergeschoss, und schon nachdem sie drei Stufen hinter sich gebracht hat, ist sie erledigt. Sie lässt ihren Rollkoffer fallen, und er plumpst zurück auf den Fliesenboden. Zur Hölle damit. Er ist zu schwer, sie wird ihn später holen. Sie braucht jetzt erst einmal ein Bad, ein Glas Wein, ein Ibuprofen. Doch als sie ihre Wohnungstür aufschließt und hineingeht, merkt sie, dass auch hier etwas ganz und gar nicht stimmt.

Rauch.

Brennt es?

Steht ihre Wohnung in Flammen?

Tammy geht durch den Eingangsflur und wird sich jetzt

bewusst, dass sie Zigarettenrauch wahrnimmt. Jemand ist hier, jemand ist eingebrochen, und dieser Jemand raucht jetzt auch noch!

In ihrem Zuhause?

Sie betritt ihr Wohnzimmer – und hat das Gefühl, als pralle sie gegen eine Wand.

Eine Frau sitzt in einem ihrer bequemen Sessel, eine brennende Zigarette in einer Hand. Ihre Fingernägel sind knallrot lackiert, sie trägt einen kurzen schwarzen Rock, eine elfenbeinfarbene Bluse und ein schwarzes Jackett, eine Perlenkette schmiegt sich um ihren Hals. Ihr Gesicht ist makellos geschminkt, sie hat eine markante Nase und knallrotes kurz geschnittenes Haar.

»Und?«

Schwer atmend bleibt Tammy stehen. Diese Frau ist Amanda Price, einer der Partner in ihrer Lobbyingfirma und ihre Chefin.

»Wie ... wie sind Sie hereingekommen?«

Amanda lächelt und zeigt dabei ihre scharfen weißen Zähne. »Unterschätzen Sie nie mein Verhandlungsgeschick, Tammy. Ihr Hausverwalter war leichte Beute.«

Tammy überlegt, was sie antworten soll, während Amanda die Asche von ihrer Zigarette in eine ihrer geschätzten Teetassen abklopft, Teil eines Sets, das Tammy von einer entfernten Tante geerbt hat, die Anfang der 1980er zum Botschaftspersonal in Peking gehörte.

»Sie vögeln also den Präsidenten«, sagt Amanda. »Macht es Ihnen was aus, mir zu erzählen, was es damit auf sich hat?«

22

Während sie wie schon des Öfteren in ihrem Leben durch einen Wald schleicht, bewegt sich Marsha Gray leise und effizient zwischen den Bäumen hindurch, die auf dem Gelände dieser prestigeträchtigen und ach so wertvollen Pferdefarm in Virginia stehen. Sie trägt einen Rucksack und ist im Auftrag von Parker Hoyt in dieser Gegend unterwegs, in der, davon ist sie überzeugt, der Secret Service nach der First Lady sucht.

Sie hatte einen schwarzen Chevrolet Suburban erspäht, der vom Parkplatzgelände aus in den Wald hineinfuhr. Während sie zwischen den Bäumen und niedrigen Büschen hindurchgejoggt war, hatte sie das Brummen des Motors gehört und sich dabei gefragt, warum zur Hölle es eigentlich immer Suburbans, Suburbans und noch einmal Suburbans sein mussten.

Hatte Ford denn keine Fahrzeuge, die für den Secret Service geeignet wären?

Nun sieht sie den Suburban am Flussufer stehen, bewegt sich vorsichtig weiter und registriert aus ihrer Deckung heraus, dass hier draußen nur vier von ihnen sind.

Vier Agents?

Auf der Suche nach der vermissten First Lady?

Am Morgen kam in den Nachrichten das mit dem Präsidenten und der Lobbyistin, die er gebumst hat. Vielleicht mag der President seine First Lady ja wirklich nicht.

Warum sonst erfolgt eine so schwache Reaktion?

Zwei Agentinnen stehen an dem schnell fließenden Wasserlauf. Eine watet hinein, die andere bleibt zurück.

Sie tragen keine Stiefel, haben keinerlei Outdoorausrüstung. So, als wären sie in aller Eile hergeschickt worden, ohne Vorbereitung, ohne Planung.

Was geht hier vor?

Sie nimmt ihren Rucksack von der Schulter, öffnet den Reißverschluss und setzt rasch das Präzisionsgewehr zusammen, das ihr im Lauf der Zeit an dunklen und schmutzigen Orten in Übersee immer wieder gute Dienste geleistet hat. Wie schön, denkt sie, die Waffe zumindest einmal in einem Land zu benutzen, in dem es fließendes Wasser und Toilettenspülung gibt, dem wahren und einzigen Zeichen von Zivilisation. Als sie Gurt und Zielfernrohr montiert hat, sucht sie sich ein Versteck inmitten eines niedrigen Gebüschs und legt an.

Nicht doch, jetzt ist nicht die Zeit, um zu schießen, meldet sich eine mahnende Stimme in ihr.

Nur Informationen einholen.

Und was gibt es hier zu holen?

Sie weiß lediglich, dass die First Lady irgendwo auf dem Gelände dieser Pferdefarm verloren gegangen ist und etwas diese Agents an diesen Fluss geführt hat.

Aber was?

Die Agentin im Wasser scheint höherrangig zu sein. Sie trägt einen schwarzen Wollmantel und einen dicken roten Schal um den Hals. Sie hat einen braunen Wuschelkopf und

macht einen entschlossenen Eindruck. Jetzt hebt sie etwas …
Weißes auf?

Ja, weiß.

Sie registriert Bewegung am gegenüberliegenden Ufer.
Zwei weitere Agents, ein junger Mann – oder kaum ein
Mann – und eine Afroamerikanerin. Sie bleiben stehen und
schauen den Fluss hinunter.

Marsha schwenkt ihr Zielfernrohr auf das ihr nähere Ufer
und inspiziert die andere Agentin, die spindeldürr und blond
ist. Die Frau konzentriert sich auf ihre Chefin im Wasser und
nimmt überhaupt nichts anderes wahr. Schlechtes Situati-
onsbewusstsein. Hätte Marsha die Absicht und den entsprechenden Befehl dafür, könnte sie, rasch viermal den Finger
gekrümmt und dreimal den Kammerverschluss des Gewehrs
betätigt, diese vier Agents in weniger als einer Minute ausschalten.

Marsha holt tief Luft.

Mensch, wäre das ein Vergnügen.

Die im Wasser stehende Agentin klettert heraus, wobei
ihr die junge blonde Kollegin hilft. Es sieht so aus, als hätte
die ältere ein durchnässtes Stück Papier geborgen.

Marsha schwenkt das Zielfernrohr, ist aber zu weit entfernt und die Vergrößerung nicht stark genug, als dass sie
etwas Genaueres erkennen könnte.

Die beiden Agentinnen kauern sich zusammen und untersuchen das Stück Papier. Der rote Schal der Älteren rutscht
zu Boden, und sie wirft ihn sich wieder über die Schulter.

Verdammt schlechte Kleiderwahl, denkt Marsha. Müsste
diese Agentin rennen oder jemandem hinterherlaufen oder
eine Schutzbefohlene hinten in einen anfahrenden Su-

burban drängen, würde ihr dieser Schal in die Quere kommen.

Marsha inspiziert jetzt die beiden Agents am gegenüberliegenden Flussufer. Sie halten Ausschau, werfen prüfende Blicke, und der junge Mann bleibt stehen.

Mensch, das wäre wirklich ein einfacher Job, alle vier auszuschalten.

So einfach.

Erneut inspiziert sie die beiden Agentinnen diesseits des Flusses und denkt dabei an das dunkle Geheimnis, das alle guten Scharfschützen hegen, tief im Inneren dieses besonderen Teils einer Seele, der nur selten ans Licht kommt und über den in vornehmer Gesellschaft nie gesprochen wird.

Und dieses dunkle Geheimnis lautet ...

Es macht einfach einen Heidenspaß.

Denn wenn man es bedenkt, sinniert sie erneut, während sie die beiden Agents am anderen Ufer im Auge behält – wo sonst auf der Welt hält man die Macht, jemanden vom Leben zum Tod zu befördern, nicht in den Händen, sondern in den Fingern?

Das ist alles!

Eine Bewegung ihres Fingers, und dieser junge Agent, der gerade durchs Wasser watet, wäre tot. All seine Träume, Hoffnungen, Sehnsüchte und Pläne für das nächste halbe Jahrhundert oder so ausgelöscht.

Von ihr.

Von Marsha Gray, der armen Tochter eines noch ärmeren baskischen Schäfers in Wyoming und seiner schweigsamen, pflichtbewussten Frau, beide tot und vergessen. Und nun hockt hier draußen ihrer beider armes, unbeachtetes Kind mit der Macht, jemanden mit einem sachten Krümmen ihres Fingers zu töten.

Irgendwo in ihr schlummern ihre durcheinandergewürfelten Erinnerungen an ihre vergangenen Einsätze in Afghanistan, Irak, Iran, Nigeria und anderswo. Sie weiß, dass ihre Scharfschützenkollegen in der Öffentlichkeit und in Büchern und Dokumentarfilmen über Emotionen gesprochen haben, darüber, wie sie ihre Aufträge trotz ihres Schuldgefühls erledigt haben … was für ein Blödsinn, denkt Marsha.

Mittlerweile steht der junge Mann knietief im Wasser, ruft laut und hält etwas in die Höhe.

Die Wahrheit ist, zumindest was Marsha betrifft, dass sie es liebt. Sie liebt das Anvisieren, die Jagd, die Vorfreude und, vor allem, das Töten.

Sie liebt es mehr noch als das Leben selbst.

Erneut verlagert Marsha das Zielfernrohr auf den jungen Mann. Er hält etwas hoch. Was ist es?

Ein Schmuckstück.

Ja.

Eine goldene Halskette, an deren einem Ende eine Art Brosche baumelt.

Gehört es der First Lady?

Vielleicht.

Martha stößt einen Seufzer aus und macht es sich bequem.

In Situationen wie diesen wünscht sie sich, sie hätte noch etwas anderes gelernt als die beste Methode, jemanden zu töten.

Zum Beispiel Lippen zu lesen. Denn dann wüsste sie jetzt, warum diese vier Secret-Service-Agents so aufgeregt sind.

23

Tammy Doyle lässt ihre Handtasche auf die Couch fallen. »Sie rauchen.«

»Sehr aufmerksam«, kommentiert ihre Chefin, während sie erneut Asche in eine der unbezahlbaren Teetassen ihrer Tante schnippt.

»Sie sollten hier drinnen nicht rauchen, Amanda.«

Amanda Price zuckt mit den Schultern. »Ich habe kein Verbotsschild gesehen. Ich musste mal eine paffen. Was soll's.« Sie beugt sich vor und sagt: »Sie haben da einen mordsmäßigen Bluterguss an der Wange. Was ist passiert?«

Eine Welle der Erschöpfung und das Bedürfnis zu weinen übermannen Tammy. Mit Mühe unterdrückt sie die Tränen. Sie ist nicht bloß immer noch total erschrocken über das, was gerade passiert ist, sondern auch verschwitzt, ihre Kleidung ist zerknittert, und sie will einfach nur ihre Ruhe.

»Ein Autounfall«, sagt sie. »Mit dem Taxi ... ein Transporter hat uns gerammt ... Wir wären um Haaresbreite getötet worden.«

Amanda schüttelt den Kopf. »Die Interstate 66 ... das ist da manchmal das reinste Gruselkabinett. Geht es Ihnen gut?«

»Ich bin bloß ... mitgenommen.« Sie betastet ihre schmerzende Gesichtshälfte. »Warum sind Sie hier, Amanda?«

Amanda nimmt einen tiefen Zug von der Zigarette. »Wie lange läuft das schon?«

»Machen Sie die Zigarette aus.«

»Tammy, Sie ...«

»Zigarette aus, sonst sage ich kein Sterbenswörtchen.« Ihr Schädel brummt wie der Teufel, und sie will vor allem ein paar Schmerztabletten nehmen, aber Tammy ist nicht gewillt, gegenüber Amanda Schwäche zu zeigen.

Ein paar Sekunden verstreichen, während denen ihre Chefin sie mit stahlhartem Blick fixiert und Tammy dem Blick standhält. Schließlich wird Amandas verschlagenes Lächeln breiter, sie drückt ihre Zigarette in der Teetasse aus und stellt die Tasse auf dem Couchtisch ab. »Sie sind eine clevere Lady«, sagt sie. »Mir hat Ihr Stil schon immer gefallen.«

»Wollen Sie über Stil reden, oder wollen Sie mir verraten, warum Sie hier sind?«

»Sie und der Präsident«, sagt Amanda. »Sagen Sie mir, was da läuft.«

»Das geht Sie nichts an«, erwidert Tammy.

»Das geht mich nichts an? Ha!« Amanda schlägt ihre langen Beine übereinander und macht die Bewegung dann wieder rückgängig. »Tammy, meine Liebe, wirklich alles, was Sie tun, während Ihrer Arbeitszeit und auch außerhalb der Arbeitszeit, fällt auf Pearson, Pearson and Price zurück. Verstanden? Wären Sie wegen Trunkenheit am Steuer angehalten worden, tja, das ist ein lösbares Problem. Aber Sie sind dabei erwischt worden, den Anführer der freien Welt gebumst zu haben. Wir müssen reden, sonst werden Sie arbeitslos, und keine Lobbyingfirma in der westlichen Welt wird Sie je wieder einstellen. Es sei denn, wir führen jetzt … ein zufriedenstellendes Gespräch.«

Tammy wartet. Da ist er wieder, dieser harte Blick ihrer Chefin, und Tammy weiß, dass sie dieses Blickduell nicht gewinnen kann.

»Wir sind seit ungefähr acht Monaten zusammen, seit einer Spendengala in Denver«, sagt sie und hat dabei das Gefühl, als hätte sie sich der älteren Frau ergeben. Ihre Chefin nickt befriedigt, sie weiß, dass sie diese Runde gewonnen hat.

»Sind Sie verliebt in ihn?«

Ihr Herz pocht in ihrer Brust. »Mein Gott, ja.«

»Ist er in Sie verliebt?«

»Ja.«

»Macht er Versprechungen?«

»Ich …«

»Tammy, was zur Hölle hat der Präsident Ihnen versprochen?«

»Er …« Verdammt, nun treten ihr Tränen in die müden Augen. »Er hat mir versprochen, dass er sich nach der Wahl, nach dem Amtsantritt, von seiner Frau trennt und mich … letztendlich … dem amerikanischen Volk präsentiert und … ich offiziell Teil seines Lebens werde. Dass wir beide im Verlauf seiner zweiten Amtszeit heiraten.«

Amanda kichert. Es ist ein trockenes, schreckliches Geräusch. »Die First Lady verlassen und danach Sie heiraten? Dieses vermaledeite Traumschiff ist in See gestochen und umsegelt gerade das Kap der Guten Hoffnung, auf dem Weg zum Pazifik. Aber vergessen Sie's, diese Träume wurden vom Winde verweht.«

Erneut herrscht Schweigen, nur dass Tammy jetzt das leise Stimmengewirr der Medienvertreter vernehmen kann, die draußen auf der Straße miteinander sprechen. »Rechnen Sie mit rauen Zeiten«, sagt Amanda. »Er wird Sie wahrscheinlich öffentlich abservieren, um mit heiler Haut davonzukommen.«

Ohne nachzudenken, erwidert sie: »Nein, wird er nicht.«

Amanda sieht so aus, als würde sie erneut lachen, tut es aber nicht. »Vielleicht … ich könnte mich täuschen. Man weiß, dass so etwas manchmal passiert.«

»Ich habe Ihre Fragen beantwortet«, sagt Tammy. »Jetzt bin ich an der Reihe. Habe ich immer noch einen Job?«

Amanda zieht ihre gefärbten Brauen hoch. »Natürlich. Sie sind eine unserer besten Mitarbeiterinnen, Tammy, und Ihr Bekanntheitsgrad wird dazu führen, dass unsere Telefondrähte glühen und wir neue Kunden gewinnen. Aber bitte unternehmen Sie nichts mehr, was die Firma in Verlegenheit bringt. Verstanden? Die Arbeit, die Sie im Zusammenhang mit Gideon Aerospace und Romulus Oil geleistet haben, hat Sie im Schnellverfahren einer Partnerschaft näher gebracht. Obwohl Sie ein Harvard-Mädchen und ein Fan der Red Sox sind, was ich Ihnen aber nie übel genommen habe.«

Tammy ringt sich ein Lächeln ab. »Es gibt drei Freizeitbeschäftigungen in Boston: Sport, Politik und Rache.«

Amanda erhebt sich. »Gut, wenn man dieses Trio beherrscht. Also schön. Seien Sie morgen zur üblichen Zeit in der Firma. Kommen Sie hereingeschlendert, als würde Sie kein Wässerchen trüben. Und um Himmels willen denken Sie nicht einmal im Traum daran, mit der Presse zu reden. Oder mit Ihren Nachbarn. Oder, was das angeht, überhaupt mit irgendwem. Sie könnten heute Abend mit Ihrer besten Freundin sprechen, unter dem Mantel der Verschwiegenheit und bei einem Häagen-Dazs-Schokoladeneis ... und sie würde sich umdrehen und Ihre Story in null Komma nichts an den *National Enquirer* verkaufen. Verstehen Sie?«

»Ja, tue ich«, sagt sie, froh, dass ihre Chefin nun ihre Wohnung verlassen wird.

»Gut«, sagt Amanda und steuert auf die Tür zu. »Jetzt muss ich unsere potenzielle Kundenliste abarbeiten, zum Beispiel diesen Bauerntölpel aus Oklahoma, Lucian Crockett.«

Tammy wartet noch einen Moment und ruft Amanda dann hinterher: »Nur dass Sie Bescheid wissen, ich lasse einen Reinigungsdienst kommen, so schnell ich kann, und die Rechnung schicke ich der Firma.«

Damit erntet sie ein amüsiertes Kopfnicken von Amanda. »Tun Sie das. Und nur dass Sie Bescheid wissen – das ist jetzt nur für Ihre Ohren bestimmt: Wie es scheint, wird die First Lady vermisst. So lautet jedenfalls das Gerücht, das mir zu Ohren gekommen ist.«

Tammy kann den Geruch des kalten Tabakrauchs kaum mehr ertragen. »Vermisst?«

»Ja, soll heißen, sie ist verschwunden. Diese Information ist nicht für die Öffentlichkeit bestimmt, aber wie ich hörte, war sie so sauer auf den Präsidenten, dass sie ihrem Secret-Service-Team ausgebüxt und abgehauen ist.« Ihre Chefin stößt erneut ein trockenes Kichern aus. »Wenn ich sie wäre, würde ich eine einfache Fahrt nach Reno buchen, um mich scheiden und danach von irgendeinem zwanzigjährigen Studenten vögeln zu lassen, einfach so.«

Sie geht, und als die Tür hinter ihr ins Schloss fällt, reibt sich Tammy über das müde Gesicht.

Großer Gott.

Was nun?

Tammy lässt die Arme sinken, hebt ihre Handtasche auf und zieht ihr iPhone hervor.

Normalerweise ist es ihr Lieblingsgerät, weil es ihr ermöglicht, mit jedem auf der Welt zu kommunizieren. Jetzt hingegen kommt es ihr vor wie eine scharfe Handgranate.

Sie ist versucht, es gleich wieder zurück in die Handtasche zu legen, aber sie muss etwas wissen.

Tammy schaltet ihr Handy ein, wischt ein paarmal über das Display und …

Ach du heilige Scheiße.

Einhundertzwölf verpasste Anrufe.

Einhundertzwölf?

Sie überfliegt sie, sieht bekannte Netzwerke und die Namen bekannter Reporter, *überfliegt überfliegt überfliegt*, und nein, da ist keine ihr vertraute Rufnummer, jedenfalls nicht diejenige, nach der sie gesucht hat.

Plötzlich läutet ihr Telefon, und Tammy zuckt zusammen.

Die Anrufer-Kennung auf dem Display lautet 202-456-1414.

Die Telefonzentrale des Weißen Hauses.

Zögerlich nimmt sie das Gespräch an. »Hallo?«

»Miss Doyle? Hier ist das Weiße Haus. Bitte bleiben Sie in der Leitung, der Präsident möchte Sie sprechen.«

24

Nachdem Brian Zahn den nicht aktivierten Panik-Button der First Lady gefunden hat, rufe ich Parker Hoyt an. Der fängt gleich an, sich mit mir zu streiten, bis ich sage: »Mr Hoyt? Um diese Scheiße hier kümmere ich mich, bis der Präsident sie aus dem Weg räumt. Ich bitte hier nicht um Erlaubnis. Ich teile Ihnen bloß mit, was ich tue. Schönen Tag noch.«

Danach rufe ich einen alten Freund an, der mittlerweile für den Feind arbeitet. Zum Glück besitze ich seine Privatnummer, doch als ich ihm eröffne, was ich brauche, muss ich meine Bitte dennoch dreimal wiederholen, bis er sich widerwillig bereit erklärt.

»In Ordnung, Sally, geht klar«, sagt er. »Aber wenn ich Schwierigkeiten deswegen bekomme, werde ich behaupten, dich nicht zu kennen.«

»Randy«, versichere ich dem blendend aussehenden und äußerst tüchtigen ehemaligen Secret-Service-Agent, mit dem ich kurze Zeit ausgegangen war, bevor ich meinen jetzigen Mann und baldigen Ex heiratete. Mit Randy habe ich viele einsame Stunden beim Wachestehen in Kellergeschossen von Hotels oder in leeren Räumen verbracht. »Vertraue mir, das wird ein sehr fairer und fröhlicher Gedankenaustausch werden.«

Nachdem ich aufgelegt habe, stehen wir alle wieder beisammen, quietschnass von den durchweichten Schuhen bis hinauf zu den Knien. Ich habe das feuchte Stück Briefpapier an mich genommen und zwecks späterer Untersuchung durch unsere Forensik in eine Kunststoffhülle geschoben, um verifizieren zu lassen, dass es sich tatsächlich um die Handschrift von CANARY handelt. In einer zweiten Kunststoffhülle befindet sich der als Schmuckstück getarnte Panik-Button. Mit verschränkten Armen stapfe ich in einem großen Kreis herum, bis ich bemerke, dass die drei Agents mich anstarren. Ich zucke mit den Schultern. »Jetzt warten wir.«

»Wie lange?«, fragt Brian.

»Solange wir müssen«, erwidere ich und überprüfe dann die Einstellungen des Motorola-Funkgeräts, das an meinem Gürtel befestigt ist – neben einem Paar Handschellen, Pfefferspray, meiner SIG Sauer P229 und einem Teleskopschlagstock Marke ASP –, schalte das Mikro an meinem Handgelenk ein und sage: »Scotty, hier Sally.«

Wir sprechen über einen verschlüsselten Kanal, und ich will meine Zeit nicht mit Codenamen verschwenden, die in Stresssituationen vergessen werden können. »Hier Scotty, kommen.«

»Wir werden gleich Verstärkung kriegen«, sage ich. »Schick sie zu uns.«

»Verstanden«, sagt er. »Was ist mit den Besitzern des Stalls? Die sind eben schon vorbeigekommen und haben sich gefragt, wo … jemand ist und warum ich hier draußen rumturne.«

»Sag denen … verdammt, ich weiß es nicht. Erzähl ihnen irgendwas. Ende.«

Kaum habe ich den Arm sinken lassen, läutet mein Telefon. Ich schaue auf die eingehende Rufnummer auf dem Display und stoße leise einen vulgären Fluch aus. »Todd, hier Sally. Was gibt's?«

Todd Lawson, mein Nachbar und Navy-Veteran, sagt: »Sally, tut mir leid, aber ich muss in ein paar Minuten los.«

Ich wende mich von den drei Agents ab. »Ist was passiert? Geht es Amelia gut?«

»Oh, ihr geht es blendend«, erwidert er. »Aber meine Schwester Phoebe … Sie wohnt alleine, ist älter als ich und lebt von Sozialhilfe, und ihr verdammter Wasserboiler hat ein Leck. Sie wollte einen Klempner holen, aber die Stundensätze, die die berechnen …«

»Todd, bitte …« Ich trete noch ein paar Schritte beiseite. »Gib mir Amelia mal kurz, ja?«

Ein paar Sekunden verstreichen, dann erklingt ihre süße Stimme in der Leitung: »Mom? Bist du beschäftigt?«

Du meine Güte, was für eine Frage. »Äh, ja. Hör zu. Mr Lawson sagt, er muss ein bisschen früher gehen als geplant. Ist das okay für dich?«

Der Ton ihrer Stimme verrät mir, dass sie die Augen verdreht. »Oh, Mom. Ich komme schon zurecht. Ehrlich.«

»Okay. Ganz sicher?«

»Natürlich bin ich ganz sicher«, blafft sie mich an.

»Aber … wann, glaubst du, wirst du nach Hause kommen?«

»So schnell ich kann, mein Schatz, so schnell ich kann«, verspreche ich. »Aber sorge dafür, dass Türen und Fenster geschlossen sind und du das Telefon immer bei dir hast, okay?«

»Ja, Mom«, erwidert sie und legt dabei übertrieben viel Nachdruck auf jede Silbe.

»Braves Mädchen«, sage ich. »Gib mir jetzt noch einmal Mr Lawson.«

Mein Nachbar und Kinderbetreuer – letztes Jahr regte sich Amelia über den Begriff *Babysitter* auf, und ich habe versprochen, ihn nicht mehr zu verwenden – kommt wieder ans Telefon, und wir führen ein kurzes Gespräch. Als ich das Geräusch der Hubschrauber vernehme, stecke ich das Handy ein.

Zwei Black-Hawk-Helikopter kommen in Sicht, fliegen dicht über die Bäume in der Nähe, und der Luftwirbel, den ihre Rotorblätter erzeugen, peitscht auf die Äste ein. Sie landen flussabwärts auf einer großen, grasbewachsenen Fläche, und als die Triebwerke herunterfahren, laufe ich zur ersten Maschine. Ein goldenes Banner umringt den unteren Teil ihres Rumpfs, auf dem in schwarzen Druckbuchstaben HOMELAND SECURITY steht.

Die Seitentür gleitet auf, und ein Mann, der einen dunkelgrauen Overall und schwarze Kampfstiefel trägt, springt heraus. Um seine schlanke Hüfte trägt er einen schwarzen Utensiliengurt, an dem sich ein Handfunkgerät und ein Pistolenholster befinden, welches zusätzlich auch an seinen muskulösen Oberschenkel gegurtet ist. Seine sandbraunen Haare flattern im Wind. Auf seinem Namensschild steht ANDERSON, und wir schütteln uns kurz die Hände, bevor wir uns vom noch lärmenden Triebwerk fortbewegen.

»Randy«, begrüße ich ihn.

»Sally«, erwidert er. »Also schön, dann mal gleich zur Sache.«

Ich hole tief und angespannt Luft. »Ich brauche … einen Sucheinsatz. Flussaufwärts und flussabwärts, nach einer weißen Frau Mitte vierzig.«

Der Blick seiner graublauen Augen durchbohrt mich. »Handelt es sich um eine Suche oder um eine Bergung?«

»Ein Trainingseinsatz, du erinnerst dich? Darum handelt es sich hier. Ein unangekündigter Trainingseinsatz.«

Er verzieht keine Miene. »Das kann nur jemand in ranghöherer Stellung als du anweisen, Sally. Das verstehst du sicher.«

»Reicht dir Parker Hoyt?«, erwidere ich.

Zwei weitere Helikopter nähern sich und landen auf der gegenüberliegenden Seite des Flusses. Randy erhebt seine Stimme. »Das hört sich ziemlich ranghoch an.«

»Ja, ein echtes Schwergewicht.«

Wir starren uns eine Weile an. Dann sagt er: »Ich frage dann mal wegen Mr Hoyt für den Moment nicht weiter.«

»Das ist eine kluge Entscheidung.«

Er nickt. »In Ordnung. Weißt du noch, damals in Santiago ... du hast mich vor dieser Frau in der Bar im Ritz-Carlton gewarnt. Du warst verdammt hartnäckig, und ich habe mich mit dir gestritten. Aber später ... Wie sich herausstellte, arbeitete die Schlampe für den kubanischen Geheimdienst. Hat das Leben und die Karrieren von drei Agents ruiniert. Aber nach dieser Aktion hier sind wir quitt.«

»Einverstanden«, sage ich. »Wir sind quitt.«

Er nimmt das Handfunkgerät, dreht sich um und nuschelt Anweisungen hinein, die ich nicht verstehen kann. Dann wendet er sich erneut mir zu, steckt das Funkgerät wieder ein und sagt: »Eines muss ich aber noch wissen. Das hat mir nie Ruhe gelassen. Woher wusstest du, dass sie für den DGI arbeitete?«

»Kann ich vorher dir eine Frage stellen?«

»Sicher«, erwidert er. »Aber mach fix.«

»Wie gefällt es dir, für die dunkle Seite zu arbeiten, die plumpe Seite, den Heimatschutz?«

Er scheint nicht beleidigt zu sein und lächelt sogar ein wenig. »Der Secret Service gehört auch zur Heimatschutzbehörde«, erwidert er. »Wir sitzen alle im gleichen Boot. Meine Arbeitszeiten sind besser, die Bezahlung auch. Du als alleinerziehende Mutter solltest mal darüber nachdenken, ob du nicht zu uns wechseln willst.«

»Nicht heute und auch nicht in diesem Leben«, erwidere ich.

»Also schön, das hast du jetzt klargestellt«, sagt er. »Santiago. Jetzt antworte mir.«

Ich trete drei Schritte nach vorn und berühre sanft sein markantes Kinn. »Ich wusste es nicht. Ehrlich.«

»Wie bitte?«

»Ich hatte keine Ahnung, ob sie für den kubanischen Geheimdienst, den chilenischen Geheimdienst oder, was das betrifft, den bulgarischen Geheimdienst arbeitete«, gebe ich zu. »Sie sah scharf aus, ich war eifersüchtig, und ich wollte dich für mich ... wozu es dann später in Bogotá ja auch kam, wenn ich mich recht erinnere. Also musste ich dich in der Bar von ihr loseisen. Du hast förmlich an ihren Kurven geklebt.«

Er reißt die Augen auf, ob amüsiert oder vor Entsetzen, vermag ich nicht zu sagen. Dann streckt er die Hand aus, streichelt mir über die Wange und berührt schließlich den Schal. »Du ... wie geht es deiner Amelia?«

»In diesem Moment ist meine Amelia ein elfjähriges Mädchen, das zum ersten Mal alleine zu Hause ist – so geht es ihr. Wenn ich Glück habe, werden heute Abend, wenn ich zurückkomme, wenigstens mein Schlafzimmer und das Bad noch bewohnbar sein.«

»Kommst du klar, allein mit ihr?«

»Ich komme schon zurecht«, sage ich. »Sie weiß, dass sie alles verrammeln muss, nicht an die Tür gehen darf und neun-eins-eins und mich anrufen muss, wenn ihr etwas nicht geheuer vorkommt.«

»Hört sich gut an«, sagt er. »Das mit deiner Scheidung von Ben tut mir leid.«

»Muss es nicht«, sage ich, um dann hinzuzufügen: »Nun komm schon, Heimatschutz, mach dich an die Arbeit. Du weißt doch, was man über den Secret Service sagt: Entweder spielst du mit uns Ball, oder wir schieben dir einen Baseballschläger in den Arsch.«

Mit dieser Bemerkung ernte ich ein knappes Nicken; er tritt zurück, nimmt noch einmal das Funkgerät von seiner Hüfte in die Hand und sagt: »Du und ich. Kein Mensch sonst weiß davon oder wird jemals davon erfahren. Das hier ist offiziell eine unangekündigte Trainingsübung der Heimatschutzbehörde. Aber, Sally ... wen suchst du wirklich?«

»Einen Vogel«, sage ich.

»Einen Vogel?«

»Ja«, bestätige ich. »Einen gottverdammten Kanarienvogel.«

Er öffnet den Mund und macht Anstalten, mir weitere Fragen zu stellen. Doch zu meinem Glück brummen in diesem Moment vier schwarze Humvees der Heimatschutz-behörde herbei, und der Lärm, den sie veranstalten, über-tönt alles, was mein alter Freund sagen will.

Das ist so ziemlich das einzige Mal an diesem oder am nächsten Tag, dass ich bei etwas Glück habe.

25

Die nachmittägliche Besprechung mit seinen leitenden Wahlkampfhelfern sollte eigentlich noch fünf Minuten länger dauern, doch Harrison Tucker hat genug. Er steht auf und sagt zu seinem halben Dutzend Topleuten: »Sehr gut, das soll für heute genügen. Danke, dass Sie gekommen sind, und ... ich möchte mich noch einmal aufrichtig dafür entschuldigen, dass ich Sie alle in diese höchst unangenehme Lage gebracht habe.«

Der Leiter der Delegation, ein korpulenter Mann in einem braunen Anzug, der Senator aus Ohio, ergreift das Wort und sagt: »Wir werden Sie nicht im Stich lassen, Mr President. Der Stimmenvorsprung mag kleiner werden, aber wir werden todsicher nicht zulassen, dass dieser Spinner aus Kalifornien im nächsten Januar hier einzieht.«

Die Mitglieder der Delegation lächeln und murmeln untereinander, während Harrison sie, assistiert von einem seiner Berater, aus dem Oval Office hinauskomplimentiert. Die älteste Person in der Gruppe, die ehemalige Mehrheitsführerin des Parlaments von Ohio, lässt sich jedoch zurückfallen.

»Mr President«, sagt Miriam Tanner, »bitte, nur ganz kurz.«

Er zögert, doch da er Miriam eine Menge schuldet,

signalisiert er seinem Berater mit einer Handbewegung, den Raum zu verlassen, sodass nun nur noch sie beide hier an der offenen Tür stehen. Miriam ist einundachtzig Jahre alt, ihr Gesicht ist ausgemergelt und runzlig, und sie trägt ein schlichtes Kleid mit Blumenmuster – wahrscheinlich von Walmart oder Target, denkt er –, doch sie ist seit mehr als sechs Jahrzehnten im Geschäft, und er hat nur ganz wenige erlebt, deren politischer Riecher so gut ausgeprägt ist wie der ihre.

»Was zur Hölle haben Sie sich dabei gedacht, auf diese Art und Weise fremdzugehen?«, fragt Miriam mit leiser, aber schneidender Stimme.

Ihr Tonfall haut ihn geradezu von den Socken. »Miriam, ich …«

»Scheiße noch mal, Harry, wenn Sie flachgelegt werden wollen, gibt es in dieser Stadt jede Menge hochpreisige, sicherheitsüberprüfte junge Damen, die sich um Sie kümmern werden, leise und diskret«, zischt sie mit scharfer Stimme. »Was haben Sie sich dabei gedacht? Verdammt, Junge, Sie haben eine großartige erste Amtszeit hingelegt und beste Aussichten auf eine sogar noch bessere zweite Amtszeit. Und dann werfen Sie alles weg, für eine Mieze?«

»Miriam … es war nicht … so ist das nicht.«

»Und dann ist da ja noch Grace«, setzt Miriam hinzu und schürzt missbilligend die Lippen. »Sie mag eine Eiskönigin sein, eine störrische Ziege, und einer Familie entstammen, die glaubt, sie scheißt Dukaten, hier und zu Hause, aber bei Gott, die Frau trägt das Herz auf dem rechten Fleck. Als First Lady dieses Landes hat sie Tausenden armer Kinder geholfen. Und wie wird es ihr gelohnt? Indem sie landesweit gedemütigt wird. Was für einen Narren haben Sie nur an dieser pummeligen Lobbyistin gefressen?«

Verzweifelt bemüht, sie aus dem Oval Office zu bekommen, sagt Harrison: »Miriam, bitte ... ich bin verliebt in sie.«

»Harry, Sie sollten es mittlerweile doch wissen. Präsidenten dürfen keine menschlichen Regungen zeigen. Sie dürfen sich nicht betrinken, dürfen nicht weinen und ganz sicher dürfen sie sich nicht verlieben.«

Voller Missbilligung den Kopf schüttelnd geht sie hinaus.

Der diensthabende Secret-Service-Agent schließt die Tür, und der Präsident der Vereinigten Staaten kehrt in das nun menschenleere Oval Office zurück. Endlich hat er zumindest ein paar Minuten für sich gewonnen. Das ist wie ein Geschenk, diese wertvollen Sekunden zu haben, denn sein Tag ist immer bis auf die letzte Minute verplant.

Aber es gibt noch immer nichts Neues von Parker.

Er geht zu seinem Schreibtisch, auf dem das Telefon steht, nimmt den Hörer ab, wodurch er automatisch die Telefonzentrale des Weißen Hauses in der Leitung hat, und sagt einfach: »Bitte verbinden Sie mich mit Tammy Doyle.«

»Ja, Sir.«

Nachdem er aufgelegt hat, geht Harrison wie ein Tiger im Käfig in seinem Büro auf und ab. Dabei achtet er darauf, nicht auf das Siegel des Präsidenten in der Mitte des Teppichs zu treten, weil dies als böses Omen gilt – und heute ist ihm nicht nach weiterem Ungemach zumute. Tief in seinem Inneren fragt er sich, von wem er zuerst hören möchte. Von Parker Hoyt, der ihm sagt, dass Grace gefunden wurde? Oder von der anonymen Telefonistin irgendwo im Gebäude, die ihm sagt, dass sie die Frau in der Leitung hat, die er wirklich liebt?

Was für ein Mann bin ich eigentlich?, sinniert er. Was für ein Ehemann, der sich gleichzeitig um seine Frau als auch um seine Geliebte Sorgen macht?

Gute Frage, findet er.

Eine Antwort darauf hat er nicht.

Er langt in seine linke Hosentasche und zieht eine dicke Challenge Coin hervor, auf der ein Umriss der Air Force One über dem Weißen Haus eingeprägt ist und auf der Rückseite das Logo des 89. Lufttransportgeschwaders und dessen lateinischer Leitspruch *Experto Crede*. Würde er auf die Mitte der Münze drücken und sie drei Sekunden lang gedrückt halten, würde dieser Raum von Secret-Service-Agents überflutet werden.

Seine Frau trägt einen ähnlichen Gegenstand an einer Kette um den Hals.

Er wurde nicht aktiviert. Das betrachtet er als gutes Zeichen und steckt seine Challenge Coin wieder zurück in die Tasche. Würde sie in Schwierigkeiten stecken …

Das Telefon läutet. Er tritt an seinen kunstvoll geschnitzten Schreibtisch und nimmt den Hörer ab. »Mr President«, ertönt die deutliche Stimme der Telefonistin, endlich wieder etwas Neutrales und Professionelles an diesem »Attacke in Atlanta«-Tag aller Tage. »Ich habe Ihren Gesprächspartner in der Leitung.«

»Danke. Vielen Dank«, erwidert er. Dann macht es *Klick*, als die Leitung gesichert wird und jetzt nur noch ihm und seiner Gesprächspartnerin gehört. »Tammy?«, fragt er. »Bist du dran?«

»Oh, Harry!«, ertönt ihre süße, ermattet klingende Stimme, worauf er erleichtert auf seinem ledernen Bürostuhl Platz nimmt. Wenigstens dieses Warten ist vorbei.

Aber da stimmt etwas nicht mit der Tonlage ihrer Stimme.

»Tammy, ist alles in Ordnung bei dir?«

Plötzlich fängt die Liebe seines Lebens an zu schluchzen.

26

»Tammy ... bitte ... was ist passiert?«, fragt der Präsident der Vereinigten Staaten.

Das Schluchzen hält für einige lange Sekunden an, und dieses Geräusch geht ihm unter die Haut, denn es ist das erste Mal in ihrer Beziehung, dass er sie weinen hört. Er mag der mächtigste Mann der Welt sein, aber in diesem Moment fühlt er sich verdammt hilflos.

Durch den Hörer nimmt er wahr, dass sie tief Luft holt. »Oh, Harry ... es tut mir leid. Der Flug nach Hause war in Ordnung, aber dann wurde ich in einen Autounfall verwickelt und ...«

»Ein Autounfall? Was ist passiert? Geht es dir gut?«

Ihre Stimme hört sich jetzt gefasst an. »Ja, es geht mir gut ... es schmerzt nur noch ein bisschen. Das Taxi, in das ich am Flughafen eingestiegen bin, wurde gerammt. Wir waren auf dem Highway östlich von Dulles unterwegs, als ein Transporter den Mittelstreifen durchbrochen hat und gegen den Kofferraum des Taxis geknallt ist. Wir sind herumgeschleudert, Gott sei Dank war der Taxifahrer ein aufgeweckter Bursche, sonst ... oh, Harry. Was für ein mieser Tag. Und als ich meine Wohnung erreichte, hatten die Reporter dort schon ihre Zelte aufgeschlagen.«

Er schwenkt ein wenig in seinem Stuhl vor seinem verschnörkelten Schreibtisch herum. »Was hast du denen gesagt?«

»Harry? Wie bitte?«

Augenblicklich bereut er seinen Fehler. Er verhält sich nicht wie ihr Liebhaber, ihr Freund, ihr Mann. Er reagiert wie ein Politiker, der versucht, die Auswirkungen eines Fehlers zu minimieren. Nicht wie jemand, der sich bemüht, für eine Frau, die er liebt, zu sorgen. Scheiße.

»Ich ... ich wollte bloß hören, ob du denen irgendwas gesagt hast. Oder ob sie dir irgendwas gesagt haben. Es muss heftig gewesen sein.«

»Nein, Harry, ich habe kein Wort gesagt. Ich meine ... was könnte ich denn auch sagen?«

Er reibt sich die Augen. Das läuft jetzt nicht gut, verdammt.

»Schon gut. Ich ... tut mir leid, ich weiß, dass du nichts sagen wirst.«

»Harry ... Was soll ich tun?«, fragt Tammy. »Was sollen *wir* tun?«

»Du ... kümmerst dich zuallererst um dich selbst«, sagt er, während er fieberhaft seine grauen Zellen strapaziert. »Melde dich morgen krank, wenn es sein muss. Oder arbeite von zu Hause. Wir werden das in Ordnung bringen.«

»Wir?«

»Parker Hoyt. Er kümmert sich in diesem Moment darum.«

»Indem er was tut?«

»Er tut ... eine Menge Dinge. Und er arbeitet daran ... zu organisieren, was angemessen ist.«

Mein Gott, denkt er. Schon wieder wäre er um ein Haar

bei Tammy ins Fettnäpfchen getreten. Er war drauf und dran gewesen, ihr zu sagen, dass Parker Hoyt alles für ihn und seine Wiederwahl tut, was natürlich bei ihr die Frage aufgeworfen hätte: Tja, und was ist mit mir?

Wohl wahr. Was ist mit Tammy? Er kann ihr ja schlecht weitergeben, was seine Berater ihm vor nicht einmal zehn Minuten nahegelegt haben: Machen Sie Schluss mit ihr und tun Sie dies öffentlich.

»Gibt es irgendwas, das ich für dich tun kann?«, fragt er und reibt sich dabei wieder die Augen.

Er vernimmt ein bitteres Lachen. »Die Reporter, die vor meiner Wohnung herumlungern, verhaften lassen?«

Er ringt sich seinerseits ein Lachen ab. »Wenn ich es könnte, würde ich das …«

Eine Pause entsteht. Dann fragt sie leise: »Wann kann ich dich sehen, Harry?«

»Eine Weile lang nicht«, sagt er. »Du weißt ja, wie das ist.«

Ihre Stimme klingt nun scharf. »Mindestens vier Wochen, ja?«

»Tammy …«

Abermals reibt er sich über die Augen. »Wie sieht es mit Grace aus?«, fragt sie.

Überrascht zuckt er zusammen. In all den Monaten, in denen sie beide zusammen sind, hat sie kaum jemals eine Frage zur First Lady gestellt.

»Sie ist wütend. Durcheinander. Das kannst du dir ja vorstellen.«

»Kann ich«, bestätigt sie mit leiser, verständnisvoller Stimme. »Wo ist sie jetzt? Ist sie in ihrem Büro und schmeißt mit Lampen um sich?«

Er dreht sich in seinem Stuhl um und späht aus den drei grünlich gefärbten, deckenhohen Fensterscheiben, deren Farbton damit zu tun hat, dass sie kugelsicher sind.

»Sie ist … im East Wing«, erwidert er hastig. »Sie bemüht sich, ihre Gedanken zu sortieren.«

»Wird sie denn mit der Presse sprechen? Wird sie weiter an ihrem offiziellen Zeitplan festhalten?«

Er kann das hier nicht mehr. Er war von Anfang an aufrichtig ihr gegenüber, hat nie Versprechungen gemacht, die er nicht hätte einhalten können, war immer offen heraus, wenn es darum ging, wann er sich mit ihr treffen kann und wann nicht.

Aber jetzt?

»Sie ist … äh … hör zu, Tammy, ich muss jetzt Schluss machen. Okay? Halte durch. Wir stehen das gemeinsam durch. Ehrlich.«

Nach diesen Worten legt er auf, und die sichere Verbindung wird unterbrochen. Er schwenkt noch einmal mit seinem Stuhl herum.

Was war das für eine verquere Unterhaltung.

Und wieso hat sie nach Grace gefragt?

Dann wird ihm etwas klar. Zum ersten Mal überhaupt hat er die Frau, die er liebt, belogen.

Tammy ist verdutzt, als der Präsident sie brüsk aus der Leitung wirft.

Natürlich steht er unter Druck, und natürlich gehen ihm die Nachrichten über ihrer beider … Beziehung durch den Kopf, vor allem, da die Wahlen bevorstehen.

Aber so kurz angebunden war er noch nie zu ihr. Und er hat auch noch nie …

Gelogen?

Sie erinnert sich an das, was Amanda Price ihr erst vor wenigen Minuten erzählt hat.

Die First Lady kann nicht ausfindig gemacht werden.

Aber jetzt gerade hat ihr Harry – der Präsident der Vereinigten Staaten – etwas anderes erzählt, nämlich dass sich Grace Fuller Tucker im East Wing aufhält und definitiv nicht vermisst wird.

Und als Tammy bei ihm diesbezüglich nachhaken wollte …

Hat er einfach aufgelegt.

Ihr Telefon läutet. Sie fährt zusammen und schaut auf die Anruferkennung.

CBS New York.

Sie schaltet das Telefon aus.

Igelt sich in ihrem Sessel ein.

Wartet.

Auf was, weiß sie nicht.

Aber der harte Kern in ihr, der sie aus einem großen dreistöckigen Mietshaus in South Boston nach Beacon Hill und ins Boston College, dann nach Harvard und schließlich ins Zentrum der Welt – den District of Columbia – gebracht hat, weiß, dass sie nicht ewig warten wird.

Sein Telefon läutet. Harrison Tucker zögert einen Moment, bevor er drangeht.

Tammys Bericht von ihrem Autounfall hat eine Erinnerung aus seiner politischen Vergangenheit wach werden lassen, von damals, als er sich um die Wiederwahl als Staatssenator beworben hatte. Der Wahlkampf hatte sich unerwartet zu einem Kopf-an-Kopf-Rennen entwickelt, bis sein Gegenspieler, ein emeritierter Universitätsprofessor, an einem regnerischen Abend nahe Toledo in einen schweren Verkehrsunfall verwickelt worden war.

Und er weiß noch, dass Parker Hoyt ihm am nächsten Tag breit grinsend davon erzählte. »Unfälle passieren eben ... Hauptsache, zur richtigen Zeit.«

Harrison hatte das damals mit einem Lachen abgetan, überzeugt davon, dass Parker lediglich scherzte.

Aber jetzt?

Parker ... könnte er? Würde er?

Sein Telefon läutet und läutet.

27

Marsha Gray weicht ein paar Meter zurück, um sich vor den stämmigen, sich schnell vorwärtsbewegenden Kerlen des Heimatschutzes zu verbergen, die auf der Suche nach der First Lady entlang des Flussbetts bis zum Waldrand ausgeschwärmt sind. Die leitende Secret-Service-Agentin hat sich eine Zeit lang intensiv mit einem attraktiven Kerl in einem grauen Overall unterhalten, dem offenbar die Hubschraubercrews sowie die Insassen der Humvees unterstehen, die hinzugekommen sind.

Sie holt einen Ohrhörer aus ihrer Manteltasche und setzt ihn ein, bevor sie mit den Fingern über das Display des iPhones an ihrer Seite wischt. Sie legt das iPhone auf einem Felsen in ihrer Nähe ab, damit sie hineinflüstern kann, ohne allzu weit gehört zu werden, und wischt dann erneut mit den Fingern über das Display.

Schon nach dem ersten Läuten erklingt ein: »Hoyt.«

»Sie wissen, wer dran ist«, meldet sie sich.

»Was haben Sie?«

»Was ich habe«, flüstert sie, »sieht aus wie die Zusammenkunft eines vom Heimatschutz veranstalteten Schulungskurses.«

Hoyt stößt einen Fluch aus. »Wie viele sind es?«

»Eine Menge«, flüstert sie wieder, »und es kommen ständig weitere hinzu. Die führen eine Suchaktion durch, auf beiden Seiten des Flusses, durchkämmen das Gebiet flussabwärts und flussaufwärts. Außerdem brummen hier drei Helikopter herum und ungefähr ein halbes Dutzend Humvees. Fehlt nur noch ein Fässchen Bier.«

Hoyt gibt erneut eine nicht jugendfreie Bemerkung von sich. »Wo befindet sich Agent Grissom?«

»Etwa zwanzig Meter entfernt. Sie leitet diesen Einsatz hier. Ich kann sie von meiner Position aus sehen.«

»Haben die … noch irgendwas gefunden? Außer diesem Stück Papier und dem Schmuckstück?«

»Negativ«, antwortet sie. »Es wird jetzt auch bald dunkel. Wie ist Ihr Plan?«

Eine Pause entsteht. »Grissom ist die Schlüsselfigur. Sie ist diejenige, welche. Hängen Sie sich an sie dran, egal, wohin sie fährt.«

»In Ordnung«, bestätigt Marsha. »Was für eine Verschleierungsgeschichte haben Sie auf Lager? Irgendwann wird sich jemand die Frage stellen, warum Heimatschutz und Secret Service das Flussufer auf beiden Seiten durchkämmen.«

»Die Geschichte lautet, dass sie die Virginia State Police und die Virginia Conservation Police bei der Suche nach einem vermissten Kanufahrer unterstützen.«

»Gute Story«, sagt Marsha. »Wissen die beiden Behörden schon davon?«

»Werden sie noch gesteckt bekommen.«

Sie schwenkt ihr Zielfernrohr erneut, um Grissom im Blick zu behalten. Aus irgendeinem Grund nervt diese Frau sie – sogar aus der Entfernung. Sie erinnert Marsha an die diversen weiblichen Marines, denen sie in ihrer beruflichen

Laufbahn begegnet ist, meist herrschsüchtige, arschkriecherische Weibsbilder, die alles tun und jeden hintergehen würden, um ihre Karriere voranzutreiben. So, wie Grissom gerade hin und her geht, redet, Anweisungen erteilt und schaut … tja, sie passt ins Bild.

Marsha richtet das Fadenkreuz ihres Zielfernrohrs auf Grissoms Halsansatz. »Hoyt?«

»Was ist denn noch?«, drängt er. »Ich erwarte eine Gruppe von Kongressmitarbeitern, die ein wenig Aufmunterung brauchen.«

»Ich könnte es jetzt auf der Stelle erledigen«, sagt sie. »Ein Schuss, eine Tote. Grissom ausschalten und ernsthaft Verwirrung stiften. Was halten Sie davon?«

»Teufel noch mal, nein!«, blafft Parker sie an, wobei seine Stimme laut und durchdringend in ihrem Ohrhörer erklingt. »Für den Moment nur observieren. Verstanden? Und falls es irgendeinen Hinweis darauf gibt, dass man die First Lady gefunden hat, kontaktieren Sie mich sofort.«

»Sie müssen nicht brüllen«, sagt Marsha. »Niemals.«

Ohne ein weiteres Wort zu sagen, legt er auf.

Marsha nimmt die Agentin weiter ins Visier. Die herumkommandierende Tussi geht in ihrem schwarzen Wollmantel mit ihrem dicken roten Schal auf und ab und redet dabei manchmal mit diesem gut aussehenden Kerl vom Heimatschutz und dann wieder mit den drei Agents vom Secret Service.

Erneut sind Motorgeräusche zu vernehmen. Sie schaut nach links hinüber, wo die Humvees und der erste Suburban stehen. Mehrere Lastwagen mit Anhänger treffen ein, auf deren Ladeflächen große, mobile Lichtanlagen liegen.

Das sieht nach einer langen Nacht aus. Marsha hat damit kein Problem. Sie hat schon lange Nächte an Orten verbracht, an denen nach Einbruch der Dunkelheit ausgehungerte Köter ihr Unwesen trieben und offene Abwasserkanäle heruntergekommene Stadtviertel durchzogen, während der Horizont vom Lichtschein explodierender Sprengfallen beleuchtet wurde.

Hier die Nacht zu verbringen wäre eine schöne Abwechslung.

Dann aber erkennt Marsha, dass Grissom Anstalten macht, sich zu verziehen. Sie steigt mit einer anderen Agentin in den Suburban, und die Rücklichter leuchten auf. Als Marsha dies sieht, zerlegt sie ihr Gewehr und öffnet ihren Rucksack.

Auf geht's.

Das gehört zum Job.

Aber ein Teil von ihr denkt immer an dieses klassische Poster auf den Stuben, mit den zwei Geiern, die auf dem Ast eines Baums hocken, und der eine sagt zum anderen: »Geduld beweisen? Von wegen – ich will töten!«

Ein Motto, nach dem man leben sollte.

Als sie ihre Ausrüstung verpackt hat, ist sie bereit, sich durch die Dunkelheit zu bewegen.

Aber da ist noch etwas.

Ihr Ohrhörer ist immer noch an Ort und Stelle, und mit ein paar Wischbewegungen ihrer Finger auf dem Display des iPhones hört sie eine Aufnahme ab, die sie zuvor mitgeschnitten hatte.

Sie: »*Nur um das klarzustellen: Geht es nur um sie, oder soll ich alles tun, was notwendig ist?*«

Er: »Tun Sie so, als wären Sie draußen im Feldeinsatz und es gäbe keine Möglichkeit, jemanden zu kontaktieren. Tun Sie, was getan werden muss.«

Marsha nimmt den Knopf aus dem Ohr und steckt das iPhone ein. Sie ist nicht so weit gekommen, denkt sie, und hat nicht so viel Geld verdient, weil sie je Männern vertraut hätte.

Parker Hoyt bleiben noch ein paar Minuten, bevor der erste Kongressmitarbeiter eintrifft. Er starrt sein Telefon mit der besonderen Leitung an, das auf seinem Schreibtisch steht. Diese Sache zieht sich in die Länge und ist übler, als er es vorhergesehen hatte. Die First Lady … klar, dass sie als Ehefrau stinkwütend reagieren würde, damit war zu rechnen gewesen.

Aber das jetzt?

Verschwunden?

Und was er da von Agent Grissom erfahren hat … diese Art Abschiedsbotschaft und der nicht aktivierte Panik-Button der First Lady.

Das läuft nicht gut.

Was also jetzt?

Er will, dass diese Angelegenheit unverzüglich geregelt wird, festgezurrt, abgeschlossen, damit er sich auf das konzentrieren kann, was wirklich von Bedeutung ist, nämlich dafür zu sorgen, dass dieser talentierte Mann im Büro nebenan wiedergewählt wird.

Parker nimmt den Telefonhörer in die Hand, wählt die zweite Nummer, diejenige, die er vorhin nicht hatte anrühren wollen.

Aber das war vorhin.

Die Zeit läuft ihm davon.

Das Telefon läutet.

Läutet.

Und läutet.

Schließlich geht jemand dran, und die Umgebungsgeräusche verraten Parker, dass die Person am anderen Ende der Leitung sich im Freien aufhält.

»Ja?«, ertönt eine kurz angebunden klingende Stimme.

»Hier ist Hoyt«, sagt er.

»Ich kann jetzt nicht sprechen.«

»Ich weiß, dass Sie beschäftigt sind. Aber ...«

»Machen Sie schnell.«

»Ich muss genau wissen, was Grissom tut«, sagt Parker. »Was sie denkt, was sie vorhat, in jedem einzelnen Moment.«

»In diesem Moment ist sie dabei, nach Hause zu fahren, zu ihrer Kleinen.«

»Aber ...«

»Ich kenne unsere Vereinbarung«, sagt die Stimme. »Ich weiß, was Sie versprochen haben. Aber rufen Sie mich nie wieder an. Ich werde es sein, der den Kontakt aufnimmt.«

Die Verbindung wird getrennt.

Parker legt ebenfalls auf und lehnt sich in seinem Stuhl zurück. Mittlerweile ist es dunkel, die Straßenbeleuchtung von Washington ist angegangen.

Dieser Anruf gerade ... Er wollte bloß seine Versicherungspolice überprüfen.

Jemand dort draußen mit Beziehungen, der für ihn arbeitet.

In hohem Maße illegal, in hohem Maße unethisch und letzten Endes – wenn man bedenkt, wie viel er dafür bezahlt – in hohem Maße effektiv.

Das ist alles, was ihn interessiert.

28

Pamela Smithson bringt mich schnell und sicher nach Hause, zu einer Wohnanlage in Springfield, Virginia, was näher ist als der Rückweg zum Weißen Haus, wo mein Privatwagen steht. Ich benutze mein Handy, um zu arrangieren, dass mich im Laufe der Nacht ein Secret-Service-Agent abholen kommt, falls dies notwendig ist.

Pamela fährt auf das Parkplatzgelände und lässt den Motor laufen. »Rufen Sie mich sofort an, wenn Sie etwas finden«, sage ich.

»Selbstverständlich«, antwortet sie.

»Wäre da nicht meine Tochter, wäre ich jetzt immer noch am Fluss.«

»Das wissen wir. Und Sally, nichts für ungut, aber ich will so schnell wie möglich wieder zurück dorthin.«

Ich lege meine Hand auf den Türgriff. »Okay, Pamela, wo ist sie?«

Pamela scheint aus der Fassung gebracht, und darauf hatte ich es abgesehen. Gut.

»Sally, ich …«

»Vorhin auf der Farm, kurz bevor wir mit der Suchaktion anfingen, hat Tanya davon gesprochen, die Farm sei einer der beiden Orte, wo sich die First Lady am wohlsten fühlt.«

Sie gibt keine Antwort.

»Also, wo ist der andere Ort?«

»Ich … ich weiß es nicht. Das weiß keiner von uns.«

»Ich fragte Sie vorhin auch«, fahre ich fort, »ob Sie neben der Möglichkeit, dass sie von dem Pferd abgeworfen wurde, glauben, sie könnte untergetaucht sein. Oder sich versteckt hält. Sie haben darauf nur kurz mit Nein geantwortet und sofort das Thema gewechselt.«

Nach wie vor sagt sie nichts.

»Wer ist er?«, frage ich.

Sie wendet sich ab und richtet ihren Blick auf das Parkplatzgelände. »Pamela! Wer ist er?«

Pamela hält das Gesicht nach wie vor abgewandt. »Ich weiß es nicht.«

»Wie lange ist sie schon mit ihm zusammen?«

»Ich … bin nicht sicher. Mindestens seit ein paar Monaten. Ich habe gehört, wie sie mit ihm gesprochen hat. Drei- oder viermal. Sie kommunizieren nur über Telefon, soweit ich das sagen kann.«

»Über ihres?«

»Nein. Ein Wegwerfhandy.«

»Wie zur Hölle ist die First Lady der Vereinigten Staaten an ein Wegwerfhandy gekommen?«

Nun wendet Pamela sich mir zu, und im Lichtschein der Parkplatzbeleuchtung erkenne ich, dass ihr Tränen in den Augen stehen. »Was glauben Sie denn? Sie richtet die Bitte an einen ihrer Mitarbeiter, der richtet eine Bitte an einen untergeordneten Mitarbeiter, der sie an einen Praktikanten weiterleitet. Der Praktikant erwirbt per Barzahlung eine Debitkarte, kauft das Telefon damit anonym, richtet einen gefakten Gmail-Account ein, um es zu aktivieren, und dann wird es auf dem umgekehrten Weg der First Lady übergeben. Es ist so gut wie unmöglich nachzuverfolgen.«

»Wer ist er?«

»Ich weiß es nicht.«

»Pamela …«

Sie wischt sich erst über ein Auge, dann über das andere. »Es ist … ein Mann. Mehr weiß ich nicht. Ich habe im Verlauf der letzten Monate ein paarmal mitbekommen, wie sie mit ihm geredet hat … und einmal … da hörte ich sie sagen: ›Ich liebe dich so sehr‹.«

Um ihr nicht aus einem Impuls heraus eine Ohrfeige zu verpassen, hole ich erst einmal tief Luft. »Pamela, heute Morgen, als Sie und die anderen Ihre Schutzperson verloren haben, ist Ihre Karriere den Bach runtergegangen. Und jetzt, in den nächsten fünfzehn Sekunden, wird Ihre Antwort auf meine Frage darüber entscheiden, ob es Ihnen gestattet werden wird, unauffällig zu kündigen oder ob Sie sich als Angeklagte vor Gericht rechtfertigen müssen.«

Mehr als ein Nicken bringt sie nicht zustande. Ich frage sie: »Haben Sie irgendeine Ahnung, eine Spur oder einen Hinweis, wer dieser Mann ist und wo wir ihn finden können?«

»Nein.«

»Wissen die aus den anderen Schichten etwas?«

Sie schüttelt den Kopf. »Ich habe bei ihnen im Lauf der letzten Monate … vorgefühlt. Ganz vorsichtig, ich wollte bloß mal ausloten, ob denen irgendetwas aufgefallen war. Kein bisschen.«

»Also schön«, lenke ich ein.

Ich mache Anstalten, die Wagentür zu öffnen, als Pamela hinzufügt: »Eines muss ich Ihnen noch sagen.«

Ich denke an mein elfjähriges Mädchen, das oben alleine in unserer Wohnung ist. Vor ungefähr einem Jahr sind wir hierhergezogen, als ich herausgefunden hatte, dass mein Mann, ihr Vater, während seiner Mittagspausen Praktikantinnen mit nach Hause genommen hatte. Daraufhin weigerte ich mich, auch nur eine Sekunde länger in unserer gemeinsamen Wohnung zu wohnen, als unbedingt nötig war. Diese Wohnung jetzt ist teuer, in bedauernswertem Zustand und liegt in einem heruntergekommenen Viertel, aber ich hatte keine andere Wahl.

»Machen Sie schnell.«

»Letzten Mai gaben wir eine Abschiedsparty für eine der Nachtschichtagentinnen im Personenschutzteam«, sagt Pamela. »Wir hatten einen Raum über einer Bar in Georgetown angemietet. Als die First Lady von der Party erfuhr, war ihr klar, dass ihre drei diensthabenden Agents ihretwegen nicht daran teilnehmen würden können. Deswegen tauchte sie unangekündigt dort auf, ohne dass etwas öffentlich gemacht worden wäre. Als Überraschungsgast. Sie hat sich Zeit in ihrem eigenen Terminkalender dafür freigeschaufelt, damit ihre drei diensttuenden Agents die Party nicht verpassen würden, und sie hat gelacht, getanzt und ein paar Gläser Wein mit der Truppe gezischt. So ist sie eben … die beste Schutzperson, für die ich jemals gearbeitet habe. Und Sally, wenn ich auch nur den leisesten Schimmer hätte, wer dieser Kerl ist, dann wäre ich jetzt dort. Das müssen Sie mir glauben.«

Ich mache die Tür auf. »Ich glaube Ihnen schon. Hoffen

Sie nur, dass Sie auch einen Richter und die Mitglieder eines Kongressausschusses davon überzeugen können, falls es so weit kommen sollte.«

Aus einem am Straßenrand geparkten Honda Odyssey beobachtet Marsha Gray, wie die leitende Agentin in dem Suburban auf das Parkplatzgelände einer Apartmentanlage fährt. Neben ihr auf dem Beifahrersitz liegt ein Nachtsichtgerät, doch Marsha beschließt, es nicht zu benutzen. Sie liebt Minivans, weil sie so anonym und unauffällig sind, und mit einem Nachtsichtfernglas auf der Nase wird sie definitiv nicht mehr unauffällig sein.

Der Suburban steht seit etwa zehn Minuten hier, deshalb ist sie davon überzeugt, dass die beiden Agentinnen noch miteinander plaudern. Aber worüber? Jetzt wünscht sich Marsha, sie wäre nicht auf sich gestellt, würde nicht alleine arbeiten, denn dann hätte sie diesen Suburban verwanzen und verkabeln lassen, damit sie haargenau wüsste, worüber die beiden gerade reden.

Grissom geht über den Parkplatz, und plötzlich sieht Marsha, wie zwischen zwei geparkten Autos Schatten hervortreten.

Nun könnte es spannend werden.

Ich gehe auf die Apartmentanlage zu. Vor mir entdecke ich Schatten auf dem Asphalt und begreife schlagartig, dass ich die Konturen von zwei Personen sehe, die hinter mir sind.

Als ich mich umdrehe, erblicke ich zwei Jugendliche, die rasch auf mich zukommen. Sie tragen Baseballkappen und haben sich die Kapuzen ihrer Jacken über die Köpfe gezogen, sodass es schwer zu sagen ist, wie sie aussehen, was wohl auch beabsichtigt sein dürfte.

Rasch und entschlossen kommen sie näher.

»Kann ich euch helfen, Jungs?«, frage ich sie.

Der rechts von mir sagt: »Hey, ja, mein Kollege hier, ich glaube, er hat sich das linke Knie verletzt. Wissen Sie, wo hier die nächste Ambulanz ist?«

»Nein, weiß ich nicht«, erwidere ich. »Er hinkt aber doch gar nicht.«

»Der Schein kann trügen, Schätzchen«, sagt der andere. »Vielleicht täusche ich es nur vor, wer weiß. Vielleicht brauchten wir auch bloß einen Grund, um dich anzusprechen und dir dann dein Geld abzunehmen.«

Ich weiche einen Schritt zurück, drehe mich ein wenig, lange unter meinen Mantel, ziehe meinen zusammenklappbaren Schlagstock hervor, lasse ihn aufspringen und hämmere damit fest auf ein Knie des Kerls zu meiner Linken. Er schreit vor Schmerz auf und sinkt mit gespreizten Armen auf das Pflaster. Sein noch auf den Beinen stehender Kumpel ist wie gelähmt.

»Jetzt täuscht er es nicht mehr vor«, kommentiere ich.

Ich gehe ein kleines Stück rückwärts, bis ich sicher bin, dass keine Gefahr mehr von ihnen ausgeht. Dann drehe ich mich um, gehe zur Eingangstür, tippe den Zugangscode ein, durchquere den übel riechenden Eingangsbereich und steige die Treppe hinauf zum zweiten Obergeschoss. An meiner Wohnung angelangt schließe ich die Tür auf, die ich bei unserem Einzug habe verstärken und deren billiges Schloss ich gegen ein hochwertiges habe austauschen lassen. Ich rufe laut: »Schätzchen, da bin ich!«, mein Code, damit Amelia weiß, dass ihre Mom im Anmarsch ist und nicht irgendein Fiesling.

Die Wohnung besteht aus einem kleinen Wohnzimmer, rechts ist die Küche, ein Flur führt zum Bad und zu zwei Schlafzimmern, eins für mich, das andere für Amelia.

Es riecht nach angebranntem Essen.

Amelia werkelt in der Küche, dreht sich zu mir um und lächelt. Sie hat sich eine weiße Schürze umgebunden, die bis zur Mitte der Oberschenkel mit Tomatensoße verschmiert ist. Ein Topf Nudeln, kurz vor dem Überkochen, blubbert auf dem Herd, auf dem Arbeitstresen liegen geöffnete Konservendosen, und im Spülbecken stapelt sich dreckiges Geschirr. Der kleine Holztisch ist mit sauberem Geschirr gedeckt. »Mom!«, sagt Amelia. »Ich habe uns Abendessen gekocht!«

Ich stelle Handtasche und Tasche auf einem Stuhl ab und nicke stumm, während ich mir erst den Schal abnehme, den sie für mich gestrickt hat, und dann meinen schwarzen Wollmantel ausziehe. Ich sollte beides in den Schrank hängen, bin jedoch zu erschöpft dafür und werfe es stattdessen auf die Couch.

»Schätzchen … das wäre doch nicht nötig gewesen. Wir hätten uns was von Chang's holen können.«

Mit einem zischenden Geräusch kocht der Topf mit den Nudeln nun vollends über. Amelia stößt einen schrillen Schrei aus, hastet an den Herd zurück, dreht die Platte herunter und sagt: »Mom, wir haben uns doch schon letzte Woche was von Chang's geholt. Zweimal. Ich wollte heute Abend Essen machen. Außerdem …«

»Was?«

Sie nimmt sich einen Schöpflöffel und rührt damit in einem anderen Topf die Tomatensoße um. Die Soße spritzt auf ihre Schürze und den Fußboden.

»Außerdem, Mom ... ich bin nicht dumm. Ich weiß, dass wir Geld sparen müssen.«

Was soll man auf so etwas erwidern?

Mir fällt nichts ein.

»Bin gleich wieder da«, sage ich, gehe durch die Diele und schlüpfe in mein Schlafzimmer. Dort schalte ich das Licht ein, ziehe mir die Jacke aus, schließe die oberste Schublade mit einem Schlüssel auf und lege Schlagstock, Funkgerät, SIG Sauer, Handschellen und Pfefferspray ins gepolsterte Innere.

Als Letztes lege ich meinen Dienstausweis mit meiner Secret-Service-Marke hinein. In fetten Buchstaben sind auf dem dunklen Leder die folgenden Worte aufgedruckt:

DUTY AND HONOR.

Ich schiebe die Schublade zu.

Mir ist, als verhöhnten mich diese Worte.

29

Die Spaghetti sind noch zu sehr al dente, hätten noch zwei Minuten länger gebraucht, und in der Nudelsoße tummeln sich allerlei winzige Klümpchen von Angebranntem, die am Topfboden geklebt hatten. Dazu gibt es selbst gemachtes Knoblauchbrot (getoastetes Brot, bestrichen mit geschmolzener Butter und bestreut mit Knoblauchpulver), das eiskalt ist. Aber ich esse es, schenke meiner Tochter ein breites Lächeln und sage: »Schätzchen, es schmeckt köstlich. Vielen Dank. Das hast du klasse gemacht, ich weiß das zu schätzen.«

Sie lächelt mich bis über beide Ohren an, wodurch sich meine Stimmung sofort aufhellt und ich mich so gut fühle wie noch nie, seit dieser furchtbare Tag vor endlos erscheinenden Stunden begonnen hat. Während des Essens lässt sich Amelia über ihren Schultag aus, erzählt von zwei Freundinnen namens Stacy und Amy, die sich gerade wegen eines Jungen in die Haare bekommen haben, von einem Mathe-Test, der gut gelaufen ist, und schließlich davon, wie sauer unser Nachbar Todd Lawson war, als er vorzeitig gehen musste.

Während sie Spaghetti auf ihrer Gabel aufdreht, sagt Amelia: »Findest du, dass Todd immer noch auf mich aufpassen muss?«

Ich muss an die beiden Jugendlichen denken, die ich vorhin abgefertigt habe. »Nur noch ein Weilchen, Schätzchen, bis wir in eine bessere Gegend gezogen sind.«

Ihr süßes Gesicht leuchtet auf. »Ziehen wir wieder bei Daddy ein? In unser altes Zuhause?«

Und schon ist es wie weggewischt, mein wonniges, angenehm leichtes Gefühl, auf den Boden der Tatsachen zurückgeholt von der anstehenden Katastrophe meiner Scheidung von ihrem Vater. »Amelia … bitte. Wir haben doch schon darüber gesprochen, nicht? Wir lieben dich beide, sehr sogar. Aber … mit uns klappt es nicht mehr. Das hat nichts mit dir zu tun. Du wirst immer unser besonderes Mädchen sein, unsere gemeinsame Tochter. Aber … wir … Ich werde nicht wieder mit deinem Dad zusammenkommen.«

Amelia lässt den Kopf hängen und bleibt eine Weile stumm, sogar als wir den Abwasch machen. Plötzlich und unerwartet klopft jemand an die Tür.

Mit dem Geschirrtuch in der Hand dreht sich Amelia um. »Mom?«

»Warte«, sage ich, gehe wieder ins Schlafzimmer, hole von dort meine SIG Sauer und steuere die Tür an, an der oben eine massive Sicherheitskette angebracht ist.

»Wer ist da?«, rufe ich.

Wieder klopft es.

Und?

Ich lasse eine Hand auf die Türklinke sinken, die Pistole hinter meiner Hüfte verborgen.

Marsha Gray beobachtet, wie Leute das Apartmentgebäude betreten und verlassen. Sie ist immer noch beeindruckt, wie schnell Grissom die beiden Dreckskerle fertiggemacht hat, die sich ihr genähert hatten.

Eine zähe Tussi.

Das muss sie sich merken.

Sie muss gähnen.

Wie lange noch, bis sie aus dem Wagen steigen kann?

Bis dort oben alle Lichter erloschen sind.

Sie wünschte, sie hätte mehr Infos, mehr Hintergrundinformationen darüber, was Grissom tut. Marsha hasst es, bei so grundlegenden Dingen von einem Mann abhängig zu sein, vor allem wenn dieser Mann Parker Hoyt heißt. Er hat sie telefonisch über Grissoms Aktivitäten informiert, aber sie traut ihm nicht wirklich über den Weg.

Was bessere Informationen angeht, muss etwas unternommen werden, und zwar bald.

Ich schließe die Tür auf, trete einen Schritt zur Seite und …

Ein vertrautes, lächelndes, vorsichtig dreinschauendes Gesicht blickt mich an.

»Hi, Sally. Kann ich reinkommen?«

Amelia kommt aus der Küche herbeigelaufen. »Daddy!«

Ich mache die Tür zu, nehme die Kette ab und lasse ihn herein. Ben Miller, mein fremdgehender Ehemann, tritt ein, und sein Lächeln wird noch breiter. Sein schwarzes Haar ist gut gepflegt, er trägt eine graue Hose und einen schwarzen Rollkragenpullover. Einen kleinen Moment durchzuckt mich mein früheres Gefühl der Liebe und Zuneigung, das ich jedoch sofort abschüttele, indem ich mir all seine Lügen und Betrügereien vor Augen halte. Er nimmt Amelia fest in die Arme, und ich fühle einen Stich der Eifersucht, als ich mit ansehe, wie innig sie die Umarmung ihres Vaters erwidert.

Ich schiebe meine Pistole in die Rückseite meines Hosenbundes. »Ben ... was für eine Überraschung.«

Er drückt Amelia einen Kuss auf die Stirn. »Ich liebe es, meine Kleine zu überraschen.«

»Warum ... wie ... warum bist du hier, Ben?«

Er schließt die Tür hinter sich, Amelia dreht sich um, und er legt den Arm um sie. Amelias Lächeln ist süßer als alles, was ich seit Langem gesehen habe. Ben küsst sie erneut und sagt: »Ich hatte angerufen. Amelia sagte, Todd, der Babysitter ...«

»Dad, er ist kein Babysitter!«

»Sorry, Kleine«, sagt er und legt ihr die Hand auf die Schulter. »Amelia erzählte, Todd habe gehen müssen, und sie sei sich nicht sicher, wann du nach Hause kommen würdest. Deshalb habe ich angeboten, vorbeizukommen und auf sie aufzupassen.«

So haben wir das bei unserer Besuchsregelung nicht vereinbart, liegt mir auf der Zunge, doch ich reiße mich zusammen und gehe in die Küche. »Super. Komm mit, Ben, du kannst uns helfen, den restlichen Abwasch zu machen.«

Marsha wartet und wartet. Nach und nach gehen die Lichter in der Wohnung oben aus. Gut. Auf der anderen Straßenseite ist eine rund um die Uhr geöffnete Walgreens-Apotheke mit einem gut beleuchteten Parkplatzgelände. Dort wird sie parken und während der Nacht ein Nickerchen machen, und falls Grissom das Haus verlässt, wird sie bereit sein.

Erneut erinnert sie sich daran, wie schnell sich diese Secret-Service-Agentin vorhin bewegt hat. Sie gesteht es sich nur äußerst ungern ein, aber als Grissom mit diesen beiden Widerlingen konfrontiert war, fühlte sich Marsha wirklich versucht, auszusteigen und ihr zu Hilfe zu eilen.

Es war das Verlangen, etwas Gutes zu tun.

Marsha dreht den Zündschlüssel um.

Sie sollte lieber aufpassen und dafür sorgen, dass so etwas nicht noch einmal vorkommt.

30

Nachdem wir das saubere Geschirr abgetrocknet und wegge-
räumt haben, stoße ich nach diesem langen Tag ein herzhaf-
tes Gähnen aus. Aber ins Bett werde ich noch nicht gehen.
Unser beider Tochter zuliebe unterhalten Ben und ich uns
freundlich miteinander, und zum Nachtisch gibt es Schoko-
ladeneis. Dann ziehen wir ins Wohnzimmer um, wo ich Ben
nicht ganz so freundlich zu einem ramponierten Lehnstuhl
bugsiere, während Amelia und ich uns auf die Couch fläzen.

Amelia schaltet eine Fernsehsendung ein, bei der es um
nicht wirklich reale Hausfrauen an irgendeinem Ort geht;
sie sind alle geschminkt und gebotoxt bis zum Gehtnichtmehr, und es scheint, als machten sie eine Schlankheitskur
nach der anderen und verbrächten das Gros ihrer Zeit damit, sich gegenseitig anzukreischen und in teuren Restaurants zu dinieren.

Dann ruft meine Tochter auf ihrem iPad Fotos von Nationalparks auf, um sich auf ein Schulprojekt vorzubereiten.
Ben tritt zu ihr, kniet sich neben sie und erzählt etwas zur
Geschichte jedes Parks, den Amelia anklickt. Ich versuche,
wach zu bleiben, während ich zuschaue, wie sich meine Ge-
schlechtsgenossinnen im landesweiten Fernsehen blamieren.
Dann aber lässt mich das Gespräch neben mir schlagartig
wieder munter werden.

Amelia macht »Ooooh« und weist dabei auf ein Foto auf ihrem Tablet. »Oh, Yellowstone! Und dieser Geysir, Old Faithful! Schießt er wirklich immer in regelmäßigen Abständen heißes Wasser in die Luft?«

Ben streichelt ihr die Schulter. »Und ob, Schätzchen. Ich war letztes Jahr dort und habe es zweimal gesehen, ganz pünktlich.«

»Nie im Leben, Dad«, gibt Amelia zurück, worauf ihr Dad sagt: »Doch … Vielleicht nehme ich dich nächsten Sommer ja mal mit dorthin.«

»Echt?« Amelia wendet sich mir zu und sagt: »Mom, hast du das gehört?«

Ich ringe mir ein Lächeln ab. »Klar habe ich das, Süße. Und jetzt schau mal auf die Uhr. Ab ins Bett mit dir.«

Dieses eine Mal quengelt und nörgelt sie nicht; sie klappt ihr iPad zu und sagt: »Kann Daddy die Nacht hier verbringen? Ja?«

»Ja, kann er?«, fragt Ben leise.

Ohne ein Wort zu verlieren, nehme ich Amelia an die Hand, ziehe sie sanft von der Couch hoch und führe sie aus dem Wohnzimmer.

Nachdem sie sich Gesicht und Hände gewaschen und es sich dann in ihrem kleinen Schlafzimmer eingerichtet hat, kehre ich zurück. Dort steht Ben; ihm ist sichtlich unbehaglich zumute, und er tut so, als konzentriere er sich auf die Talkshow, die gerade auf Bravo läuft. Ich pflanze mich vor ihm auf und sage: »Würdest du mir mal sagen, was das hier alles zu bedeuten hat?«

Er schaut mich an, und allein dass er mich nicht ignoriert, ist zumindest mal ein kleiner Schritt nach vorn, allerdings einer, der schon ein paar Jahre überfällig ist. »Ich hatte sie angerufen, um zu hören, wie es ihr geht. Sie erzählte mir, Todd müsse wegen irgendeines Notfalls in der Familie weg. Und dass du spät nach Hause kommen würdest. Sie hörte sich verängstigt an, Sally, daher habe ich ihr versprochen, ich käme vorbei. Du weißt selbst, dass dieses Viertel hier nicht gerade das beste ist.«

Ich verschränke die Arme. »Und wessen Schuld ist das?«

Ben macht eine beschwichtigende Handbewegung. »Bitte ... nicht streiten, ja? Bitte? Amelia zuliebe?«

»Amelia zuliebe?« Ich senke die Stimme. »An Amelia hättest du vor langer Zeit denken sollen, bevor deine Sauferei außer Kontrolle geraten ist und du damit angefangen hast, Praktikantinnen zu vögeln, die halb so alt sind wie du.«

»Ich nehme an einem Entzugsprogramm teil«, sagt er mit düsterer Stimme. »Ich habe aufgehört zu trinken und ... ich war die letzten Monate treu. Sally, wie oft muss ich mich noch entschuldigen?«

»Das lasse ich dich noch wissen«, blaffe ich ihn an. »Und da ist noch etwas, von wegen Amelia zuliebe. Du machst sie noch ganz kirre. Wir haben uns auf eine Besuchsregelung geeinigt, und dass du heute Abend kommst ... okay, sie war verängstigt, aber ich war hier, bevor du aufgekreuzt bist. Für unsere Tochter ist es schon schwer genug, auch ohne dass sie sich Hoffnung macht, es gäbe eine Chance, dass wir beide uns wieder zusammentun.«

Er scheint feuchte Augen zu bekommen, worauf ich einen Schritt zurücktrete und sage: »Aber fair ist fair. Du schläfst auf der Couch und verschwindest, bevor sie morgen wach wird, um zur Schule zu gehen.«

Er nickt. »Danke, Sally.«

»Freue dich nicht zu früh«, sage ich. »Falls ich heute Nacht alarmiert werde, wirst du bleiben und sie zur Schule bringen müssen.«

»Kein Problem«, sagt Ben.

Ich verlasse das Wohnzimmer. »Und stell das verdammte Ding leiser oder schalte es aus.«

In meinem Schlafzimmer nehme ich wahr, dass im Wohnzimmer mit einem Mal Stille herrscht, als Ben den Fernseher ausschaltet, so als wäre er ein religiöser Pilger, der auf Erlösung hoffend die Anweisungen seines Superiors befolgt.

Tut mir leid, Ben, denke ich, während ich mich auf meinem Bett zusammenrolle. Heute Abend steht keine Erlösung an.

Aber auch kein Schlaf, wie ich nach einer Weile feststelle. Nicht nach dem Tag, den ich hinter mir habe.

Mir schießen so viele Gedanken durch den Kopf, dass es mir schwerfällt, sie zu sortieren; statt Schäfchen zu zählen, zähle ich sämtliche Probleme, mit denen ich es zu tun habe, und die sehen eher aus wie tollwütige Hunde als flauschige Schafe. Irgendwann geht mit einmal knarrend die Schlafzimmertür auf.

»Amelia?«, flüstere ich.

»Nein«, erklingt die verlegene Antwort. »Ich bin's, Ben.«

Er tritt ein, macht die Tür zu und sagt: »Sally, es tut mir leid. Ich kann nicht schlafen. Diese Couch ... da ist so eine Metallstange, die sich mir in den Rücken gräbt.«

»Dann fahr eben jetzt schon nach Hause.«

»Kann ich nicht ... kann ich nicht einfach hierbleiben? Bei dir? Ich verspreche dir auch, dich nicht anzurühren.«

Seine Konturen zeichnen sich im Lichtschein des Weckers auf dem Nachttisch und anderer elektronischer Geräte ab. Ich wage es nicht, einen Blick auf die Uhrzeit werfen.

»Du könntest genauso gut nach Hause fahren.«

»Sally, bitte … musst du ständig wütend auf mich sein? Immer?«

Ich denke darüber nach, und ich denke an meinen Oberbefehlshaber und frage mich, wo die First Lady stecken könnte, und vielleicht sollte ein gewisser Trost darin liegen, dass selbst die Hochrangigsten und Mächtigsten unter uns Eheprobleme haben können, aber ich empfinde ihn nicht. Die First Lady hat die Untreue ihres Ehemannes heute früh live im Fernsehen auf die Nase gebunden bekommen. Die Untreue des meinen habe ich vor ungefähr einem Jahr auf die Nase gebunden bekommen, als ein Besuch des Präsidenten in letzter Minute abgesagt worden war, was dazu führte, dass ich früher nach Hause kam und dort feststellen musste, dass sich mein betrunkener Ehemann mit einer Praktikantin aus dem Innenministerium in unserem Bett amüsierte, während eine andere in der Küche einen Joint rauchte und darauf wartete, dass sie an die Reihe kam.

»Also schön«, sage ich. »Du kannst zu mir ins Bett kommen.«

Das leise Rascheln von Kleidung ist zu vernehmen, die ausgezogen wird, und als er sich neben mir ausstreckt, knarzt das Bett. Wir bleiben beide stumm, bis Ben sagt: »Es vergeht kein einziger Tag, an dem ich nicht bereue, was ich getan habe, Sally. Ehrlich. Ich schäme mich, ich habe mich blamiert, und es tut mir so leid, was ich dir und Amelia zugemutet habe. Vor allem Amelia, ich hatte nie gewollt, dass …«

»Ben?«, frage ich in das im Dunkel liegende Schlafzimmer hinein.

»Ja?«

»Schlaf jetzt«, sage ich. »Und falls du mich berührst oder versuchst, auf meine Seite zu kommen, breche ich dir die Finger.«

31

Normalerweise weckt mich meine innere Uhr um sechs, und es kommt nur selten vor, dass sie mich im Stich lässt. Aber dies ist nun einer dieser verdammten Morgen. Ich wache in einem leeren Bett auf. *Gut*, denke ich und schaue hinüber auf den Wecker – 6.45 Uhr, definitiv *nicht* gut –, springe aus dem Bett, werfe mir einen langen Morgenrock über und rufe laut: »Amelia!«, während ich in die Diele gehe.

Dann rieche ich Kaffee und gebratenen Schinken. In der Küche stoße ich auf Ben, der grinsend neben dem Herd steht, während Amelia den Tisch deckt und mir fröhlich entgegenkräht: »Schau nur, Mom, Daddy und ich haben dir Frühstück gemacht!«

Ach du heilige Scheiße, denke ich. Erneut checke ich die Uhrzeit und sage: »Ben, Gott noch mal, sie muss in zehn Minuten unten an der Ecke stehen, damit sie den Bus kriegt!«

Bens Gesichtsfarbe wechselt. »Ich dachte, der Bus holt sie um Viertel nach sieben ab!«

Das war, bevor ich dich in flagranti erwischt habe, du Dummkopf, und ich geschworen habe, nie wieder einen Fuß in unsere Wohnung zu setzen, denke ich.

»Ben, das war in der alten Wohnung«, sage ich. Dann wende ich mich Amelia zu und frage: »Hast du deinen Ranzen fertig gepackt? Hast du Geld fürs Mittagessen?«

»Mom ...«, fängt sie an, worauf ich ihr über den Mund fahre und sage: »Beeil dich und iss noch schnell etwas.«

Damit mache ich auf dem Absatz kehrt und haste zurück ins Schlafzimmer.

Neun Minuten später stehe ich mit Amelia draußen, nachdem ich mir nur kurz mit einem Kamm durchs Haar gefahren bin und zu etwa 80 Prozent das trage, was ich gestern schon getragen habe. Ich mache einen Anruf, um mich von einem Mitarbeiter des Secret Service an der H Street abholen zu lassen. Danach führe ich noch zwei weitere Telefonate, eines mit Scotty, das andere mit Pamela Smithson, und beide bestätigen mir, was ich vermutet hatte – kein Fortschritt bei der Suche nach Grace Fuller Tucker.

»In Ordnung«, sage ich zu dem einen wie der anderen. »Bleibt dran. Ich werde von hier aus weiter an der Sache arbeiten.«

Als ich fertig telefoniert habe, sehe ich den knallgelben Schulbus im dichten morgendlichen Verkehr auf uns zubrummen. So, wie Amelia dasteht, wirkt sie klein, ihr knallbunter Ranzen ist fast so groß wie sie. Ben hat ihr vorhin noch rasch einen Kuss aufgedrückt und sie dann verlegen in die Arme genommen, bevor er sich mit hängenden Schultern davonmachte.

»Hey, Schatz«, sage ich, »was hast du?«

»Du musst nicht immer so gemein sein.«

»Amelia ...«

Ruckartig dreht sie den Kopf in meine Richtung. »Daddy ist gestern Abend vorbeigekommen, weil ich Angst hatte! Und er hat beim Abwasch geholfen. Und Frühstück gemacht. Und du warst überhaupt nicht nett zu ihm ...«

»Aber Amelia …«

»Er ist heute Morgen aus deinem Schlafzimmer gekommen«, sagt sie. »Das bedeutet, dass er dich immer noch liebt, Mommy. Verstehst du das nicht? Wenn du aufhörst, so gemein zu ihm zu sein, können wir wieder zurück in unser richtiges Zuhause, du musst dich nicht scheiden lassen, und es kann alles wieder so werden, wie es war.«

Ihr Bus hält an. Ich bemerke einen schwarzen Suburban hinter ihm – meine heutige Mitfahrgelegenheit.

»So einfach ist das nicht, Schätzchen. Und wir werden nicht wieder zusammenkommen. Tut mir leid.«

In dem Moment, als die Bustür aufschwingt, fängt sie an zu brüllen. »Wenn du nett zu ihm wärst, würde er uns wieder aufnehmen! Er würde uns aufnehmen, das weiß ich! Wir könnten alle wieder zusammen sein!«

»Schätzchen …«

Hastig springt sie vom Gehsteig und steigt die Trittstufen des Schulbusses hinauf, wobei ihr Ranzen auf ihrem kleinen Rücken hin und her hüpft. Dann dreht sie sich um und ruft mit einer schrillen Stimme, die mich immer ins Mark trifft, ganz gleich, für welch taffe Mom ich mich halten mag: »Wenn du nicht so gemein wärst, wären wir immer noch eine Familie! Warum musst du so gemein sein?«

Mit einem zischenden Geräusch schließt sich die Tür. Amelia geht zu einem Sitzplatz. Immer wenn ich an der Bushaltestelle mit ihr gewartet habe, dreht sie sich danach noch einmal mir zu um und winkt mir aus dem Fenster zu.

Heute Morgen nicht.

Der Bus fädelt sich schleppend in den Verkehr ein, und der Suburban kommt zum Stehen. Ich öffne die Beifahrer-

174

tür und steige ein. »Kein Wort, sonst schmeiße ich Sie raus und fahre selbst!«, warne ich den jungen Fahrer.

So schick er angezogen sein mag und so adrett er daherkommt, wirkt er nun doch eingeschüchtert.

Gut.

»Ja, Ma'am«, sagt er.

Ich lege meinen Gurt an. »Das waren jetzt zwei Worte. Achten Sie darauf, dass das nicht noch einmal passiert.«

Wir fahren los.

32

Parker Hoyt sitzt an diesem Morgen schon seit drei Stunden an seinem Schreibtisch und arbeitet, telefoniert, beruhigt aufgeschreckte Senatoren und Abgeordnete, muntert wichtige Geldgeber auf, während er wie auf heißen Kohlen sitzend auf die Nachricht wartet, dass die First Lady gefunden wurde. Wegen Atlanta ist die Berichterstattung immer noch mies, doch in einigen Kommentaren schwingt ein hoffnungsvoller Ton mit, weil der Präsident am Vortag an die Öffentlichkeit getreten ist und seinen Fehler zugegeben hat. Und im Gros der Berichterstattung und der Debatten herrscht darüber Übereinstimmung, dass die Kampagne des Präsidenten zwar einen herben Rückschlag erlitten hat, ihm aber noch genug Zeit bleibt, die Verluste wiedergutzumachen, vor allem wenn die First Lady ihrerseits an die Öffentlichkeit geht und Vergebung zusichert.

Aber es gibt auch Fragen … Wo ist die First Lady?

Parker massiert sich den Nacken. Offiziell hat sie sich zurückgezogen. Inoffiziell weiß etwa ein halbes Dutzend Menschen von der tatsächlichen Situation, und diese Zahl wird in DC in den nächsten Stunden anwachsen, bis er diese Schlampe gefunden hat, tot oder lebendig.

Zum jetzigen Zeitpunkt kümmert das Parker nicht besonders.

Sein Telefon klingelt, und seine Sekretärin sagt: »Special Agent Grissom ist hier und möchte Sie sprechen«, worauf er antwortet: »Schicken Sie sie sofort herein.«

Die Tür geht auf, und Agent Grissom tritt ein. Die Frau sieht grauenhaft aus. Übernächtigt, zerzaustes Haar, ungeschminktes Gesicht, und es scheint, als hätte sie noch dieselbe schlichte Kleidung an wie gestern. Prompt fragt sich ein bösartiger Teil in Parker, wie in aller Welt sie es hinbekommen hat, sich einen Ehemann zu angeln und ein Kind mit ihm zu zeugen. Und er denkt auch, tja, sie mag zwar einen Ehemann gefunden haben, war aber offenkundig nicht imstande, ihn zu halten.

»Setzen Sie sich«, sagt er, doch sie lässt sich bereits auf einen Stuhl sinken, als er fragt: »Warum sind Sie hier?«

»Ich habe ein fähiges Team darauf angesetzt, den Flusslauf abzusuchen. Und ich habe noch etwas in der Stadt zu erledigen.«

»Gibt es Neuigkeiten?«

»Nichts«, erwidert sie. »Ihr Pferd ist reiterlos zurückgekehrt. Keinem in den Ställen ist etwas Ungewöhnliches aufgefallen. Es gibt nur eine einzige Zufahrtsstraße zur Farm. Die Aufnahmen der Überwachungskameras wurden gesichtet – sie hat das Gelände nicht über die Straße verlassen.«

»Was ist mit dem Zettel und dem Panik-Button?«

»Beides noch in unserem Besitz. Vor einer Weile bekam ich einen Anruf von unserer Forensik«, sagt sie. »Die Handschrift ist echt. Weiß der Präsident davon?«

»Tut er«, erwidert Parker. »Ist das Team vom Heimatschutz noch immer draußen?«

»Ist es.«

»Die Verschleierungsgeschichte von dem verloren gegangenen Kanufahrer trägt noch?«

»Bis jetzt schon. Aber wie lange noch weiß ich nicht.«

Parker fegt ein Staubkorn von seinem ansonsten makellosen Schreibtisch. »Wie haben Sie dieses Team so kurzfristig vor Ort bekommen?«

»Ich habe an ihre Güte appelliert«, gibt Grissom bissig zurück. Parker beschließt, es auf sich beruhen zu lassen.

»Was meinten Sie gerade damit, Sie hätten noch etwas zu erledigen?«, fragt er stattdessen. »Was zur Hölle hat das zu bedeuten?«

»Es bedeutet, dass die Frau des Präsidenten immer noch vermisst wird«, erwidert sie. »Es sind Suchtrupps in der Gegend unterwegs, in der sie zuletzt gesehen wurde. Wenn ich jetzt dort draußen wäre, um die Sache zu überwachen, wäre damit nichts erreicht. Hier mit Leuten zu reden könnte dagegen hilfreich sein.«

»Mit welchen Leuten?«

»Mit dem leitenden Protective Agent des Präsidenten zum Beispiel.«

»Und mit wem noch?«

»Ich muss mit dem Präsidenten sprechen«, sagt Grissom. »Unter vier Augen.«

Parker schüttelt den Kopf. »Unmöglich.«

»Dann machen Sie es möglich, und zwar noch heute Morgen«, fordert Grissom. »Im Moment gibt es keine Spur. Null. Niente. Und ich muss ein paar Fragen stellen, ein bisschen herumstöbern, um zu sehen, ob dabei was ans Licht kommt.«

»Sie könnte tot sein«, gibt Parker zu bedenken. »Diese

Nachricht … das kam mir schon vor wie ein Abschiedsbrief.«

»Mag sein, aber ich will alle Optionen offenhalten.«

»Sie glauben, sie könnte einen Selbstmord vortäuschen?«

»Wie gesagt, ich lasse alle Optionen offen«, erwidert
Grissom. »Und ich muss mit dem Präsidenten sprechen, so
schnell wie möglich.«

»Agent Grissom …«

»Organisieren Sie das, Mr Hoyt«, beharrt Grissom. »Der
beste Weg, rasch zu einer erfolgreichen Lösung zu kommen, besteht darin, diese Angelegenheit genauso zu behandeln wie jede andere strafrechtliche Untersuchung.
Was bedeutet, dass ich Leute befrage. Und dazu gehört
schließlich auch, dass ich mit dem Ehemann einer vermissten Frau spreche. Wenn eine Ehefrau vermisst wird, muss
der Ehemann vernommen werden. Wie in jedem anderen
Fall auch.«

»Das hier ist nicht jeder andere Fall, das wissen Sie«, entgegnet Parker.

Grissom erhebt sich. »Sie dürfen diese Meinung vertreten,
Mr Hoyt. Ich hingegen darf mir das nicht erlauben. Andernfalls wird sie nie gefunden werden.«

Als sie gegangen ist, nimmt Parker den Telefonhörer ab
und wählt widerwillig eine der beiden Nummern, die er benutzt hat, seit dieser Schlamassel seinen Anfang nahm.

Erneut wird sein Anruf von seiner Kontaktperson ent-
gegengenommen, erneut nimmt er anhand der Umgebungsgeräusche wahr, dass sich diese Person im Freien befindet.

Die Stimme am anderen Ende der Leitung lässt keine
Zweifel offen. »Rufen Sie mich nie wieder an, verstanden?

Ich melde mich, wenn ich Informationen habe. Und im Moment habe ich keine.«

»Ich will nur verifizieren, dass es keine neuen Entwicklungen gibt«, sagt Parker.

Eine Antwort bekommt er darauf nicht, denn die Person, die auf seiner persönlichen Gehaltsliste steht, hängt auf.

Parker starrt das Telefon an und wirft dann einen Blick auf einen Papierausdruck, der ordentlich auf der Seite seines Schreibtischs liegt. Er nimmt das hausinterne Telefon ab und lässt sich mit der Sekretärin des Präsidenten verbinden.

Als sie ans Telefon geht, stößt er einen tiefen Seufzer aus. »Mrs Young, ich brauche heute Morgen fünfzehn Minuten Zeit des Präsidenten«, sagt er. »Sagen Sie also der Delegation vom Better Business Bureau Bescheid, dass die mit dem Handelsminister vorliebnehmen müssen.«

33

In einem kleinen, fensterlosen Befragungsbüro, das an den Raum W-17 angrenzt, treffe ich mich endlich mit Jackson Thiel, dem Leiter des Personenschutzteams des Präsidenten, jenem Agent also, der meistens an der Seite von Präsident Tucker zu sehen ist. Das Büro ist extrem schlicht, es gibt hier keine Pflanzen, keine gerahmten Fotos, bloß ein Telefon, einen Metallschreibtisch und zwei Stühle, die noch Relikte aus der Amtszeit von Carter zu sein scheinen.

Ich setze mich, und Jackson nimmt mir gegenüber Platz. Der Mann ist wie immer tadellos gekleidet; er hat eine ausdruckslose Miene aufgesetzt, wirkt jedoch ein wenig angespannt. Ich beschließe, sofort auf den Punkt zu kommen.

»Wann hat es angefangen?«

»Wann hat was angefangen?«, erwidert Jackson, ohne zu zögern.

Ich stoße einen lauten Seufzer aus, den er nicht überhören kann. »Okay, wenn Sie es auf diese Tour durchziehen wollen, dann tun Sie das. In ein oder zwei Tagen werden die üblichen Verdächtigen aus dem Kongress fordern, dass ein Sonderermittler herausfindet, welche Gesetze gebrochen wurden, als CANAL seine Frau betrogen hat. Dann werden Secret Service und Heimatschutz entscheiden, ob sie euch aus der Art geschlagene Agents in Schutz nehmen werden oder euch alle den Geiern zum Fraß vorwerfen. Falls es zu Letzterem kommt, sind Sie auf sich allein gestellt, Agent Thiel. Mit anderen Worten, wenn Karriere und Leben von Agents, die sich für CANAL eine Kugel einfangen würden, ruiniert werden, dann sei's drum.«

Jackson macht Anstalten, etwa zu erwidern, doch mein Geduldsfaden ist gerissen. »Dass Sie die vorgeschriebenen Verfahrensweisen umgangen und es dem Präsidenten ermöglicht haben, mit seiner Geliebten ins Bett zu steigen, war absolut gesetzwidrig und nicht autorisiert. Sie arbeiten für mich, und ich habe gestern Morgen davon erfahren. Glauben Sie etwa, ich würde Ihnen das durchgehen lassen? Oder der Direktor?«

»Aber ich …«

Ich nehme ihn weiter in die Mangel. Vielleicht ist das nicht fair von mir, aber egal. »So was ist ja früher schon mal gelaufen. Wissen Sie, was aus den Agents wurde, die in den Schlamassel Clinton-Lewinsky involviert waren? Die mussten private Anwälte anheuern. Sie haben ihre Häuser verloren, ihre Ersparnisse, ihre College-Fonds. Und ihre Karrieren waren ruiniert. Kennen Sie einen guten Anwalt?«

Ich nehme meinen Notizblock und meine Tasche und stehe auf. Jacksons Gesichtszüge werden weicher. »Seit acht Monaten.«

Ich setze mich wieder. »Wo und wie?«

»Es war bei einem Treffen in Denver, während einer Veranstaltung nach einer Spendengala«, sagt Jackson leise. »Miss Doyle war unter den Teilnehmern. Es waren etwa

182

zwei Dutzend Personen anwesend, ein Empfang, ein Foto mit CANAL, so diese Art.«

»Fahren Sie fort.«

»Nachher fragte CANAL, ob wir die Rückfahrt zum Hotel noch ein Weilchen aufschieben könnten«, sagt Jackson. »Er und Miss Doyle begaben sich in einen separaten Raum, der vom Bankettsaal abging, und sie blieben dort etwa eine halbe Stunde.«

»War dies ihrer beider erste Begegnung?«

»Meines Wissens schon, ja.«

»Hat sie ihn irgendwie geködert?«

»Geködert?«

Erneut reißt mir der Geduldsfaden. »Scheiße, Jack, Sie wissen, was ich meine. Trug sie ein tief ausgeschnittenes Kleid und ließ sich vor den Augen des Präsidenten eine Cocktailtomate in den Ausschnitt plumpsen? Hat sie viel gelacht und seine Schulter oder sein Haar berührt? Hat sie sich umgedreht und die Rückseite ihres Kleids hochrutschen lassen, damit er sah, dass sie einen Stringtanga trug? Irgendwas in dieser Richtung?«

Jackson schüttelt den Kopf. »Nein, nichts dergleichen. Miss Doyle ... Die Frau ist spitze.«

Dieser Kommentar lässt bei mir das Fass überlaufen. »Entschuldigen Sie meine Ausdrucksweise, aber sie bumst einen verheirateten Mann, und zwar nicht irgendeinen verheirateten Mann.«

Jackson bleibt hartnäckig. »Sie macht ihn glücklich. Mehr kann ich nicht sagen. Und ein glücklicher Präsident ... nun, das ist eine gute Sache.«

»War sie eine Stalkerin? Hing sie ständig bei den Wahlkampfveranstaltungen des Präsidenten ab? Hat sie versucht, sich in Camp David einzuschleichen? Hat sie ihm Bücher mit Liebesgedichten geschickt?«

»Nichts dergleichen. Wie gesagt, sie ist spitze. Eine nette Frau.«

Ich beiße mir auf die Zunge und sage: »Wie oft sind die beiden zusammengekommen?«

»Ein-, zweimal im Monat.«

Ich kann es nicht fassen. »Sie nehmen mich auf den Arm.«

Jackson schüttelt den Kopf. »Nein.«

»Wie zur Hölle ... wie, glaubten Sie, damit davonkommen zu können? Wie, glaubten Sie, würde *er* damit davonkommen?«

»Sie wissen doch, wie das läuft«, antwortet er. »CANAL besucht eine Wahlkampfveranstaltung oder ein politisches Treffen. Irgendwann sagt dann sein Pressesprecher, jetzt ist Feierabend, heute bitte keine weiteren Fragen mehr, der Präsident möchte sich zurückziehen. Und die Hotels, in denen er übernachtet, die sind gesichert, das Personal ist diskret, wir mieten das ganze Stockwerk an, in dem der Präsident wohnt, und dazu noch die Etagen darüber und darunter. Nach Feierabend ist es dann kein Problem, durch einen Hinterausgang oder einen Servicebereich oder sonst wo hinauszugelangen zu einem ... Treffen.«

»Also haben Sie geholfen, diese ... Treffen zu arrangieren.«

»Das haben wir.«

»Nicht wirklich Teil Ihrer Stellenbeschreibung, oder?«

Er zuckt mit den Achseln. »Ich führe nur Anweisungen aus.«

»Diese Tammy Doyle«, sage ich. »Glauben Sie, sie hat eine gewalttätige Ader? Will dem Präsidenten schaden? Oder der First Lady?«

»Auf keinen Fall.«

Ich warte noch einen Moment. »Sonst noch was?«

Auch er lässt sich einen Moment Zeit. »Ich höre … Gerüchte. Über die First Lady. Dass sie, nun ja, irgendwo sein könnte, wo man sie nicht erreicht.«

Ich stehe auf. »Das wäre dann alles, Jack.«

»Sie haben wegen Tammy Doyle und der First Lady gefragt. Da ist etwas im Busch, nicht wahr?«

»Jack, Ihre Karriere ist bereits im Eimer. Verspüren Sie den Drang, den Eimer auch noch auszuschütten?«

Er starrt mich an. »Aber wenn Sie etwas in der Sache unternehmen, dass die First Lady … unauffindbar ist … Das ist nicht unser Job. Das ist der von FBI, DC Police, allen möglichen anderen Behörden.«

»Sie wissen doch, wie das läuft. Ich befolge nur Anweisungen«, äffe ich ihn nach.

34

Nachdem sie drei Stunden lang damit beschäftigt war, ihre E-Mails und Sprachnachrichten durchzuarbeiten, lehnt sich Tammy Doyle schließlich in ihrem Schreibtischstuhl zurück und atmet tief durch. Über ein angrenzendes Gebäude und einen Wartungsflur war sie unbemerkt in das Gebäude an der K Street gelangt, in dem die Firma Pearson, Pearson and Price ihren Sitz hat. In ihrem Büro wurden ihr Blicke und hier und da ein Lächeln zugeworfen, zum Glück wurde sie aber überwiegend in Ruhe gelassen.

Die Empfangsdamen der Firma nehmen jeden eingehenden Anruf entgegen, und die Medienvertreter können draußen auf dem Gehsteig so lange ihre Zelte aufschlagen, wie sie wollen – hier befindet sie sich in einem kleinen, sicheren Kokon.

Zwar ist ihr Gesicht nach dem gestrigen Autounfall immer noch empfindlich, und ihr tut die entsprechende Körperseite weh, doch Tammy fühlt sich besser. Den blauen Fleck auf der Wange hat sie mit ein wenig Make-up übertüncht, und niemandem ist etwas aufgefallen. Sie hat die Nachrichtensendungen am Morgen ignoriert und will in diesem Moment einzig und allein ihre dritte Tasse Kaffee genießen, als jemand an ihre Tür klopft.

»Herein!«, ruft sie, worauf Ralph Moren, der Verwaltungsassistent ihrer Gruppe, eintritt und sagt: »Tammy, hier ist eine Frau, die dich sprechen möchte.«

»Das bezweifele ich«, erwidert Tammy. »Ich habe keine anstehenden Termine.«

Ralph nickt. Sein Gesicht ist genauso knallrot wie seine Krawatte. »Das weiß ich, aber diese Frau ... Sie ist vom Secret Service. Und sie sagt, sie muss dich sofort sprechen.«

Tammy zögert nur einen Moment. »In Ordnung, Ralph. Führe sie herein und ... bring mir doch noch eine Tasse Kaffee, so, wie ich ihn mag. Und frag sie, ob sie auch einen will.«

Ralph schlüpft aus dem Raum, und wenig später kommt die Secret-Service-Agentin herein. Tammy steht auf, reicht ihr die Hand und schaut sich die Frau genauer an. Tammy hat ungefähr ein halbes Dutzend Secret-Service-Agenten kennengelernt, seit sie sich mit Harry trifft, doch diese hier gehört nicht zu dem Protective Team, das ihn auf seinen Reisen begleitet. Sie ist älter und hochgewachsen, und sie sieht hundemüde aus mit ihrem wirren braunen Haar und ihren verquollenen Augen. Sie trägt einen schwarzen Wollmantel, der ihr bis zu den Knien reicht, und dazu einen roten Schal, der nach Marke Eigenbau aussieht. Nach den anfangs heiklen privaten Treffen mit Harry ist sie mit seinem Personenschutzteam gut ausgekommen; man hat hier und da ein Lächeln füreinander übriggehabt und scherzte ein wenig.

Diese Frau hier scheint nicht zu Scherzen aufgelegt zu sein.

Sie langt in ihre Ledertasche und zieht ein kleines Etui hervor, das sie nun aufklappt und in dem ein sternförmiges Dienstabzeichen und ein Foto zu sehen sind. »Miss Doyle, ich bin Sally Grissom, Special Agent in Charge, Presidential Protective Division des Secret Service. Danke, dass Sie mich empfangen.«

Die Agentin setzt sich, und Tammy tut es ihr gleich. Die Tür geht erneut auf, und Ralph kommt mit einer großen weißen Kaffeekanne herein, auf der das blaue Logo der Firma prangt. Tammy sagt: »Und Sie möchten wirklich nichts trinken, Agent ... Grissom?«

»Nein«, erwidert sie. Tammy nimmt wahr, dass in dieser einen Silbe etwas Stahlhartes mitschwingt. Ralph geht wieder hinaus. »Brauche ich einen Anwalt?«, fragt Tammy.

»Glauben Sie, Sie brauchen einen?«, gibt Grissom wie aus der Pistole geschossen zurück.

»Ich bin mir nicht sicher. Warum sind Sie hier?«

»Sie sind eine intelligente Frau«, sagt Grissom. »Sie arbeiten schon drei Jahre hier, und Sie wissen, wie der Hase läuft in DC. Und bestimmt wissen Sie auch, dass die Agents, die ... es Ihnen gestattet haben, in der Gesellschaft des Präsidenten zu sein, gegen die Vorschriften des Secret Service verstoßen haben.«

»Aber sie ... nun, der Präsident wusste es.«

»Der Präsident ist nicht deren Boss«, sagt Grissom mit harter und scharfer Stimme. »Das bin ich. Und ich bin hier, um eine Befragung vorzunehmen. Um mich zu vergewissern, dass Sie keine Bedrohung waren und es auch jetzt nicht sind.«

Tammy entspannt sich ein wenig, lächelt und genehmigt sich einen ausgiebigen Schluck Kaffee. Von draußen ist das fortwährende Rauschen des Verkehrs auf der K Street zu vernehmen. Die Fenster ihres Büros gehen zur Hauptstraße in dieser Stadt, auf der Deals abgeschlossen werden und

Geld den Besitzer wechselt, alles, um die sogenannten Räder der Macht auf dem Capitol Hill und im Weißen Haus zu schmieren.

»Bitte«, sagt sie. »Ich bin keine Bedrohung. Ehrlich.«

»Wann hat es angefangen?«, fragt Grissom.

»Äh … Sie meinen, wann ich den Präsidenten zum ersten Mal getroffen habe?«

»Genau.«

»Vor ungefähr acht Monaten. Bei einer Veranstaltung in Denver.«

»Waren Sie ihm davor schon gefolgt?«

»Gefolgt? Wie eine … Stalkerin? Nein, ich bin keine Stalkerin.«

»Ihr beider Treffen in Denver war demzufolge also bloß ein Zufall.«

»Ja.«

»Wie ist es dazu gekommen?«

Tammy mag es nicht, derart ausgefragt zu werden. Sie fühlt sich wie bei einem Bewerbungsgespräch, das aus dem Ruder läuft.

»Es … ist einfach dazu gekommen.«

»Tut mir leid, das reicht mir nicht«, sagt Grissom. »Ich will Einzelheiten. Andernfalls kann ich Sie auf der Stelle in Gewahrsam nehmen.«

»Sie bluffen«, sagt Tammy.

»Wollen Sie es darauf ankommen lassen?«, erwidert Grissom ruhig.

Tammy schweigt einen Moment. »Es war in Denver. Meine Firma vertritt Firmen, die Interessen an Pipelines in Colorado haben. Es gab einen Empfang. Wir haben nur ein paar Sekunden miteinander geplaudert. Später, als die Leute allmählich wieder gingen, hat Harry – ich meine, der Präsident – meinen Blick aufgefangen. Er hat mir bedeutet, ihm zu folgen, und wir gingen dann in einen kleinen Besprechungsraum. Dort haben wir uns unterhalten. Das ist alles. Bloß unterhalten. Über Denver. Den Wahlkampf. Das Wetter. Und wissen Sie was? Er wirkte auf mich einsam. Der arme Mann ... bloß einsam.«

»Und dann?«

»Ein Mann vom Secret Service hat an die Tür geklopft und ihm gesagt, seine Autokolonne sei abfahrbereit«, sagt Tammy. »Wir haben uns umarmt ... geküsst ... und dann hat er mich gefragt, ob ich an der Veranstaltung in Saint Paul in der folgenden Woche teilnehmen würde.«

Wenn sie an dieses erste Mal denkt, wird ihr warm ums Herz. »Ich habe spontan behauptet, das würde ich. Und danach wurden wir dann intim miteinander.«

»Während Ihrer Treffen ... wurde da irgendwas über die First Lady gesagt?«, fragt Grissom.

Irgendetwas verändert sich an Tammys Büro. Es ist nicht mehr der sichere Kokon, den sie liebt.

»Tut mir leid, ich verstehe Ihre Frage nicht.«

»Grace Fuller Tucker. Haben Sie und der Präsident über sie gesprochen? Haben Sie über sie als Rivalin gesprochen? Als Feindin?«

»Niemals!«, sagt Tammy.

»Beweisen Sie es.«

Tammy fühlt sich gefangen von dem eiskalten Blick der Agentin ihr gegenüber. »Ich ... wir haben praktisch nie über sie gesprochen. Ehrlich. Unser beider Zeit miteinander war so begrenzt, dass wir etwas daraus gemacht haben. Und dazu gehörte es nicht, über seine Frau zu sprechen.«

»Hat der Präsident Ihnen gegenüber Versprechungen gemacht? Was Ihrer beider gemeinsame Zukunft angeht?«

Tammy zögert. Vielleicht ist jetzt der Moment gekommen, einen Anwalt hinzuzuziehen, aber ... Sie erträgt die Vorstellung nicht, mit hinter dem Rücken fixierten Armen durch diesen Mob dort unten geschleift zu werden, Aufmacher sämtlicher Fernsehsender auf der ganzen Welt zu sein.

»Ja ... Er sagte, er werde nach den Wahlen gegenüber der Presse etwas über sein Verhältnis zur First Lady durchsickern lassen, nämlich dass sie sich auseinandergelebt hätten. Und nach der Amtseinführung werde er sich von ihr trennen. Und mich schlussendlich der Öffentlichkeit vorstellen.«

»Schöner Plan«, sagt Grissom. »Sagen Sie, wie groß ist Ihre Abneigung gegenüber der First Lady? Sind Sie ihr gefolgt? Haben Sie Ihr anonyme Drohungen zukommen lassen? Oder sind Sie eifersüchtig auf ihre Beziehung mit dem Präsidenten?«

»Nein, nein, ich habe ... Hören Sie.« Sie holt tief Luft. »Diese Sache hier ist mies, das weiß ich. Aber der Präsident war ... einsam. Und wir ... fühlten uns zueinander hingezogen. Beide. Ich liebe ihn, und er liebt mich. Wir haben ganz selten über die First Lady gesprochen. Und wissen Sie was? Ich bewundere sie. Sie hilft obdachlosen Kindern, sie versucht, etwas zu bewegen. Und dafür bewundere ich sie. Bei Gott, ehrlich.«

»Eine letzte Frage noch«, sagt Grissom, worauf Tammy vor Erleichterung weiche Knie bekommt.

»Okay.«

»Hat der Präsident je davon gesprochen, dass die First Lady selbst eine Affäre hätte, mit einem anderen? Hat er je den Verdacht geäußert, sie könne ihn betrügen?«

Tammy ist so verblüfft, dass sie nicht imstande ist zu antworten. Schließlich gewinnt sie ihre Fassung zurück und sagt: »Nein. Kein Wort davon. Keine Andeutung … gar nichts.«

Grissom steht abrupt auf. »Na schön. Danke für Ihre Kooperation, Miss Doyle. Alles Gute für die nächsten Tage.«

Bevor Grissom an der Tür angelangt ist, ruft Tammy: »Darf ich Ihnen eine Frage stellen?«

Die Ledertasche in der einen Hand, rückt sich die Secret-Service-Agentin mit der anderen den selbst gestrickten roten Schal zurecht. »Sicher. Fragen Sie nur.«

»Mir sind Gerüchte zu Ohren gekommen. Über die First Lady. Dass sie sich womöglich … gar nicht in den Wohntrakt im Weißen Haus zurückgezogen hat.«

»Passen Sie auf sich auf«, mahnt Grissom.

Dann ist sie weg, und ihre Nichtantwort wirft eine Menge neuer Fragen bei Tammy auf.

Sie verspürt das dringende Bedürfnis, Harry anzurufen, um zu hören, wie es ihm geht. Sie nimmt ihr Mobiltelefon in die Hand.

Aber …

Tammy legt das Handy wieder weg.

Bei ihrem letzten Telefongespräch hatte Harry sie angelogen.

Sie will ihm keine weitere Gelegenheit dazu geben.

35

Ich befinde mich im privaten Arbeitszimmer des Präsidenten im Obergeschoss des Weißen Hauses. Ich sollte wohl beeindruckt sein, bin es aber nicht. Ich denke über die hässlichen Dinge nach, die im Laufe der Jahre in diesem Zimmer geschehen sind – Harding, Lyndon B. Johnson, Clinton –, und zwinge mich dazu, ein leises Lächeln aufzusetzen, während ich gegenüber »The Man« Platz nehme. Parker Hoyt ist an seiner Seite, neben mit Ledereinbänden vollgestellten Bücherregalen. Kleine Ölgemälde mit den Porträts ehemaliger Politiker schmücken die Wände, und Präsident Tucker sitzt an einem Schreibtisch aus dunklem Holz.

»Agent Grissom«, fängt er an. »Ich möchte mich für den barschen Ton entschuldigen, den ich gestern Ihnen gegenüber angeschlagen habe. Sie können sich den Stress, unter dem wir hier alle standen, sicher vorstellen.«

»Ich verstehe, Sir«, sage ich, während ich mit den Händen auf dem Schoß still dasitze. Ich lenke die Aufmerksamkeit seines Stabschefs auf mich und sage: »Mr Hoyt, würden Sie uns dann entschuldigen?«

Die Wahlkampfkampagne des Präsidenten mag allmählich einstürzen wie ein Kartenhaus, und die Karikaturisten und Kommentatoren mögen sich köstlich über die »Attacke in Atlanta« amüsieren, aber eines muss ich Parker Hoyt lassen: Er wirkt noch genauso streng und unerbittlich wie bei unserer letzten Begegnung.

»Nein, ganz und gar nicht«, sagt er. »Ich bleibe hier. Ich will hören, was vor sich geht.«

Ich lächele ihn an. »Na schön.« Ich verlagere meinen Blick. »Mr President, wissen Sie, wo Ihre Frau sich aufhält?«

Der Präsident ist verblüfft. »Nein. Natürlich nicht.«

»Danke.«

Nach wie vor sitzend verkünde ich: »Mr Hoyt, damit ist meine Ermittlung abgeschlossen. Sie sagten mir gestern, ich solle tun, was nötig ist, um die First Lady ausfindig zu machen. Und das kann ich nicht, indem ich Befragungen in Ihrer Gegenwart durchführe. Es liegt also bei Ihnen, ob Sie den Raum verlassen und mich diese Ermittlung in einer Art und Weise weiterführen lassen, die ich für angemessen halte, oder ob Sie hierbleiben und die Ermittlung beendet ist. Anders bin nicht in der Lage, die First Lady zu finden.«

»Parker, das leuchtet ein«, sagt der Präsident. »Bitte gehen Sie.«

»Mr President …«

»Parker.«

Ohne ein Wort zu sagen, geht er leise und rasch hinaus und schließt die schwere Holztür hinter sich. »Neben allem anderen, was momentan geschieht, Agent Grissom, haben Sie es gerade fertiggebracht, sich einen Feind fürs Leben zu machen«, sagt der Präsident.

»Da kann er sich hinten anstellen«, sage ich. »Danke Sir, ich werde es so kurz wie möglich machen. Ich weiß, dass Ihre Zeit extrem kostbar ist.«

Er nickt. Ich muss an die Zeit denken, in der ich andere

Männer verhört habe – während meiner Tätigkeit für die Metropolitan Police in DC und der State Police in Virginia –, Männer, die unter Verdacht standen, Drogenkuriere zu sein, Kinderschänder oder Vergewaltiger. Dass ich meine Verhörtechnik beim Präsidenten der Vereinigten Staaten anwende, übersteigt gerade mein Vorstellungsvermögen.

»Noch einmal, Mr President – wissen Sie, wo sich Ihre Frau befindet?«

»Nein.«

»Angesichts der Nachricht von Ihrer … Beziehung mit Tammy Doyle muss ich das jetzt fragen: Steckte Ihre Ehe in einer schweren Krise?«

Er nickt. Seine Augen blicken traurig. »Äh …«

Er hält inne.

»Mr President, was Sie mir erzählen, werde ich vertraulich behandeln. Selbst wenn ich einmal als Zeugin vorgeladen werden sollte. Im Moment möchte ich nur Ihre Frau finden, und dabei benötige ich Ihre Hilfe.«

Er nickt, schluckt und sitzt jetzt nicht mehr als der mächtigste Mann der Welt vor mir.

Vor mir sitzt ein Ehemann, dessen Gattin verloren gegangen ist.

»Es fing vor ein paar Jahren an. Wir hatten beide unsere Terminpläne, unsere Verpflichtungen. Häufig waren wir getrennt voneinander auf Reisen unterwegs. Und dann … ich fing an, Kompromisse zu machen. Grace konnte oder wollte das nicht verstehen. Politik ist ein pragmatisches Geschäft, und ein Spatz in der Hand ist besser als eine Taube auf dem Dach. Aber sie hat mich immer weiter gedrängt, mich immerzu unter Druck gesetzt, war sogar hinter meinem

Rücken aktiv, um bei Kongressführern anzuklopfen. Es kam zwischen uns zu Streit, und irgendwann … haben wir uns eingerichtet, denke ich. Wir haben uns in unseren eigenen Universen eingerichtet, in unserer jeweils eigenen Lebenswelt …«

Während ich höre, was er sagt, tritt mir noch etwas anderes vor Augen, nämlich meine eigene Ehe, die langen Zeitspannen, die ich wegen der Arbeit unterwegs verbracht habe, während Ben das Gleiche tat, als er Nationalparks besuchte; wie wir versuchten, unser beider Karrieren unter einen Hut zu bekommen, unsere Bedürfnisse, während wir dabei noch eine Tochter großzogen.

»Ich verstehe, Sir. Bitte fahren Sie fort.«

Er zuckt mit den Schultern. »Unsere Ehe war nur noch äußerer Schein. Eine leere Hülle. Da gab es keine Romantik mehr, keine Leidenschaft. Ein flüchtiges Küsschen auf den Mund oder die Wange, eine Woche oder so hier … Wir haben ein paarmal versucht, es wieder einzurenken, indem wir verlängerte Wochenenden in Camp David verbrachten. Aber dann fingen die alten Streitereien wieder an, wir verfielen wieder in unser altes Muster. Aber eine ganz wichtige Sache müssen Sie noch wissen, Agent Grissom.«

»Und das wäre, Sir?«

»Ich empfinde nach wie vor Zuneigung für sie. Das werde ich immer tun. Und ich liebe sie auch immer noch. Ohne ihre Unterstützung wäre ich nicht bis hierhergekommen, ohne ihre Opfer. Sie sollen wissen, dass ich keinerlei Groll gegen sie hege.«

Ich versuche, seine Stimmung einzuschätzen, das, was hinter diesem traurigen, doch attraktiven Gesicht vorgeht, und ich frage: »Wann haben Sie zum letzten Mal mit der First Lady gesprochen?«

»Gestern Morgen, als wir Atlanta gerade verlassen hatten.«

»Das muss ein schwieriges Gespräch gewesen sein.«

Er schluckt erneut. »Das war es.«

»Wie endete es?«

»Wie bitte?«

Ein Schatten huscht über sein Gesicht. »Ihre Unterhaltung mit der First Lady – wie endete sie?«, frage ich.

Er scheint mit sich zu ringen, und ich beschließe, ihn nicht unter Druck zu setzen. Wenn ich zu viel Druck ausübe, wird er dichtmachen und womöglich einen anderen, fügsameren Secret-Service-Agent damit beauftragen, diese verfahrene Untersuchung durchzuführen. Klar, das ist eine verlockende Aussicht, aber ich stecke jetzt schon so tief drin, dass ich es auch bis zu Ende durchziehen will.

»Sie war wütend«, erklärt der Präsident. »Stinkwütend. Und sie fragte mich, wann ich nach Andrews kommen würde. Und dann sagte sie: ›Ich will nicht mit dir reden, weder jetzt noch nachher noch irgendwann sonst.‹ Danach hat sie aufgelegt, und meine späteren Anrufe blieben unbeantwortet, und … nun, den Rest kennen Sie ja.«

Und ob ich den kenne, und ich weiß auch, dass ich bis jetzt ein gutes halbes Dutzend Gesetze, Regeln und Vorschriften übertreten habe. »Sir, wissen Sie von irgendeinem anderen Ort, an dem sie sich aufhalten könnte?«, frage ich. »Einen Ort, den sie als Zuflucht nutzen könnte?«

»Unseren Amtssitz am Lake Erie, in Vermilion. Das Erie White House, wie Sie wissen.«

»Ich werde das dortige Personenschutzteam alarmieren. Allerdings glaube ich nicht, dass es ihr hätte gelingen können, die Pferdefarm unbemerkt zu verlassen und dorthin zu gelangen«, sage ich. »Ihr Personenschutzteam hat mir erzählt, dass es neben Camp David noch einen anderen Ort geben soll, an dem sie allein sein und entspannen könnte. Klingelt da bei Ihnen irgendetwas?«

Der Präsident schüttelt den Kopf, und ich spüre seine Frustration. »Nein, nein, ich wünschte, ich könnte Ihnen helfen, ehrlich, ich wünschte, ich könnte Ihnen etwas sagen, das weiterhilft.«

Ich beschließe, dass nun die Zeit für die Millionen-Dollar-Frage gekommen ist, und hole tief Luft. »Mr President … haben Sie irgendeinen Anhaltspunkt, einen Verdacht oder auch nur eine leise Vermutung, dass … auch die First Lady eine Affäre haben könnte?«

Schockiert reißt er die Augen auf, und vermutlich ist das dann schon die Antwort auf meine Frage. »Nein … nichts dergleichen, ich meine …« Dann erhebt er die Stimme. »Was zur Hölle wollen Sie damit andeuten? Wer hat Ihnen diesen Floh ins Ohr gesetzt?«

»Das spielt jetzt keine Rolle«, erwidere ich. »Von Bedeutung ist nur, dass meine Quelle mir sagt, er oder sie habe mitgehört, wie Ihre Frau mit einem Mann telefoniert und ihm dabei ihre Liebe und Zuneigung ausgedrückt habe.«

»Können Sie diesen Anruf nicht zurückverfolgen und herausbekommen, wer er ist?«

»Ihre Frau hat dabei ein Wegwerfhandy benutzt, offenkundig unterstützt durch jemanden aus dem East Wing.«

Der Präsident schüttelt den Kopf und lehnt sich in seinem

Lesesessel zurück. »Ich ... ich kann es nicht fassen. Wann hätte sie das tun sollen? Wie hätte sie es tun können?«

Wenn ich mir noch fester auf die Zunge beiße, trenne ich sie in zwei Hälften, befürchte ich. *Das ist das Gleiche, was Sie getan haben,* möchte ich ihm entgegenschleudern, *und es ist auch das Gleiche, was mein Mann, Ben, getan hat. Wieso sind Sie so überrascht?* Gott sei Dank werden meine Gedankengänge vom Klingeln meines Telefons unterbrochen.

Ich sehe, dass Scotty der Anrufer ist, und sage: »Sir, bitte entschuldigen Sie, diesen Anruf muss ich entgegennehmen.«

Ich stehe vom Stuhl auf und gehe zur Tür hinüber, öffne sie und trete in den Flur hinaus. Das Glück steht mir bei, denn dieser kurze Abschnitt extravaganten Flurs mit alten Gemälden und Mobiliar ist menschenleer.

»Grissom«, melde ich mich. »Was gibt's, Scotty?«

In der Leitung sind Knistern und atmosphärische Störungen zu vernehmen. Dann folgen die Worte »... eine Leiche.«

»Wiederhole das, Scotty. Was hast du gesagt?«

»Wir haben eine Leiche gefunden!«, erklingt seine Stimme nun brüllend laut. »Weiblich ... an den Quinnick Falls, etwa drei Meilen südlich der Pferdefarm ... Du solltest lieber ...«

Erneut atmosphärische Störungen, dann bricht die Verbindung ab.

Egal.

Ich bin schon unterwegs.

36

Die Abenddämmerung hat eingesetzt. Marsha Gray schlägt sich durch sumpfiges Gelände in der Nähe der Quinnick Falls, wohin Parker Hoyt sie nach einem hektischen Anruf geschickt hat. Angeblich wurde hier die Leiche der First Lady gefunden, und das hofft Marsha auch von ganzem Herzen, denn sie hat es satt, in der Ersten Welt auf die Jagd zu gehen.

Schlamm und Wasser stehen ihr bis zu den Knien, während sie langsam zwischen Sträuchern und Schösslingen in die Richtung watet, aus der Motorengeräusche, laute Stimmen und das hämmernde Knattern eines Helikopters zu vernehmen sind.

Als sie näher kommt, entdeckt sie eine trockene Stelle in der Nähe eines Ahornbaumes und legt dort eine Verschnaufpause ein. In der Dritten Welt macht die Jagd manchmal genauso viel Spaß wie das von Tür-zu-Tür-Gehen an Halloween. Man kann Cops und Sicherheitskräfte mit Schmiergeld dazu bewegen, beide Augen zuzudrücken, die Straßenverkehrsordnung ist keine Vorschrift, sondern besteht aus Vorschlägen, und in den meisten Jagdrevieren in der Dritten Welt wird man als Frau gar nicht richtig wahrgenommen, sondern verschmilzt förmlich mit dem unauffälligen Hintergrund.

Und das machte die Jagd zu einem solchen Vergnügen.

Aber hier?

Sie stellt ihren Rucksack ab, öffnet ihn und zieht ein Fernglas mit hochwertiger Optik hervor. Dann lehnt sie sich an den Stamm des Ahornbaumes und schaut sich, was dort vor ihr abläuft, genauer an. Das Blöde hier in der Ersten Welt ist, sollte ein örtlicher Cop oder ein Virginia State Trooper über sie stolpern, ist es ihr unmöglich, ihn zu bestechen oder dazu zu überreden, beide Augen zuzudrücken. Nein, dann wird sie ihn töten müssen, und das macht ihre Aufgabe so verzwickt.

Also dann.

Wie es aussieht, sind die Wasserfälle etwa dreißig Meter breit und ergießen sich ungefähr zwei Meter in die Tiefe. Aus dem Gewässer ragen jede Menge Felsen hervor, und darin haben sich verschlungene Äste und alte Baumstämme verfangen. Die andere Flussseite suchen Heimatschutzleute und ein paar Secret-Service-Agents ab. Ein Kerl in einem schwarzen Neoprenanzug, an dessen orangefarbenem Gurtzeug ein Seil befestigt ist, macht sich vorsichtig auf den Weg zu einer Stelle gleich unterhalb der Wasserfälle. Marsha stellt die Linse des Fernglases scharf und sieht, wie ein Arm in der Strömung hin und her pendelt, während der restliche Körper der Leiche vom umherwirbelnden Schaum und dem Wasser verborgen wird.

»Bisschen kälter hier als im East Wing, was?«, flüstert sie, ohne den Neoprenmann aus den Augen zu lassen.

Ein zweiter Mann, ebenfalls im Taucheranzug, kommt dem Agent zu Hilfe, gleitet dabei aber aus und verliert das Gleichgewicht. Rufe ertönen, während er ans Ufer gezogen wird und anschließend wieder ins Wasser steigt.

»So ist es richtig«, flüstert sie. »Sei ein Held. Sauf ab für eine Tote.«

Die Männer kommen nur langsam voran, und ihnen zuzuschauen ist eine Tortur. Marsha schwenkt ihr Fernglas und lässt ihren Blick nun über die Mitglieder des Teams gleiten. Dann holpert ein weiterer Suburban am Ufer entlang, die Lichthupe wird betätigt, und, na klar, da ist sie, die Obertussi, Secret-Service-Agent Grissom, im schwarzen Mantel und mit rotem, umherflatterndem Schal.

Grissom gesellt sich zu einem anderen Secret-Service-Agent, sie diskutieren miteinander, und dann borgt sich die Obertussi ein Fernglas und sucht damit die Gegend ab. Schließlich treten die beiden dicht ans Ufer. Hinter ihnen wird ein weißes Zelt aufgebaut, und ein Generator erwacht brummend zum Leben.

Die beiden Männer in den Taucheranzügen halten sich an der Fundstelle der Leiche auf. Weitere Seile werden befestigt, mit denen der leblose Körper abgesichert wird, für den Fall, dass die beiden Helden auf dem Rückweg ausrutschen. Wäre ja auch nicht schön, wenn die Leiche weggeschwemmt wird und in den Stromschnellen herumhüpft.

Die beiden Neoprenmänner bahnen sich ihren Weg, die Leiche schlaff zwischen ihnen. Marsha flucht. Sie hat alles andere als gute Sicht. Zu erkennen ist bloß ein in sich zusammengesackter Oberkörper. Die beiden mühen sich durch das Wasser, vorbei an Felsen. Eine Reihe von Männern und Frauen nehmen sie in Empfang, vier von ihnen halten eine Schleifkorbtrage in den Händen. Das ginge ja auch nicht, die First Lady wie einen Sack Kartoffeln in dieses Untersuchungszelt schleifen und …

Oh, Scheiße.

Nicht bewegen.

Marsha erstarrt und hält den Atem an. Sie hat ihren Blick auf Grissom gerichtet, die leitende Secret-Service-Agentin – und die Frau starrt sie ihrerseits direkt an.

Nicht bewegen, denkt sie. Nicht atmen.

Marsha ist soeben das Schlimmste geschehen, was einem Scharfschützen widerfahren kann.

Sie ist entdeckt worden.

37

Nach einer Fahrt mit einem bis zum Bodenblech durchgedrückten Gaspedal und heulender Sirene komme ich schließlich an den Quinnick Falls an, einem kleinen Park etwa drei Meilen flussabwärts von dort, wo ich die Nachricht der First Lady gefunden hatte. Obwohl ich rasend vor Ungeduld war, ließ ich während der hektischen Fahrt nach Virginia die Finger von Funk und Telefon, da ich nicht wollte, dass irgendwer dort draußen, der über die entsprechende Technik verfügte, mitbekommen würde, warum ich in solcher Eile war.

Um diesem frühen Abend das Sahnehäubchen aufzusetzen, bekomme ich einen Anruf von meinem Nachbarn Todd Lawson, bei dem dieser sich erneut entschuldigt und erklärt, aufgrund eines weiteren Notfalls bei seiner Schwester könne er heute Abend nicht auf Amelia aufpassen.

Verdammt, verdammt, verdammt.

Mein Fahrer vom Secret Service fährt auf einen freien Parkplatz in der Nähe anderer Suburbans und Humvees, und noch bevor unser Wagen ganz zum Stillstand kommt und der Motor erstirbt, stoße ich die Tür auf und renne auf die Gruppe von Männern und Frauen zu, die auf einem kleinen Picknickplatz zusammenstehen. Auf den Holztischen liegen jetzt alle möglichen Seile, Wurfanker, Kommunikationsausrüstung und derlei mehr herum.

Als Scotty mich bemerkt, kommt er zu mir herüber. »Was haben wir?«, will ich von ihm wissen.

Scotty nickt mir zu. Er sieht müde aus, hat ein Fernglas um den Hals hängen und weist hinüber auf das rauschende Wasser, aus dem in diesem Moment ein Mann im Neoprenanzug herausgewatet kommt, ein orangefarbenes Seil an der Hüfte befestigt. »Vor etwa einer halben Stunde haben Kinder, die am Rand der Wasserfälle herumgetollt sind, die Leiche einer Frau entdeckt, die sich zwischen den Felsen verfangen hatte. Offenkundig ertrunken. Ungefähr zur gleichen Zeit kam hier ein Humvee des Heimatschutzes vorbei, im Rahmen der Suchaktion, und die Kinder haben ihn herangewinkt.«

»Woher weiß man, dass es eine Frau ist?«

»Eine Brust liegt frei. Die Bluse ist zerrissen, und eine Brust ist zu sehen und … tja, der Körper ist übel zugerichtet. War schon eine Weile zwischen diesen Felsen verkeilt.«

»Fernglas«, sage ich.

Ohne ein Wort zu verlieren, reicht er mir das seine, und ich schaue mir das aufgewühlte Gewässer an. Mir ist, als würde mir etwas Zentnerschweres in der Magengrube liegen. Durch das Fernglas erkenne ich eine aufgedunsene, nur teilweise bekleidete Gestalt und einen Arm, der in der Strömung hin und her pendelt.

Ich gebe Scotty das Fernglas wieder zurück. Ein Stromgenerator erwacht dröhnend zum Leben, und hinter uns wird ein weißes Zelt aufgebaut. Irgendwo in diesem Tohuwabohu ist Randy Anderson, jener Beamte des Heimatschutzes, den ich dazu gebracht habe, diese nicht autorisierte und möglicherweise illegale Suchaktion durchzuführen.

»Wo ist ihr Personenschutz?«

»CANARYs Personenschutz? Dort drüben, bei diesem großen Holzschild, auf dem die Geschichte der Wasserfälle illustriert wird.«

»Hol das Team her«, sage ich.

Ein weiterer Mann im Neoprenanzug ist im Wasser. Er hat sich ein Seil an seinem Gurt befestigt, gleitet aus und muss sich helfen lassen. »Warum?«, will Scotty wissen.

»Weil ich möchte, dass die Leiche, wenn sie ans Ufer gebracht wird, von den dreien und dir, Scotty, zur Untersuchung ins Zelt getragen wird.«

Scotty nickt. »Und noch was«, füge ich hinzu. »Gib das gleich weiter: Falls ich irgendwo einen Kamerablitz sehe, während sie transportiert wird, dann knalle ich ihn oder sie an Ort und Stelle ab. Das war jetzt kein Witz.«

»Ich weiß«, sagt Scotty und geht los.

Frierend und hungrig stehe ich wie ein Häufchen Elend da, während sich die Szene vor mir abspielt. Eine ganz neue Erfahrung ist das für mich nicht. In meiner Zeit bei der Strafverfolgung habe ich oft zugesehen, wie Leichen geborgen wurden – ertrunken, wie im vorliegenden Fall, dazu jede Menge Verkehrstote und solche, die bei Bränden in ihrer Wohnung oder ihrem Wohnwagen umkamen. Aber diese Bergung setzt mir mächtig zu. Diese Sache hier wird in die Geschichtsbücher eingehen, in Dokumentationen und Nachrichtensendungen, und wir haben es nur schierem Glück zu verdanken, dass keine Hubschrauber mit Fernsehteams über uns herumknattern.

Die zwei Männer sind jetzt an der Stelle angekommen und mühen sich in dem kalten, rauschenden Wasser damit ab, die Leiche mit Seilen zu sichern. Schließlich gelingt es ihnen, sie zu befreien. Auf dem Rückweg zum Ufer halten sich die beiden nur mit Mühe auf den Beinen.

Ich registriere Bewegung in meiner Nähe. Eine Schleifkorbtrage wird ans Ufer geschleppt, Scotty ist dabei und die drei deprimierten, mit hängenden Schultern agierenden Mitglieder des Personenschutzteams von CANARY: Pamela Smithson, die Leiterin, neben ihr Tanya Glenn und schließlich Brian Zahn, der junge Mann. Er scheint zu weinen, aber niemand beachtet ihn.

Ich wende mich von ihnen ab und ...

Moment mal.

Sekunde.

Da war gerade etwas.

Eine Bewegung, dort drüben am anderen Ufer.

Ein kleiner Lichtblitz.

Wieder verschwunden.

Aber dort war mit Sicherheit eine Bewegung.

Was war es?

Während ich angestrengt weiter hinüberstarre, stellt sich bei mir eine Erinnerung aus der Kindheit ein: Als ich diese alte Serie *Der-Sechs-Millionen-Dollar-Mann* anschaute und mir als kleines Mädchen wünschte, ich hätte auch so ein bionisches Auge, das heranzoomen kann.

Außerdem wünschte ich, ich hätte ein Fernglas. Aber das hat Scotty wieder, und ich werde ihn jetzt, da gerade die in sich zusammengesackten sterblichen Überreste an Land gezogen werden, nicht behelligen. Pamela hält ein knallgelbes Laken hoch, und nachdem die damit vor Blicken abgeschirmte Leiche in die Schleifkorbtrage gelegt worden ist, lässt sie das Laken wieder sinken und breitet es sachte über den leblosen Körper.

Zu viert heben sie die Schleifkorbtrage an, und die Leiche wird, vom Brummen des Generators abgesehen, geräuschlos in das weiße Zelt gebracht. Niemand gibt den Befehl dazu, es werden keinerlei Anweisungen erteilt, doch als die Leiche an ihnen vorbeigetragen wird, nehmen sämtliche Agents ihre Kopfbedeckung ab.

Die kleine Prozession erreicht das Zelt. In der Nähe des Zelteingangs erblicke ich Randy Anderson und trete auf ihn zu. Dabei lasse ich mir bereits durch den Kopf gehen, wie wir die sterblichen Überreste von hier weg und ins Bethesda Naval Hospital transportieren sollen – auf keinen Fall wollen wir in einem zivilen Krankenhaus damit landen. Plötzlich ertönen Schreie.

Automatisch greife ich nach meiner SIG Sauer. In diesem Moment kommt Tanya Glenn weinend und kreischend aus dem Zelt herausgeschossen, doch dann lacht sie und schreit aus vollem Hals:

»Sie ist es nicht! Sie ist es nicht! Es ist nicht die First Lady!«

38

Es herrscht Verwirrung, alle rennen hin und her, und Geschrei ertönt in den Reihen der Leute drüben am Zelt. Marsha Gray versucht herauszufinden, was da vor sich geht. Als Grissom sich vom Flussufer entfernt hatte, war Marsha zu einem anderen Beobachtungsposten umgezogen – eine feuchte Stelle im Gelände, auf der sie einen nassen Bauch bekommt – und beobachtete, wie die Schleifkorbtrage in das weiße Zelt geschleppt wurde. Die Leute dort drüben standen zu beiden Seiten Spalier, während die Leiche an Land getragen wurde; sie nahmen ihre Kopfbedeckungen ab und salutierten, so als hätte die Tote zum Militär gehört.

Dann, vor etwa einer Minute, ging es auf dem anderen Flussufer drunter und drüber. Eine Schwarze kam aus dem Zelt gerannt, und nun lacht sie, weint, reckt die Arme zum dunkler werdenden Himmel empor.

»Was zur Hölle soll das bedeuten?«, flüstert Marsha.

Langsam schwenkt sie das Fernglas hin und her, bemüht einzuschätzen, was gerade geschehen ist. Es scheint, als wäre drüben etwas entdeckt worden, etwas Erlösendes. Zuvor hatte die Gruppe auf der anderen Seite trübsinnig und müde gewirkt. Marsha kann erkennen, dass sich dies nun völlig verändert hat. Die Menschen sind jetzt entspannt, einige lachen, andere umarmen sich und klopfen einander auf die Schulter.

Vor zwei Minuten wurde die Leiche der First Lady geborgen. Da herrschten drüben Trübsinn und Stille, wie bei einer Leichenprozession, und das hat sich jetzt geändert.

Lachen. Strahlende Gesichter. Glückliche Menschen.

Grissom unterhält sich gerade angeregt gestikulierend mit einem Kerl vom Heimatschutz.

Schlussfolgerung?

Es handelt sich nicht um die Leiche der First Lady, die da gerade ans Ufer geschleppt wurde.

Die First Lady wird also nach wie vor vermisst.

Verdammt.

Marsha zieht ihr iPhone hervor, steckt sich den Ohrstöpsel ein, wischt über das Display und gibt die Nummer ein.

Der Anruf wird nicht angenommen.

Wo zum Henker ist Parker Hoyt?

Allmählich lichtet sich die Menschenmenge drüben. Bei zwei Humvees wird der Motor angelassen, die Fahrzeuge entfernen sich.

»Tja, das ist jetzt Scheiße«, flüstert sie.

Was nun?

Was nun – das bedeutet, dass sich etwas verändern wird. Vorerst ist sie wie ein Spürhund, der Hinweisen und Aufträgen von Parker Hoyt nachgeht. Okay, das ist ihr Job. Sie ist ein großes Mädchen und kann tun, was notwendig ist.

Sie sieht, dass sich Grissom und der Typ vom Heimatschutz immer noch angeregt unterhalten, was immer das heißt. Wäre Marsha auf der anderen Seite des Flusses, könnte sie verstehen, was da besprochen, was geplant wird, wohin sich diese sogenannte Suche ausweiten wird.

Aber Marsha weiß, was zu tun ist, nämlich das, was sie bereits zu tun beschlossen hatte.

Es ist Zeit, sich von hier davonzustehlen, zu Grissom nach Hause zu fahren, die Wohnung zu überwachen bis zum Gehtnichtmehr, hier und da eine kleine Wanze zu platzieren und vielleicht – wenn alles gut läuft – Gleiches mit Grissoms Auto zu tun.

Trotzdem …

Einen Versuch sollte sie noch unternehmen, ihren Boss ans Telefon zu bekommen.

Noch einmal wählt sie auf ihrem iPhone seine Nummer.

Wieder nichts.

Wo zur Hölle steckt Parker Hoyt?

39

Nachdem es mir gelungen ist, Tanya wieder zu beruhigen, frage ich: »Woher wissen Sie, dass sie es nicht ist?«

Tanya wischt sich die Tränen von den Wangen. »Ihre Zähne! Diese arme Frau hier … ihr Gesicht ist zerschmettert, aber man kann ihre Zähne sehen, und da sind jede Menge Brücken! Das ist nicht die First Lady! Sie hat ein perfektes Gebiss.«

Ich fühle mich hin- und hergerissen, so als säße ich in einer Achterbahn, die vor der letzten, steilen Abfahrt plötzlich ruckartig zum Stehen gekommen ist.

»Sind Sie sicher?«

Pamela Smithson und Brian Zahn kommen aus dem Zelt, und nach dem Lächeln auf ihren Gesichtern zu urteilen muss es so sein. Bei der armen, übel zugerichteten Ertrunkenen in diesem Zelt handelt es sich nicht um Grace Fuller Tucker.

»Tanya hat recht«, sagt Pamela. »CANARY hat makellose Zähne. Die Frau hier drinnen hat jede Menge Zahnbehandlungen hinter sich.«

Tja, und nun? Ich wende mich von allen ab, schnappe mir mein Handy und wähle Parker Hoyts Nummer. Ich lasse es klingeln und klingeln, aber der Anruf wird nicht angenommen.

Was zum Teufel …? Nach seiner Miene zu urteilen, als ich

ihm im Weißen Haus vom Fund der Leiche berichtete, war ich davon überzeugt, er wäre in seinem Büro und tigerte, auf diesen Anruf wartend, dort auf und ab.

Aber er geht nicht ans Telefon.

»Sally?«

Als ich mich umdrehe, steht Randy Anderson vom Heimatschutz vor mir, ehemals Secret Service und in diesem Moment ein müder Krieger. Sein Overall ist voller Schlammspritzer, und der Mann hat eine Rasur nötig.

»Sally, das war's jetzt«, sagt er. »Wir packen zusammen.«

»Aber morgen macht ihr weiter?«

Energisch schüttelt er den Kopf. »Keine Chance«, sagt er. Während er erklärt, was Sache ist, gestehe ich es mir zwar nur äußerst ungern ein, aber mein alter Freund hat recht. Randy deutet auf die Humvees, das Zelt und auf die an der Suchaktion beteiligten Männer und Frauen und sagt: »Diese Nummer hier ... bei einem Tag kann ich behaupten, es handelt sich um eine unangekündigte Übung zur Unterstützung der Suche nach einem vermeintlich vermissten Kanufahrer. Am zweiten Tag lege ich meinen Kopf unter die Guillotine – eine eintägige Übung wird auf zwei ausgeweitet? Okay, das kann ich noch hinbiegen. Aber eine dreitägige Übung ist vollkommen ausgeschlossen.«

Randy deutet mit dem Kopf in Richtung Zelt. »Das mag sich jetzt grausam anhören, aber es ist ein Segen, dass wir diese arme tote Frau gefunden haben. Dass eine unangekündigte Übung mit etwas Besonderem endet, wird der Abteilung nette Publicity einbringen und mir eine Galgenfrist gegenüber den hohen Tieren verschaffen. Verstehst du, was ich sagen will?«

Ich hasse, was ich höre, aber ich weiß sehr wohl, was er damit meint. »Klar, Randy, ich verstehe.«

Obwohl todmüde, schenkt er mir ein Lächeln. »Tut mir leid, Sally, ich würde dir wirklich gerne helfen ...«

»Das hast du, keine Sorge«, erwidere ich.

»Aber CANARY ...«

Ich nicke und vergrabe meine eiskalten Hände in den Manteltaschen. »Randy, du weißt überhaupt gar nicht, dass es hier um sie geht.«

»Sally ...«

»Das hier hat nichts mit der First Lady zu tun. Du ... deine Heimatschutzeinheit hat eine unangekündigte Übung am Flussufer durchgeführt, und Mitglieder des dienstfreien Personenschutzteams der First Lady wurden von mir beauftragt, Unterstützung dabei zu leisten, damit sie noch mehr Routine darin bekommen, kurzfristig mit dem Heimatschutz zusammenzuarbeiten.«

Er reibt sich mit einer Hand über sein stoppeliges Kinn und nickt dann bedächtig. »So läuft das also.«

»Randy, vielleicht liegt es ja an meiner mütterlichen Art, aber ich habe schon in Santiago auf dich aufgepasst, und jetzt will ich dich auch wieder beschützen. Also schick alle nach Hause ... und danke.«

»Wenn das hier vorbei ist ...«, sagt er.

Ich lege meine Hand an seine Wange. »Wenn das hier vorbei ist, komm mich mal in Leavenworth im Knast besuchen, ja?«

»Vielleicht versuche ich ja auch, dich hier rauszuhauen.«

»Sei kein Narr«, versetze ich. »Mach dich jetzt vom Acker.«

Er geht zu seinen Leuten, während ich mein Handy nehme, um Parker Hoyt anzurufen und ihn in Kenntnis darüber zu setzen, was hier gerade geschehen ist.

Aber wieder nimmt er den Anruf nicht entgegen.

Ein paar Minuten später stehe ich mit Scotty und den drei Mitgliedern von CANARYs Personenschutzteam zusammen. Die Freude über die Erkenntnis, dass es sich bei der Toten nicht um die First Lady gehandelt hat, ist verflogen, und nun stehen sie ermattet und müde in sich zusammengesackt herum. Scotty gibt keinen Ton von sich, während Tanya und Brian ihre Teamleiterin Pamela Smithson anschauen, die jedoch ihrerseits nur fragt: »Und was nun?«

Ich verkneife es mir, das zu sagen, was mir eigentlich auf der Zunge liegt, nämlich, »*Was nun?, kommt zwei Tage zu spät*«, und sage stattdessen: »Schluss für heute. Wir sind müde, und wir würden ab jetzt nur Fehler machen.«

Und Fehler habt ihr ja bereits genug gemacht, möchte ich hinzufügen, bin aber zu müde, um mich jetzt auf einen Streit einzulassen.

»Wir legen morgen um acht Uhr wieder los.«

Tanya stellt die berechtigte Frage: »Wo?« Mir ist bewusst, dass wir uns nicht in meinem Büro oder im East Wing oder in Raum W-17 treffen können. Morgen werden uns lautstark alle möglichen Fragen gestellt werden von Leuten, die sich wundern, warum man von der First Lady mehr als zwei Tage nach der »Attacke in Atlanta« immer noch nichts gesehen und gehört hat. Und ich werde die Mitarbeiter der anderen Schicht vom Personenschutz der First Lady erneut anlügen müssen, wofür eine Reihe erfinderischer und fragwürdiger Behauptungen nötig sein werden.

»Auf der Pferdefarm«, antworte ich. »Wir … Die Gebäude dort wurden noch nicht gründlich durchsucht. Es besteht die Möglichkeit, dass CANARY sich dort versteckt hält.«

»Würden uns denn die Mitarbeiter nicht darüber informieren?«, fragt Brian.

»Die sind ihr gegenüber loyal, so, wie ihr drei es auch seid«, sage ich. »Wenn sie sie bitten würde, niemandem von ihrer Anwesenheit zu erzählen, meint ihr nicht, sie würden ihrem Wunsch entsprechen?«

Keiner sagt ein Wort, was mir verrät, dass sie es für möglich halten.

»Fahrt jetzt nach Hause«, sage ich, worauf sie sich verziehen. Dann kommt Scotty auf mich zu und fragt: »Boss, was ist mit dir?«

Am liebsten würde ich zu der Toten ins Zelt kriechen und gleich neben ihr auf dem Gras ein Schläfchen halten. »Ich muss nach Hause«, sage ich. »Und ich muss Parker auf Stand bringen.«

»Brauchst du eine Mitfahrgelegenheit?«

»Brauche ich.«

»Du kannst auf mich zählen, Boss«, sagt Scotty.

»Danke«, erwidere ich, trete ein Stück zur Seite und versuche, Amelia anzurufen.

Sie geht nicht ans Telefon.

Ich spüre einen kleinen kalten Stich in der Magengegend. Okay.

Ich rufe Parker Hoyt an, erst in seinem Büro, dann auf seinem Handy.

Weder hier noch dort nimmt jemand den Anruf an.

Ich lege auf.

Fahrzeuge verlassen das Gelände, die Reihen der Leute hier lichten sich, und ein Rettungswagen aus Rockford County fährt langsam auf das weiße Zelt zu, um die Tote abzutransportieren.

Wo zur Hölle steckt Parker Hoyt?

40

Parker Hoyt legt sein reguläres Telefon auf, beendet damit einen von Herzen kommenden Anruf seitens der Mehrheitsführerin im Senat und schnappt sich sein spezielles Telefon, bevor es zum zweiten Mal klingelt.

Erneut verraten ihm die Umgebungsgeräusche, dass der Anrufer sich im Freien aufhält.

»Hoyt«, meldet er sich.

»Sie ist es nicht«, sagt der Anrufer.

»Wie bitte?«

»Sie haben mich schon verstanden«, sagt die Stimme. »Es ist nicht ihre Leiche. Muss zurück an die Arbeit.«

Am anderen Ende wird die Verbindung getrennt, und auch Parker legt nun auf und sackt in seinem Stuhl zusammen. Seit einer halben Stunde gibt er sich der Vorstellung hin, dass die First Lady ertrunken ist. Das würde die gestrigen Nachrichten aus Atlanta vom Tisch fegen und dem Präsidenten eine Sympathiewelle bescheren, die jeden Schaden aufwiegt, den der Skandal angerichtet hat. Aber diese Hoffnung ist nun null und nichtig.

Verdammt.

Wo zur Hölle ist diese Schlampe hin? Und wie lange kann er noch den Deckel auf diesem verdammten Schlamassel halten?

Sein reguläres Bürotelefon läutet. Seine Sekretärin, Mrs Ann Glynn, teilt ihm mit: »Amanda Price ist in der Leitung, Sir. Von Pearson, Pearson and Price.«

»Danke, Ann«, sagt er. »Stellen Sie sie durch.«

Nach einem kleinen *Klick* ertönt klar und deutlich die raue, rauchige Stimme Amandas. »Parker, mein Bester, wie geht es?«

»Ich hatte schon bessere Tage«, sagt er. »Und wenn man den Buddhisten Glauben schenkt, hatte ich auch schon bessere Leben. Was wollen Sie, Amanda?«

»Ihr großer Junge war sehr ungezogen«, sagt sie mit ihrer vertrauten Stimme.

»Ihr kleines Mädchen auch«, kontert er.

Sie kichert. »Treffen wir uns und sprechen wir über alles.«

»Ja«, erwidert er, ohne zu zögern. »Tun wir das.«

Dreiunddreißig Minuten und zwei Taxifahrten später gelangt Parker in eine winzige Gasse, die von der M Street Northwest in Georgetown abgeht, westlich des Weißen Hauses. Dieses hochpreisige Wohnviertel ist geprägt von alten Backsteinhäusern und kopfsteingepflasterten Straßen, aber die dicke Holztür, auf die er nun zusteuert, ist unscheinbar. Nachdem er eine Zahlenkombination in einen Ziffernblock eingegeben hat, öffnet sich das Schloss mit einem Klicken, und er betritt den Button Gwinnett Club.

Der Laden ist in die Jahre gekommen, die Einrichtung zerschlissen und das gastronomische Angebot vergleichbar mit dem, was die Küche eines kurz vor der Pleite stehenden Holiday Inn in West Virginia serviert. Doch angesichts seiner Aufnahmegebühr in Höhe von 100 000 Dollar sowie einer um das Zehnfache höheren Strafe bei jedweder Verletzung der Verschwiegenheitserklärung ist der Button Gwinnett Club exklusiv. Ohne sich orientieren zu müssen, geht Parker den holzvertäfelten Flur entlang, um dann mit einem winzigen Schlüssel einen kleinen, nummerierten Holzspind zu öffnen, in dem er sein iPhone, seine Uhr und seine Brieftasche deponiert.

Ein alter Mann, der eine knielange, gestärkte weiße Schürze, eine schwarze Hose und ein weißes Hemd mit schwarzer Krawatte trägt, nickt ihm zu und sagt: »Sir … ich glaube, Ihr Gast befindet sich in Raum drei.«

»Danke«, gibt er zurück, biegt, nachdem er durch eine Tür im Flur getreten ist, in Richtung einer weiteren ab, auf der ein Messingschild mit der Ziffer 3 angebracht ist, und tritt ein.

Amanda Price sitzt an einem kleinen runden Tisch mit weißem Tischtuch und nippt an einem Martini. Er nimmt ihr gegenüber Platz. Bei dem Zimmer handelt es sich um ein privates Separee. Alle Räume im Button Gwinnett sind privat, und da Mobiltelefone und sämtliche elektronischen Geräte in den Speisebereichen untersagt sind, bietet der Club etwas, das im District of Columbia rar ist, nämlich einen Ort, an dem Strippenzieher sitzen und eine offene und fruchtbare Unterhaltung führen können, ohne dass jemand mithören oder die Medien Wind von seiner Anwesenheit bekommen könnten, denn dafür steht die Verschwiegenheitserklärung des Button Gwinnett Clubs.

Hier herrscht absolute Privatsphäre.

Lautlos geht die Tür auf, und ein Kellner bringt ihm seinen Drink – ein Glas irischer Whiskey Marke Jameson, dazu Eiswasser zum Nachspülen.

»Also wirklich«, Parker«, beginnt Amanda. »Was hat sich

Ihr Junge nur gedacht, sich so von seinen Hormonen steuern zu lassen? Ich dachte, er wäre clever genug, dem zu widerstehen, was sein kleiner Mann ihm einflüstert.«

Er genehmigt sich einen kräftigen Schluck. »Amanda, wenn Sie reden wollen, reden Sie. Wenn Sie Witze oder bissige Kommentare von sich geben wollen, kann ich mich genauso gut wieder an die Arbeit machen und einen x-beliebigen Nachrichtensender einschalten, um das zu hören, was Sie anzubieten haben.«

Amanda setzt das Lächeln von jemandem auf, der ein Geheimnis kennt. »Wie geht Grace damit um?«

»So gut, wie es den Umständen nach möglich ist.«

»Und wo ist sie?«

»Sie hat sich zurückgezogen. Hören Sie, Amanda …«

»Wie läuft die Suche nach ihr?«

Der Jameson droht ihm wieder hochzukommen. »Ich weiß nicht, wovon Sie reden.«

»Netter Versuch«, erwidert Amanda. »Aber behandeln Sie mich nicht wie eine Idiotin. Ich weiß, dass sie gestern ihren Personenschützern ausgebüxt ist, und ich weiß auch, dass derzeit eine Suchaktion nach ihr am Laufen ist. So diskret und unauffällig wie möglich, aber da läuft eine Suche.«

Parker benötigt einen Moment, um nachzudenken, und nimmt daher noch einen Schluck Jameson. Der Whiskey schmeckt mild und sanft.

»Was wollen Sie?«, fragt er.

Sie setzt ein Lächeln auf, bei dem ihre scharfen Zähne sichtbar werden. »Schon besser. Was ich will, ist … herausfinden, welche gemeinsamen Interessen wir möglicherweise haben. Im Gegenzug dafür gebe ich das, was ich weiß, nicht an meine Freunde in den Reihen der Medien weiter. Es ist immer zweckmäßig, Einzahlungen in der Gefälligkeitsbank zu tätigen, vor allem wenn es sich um eine so große Einzahlung handelt wie diese.«

Es ist ruhig in dem Raum, Türen und Wände sind dick, und das öffentlichkeitsscheue Management des Button Gwinnett Clubs sichert stündliche elektronische Durchsuchungen zu, die sicherstellen, dass keine Abhöreinrichtungen installiert wurden. Aber dennoch zögert Parker.

»Bitte«, sagt Amanda. »Wenn das hier nach draußen dringt – extrem unwahrscheinlich –, dann würden wir gemeinsam aufgeknüpft, nicht wahr?«

»Worin besteht die Gemeinsamkeit?«, hakt er nach.

Sie fährt mit ihrem rot lackierten Fingernagel über den Rand ihres Glases. »Sagen wir einfach, Sie und ich könnten uns darauf verständigen, dass eine dauerhaft vermisste oder sich als verstorben herausstellende First Lady für gewisse Parteien von großem Vorteil wäre.«

»Fahren Sie fort.«

»Rein hypothetisch gesprochen …«

»Selbstverständlich.«

»Es gibt da gewisse Versicherungsunternehmen und Pharmakonzerne, denen durch den endlosen Feldzug dieser Frau, Gutes zu tun, schwerer Schaden zugefügt wurde und die dadurch kompromittiert wurden. Sie sind nicht erpicht darauf, weitere vier Jahre lang Ziel ihrer fortwährenden Kritik zu sein.«

Parker trinkt erneut einen Schluck von seinem irischen Whiskey. »In vier Wochen könnte ihr Wunsch in Erfüllung gehen.«

Amanda schüttelt den Kopf. »Nein, dann würde es nur noch schlimmer. Einer First Lady im Ruhestand, die nicht mehr unter der Fuchtel ihres fremdgehenden Ehemanns und der Regierungsbehörden steht, stünde es frei, mal so richtig auf den Putz zu hauen, was ihre Aktivitäten angeht. Und diese könnten dann länger währen als eine vierjährige Amtszeit. Sie wäre zwar nicht mehr im Weißen Haus, aber manche sehen sie jetzt schon als die nächste Jackie O. Sie hätte immer noch großen Einfluss.«

Der Verlauf des Gesprächs und der Whiskey machen ihn ein wenig benommen, ein Gefühl der Schwäche, das Parker verabscheut. »Da sind Sie jetzt beeindruckend hypothetisch geworden, Amanda. Und, nun auch wieder hypothetisch ... was würde mich dazu ermutigen, etwas zu tun ... oder nicht zu tun ... um Sie und Ihre Klienten zu unterstützen?«

Ihr Lächeln ist lieblich und selbstbewusst. »Wenn Ihr Junge das amerikanische Volk davon überzeugen kann, ihn noch einmal vier Jahre ins Haus des Volkes zu schicken, ohne diese schnatternde Gans am Hals, dann wären Sie begeistert darüber festzustellen, wie kooperativ meine Klienten in der Zusammenarbeit mit dem Kongress wären, seine Agenda durchzubekommen. Und wenn Ihr Junge verliert, tja, in unserem Vorstand oder denen unserer Klienten ist immer ein Posten frei, um diejenigen zu belohnen, die hilfreich waren.«

Noch einmal legt er eine Pause ein, um dann den letzten Schluck seines Whiskeys herunterzukippen. »Das ist äußerst interessant. Ich werde sehen, was ich unternehmen kann, um dafür zu sorgen, dass diese ... schnatternde Gans verschwindet, die der Präsident am Hals hat. Auf die eine oder auf die andere Weise.«

Sie nickt zufrieden.

»Und um sicherzustellen, dass wir uns nicht missverstehen«, fügt er hinzu, »falls Sie diese Hypothesen nicht in glasklare Realität verwandeln, werde ich Sie persönlich vernichten – plus Pearson, Pearson and Price.«

»Etwas anderes hätte ich auch nicht erwartet«, gibt Amanda zurück.

Er nickt und spült dann seine Kehle mit einem reinigenden Schluck Eiswasser. »Ich konnte Sie noch nie leiden, ich habe Ihnen noch nie vertraut, aber ich konnte schon immer Geschäfte mit Ihnen machen, Amanda.«

»Umgekehrt geht es mir genauso, Parker.«

»So ... mit meinem Jungen haben wir uns jetzt befasst. Reden wir mal über Ihr Mädchen.«

»In Ordnung«, erwidert sie. »Schießen Sie los.«

»Sie muss ihren hübschen Schmollmund halten.«

»Einverstanden.«

»Andernfalls könnte sie in einen weiteren Unfall verwickelt werden.«

Amanda zieht ihre linke Augenbraue hoch. »Einen weiteren?«

Er stellt sein Glas ab. »Sie ist gestern bei einem sogenannten Autounfall auf ihrem Weg vom Flughafen nach Hause beinahe ums Leben gekommen. Ich dachte, das hätten Sie gewesen sein können, um jedwede Verlegenheit aus dem Weg zu räumen, in die Ihre Firma geraten könnte.«

Ohne eine Gefühlsregung erkennen zu lassen, starrt Amanda ihn an. »Und ich dachte schon, Sie waren es, um jedwede Verlegenheit aus dem Weg zu räumen, in die Ihr Präsident geraten könnte.«

Parker wartet noch einen Moment und erhebt sich dann langsam. »Ich denke, das lassen wir dann mal auf sich beruhen.«

»Ich denke auch«, erwidert Amanda.

41

Marsha Gray befindet sich wieder vor der Eingangstür der trostlos wirkenden Wohnanlage, in der Sally Grissom wohnt. Sie geht damit ein Risiko ein, aber damit kann sie leben. Ihr ganzes Leben ist ein einziges großes Risiko, und manchmal ist das geradezu berauschend.

Sie benötigt ungefähr dreißig Sekunden, um mittels eines kleinen Transmitters auf dem Tastenwahlblock das Signal zu überbrücken und die Tür zu entriegeln. Fertig.

Sie betritt den Eingangsbereich und geht drei Treppen hinauf. Hier riecht es nach Armut und Verzweiflung, nach einer Mischung aus Urin, Speisefett und feuchtem Müll. Erinnerungen werden in ihr wach an die Kindheit im ländlichen Wyoming. An den nächtlichen Wind, der durch die Risse und Spalten ihres Wohnmobils pfiff. An den von der staatlichen Armenküche ausgegebenen Käse. Daran, tagein und tagaus immer dieselbe zusammengeflickte Latzhose tragen zu müssen.

Jetzt trägt sie eine Comcast-Jacke, hat sich ihre Baseballkappe tief ins Gesicht gezogen und einen schweren Utensiliengürtel um ihre schmale Hüfte gelegt. So, wie das Tragen einer Burka einen in manchen Gegenden der Welt unsichtbar macht, so hat hier das Tragen von Arbeiterkleidung den gleichen Effekt.

Sie befindet sich jetzt im dritten Geschoss und steuert leise und rasch auf die Tür der Zielperson zu. Das betreffende Apartment hat sie mit einem kurzen, nicht zurückverfolgbaren Anruf bei der Hausverwaltung in Erfahrung gebracht, bei dem sie sich als Vertreterin der Genossenschaftsbank ausgab, die eine Hintergrundüberprüfung bei Sally Grissom vornehmen wolle.

Da schau mal einer an. Marsha geht in die Hocke und betrachtet den Türknauf mit Schloss an der Tür. Beeindruckend. Diese Secret-Service-Agentin kennt sich in Sachen Sicherheit von Wohnungstüren aus.

»Aber diese Alte raucht ja auch keinen Crack«, flüstert sie und kann die Tür nach ein wenig Hebeln und Stemmen mithilfe von Schlosserwerkzeug öffnen. Marsha drückt sie vorsichtig auf und bemerkt, dass im oberen Bereich eine Sicherheitskette vorhängt.

Na, da haben wir es doch!

Sie wirkt massiv und zweckdienlich, aber Marsha weiß Rat.

Rasch zieht sie aus ihrem vermeintlichen Comcast-Utensiliengürtel ein Gummiband und einen Streifen Klebeband. Sie wirft einen Blick durch die Türöffnung, sieht aber nur eine Küche, sonst nichts. Gut. Sie lässt ihre rechte Hand durch die Türöffnung gleiten, wickelt das Gummiband um die Kette, zieht es zurück zu sich in den Flur und befestigt das andere Ende fest am Klebeband.

Vorsichtig streckt Marsha dann ihre Hand wieder in die Wohnung hinein, dehnt das Gummiband, so weit sie kann, und klebt es an die Tür. Als sie damit fertig ist, zieht sie ihre Hand wieder zurück, schließt langsam die Tür und …

… vernimmt ein leises Klimpern. Durch das Schließen der Tür zieht das gespannte Gummiband, vom Klebeband fixiert, die Kette zurück. Marsha öffnet die Tür einen Spalt, reißt die angeklebte Kette los, tritt zwei Schritte in die Küche hinein und macht die Tür hinter sich zu.

Nicht übel.

Sie ist soeben erfolgreich in die Wohnung einer leitenden Secret-Service-Agentin eingebrochen.

Zeit, sich ans Werk zu machen.

In der Küche nimmt sie den Geruch von gebratenem Speck wahr. Ein stechender Neid kommt in ihr auf, Neid auf eine Familie, die sich wirklich zum Frühstück an einen Tisch setzt, in der wirklich einer den anderen liebhat. Marsha schüttelt dieses Gefühl ab. Sie sieht, dass sich zu ihrer Linken ein Wohnzimmer befindet, vor ihr ist eine Diele. Der Fernseher ist eingeschaltet, die Lautstärke hochgedreht.

Da die Sicherheitskette vorgehängt war und der Fernseher läuft, besteht kein Zweifel daran, dass jemand zu Hause ist.

Marsha legt eine Pause ein, in der sie abwartet, ob jemand auftaucht und von ihr wissen will, warum und wie sie hereingekommen ist. Falls sie richtig viel Dusel hat, wird sie ihm weismachen können, die Tür wäre unverschlossen gewesen, und als dienstbeflissene Comcast-Mitarbeiterin hätte sie geklopft und wäre dann, nachdem sie jemanden »Herein« habe rufen hören, eingetreten.

Doch niemand taucht auf.

Langsam geht sie in Richtung Wohnzimmer.

Auf der schäbig aussehenden braunen Couch liegt jemand.

Marsha holt tief und langsam Luft, um ihren Puls zu beruhigen.

Ein Mädchen liegt lang ausgestreckt auf der Couch und schaut auf den Bildschirm. Sie muss zehn, elf Jahre alt sein, ist schlank, bildhübsch, hat langes blondes Haar und liegt unter einem hellblauen Deckbett. Obwohl das Mädchen – zweifellos die Tochter der leitenden Secret-Service-Agentin – fernsieht, hat sie zusätzlich ein Videospiel auf ihrem iPad laufen und sich Ohrstöpsel eingesteckt.

Was erklärt, warum Marsha unbemerkt hereinkommen konnte.

Ihr schießt ein Gedanke durch den Kopf.

Was ist ihr vorrangiges Ziel?

Die Secret-Service-Agentin im Auge behalten und gegebenenfalls ausschalten, wenn sich dadurch die Chance eröffnet, sich um die First Lady zu kümmern.

Das Mädchen auf der Couch lässt ihren Blick vom Fernseher zum iPad hin- und herhuschen. Sie nimmt sich die Ohrstöpsel heraus und inspiziert sie, so als funktionierten sie mit einmal nicht mehr.

Statt wie geplant irgendwo hier Wanzen zu platzieren … tja, hier ist eine Alternative, lang ausgestreckt auf der Couch. Hier könnte Marsha direkte Maßnahmen ergreifen und damit die Ermittlung der Secret-Service-Agentin sofort zum Erliegen bringen.

Warum eigentlich nicht?

Das Mädchen verlagert ihre Position auf der Couch, und ihr Kopf bewegt sich in Marshas Richtung.

42

Scotty gibt sein Bestes, um mich so schnell wie möglich nach Hause zu bringen, doch sein rasanter Fahrstil und sein gezielter Einsatz des Blaulichts und der Sirene lindern das beklemmende Gefühl in meinem Magen nicht. Dreimal habe ich versucht, Amelia anzurufen, dreimal wurde mein Anruf nicht angenommen, sondern landete sofort in der Sprachbox. Ich habe sogar meinen Stolz heruntergeschluckt und ihren Dad angerufen, aber auch an Bens verdammtes Telefon geht niemand.

Scotty wirft mir einen flüchtigen Blick zu. »Was hast du?«

»Scotty …«

»Boss, ich will sagen, was hast du außer dem Schlamassel, mit dem wir uns sowieso herumschlagen?« Dann fügt er hinzu: »Immer noch kein Lebenszeichen von Amelia?«

»So ist es«, bestätige ich und lege mein nutzloses iPhone auf meinen Schoß.

»Bestimmt geht es ihr gut« sagt er. »Ich meine, so sind sie eben, die Kids.«

Wir kämpfen uns durch den Verkehr, überfahren eine rote Ampel, was dazu führt, dass andere Verkehrsteilnehmer mit quietschenden Reifen bremsen und Gehupe aufkommt. Er reißt das Steuer wie wild hin und her, worauf ich mir vorstelle, er fahre einen gepanzerten Humvee und weiche Beschuss durch Handfeuerwaffen oder Granaten aus.

»Scotty.«

»Ja, Boss?«

»Vorhin bei den Wasserfällen ... ist dir da irgendetwas aufgefallen? Irgendwas Seltsames?«

Scotty ist ein schlaues Kerlchen; er weiß, dass ich so etwas nicht fragen würde, nur um die Zeit totzuschlagen. »Nein, es schien ... na ja, es war schon ein ganz schöner Rummel dort, aber gut organisiert. Mir ist nichts aufgefallen, was nicht hätte dort sein sollen. Was hat denn deine Aufmerksamkeit erregt?«

»Ich glaubte, nur für einen kleinen Moment, am anderen Flussufer ein Licht aufblitzen zu sehen. Und Bewegung. So, als würde uns jemand von dort beobachten.«

»Und sonst noch etwas?«

»Nein, nichts.«

»Vielleicht war es ein Ornithologe, der wissen wollte, was los war«, sagt Scotty. »Und als er oder sie dann das ganze Durcheinander gesehen hat, beschloss er sich zu verkrümeln.«

»Mag sein«, erwidere ich, alles andere als überzeugt, und versuche erneut, Amelia zu erreichen.

Ohne Erfolg. Einerseits herrscht in mir Wut auf Amelia, weil sie etwas tut, das mich jetzt so stresst und mir Angst einjagt, andererseits kommt die echte Angst in mir auf, ihr könne etwas wirklich Schlimmes zugestoßen sein. Und darüber, was »Schlimmes« bedeuten könnte, schießen mir allzu viele düstere Erinnerungen durch meinen Ex-Bullen-Kopf.

»Tut mir leid, dass sie nicht abnimmt«, sagt Scotty.

Ich schaue einfach nur durch die Windschutzscheibe, während die Autofahrer vor uns nach und nach Platz machen.

»Vielleicht hält sie ein Nickerchen«, sagt er. »Oder steht gerade unter der Dusche. Oder hat ihr Telefon ausgeschaltet. Kids. Ist es nicht so?«

Ich halte mich so lange zurück, wie ich kann, während ich mit einer Hand nervös an dem roten Wollschal herumfingere, den meine Tochter für mich gestrickt hat.

»Scotty?«

»Ja, Boss?«

»Sobald du verheiratet bist, ein Kind hast, darauf aufpasst, es aufwachsen siehst, innerlich jedes Mal leidest, wenn du mitkriegst, wie es hinfällt oder sich erschreckt ... dann kannst du mir einen Vortrag darüber halten, was du glaubst, was bei Amelia gerade los ist.«

Sein Kiefer verspannt sich, und ich merke, dass ich zu weit gegangen bin. Aber ich fürchte, wenn ich jetzt noch ein weiteres Wort sage, werden mir angesichts meiner Vorstellungen, was zum Teufel mit Amelia los sein könnte, die Tränen kommen, und so etwas will ich nicht vor meinem Untergebenen.

»Wir sind gleich da«, sagt er mit kühler Stimme, während wir durch die heruntergekommene Gegend rasen, die meine Tochter und ich unser Zuhause nennen. »Nur noch einen Block oder so.«

»Danke, Scotty«, sage ich. Doch er reagiert nicht.

43

Als sie sieht, dass das junge Mädchen den Kopf dreht, tritt Marsha leise zwei Schritte zurück, sodass die Rückenlehne der Couch die Sicht auf sie versperrt. Schön. Marsha hört draußen eine Sirene jaulen und denkt: *Nein, der Plan ist gut, halten wir uns an den Plan.*

Sie kehrt in die Küche zurück, entdeckt ein an die Wand montiertes Telefon und platziert binnen weniger Sekunden eine Wanze im Hörer.

Und als Nächstes?

Das Schlafzimmer, damit jedes Gespräch aufgenommen wird, das diese Alte womöglich mit jemandem in ihrem Bett führt.

Marsha geht durch die Diele, macht eine Tür auf und erblickt ein sauberes, ordentlich gemachtes Bett, auf dessen bunter Tagesdecke Plüschtiere liegen, sowie ein aus Gasbetonsteinen und groben Holzbrettern bestehendes und mit Kinderbüchern vollgestopftes Regal. Plötzlich verspürt sie ein stechendes Gefühl, denn von den Plüschtieren abgesehen – ihre Eltern hatten nie Geld für Spielzeug – hätte dies hier ihr Schlafzimmer sein können, damals, im öden Wyoming.

Sie schließt die Tür.

Hör auf damit, dir so viele Gedanken zu machen, schimpft

sie mit sich selbst. Endlich befindet sie sich im Schlafzimmer der Alten.

Schlicht und einfach.

Genau wie sie selbst.

Diese Vorstellung bringt sie zum Lächeln. Auf dem Nachttisch liegt ein Telefon – das ist eine gute Stelle. Rasch beginnt sie, eine weitere Wanze zu installieren, und denkt dann, na gut, vielleicht noch eine hinter der Spiegelkommode.

Marsha geht zur Kommode. Und erstarrt.

Aus der Küche ertönt eine gedämpfte Erwachsenenstimme: »Schätzchen, da bin ich!«

Verdammt!

Marsha wirbelt herum. Hier ist kein Fernseher und kein PC, es wäre also schwer zu erklären, warum sie hier ist und was sie hier tut, und diese verdammte Secret-Service-Agentin ist ohnehin schon misstrauisch und gerade von ihr verwanzt worden …

Marsha hegt ernsthafte Zweifel daran, dass sie einfach freundlich Hallo sagen und Marsha dann aus ihrer Wohnung hinauskomplimentieren wird.

Also …

Eine Gestalt betritt das Schlafzimmer. Marsha stürzt sich auf sie, ruft dabei die Automatismen ab, die sie in ihrer Ausbildung gelernt hat – *mit überwältigendem, plötzlichem Einsatz von Gewalt gewinnt man in neun von zehn Fällen.* Es kommt zu einem Handgemenge, bei dem Marshas rechte Hand einen schweren Schal berührt, sie strengt sich an, um in eine überlegene Position zu kommen, schlingt ihre kräftigen Arme und Hände um den schlanken Nacken, ein kräftiges Verdrehen, ein knirschendes Geräusch, und es ist vorbei.

Marsha lässt die Leiche zu Boden gleiten.

Zeit zum Aufbruch.

Sie platzt aus dem dunklen Schlafzimmer heraus, rennt die Diele entlang, steuert die hell erleuchtete Küche an. Mit einem Mal steht das Mädchen vor ihr, schreit aus vollem Hals, und für den Bruchteil einer Sekunde überlegt Marsha, ob sie auch sie ausschalten sollte …

Im Bruchteil einer Sekunde fällt sie ihre Entscheidung.

Nein, sie zu eliminieren würde allzu hohe Wellen schlagen.

Marsha stößt das junge Mädchen beiseite und stürmt aus der Wohnungstür.

Sie schlägt eine andere Richtung ein – geh nie auf demselben Weg hinaus, auf dem du hereingekommen bist –, indem sie ein Treppenhaus im hinteren Bereich benutzt und durch eine Brandschutztür läuft. Kurz darauf ist sie draußen auf der Straße, geht in aller Ruhe dort entlang, streift sich ihre Comcast-Kleidung ab und wirft sie in einen Gully. Während sie ihren geparkten Odyssey-Minivan ansteuert, hört sie, dass die Sirenen lauter werden.

Vorhin noch, an den Wasserfällen, war Marsha sehr viel daran gelegen gewesen, mit Parker Hoyt zu sprechen.

Jetzt nicht mehr allzu sehr.

44

Vor uns, am Eingang des Apartmentgebäudes, in dem ich wohne, blitzen blaue und rote Lichter auf. Scotty stößt einen Fluch aus und passiert eine Absperrung der Polizei, indem er durch das gelb-schwarze Plastikband braust und uns so nahe an den Eingang heranfährt, wie er kann, wobei er um ein Haar einen Streifenwagen schrammt. Endlich springe ich heraus, nicht länger Ex-Cop, nicht länger Secret-Service-Agentin, nicht länger irgendetwas anderes als eine völlig verängstigte alleinerziehende Mutter.

»Amelia!«, brülle ich und kämpfe mich an ein paar Cops vorbei, die die Nachbarn zurückhalten. Dann fische ich meinen Secret-Service-Ausweis hervor und schreie: »Wer ist der leitende Officer? Wo ist meine Tochter? Wer ist der leitende Officer?«

Neben der Angst herrscht da noch eine eisige Kälte der Schuld in mir; sie befällt mich, weil ich Amelia als alleinerziehende Mutter in dieser rauen Gegend alleingelassen habe, so starrsinnig gewesen bin, Ben keine zweite Chance zu geben, sodass wir wohlbehütet in unserem vorherigen Zuhause gewesen wären. Würde ich jetzt nicht gerade so schnell rennen, würde ich mich sicher auf diesem Parkplatz voller Menschen und Autos übergeben.

»Mom!«

Ich kann gar nicht anders – dieses eine Wort lässt mich in Tränen ausbrechen. Ich werde durch die Polizeiabsperrung gelassen, und da ist sie, meine süße, zu Tode erschrockene Amelia; sie sitzt in der offenen Hecktür eines Krankenwagens und ist in eine graue Decke gehüllt, während zwei Rettungssanitäter mit blauen Latexhandschuhen sie vorsichtig medizinisch versorgen.

»Mom!«, kreischt sie erneut auf und fängt nun ebenfalls an zu heulen.

Ich nehme sie in die Arme und küsse sie, worauf die Sanitäter beiseitetreten. Amelia stößt schluchzend etwas von einem bösen Mann hervor, der in die Wohnung gekommen sei, und etwas von einem Kampf. Als mich jemand von hinten berührt, wirbele ich herum.

»Ma'am?«, ertönt eine sanfte Männerstimme. Vor mir steht ein Afroamerikaner Anfang dreißig in grauem Anzug und Regenmantel, dessen braune Augen besorgt blicken. Er trägt einen korrekt gestutzten Bart, und an einer Kette, die an seinem kräftigen Hals hängt, baumelt ein Detective-Abzeichen.

»Detective Gus Bannon«, stellt er sich vor. »Fairfax County Police Department.« Er schaut in sein Notizbuch und sagt: »Das junge Mädchen hier ... Amelia Miller. Sie ist Ihre Tochter?«

»Ja. Können Sie mir sagen, was passiert ist? Geht es ihr gut?«

Er bedeutet uns beiden, ein paar Schritte von dem Krankenwagen wegzutreten. Amelia schluchzt immer noch, sodass ich ihr einen Kuss auf die Stirn drücke. Da ist noch etwas anderes, das mir einen Stich versetzt, nämlich dass

Amelia ein Pandabärplüschtier im Arm hält, das sie vor ein paar Jahren im National Zoo geschenkt bekommen hat.

Ich hatte es mindestens zwei Jahre nicht mehr in ihren Händen gesehen.

Ich folge Detective Bannon an die Seite des Rettungswagens. »Vor Kurzem ist jemand in Ihre Wohnung eingebrochen«, beginnt er. »Ihrer Tochter geht es gut. Sie steht unter Schock, hat am Handgelenk einen blauen Fleck und …«

»Woher hat sie den blauen Fleck?«

»Von dem Einbrecher«, erklärt er mit sanfter Stimme. Ich will, dass er auf den Punkt kommt und mir berichtet, was geschehen ist, wer es war und was sich jetzt machen lässt. Schockartig stelle ich dann fest, dass zum allerersten Mal überhaupt ich diejenige bin, die Fragen beantwortet, ich diejenige bin, die die Geduld mit der Polizei verliert, ich bin …

… das Opfer.

»Der Einbrecher rannte durch die Küche und stieß Amelia beiseite«, fährt er fort.

»Ein Mann?«

Er nickt. »Wir glauben schon. Es ging alles sehr schnell, sagt Ihre Tochter. Ein kleiner Mann, dunkelhäutig, der eine Art Uniform trug.«

»Uniform? Wie ein Feuerwehrmann? Oder ein Cop?«

Der Detective schüttelt den Kopf. »Eher wie jemand von einem Versorgungsunternehmen. Oder wie ein Techniker. Vielleicht der Mitarbeiter eines Kabelfernsehsenders. Mehr wissen wir momentan nicht.«

Ich nicke stumm. Mir wird bewusst, dass ich die Hände zu Fäusten geballt habe, und am liebsten würde ich in diesem Moment meine Hände um die Kehle des Einbrechers schließen. Ich bin so wütend und fokussiert und erleichtert darüber, dass Amelia in Sicherheit ist, dass ich gar nicht höre, was der Detective als Nächstes sagt.

»Wie bitte?«, frage ich dann nach. »Tut mir leid, ich war einen Moment abgelenkt.«

Betreten starrt er in sein Notizbuch. »Schon in Ordnung, so etwas ist ganz normal. Ich hatte gefragt, Mrs Miller, ob …«

»Grissom«, korrigiere ich ihn instinktiv. »Ich habe meinen Namen behalten.«

»Aber Sie sind verheiratet mit Ben Miller. Der im Innenministerium beschäftigt ist?«

Mir ist, als brause ein gewaltiger Tornado auf mich zu, und wie als Schutzreflex schließe ich die Augen und tue so, als wäre er nicht da, als wirbele er nicht in meine Richtung.

»Das bin ich. Aber wir lassen uns gerade scheiden«, antworte ich. »Detective, bitte. Was ist passiert?«

»Wie es aussieht, kam Ihr Mann, Ben Miller, in Ihre Wohnung und hat den Einbrecher überrascht. In Ihrem Schlafzimmer kam es dann zu einer tätlichen Auseinandersetzung.«

Plötzlich wirkt alles ganz laut, die Stimmen, das Sirenengeheul, die im Leerlauf brummenden Motoren der geparkten Einsatzfahrzeuge.

Er hält den Blick gesenkt, schaut auf sein Notizbuch. »Es tut mir leid, Ihnen dies sagen zu müssen, aber Ihr Mann, Ben Miller, ist tot.«

45

Wie in Trance spule ich die nächsten Minuten ab, verhalte mich so, als wäre ich einer dieser grinsenden Roboter bei Disney World, nicke immer nur, schaue mich um, folge Detective Bannon. Wir ducken uns unter dem Polizeiabsperrband hindurch, das er rücksichtsvoll für mich hochhält, und treten durch die offen stehende Eingangstür in das Miethaus. Während wir die Treppe hinaufgehen, redet der Detective planlos auf mich ein, spricht über das Wetter, die Playoffspiele beim Basketball – um mich von dem abzulenken, was ich gleich zu sehen bekomme werde.

Es funktioniert nicht.

An der offenen Tür unserer Wohnung notiert ein uniformierter Police Officer unsere Namen auf einem Klemmbrett, das er in der Hand hält, und dokumentiert auch die Zeit unseres Zutritts. Das ist eine bewährte Methode, um die Kontrolle zu bewahren über einen ...

Tatort.

Meine Wohnung ist nicht mehr länger der Zufluchtsort für eine wütende Mom und eine verängstigte Tochter, die versuchen zu verstehen, warum eine Ehe und eine Familie in die Binsen gehen, sondern eine Stätte von Gewalt und Tod.

Gewalt gegenüber dem Mann, dem ich einst geschworen habe, den Rest meines Lebens mit ihm zu verbringen.

»Hier«, sagt Detective Bannon. »Die hier müssen wir anziehen. Ich weiß, dass Sie hier wohnen, aber ...«

»Ich weiß«, unterbreche ich ihn. »Ich darf nichts berühren.«

Wir ziehen uns hellblaue Einwegüberzieher über die Straßenschuhe, und dann mache ich einen ersten Schritt in eine Wohnung, die nicht mehr länger ein Zuhause ist.

Das Erste, das mir auffällt, ist der Geruch von gebratenem Speck von heute Morgen. Ich wende mich vom Detective ab und wische mir über meine tränennassen Augen. Heute Morgen habe ich genau hier in dieser Küche gestanden, gemeinsam mit meiner Tochter und meinem Mann. Und habe ich die Gelegenheit genutzt, nett zu sein? Mich bei Ben dafür zu bedanken, dass er Frühstück gemacht hat? Ihm dafür zu danken, dass er versucht hat, es wiedergutzumachen?

Nein.

Ich erinnere mich an die Worte meiner Tochter, sie haben sich wie ein Brandzeichen in mein Gedächtnis eingeprägt: *Wenn du nicht so gemein wärst, wären wir immer noch eine Familie! Warum musst du so gemein sein?*

»Ma'am?«, spricht mich Detective Bannon vorsichtig an.

»Äh ... geben Sie mir noch einen Moment, ja?«

»Natürlich.«

Ich hole tief Luft. Am liebsten würde ich losheulen, aber das geht nicht, ich muss das jetzt durchziehen. Erneut wische ich mir über die Augen, wende mich ihm zu und sage: »In Ordnung. Bringen wir's hinter uns.«

Sanft berührt er meinen Oberarm. »Wir müssen das nicht tun. Wirklich nicht.«

»Schon gut. Wo ... wo ist Ben?«

»In Ihrem Schlafzimmer.«

Wir gehen an zwei Forensikern vorbei, die gerade Fotos machen und Oberflächen mit Pulver bestäuben, um mögliche Fingerabdrücke abzunehmen, und während ich neben Detective Bannon auf das Schlafzimmer zusteuere, geschieht etwas ganz Seltsames: Mein motorisches Gedächtnis übernimmt die Kontrolle – ich erinnere mich an die vielen Male, an denen ich im Laufe meiner beruflichen Karriere Tatorte aufgesucht habe, an das Gequake vom Polizeifunk, an das Gemurmel in den Reihen der Forensik-Techniker, an den Geruch der Chemikalien ... Das alles ist mir vertraut.

Es ist fast ein wenig tröstlich.

Detective Bannon steht in der offenen Tür, und ich trete neben ihn.

Oh, Ben, denke ich. *Oh, Ben.*

Mein Ehemann, der Mann, den ich geliebt habe, der Mann, der mich umworben hat, nachdem wir uns begegnet waren, als ich bei der Virginia State Police war und nach einer Beschwerde im Green Springs National Park ermittelte, mein Ben liegt auf dem Rücken, die Beine auseinandergespreizt, ein Arm ruht auf der Brust, der andere ist über den Kopf gestreckt. Eine weitere Forensikerin, eine vollschlanke Frau, macht gerade Fotos. »Sandy, gibst du uns mal einen Moment?«, bittet Bannon sie.

»Klar«, erwidert sie und zwängt sich an uns vorbei in die Diele. Ich trete näher und schaue auf meinen toten Mann hinab. Sein Gesicht ist grau, sein Kopf ist in einem unnatürlichen Winkel verdreht. Ben trägt einen hüftlangen Ledermantel und hat einen blauen Strickschal um den Hals. Der Detective betrachtet meinen Schal und sagt: »Die ähneln sich.«

»Meine ... unsere Tochter hat sie gestrickt«, erwidere ich. »Rot für mich, blau für ihn. Sie hoffte, dass, na ja, ich glaube, sie hoffte, wenn wir beide dieselbe Art Schal tragen, dann renken sich die Dinge zwischen uns wieder ein.«

Bannon nickt stumm.

Die arme Amelia.

»Todesursache?«, frage ich.

»Offiziell ist das nicht, aber es sieht so aus, als wäre sein Genick gebrochen.«

»Jesus Christus«, stoße ich hervor. »Irgendeine Idee, wie das passiert ist?«

»Ihre Tochter ...«, beginnt Bannon. »Sie hat gehört, wie die Tür aufgeschlossen wurde und wie Ihr Mann dann eine Begrüßung gerufen hat, so wie ...«

»Schätzchen, da bin ich!«, vollende ich mit matter Stimme. »Das ist ein Code, den wir beide benutzt haben, wenn wir nach Hause kamen ... hereinkamen, meine ich. Damit Amelia sich nicht erschreckte und es mit der Angst zu tun bekam.«

»Okay.« Bannon nickt. »Ihre Tochter sagt, sie habe Mr Miller angerufen, weil der Nachbar, der sonst nach der Schule auf sie aufpasst, es nicht geschafft hat und Sie spät dran waren.«

Ich bekomme einen so dicken Kloß im Hals, dass ich befürchte zu ersticken. Der Detective fährt fort: »Ihre Tochter sagt, Mr Miller sei dann hereingekommen, die beiden hätten sich kurz begrüßt, und dann sei ihm aufgefallen, dass

Ihre Schlafzimmertür offen stand und drinnen ein Schatten zu erkennen war. Er ... er wies Ihre Tochter an, Ruhe zu bewahren und den Notruf neun-eins-eins zu wählen, falls etwas passieren sollte, und ging dann hinein, um nachzusehen. Es kam zu einem Kampf, dann rannte der Einbrecher an Ihrer Tochter vorbei und stieß sie zu Boden. Sie stand auf und wählte neun-eins-eins.«

»Hat sie Bens Leiche gesehen?«, will ich wissen.

»Nun, ich, also ...«

»Detective, hat meine Tochter ihren toten Vater gesehen oder nicht?«

Er stößt einen Seufzer aus. »Ich fürchte schon. Nachdem sie angerufen hatte ... lief sie wieder zurück. Sie hat mir erzählt, sie habe geglaubt, er sei ohnmächtig, sei beim Versuch, sie zu beschützen, k. o. geschlagen worden. Ihre Tochter ist ein tapferes Mädchen.«

»Sie hatte einen tapferen Vater«, sage ich. Dann überwältigen mich die Erinnerungen an die guten Zeiten, die Ben und ich miteinander hatten, von unseren ersten Dates über unsere Hochzeit bis hin zu unseren Flitterwochen in Alaska und dieser zauberhaften Nacht, in der mir ein winziges kreischendes Baby in die Arme gelegt wurde. Ich gehe neben ihm auf die Knie und drücke ihm einen Kuss auf die kalte Stirn.

Als wir wieder in der Küche sind, beantworte ich weitere Fragen von Detective Bannon. Mit einmal sage ich: »Moment mal!«

»Ja?«

»Sie sagten ... Sie sagten vorhin, Amelia habe gehört, wie Ben durch die Tür hereingekommen ist, ja?«

Er schaut auf seine Notizen. »Das ist korrekt.«

»Sie hat nichts davon gesagt, dass sie die Kette losgemacht hätte?«

»Nein, hat sie nicht.«

»Sind Sie sicher?«

»Ma'am, worauf wollen Sie hinaus?«

Ich gehe zur Tür und bemerke, dass die Kette lose herabbaumelt. »Als ich das letzte Mal mit ihr telefoniert habe und ihr sagte, dass ich später kommen würde ...« Nur mit Mühe kann ich ein Schluchzen unterdrücken. »Da trug ich ihr auf, sie solle sich vergewissern, dass die Tür verschlossen und die Kette vorgehängt ist.«

»Vielleicht hat sie es vergessen«, gibt Detective Bannon zu bedenken.

Ich schüttele den Kopf. »Nein. Ich wies sie an, es sofort zu tun ... Ich war am Telefon, als Amelia sagte, sie stehe an der Tür und hänge gerade die Kette ein.«

Er sagt etwas, während ich mit den Fingern sanft an der baumelnden Kette entlangfahre. Auf halber Höhe befindet sich der klebrige Rest eines Haftmittels.

Wie ein Klebeband.

»Er ist eingebrochen«, sage ich. »Er hat das Schloss geknackt, und als die Tür aufging, hat er gesehen, dass die Sicherheitskette eingehängt war. Dann hat er ... oh, keine Ahnung, eine Schnur, eine Kordel, ein Gummiband und etwas Klebeband dazu benutzt, um die Kette auszuhängen.«

Detective Bannon berührt nun seinerseits die Kette. »Ma'am, Sie wohnen im dritten Geschoss. Um sich Zutritt zu verschaffen, müsste der Eindringling entweder einen Schlüssel gehabt oder das Schloss geknackt haben. Und dann hätte er sich daranmachen müssen, diese Kette auszu-hängen.«

Meine Gedanken rasen. Ich kommentiere die Ausführungen des Detectives nicht. »Was für mich bedeutet, dass es sich hier nicht um einen zufälligen Einbruch handelt«, fährt er fort. »Und auch nicht um einen Crack- oder Methsüchtigen, der einbricht, um Schmuck oder Elektronik zu stehlen. Sie … diese Wohnung wurde gezielt ausgesucht.«

»Ja«, stimme ich ihm zu.

Er tritt näher an mich heran und senkt seine Stimme. »Ihre Tochter hat mir erzählt, Sie seien Geheimagentin. Ich dachte, das sind bloß die Worte eines Kindes, verstehen Sie? Aber Ma'am, was *ist* Ihr Beruf?«

»Ich arbeite beim Secret Service.«

Bannon lässt das einen Moment auf sich wirken. »In welchem Bereich des Secret Service sind Sie tätig?«

Wie immer gebe ich automatisch Antwort. »Ich bin der Special Agent in Charge der Presidential Protective Division im Weißen Haus.«

»Das Weiße Haus …«, beginnt er und hält dann inne. Er tritt einen weiteren Schritt auf mich zu. »Special Agent Grissom, ich muss Sie das jetzt fragen.«

»Ja?«

»Die ganze Beweislage hier lässt mich glauben, dass der Einbruch bewusst und geplant stattgefunden hat. Gibt es da gerade in Ihrem Job etwas, Agent Grissom, das jeman-den dazu verleiten könnte … Maßnahmen gegen Sie zu er-greifen?«

Wo soll ich anfangen?

»Nein«, lüge ich. »Überhaupt nichts.«

46

Tammy Doyle hat sich auf ihrem Bett zusammengerollt. Der Fernseher ist leise gestellt, die Lampen in ihrem Schlafzimmer sind ausgeschaltet. Das war ein langer, sehr langer Tag, und sie ist froh, dass sie zu Hause ist, vermisst es aber gleichzeitig, bei der Arbeit zu sein. Dort konnte sie sich auf Telefonate konzentrieren, Rechnungen überprüfen, Klienten auf der ganzen Welt anrufen und einfach Dinge von ihrer nie endenden Aufgabenliste abarbeiten. Abgesehen vom Besuch der Secret-Service-Agentin und einer Reihe schräger Blicke und Kommentare konnte sie dieses ganze Atlanta-Desaster vorübergehend ausblenden.

Jetzt aber, zu Hause, nagt die Einsamkeit an ihr. Während der vergangenen acht Monate konnte sie das Wissen in Hochstimmung versetzen, Harry bald wieder zu treffen, und diese Vorfreude bescherte ihr stets gute Laune.

Aber jetzt?

Vorfreude worauf?

Auf einen weiteren Tag, an dem sie sich aus ihrer Wohnanlage schleicht, sich in ihr Büro schleicht ... darauf wartend, dass Harry sie anruft?

Und angenommen ...

Sie ist ein großes Mädchen. Sie kennt den Druck, unter dem Harry jetzt stehen muss. Wenn er sich damit die

Wiederwahl sichern kann, wenn es für sein Fortkommen nützlich ist ... dann wird er sie abservieren. Öffentlich, wenn ihm das zupasskommt.

Tammy spürt die Tränen aufsteigen. All diese geflüsterten Versprechungen, all die gemeinsame Zeit ...

Sie ergreift die Fernbedienung und fängt an, sich durch die Programme zu zappen, auf der Suche nach etwas, irgendetwas, das nichts mit den kommenden Wahlen und der »Attacke in Atlanta« zu tun hat, und schließlich landet sie auf dem History Channel, einer Sendung über Panzer und ...

Eine Erinnerung wird wach.

Beim Anblick von Panzern, die durch die nordafrikanische Wüste pflügen. Während des Zweiten Weltkrieges, Deutsche gegen Briten, in Sandstürmen ausgefochtene Schlachten.

Tammy steigt aus dem Bett und geht in ihr kleines Arbeitszimmer. Sie durchwühlt die Stapel mit Belegen und Visitenkarten, die sie im Laufe der Woche immer sammelt.

Da ist sie.

Die Visitenkarte von Jamal, dem äthiopischen Taxifahrer, der sie gestern nach Hause gebracht hat.

Sie tastet nach ihrem iPhone, ignoriert sämtliche verpassten Anrufe, die durch leuchtende Buchstaben und Ziffern angezeigt werden, und tippt die Rufnummer ein.

Es läutet.

Und läutet.

Und läutet. Plötzlich ertönt ein atmosphärisches Rauschen.

»Hallo?«

Sie setzt sich auf einen Sessel in ihrem dunklen Wohnzimmer. »Jamal? Sind Sie das?«

»Ja«, ertönt eine misstrauische Stimme. »Wer ist da, bitte?«

»Hier ist Tammy Doyle«, antwortet sie. »Ich bin die Frau, die gestern in den Verkehrsunfall verwickelt war, mit Ihrem Cousin ... Tut mir leid, ich weiß seinen Namen gar nicht.«

»Ah, ja, Caleb. Ein guter Junge.«

»Ich muss mit ihm sprechen. Wissen Sie, wo er ist?«

Er lacht. »Oh, ja, das weiß ich. Er ist hier bei mir ... Wir schauen uns gerade das Fußball-Länderspiel Äthiopien gegen Ghana an. Warten Sie einen Moment.«

Nach einigem Geraschel habe ich Caleb am Hörer, und er sagt: »Missy? Geht es Ihnen gut? Haben Sie Gepäck im Wagen vergessen?«

»Es geht mir gut, danke. Und ich habe all meine Sachen. Es ist bloß ... Darf ich Ihnen eine Frage stellen?«

»Ja, Missy, aber bitte machen Sie schnell. Wir warten schon seit zwei Monaten darauf, uns dieses Spiel anzuschauen.«

Sie hat in ihrem Wohnzimmer das Licht ausgeschaltet gelassen. Draußen sind die Lampen der Horden von Reportern zu sehen, die immer noch scharf darauf sind, dass sie herauskommt und ein vollständiges Geständnis ablegt. »Der Unfall«, beginnt Tammy. »Sie sagten, es habe Sie an Ihre Zeit in der äthiopischen Armee erinnert. Als Sie durch die Wüste gefahren sind, in Sandstürmen, und dabei gepanzerten Fahrzeugen ausweichen mussten.«

»Ja, ja, ganz genau.«

Tammy umklammert ihr iPhone fester. »Was haben Sie damit gemeint? Ich meine, dieser Transporter, der uns gerammt hat ... War der irgendwie gepanzert?«

»Das war er«, bestätigt Caleb. »Das war er. Das habe ich auch den Polizeibeamten gesagt. Der Transporter war schwarz und sah sehr schwer aus, und da war vorne etwas angeschweißt … ein großes Stück schwarzes Metall.« Caleb stößt ein amüsiertes Kichern aus. »Es sah so aus, als hätte jemand den Transporter so umgebaut, dass er schweren Schaden an meinem Taxi anrichtet, wirklich schweren Schaden. Zum Glück für uns beide ist er gegen den Kofferraum gekracht und nicht gegen die Mitte. Nicht wahr?«

Im Hintergrund sind Rufe zu vernehmen, und Caleb sagt erst etwas auf Amharisch und dann zu Tammy: »Bitte, ich muss Schluss machen. Das Spiel ist wirklich wichtig.«

»Danke, Caleb«, sagt Tammy. Er legt auf, bevor sie auch nur Gelegenheit bekommt, ihn zu fragen, wie es ihm geht.

Sie sitzt jetzt seit mindestens zehn Minuten in der Dunkelheit, und eine weitere Erinnerung hat sich eingestellt, eine, die nach Aufmerksamkeit schreit.

Als sie gestern nach Hause gekommen war, hatte ihre Chefin, Amanda Price, hier auf sie gewartet.

Angeblich bloß, um zu reden.

Aber vielleicht war sie ja aus einem anderen Grund hier. Um ihre Wohnung zu durchsuchen, um etwas zu finden, das ihre Firma gegen Harry verwenden könnte, etwas Verfängliches oder Erniedrigendes, zum Beispiel Fotos auf ihrem privaten PC, mit ihnen beiden in einer kompromittierenden Position. Oder eine E-Mail. Oder etwas Schlimmeres.

Und warum war sie so zuversichtlich gewesen, sich Zutritt in ihre Wohnung verschaffen zu können, ohne dabei von ihr erwischt zu werden?

Weil …

Weil Amanda wusste, dass sie in einen Verkehrsunfall verwickelt werden würde.

Sie wusste es.

Weißt du noch, was deine Chefin sagte, als sie dir von dem Unfall erzählte?

»Die Interstate 66 ... das ist da manchmal das reinste Gruselkabinett.«

Woher wusste sie das?

Woher wusste Amanda, dass sich der Unfall auf der I-66 ereignet hatte?

Tammy selbst hatte ihr das todsicher nicht erzählt.

Sie geht in ihrer Wohnung umher und vergewissert sich, dass alle Fenster und die Tür verschlossen sind. Von Panik ergriffen holt sie aus der Küche ein Tranchiermesser und geht wieder zurück ins Bett.

Noch nie hat sie sich so einsam gefühlt.

47

Nach einer enttäuschenden Unterhaltung mit der leitenden Meinungsforscherin seines Wahlkampfteams legt der Präsident der Vereinigten Staaten im Oval Office gerade den Telefonhörer auf, als es an der geschwungenen Tür klopft und Parker Hoyt mit besorgter Miene hereinkommt.

»Ja?«, fragt er.

Parker kommt zu ihm herüber und setzt sich ihm gegenüber. »Keine Neuigkeiten.«

»Keine guten Neuigkeiten, meinen Sie wohl«, versetzt er scharf. »Bis jetzt ist bei der Ermittlung ihr nicht aktivierter Panik-Button aufgetaucht, ein Teil einer Botschaft, von der wir wissen, dass Grace sie geschrieben hat, die uns aber kein bisschen weiterbringt, und die sterblichen Überreste einer armen, noch nicht identifizierten Frau. Entgeht mir irgendetwas?«

»Nein, Sir.«

»Und was jetzt?«

»Nun, es ...«

»Ich habe gerade mit Taylor Smith telefoniert«, unterbricht ihn Harrison. »Sie sagt, die Blitzumfragen ergeben einen landesweiten Absturz bei den Wählerstimmen um zwei Punkte. Zwei Punkte! Können Sie sich ausmalen, wie es bis zum Wochenende aussehen wird?«

»Sir, vertrauen Sie mir …«

Der Präsident beugt sich über seinen Schreibtisch. »Das haben Sie mir schon in der Air Force One gesagt. ›Vertrauen Sie mir, vertrauen Sie mir.‹ Tja, bislang habe ich Ihnen vertraut, und was hat mir das eingebracht? Einen Absturz in den Umfragen und ein Gemunkel dort draußen über die First Lady, das sich bald in ein Geschrei verwandeln wird. Wo ist die First Lady? Wo ist die First Lady? Also?«

Parker hat die Hände auf seinem Schoß verschränkt. »Wir haben eine umfangreiche Suche flussaufwärts und flussabwärts der Pferdefarm durchgeführt, unter Einsatz ihres Personenschutzteams sowie, getarnt als Ausbildungseinsatz, von Mitarbeitern der Heimatschutzbehörde.«

»Und?«

»Es wird Zeit, die Vorgehensweise zu ändern.«

»In welcher Hinsicht?«

»Sir, die First Lady … hat sich davongemacht. Sie muss etwas im Schilde führen. Was es ist, weiß ich nicht. Aber wir müssen ihr Spiel nicht mitspielen. Wir müssen ihr einen Schritt voraus sein.«

»Indem wir was tun?«

»Irgendwann morgen lassen wir an die Presse durchsickern, dass sie seit einem Ausritt auf der Pferdefarm, die sie häufig besucht, vermisst wird. Dass wir glauben, sie habe sich verirrt, verletzt oder sei gar ertrunken. Wenn wir die Story auf diese Weise verbreiten, bringen wir die Leute im Land dazu, nach ihr Ausschau zu halten. Eine so prominente Frau kann sich nicht ewig versteckt halten.«

»Aber angenommen … Ich meine, angenommen, sie wird gefunden?«

Parker lächelt. »Dann wendet sich das Blatt zu unseren Gunsten. Sie wird erklären müssen, warum sie verschwunden war, warum sie Sie und die anderen Mitglieder der Regierung so in Schrecken versetzt hat. Und diese Story wird dann auf den Titelseiten und in den Sendungen der Kabelsender landen. Nicht die Story über Sie und Tammy Doyle. Wo wir gerade von Miss Doyle sprechen: Sie haben doch wohl keinen Kontakt mit ihr gehabt, oder? Denken Sie daran, was ich Ihnen auf dem Rückflug von Atlanta eingebläut habe. Keine Anrufe, kein Kontakt, kein gar nichts.«

Harrison muss an die nicht so glücklich verlaufene Unterhaltung denken, die er gestern mit Tammy geführt hat, und beschließt, darüber kein Wort zu verlieren. Er ist nicht in der Stimmung, sich die Leviten lesen zu lassen.

»Ich habe Ihnen sehr genau zugehört, Parker.« Der Präsident lehnt sich in seinem Stuhl zurück und starrt seinen Stabschef an. Da ist noch etwas anderes im Busch, etwas, auf das er sich so recht keinen Reim machen kann.

»Parker?«

»Sir?«

»Sie haben da noch etwas anderes am Laufen«, sagt er. »Spucken Sie's aus.«

Parker nickt. »Agent Sally Grissom.«

»Geht alles wie geplant? Hält sie immer noch den Mund?«

»Äh …«

»Was zur Hölle ist es, Parker?«

»Sir, vor etwa zwei Stunden wurde Agent Grissoms Mann in ihrer Wohnung ermordet.«

Harrison ist, als hätten sich die kugelsicheren Terrassentüren hinter ihm einen Spaltbreit geöffnet, als würde eine kalte Brise über seinen Nacken streichen.

»Fahren Sie fort.«

»Wie es aussieht, gab es einen Einbruch oder einen Einbruchsversuch, bei dem Ben Miller, ihr Mann, den Eindringling überraschte. Es kam zu einem Kampf ... und er wurde getötet.«

Er schüttelte den Kopf. »Wurde etwas Wertvolles gestohlen? War es ein Einbruchdiebstahl?«

»Das wissen wir noch nicht.«

Harrison starrt den Mann an, der – außer ihm selbst – den größten Beitrag dafür geleistet hat, dass er es bis ins Weiße Haus geschafft hat.

»Sie erzählen mir also gerade, dass keine zwei Tage, nachdem wir Agent Grissom damit beauftragt haben, meine Frau zu finden, ihr Mann ermordet wird.«

»Ja, Sir.«

»Ein verdammt eigenartiger Zufall.«

»Ja, Sir.«

»Parker ... Sie müssen mir sagen, auf der Stelle, ob Sie oder sonst jemand in dieser Regierung, und sei es nur im Entferntesten, bei seinem Tod die Finger im Spiel hatte.«

»Sir, ich ...«, beginnt Parker. »Harry, das ist eine verdammt beleidigende Frage, und das wissen Sie auch.«

»Parker, beantworten Sie die verdammte Frage!«

Parker erwidert seinen Blick. »Mr President ... wir tragen keinerlei Verantwortung für den Tod dieses Mannes. Und wenn Sie anderer Meinung sind, liegt mein Rücktrittsgesuch binnen einer Stunde auf Ihrem Schreibtisch.«

Harrison befürchtet, er könnte ihn zu sehr bedrängt

haben, und sagt: »Parker, bitte, Sie überreagieren. Ich muss es bloß wissen und …«

Parker unterbricht ihn erneut, was rekordverdächtig ist. »Harry, als ich Ihnen das erste Mal begegnet bin, im State House in Columbus, da waren Sie wie ein hingebungsvoller, eifriger Welpe, der über seine eigenen Pfoten stolperte. Sie hatten jede Menge Talent, aber Sie brauchten jemanden, der dieses Talent formte und Sie führte. Genau das habe ich getan, und Sie und Ihre Regierung zu schützen ist zentraler Bestandteil meines Lebens. Ich nehme mir keine Zeit für eine Ehefrau, keine Zeit für eine Familie. Unterstehen Sie sich, mich noch einmal so zu beleidigen.«

Harrison schüttelt langsam den Kopf. »Ich wollte Sie nicht beleidigen, Parker. Es … es ist eine schwere Zeit für uns alle.«

»Das ist es mit Sicherheit«, sagt Parker und steht auf. »Ist das alles, Sir?«

»Im Moment ja«, sagt Harrison. »Halten Sie mich auf dem Laufenden. Und sorgen Sie dafür, dass Agent Grissom eine Karte oder Blumen oder sonst etwas von mir bekommt.«

»Ja, Sir«, sagt Parker und hält auf die Tür zu. Als er die Klinke ergreift, ruft Harrison ihm hinterher: »Parker?«

Er dreht sich um. »Sir?«

»Normalerweise bin ich bei so etwas locker, aber nennen Sie mich in diesem Büro nie wieder Harry. Habe ich mich klar und deutlich ausgedrückt?«

Parker nickt stumm, verlässt das Oval Office, und der Präsident der Vereinigten Staaten ist, wie zuvor, allein.

Und fragt sich immer noch, wem er trauen kann.

48

Marsha Gray schaut sich gerade in ihrer Wohnung in einer abgelegenen Gegend nahe Silver Spring, Maryland, auf dem Discovery Channel eine Sondersendung über Scharfschützen an und hat Freude daran, die Fehler zu entdecken, als ihr iPhone klingelt. Sie schaut auf das Display und sieht, dass es Parker Hoyt ist, zum dritten Mal in den vergangenen zehn Minuten. Bei den beiden letzten Malen hat sie aufgelegt, nachdem der Anruf in Beleidigungen und Beschimpfungen ausartete, doch sie beschließt, dem Mann eine dritte Chance zu geben.

»Ja?«

Sie vernimmt seinen schweren Atem. »Legen Sie nie wieder einfach auf, wenn ich Sie anrufe. Niemals.«

»Was denn, erwarten Sie etwa von mir, eine Standleitung für Sie aufzubauen und Tag und Nacht offen zu halten?«, fragt Marsha. »Ich lege immer auf, wenn unsere Unterhaltung abgeschlossen ist.«

»Zum Teufel noch mal, Sie wissen, was ich meine.«

»Mag sein, aber ich sage es Ihnen jetzt zum dritten Mal, Mr Hoyt: Nur weil Sie mich bezahlen, heißt das nicht, dass Sie einen Freibrief haben, mich anzuschreien oder zu beleidigen. Wenn Sie eine ernsthafte Unterhaltung zwischen Arbeitgeber und Arbeitnehmer führen wollen, bin ich offen dafür. Andernfalls widme ich mich in dem Moment, in dem Beleidigungen ausgestoßen werden, etwas Produktiverem, zum Beispiel Fernsehgucken oder Zehennägelschneiden.«

Erneut ist schweres Atmen zu vernehmen. »Mussten Sie ihn unbedingt töten?«

»Natürlich musste ich das«, gibt Marsha zurück. »Ich war in der Wohnung, hatte mich als Angestellte von Comcast gekleidet und führte alle möglichen illegalen technischen Überwachungsgeräte mit mir. Was denn, meinen Sie etwa, ich hätte aufgeben sollen? Mich verhaften lassen? Das wäre später dann ein lustiges polizeiliches Verhör geworden, denken Sie nicht auch?«

»Beantworten Sie die verdammte Frage! Mussten Sie ihn unbedingt töten?«

»Tut mir leid, falls ich Illusionen zunichtegemacht haben sollte, so Sie denn welche hatten, Mr Hoyt. Aber wenn ich in einen Nahkampf verwickelt werde, ist es nicht mein Ziel, dem Gegner eine Kopfnuss zu verpassen. Er ist tot, ich bin am Leben, und so war das von mir auch gedacht.«

»Was zur Hölle hatten Sie dort überhaupt verloren?«

In der Sendung, die gerade im Fernsehen läuft, ist ein Scharfschütze zu sehen, der angeblich Tarnkleidung trägt, wohingegen Marsha der Meinung ist, ein Wölfling mit Korrekturgläsern könnte ihn aus fünfzig Meter Entfernung erspähen. »Ich wollte Informationen einholen. Die fehlten mir nämlich bei diesem kleinen Einsatz – zweckdienliche Informationen. Sie haben mir Bruchstücke hingeworfen, und das immer auf den letzten Drücker, und ich habe das Beste aus diesem Stückwerk gemacht. Tja, ich war es leid, immer nur das Beste daraus zu machen. Ich wollte es zur Abwechslung mal mit einer Spitzenleistung versuchen, indem ich Überwachungstechnik in ihrer Wohnung platziere und, falls ich Glück hätte, in ihrem Fahrzeug.«

»Sie hätten mich vorher darüber informieren müssen.«

»Das wollte ich ja auch. Aber aus irgendeinem Grund, Mr Hoyt, gingen Sie nicht ans Telefon. Und Sie hatten mir gesagt, dass ich, falls nötig, auf eigene Faust handeln sollte. Das tat ich dann auch. Falls Sie mir also sonst nichts mitzuteilen haben, lassen Sie es gut sein.«

Erneute Atemgeräusche. »Morgen um diese Zeit«, stößt er schließlich hervor, »werden wir durchsickern lassen, dass sie vermisst wird. Wir werden die Nachrichtensender und die Öffentlichkeit miteinbeziehen.«

»Aha«, sagt sie. »Um zu versuchen, sie aus der Höhle, in der sie sich versteckt hält, auszuräuchern.«

»So ist es.«

»Und meine Aufgabe?«

»Die gleiche wie vorher. Aber um eines klarzustellen – wir wollen eine Endlösung.«

»Wie deutsch Sie sich anhören. Okay.«

»Sind wir dann fertig?«

»Für den Moment.«

»Was meinen Sie damit?«, fragt er.

Sie überlegt einen Augenblick und beschließt dann, die Karten auf den Tisch zu legen. »Ich möchte, dass Sie sich auf jeden Fall klar darüber sind, dass ich Profi bin. Als Amateur hält man sich nicht lange in diesem Geschäft. Als Profi hat man daher immer etwas in der Hand, das die eigene Sicherheit garantiert. Sollte also nächste Woche die First Lady beerdigt werden, dann sollte am Tag danach lieber kein FBI-

Team mit einem Haftbefehl in meine Wohnung eindringen. Verstanden?«

Eine lange, lange Pause entsteht, während der, davon ist sie überzeugt, Hoyt damit ringt, sein Temperament im Zaum zu halten. »Sie drohen mir.«

»Nein, ich habe Erwartungen. Bezahlen Sie mich, halten Sie sich Ihrerseits bedeckt, dann tue ich das meinerseits ebenfalls.«

Nun verliert er doch die Beherrschung, schleudert ihr wüste Beschimpfungen entgegen und legt schließlich auf.

Marsha zuckt die Schultern, vergewissert sich, dass sie auch diesen Anruf des Stabschefs korrekt aufgezeichnet hat, und widmet sich danach erneut voller Freude der Dokumentation über Scharfschützen, die sie die kommenden vierzig Minuten amüsiert lächelnd verfolgen wird.

49

An diesem Tag, dem schlimmsten meines Lebens, fühle ich mich wie eine Schauspielerin in einem Theaterstück, in dem ich weder meinen Text noch meine Rolle kenne, sondern lediglich von den Mitspielern vorangetrieben werde. Der Tag bestand aus einem wirren Mix aus Bildern und Blicken, und jetzt befinde ich mich im letzten Akt dieser Vorstellung, an einem bewölkten und kalten Tag auf einem jüdischen Friedhof in der Nähe von Capitol Heights, Maryland, und halte Amelias eisige Hand in der meinen, während der Rabbi an Bens offenem Grab spricht.

Es ist erst einen Tag her, dass ich meinen Mann zum letzten Mal gesehen habe, tot in meinem Schlafzimmer, doch aufgrund der Religionszugehörigkeit meiner Schwiegereltern wird er schon heute Nachmittag bestattet. Esther und Ron Miller stehen auf der gegenüberliegenden Seite des Erdhaufens und halten einander im Arm. Beide tragen Schwarz, Ron trägt eine Kippa. Mein Schwiegervater starrt lediglich unentwegt auf den schlichten Kiefernsarg; meine Schwiegermutter hingegen schaut mich ab und zu mit einem Blick voller unterdrückter Wut und purem Hass an.

Ich kann ihr diesen Blick nicht verdenken, denn ich verstehe, dass ich ihn aus ihrer Sicht absolut verdient habe. Ben war nicht wirklich praktizierender Jude gewesen und drängte mich auch nie zum Konvertieren, doch seine Mom winkte jedes Mal, wenn wir zu Besuch kamen, mit dem Zaunpfahl, vor allem nach der Geburt von Amelia. Jetzt starrt sie mich an, eine Nichtjüdin mit einer nichtjüdischen Tochter, während ihre Familienlinie abgeschnitten wurde, die sterblichen Überreste in diesem Sarg.

Andere Mitglieder aus Bens Familie haben sich als Zeichen ihrer Verbundenheit aufgereiht, und auch Kollegen von ihm aus dem Innenministerium haben sich eingefunden. Ein paar düstere Sekunden verbringe ich damit zu überlegen, welche der Praktikantinnen dort drüben womöglich mit meinem Mann geschlafen haben. Auf meiner Seite – mein Gott, was für ein Graus, dass es bei einer Zeremonie auf einem Friedhof Seiten gibt – stehen außer mir und Amelia mein Stellvertreter Scotty und eine meiner beiden Schwestern, Gwen, die für die NSA arbeitet. Sie ist fünf Jahre jünger als ich und ungefähr fünfmal schlauer. Meine andere Schwester, Kate, fliegt gerade von einer Konferenz des Rechnungshofes in Seattle nach Hause, und meine Eltern haben – soweit ich auf dem Laufenden bin – versucht, inmitten eines tropischen Sturms Flüge aus Florida Richtung Norden zu bekommen.

Ich drücke Amelias Hand, doch sie erwidert die Geste nicht. Zum Schlafen gekommen war ich nicht. Ich war total davon in Anspruch genommen, die nötigen Telefonate zu führen, zuzuschauen, wie die Mitarbeiter des Bestattungsunternehmens diesen schweren schwarzen Plastiksack, in dem der Mann lag, den ich geliebt hatte, mit dem ich gelebt und gelacht hatte, abtransportierten, und vor allem bei meiner Tochter zu sein, seit ich ihr beigebracht hatte, dass ihr Daddy tot war und sie ihn nie, nie mehr wiedersehen würde.

Amelias lang anhaltendes Wehklagen, ihr Schluchzen und ihre Tränenausbrüche gestern gingen mir immer wieder unter die Haut; es war, als fiele jemand mit einem Messer über mich her, bis Amelia dann endlich in den Schlaf sank. Inzwischen befanden wir uns in einem Motelzimmer, ich lag neben ihr auf dem Bett, konnte nicht einschlafen und sah zu, wie schließlich die Sonne aufging, während ich mich verzweifelt bemühte, den Kopf leer zu bekommen.

In den letzten Stunden, vom Motelzimmer über die Synagoge bis zu diesem Grab, ist Amelia stumm geblieben, so als hoffte sie, es würde ihren Daddy zurückbringen, wenn sie sich wie ein braves Mädchen verhält. Ihre Gesichtszüge sind verzerrt, ihre Augen geweitet und rot gerändert, und wenn ich ab und zu einen Blick auf sie werfe, stelle ich fest, dass sie nicht mehr wie meine Tochter vom Vortag aussieht. Oh, sie ist schon noch meine Amelia und wird es auch immer sein, aber etwas tief in ihr ist zerbrochen, und wenn es einmal verheilt, dann wird es krumm und schief verheilen, mit Beulen und Narben und Erinnerungen, und sie wird eine andere Tochter sein.

Der Rabbi setzt seine Gebete fort. Er ist einer der freundlichsten und großherzigsten Menschen, denen ich jemals begegnet bin, und zu meiner Schande muss ich gestehen, dass ich seinen Namen vergessen habe. Aber er kennt die Familienverhältnisse und die Spannungen und tut mit seiner tröstenden und ermutigenden Stimme sein Bestes, um diesem grauenhaften Tag eine Art Abschluss und Vollständigkeit zu verleihen.

Oh, Ben, denke ich, *ich wollte nie …*

Wollte nie was?

Ich … nie.

Einfach so.

Der Rabbi, der einen sackförmigen grauen Anzug trägt, ein kleines, in Leder gebundenes Buch in der Hand hält und eine Kippa aufgesetzt hat, macht eine Geste, worauf der Sarg mit meinem Mann von zwei müde wirkenden Friedhofsmitarbeitern, die Jeans und graue Sweatshirts tragen, in die ausgehobene Grube hinabgelassen wird. Esther, Bens Mutter, schreit auf, worauf ihr Mann ihr fest eine Hand auf die Schulter legt.

Als der Sarg schließlich ins Grab gesenkt worden ist, tritt der Rabbi vor und spricht uns alle an. Neben ihm stehen zwei ramponierte Pappkartons mit alten Büchern, und er erklärt, dass diese alten jüdischen Bücher als Zeichen des Respekts und der Ehrerbietung mit Ben beerdigt werden. Daneben liegt ein Haufen Erde, in dem eine Schaufel steckt, und der Rabbi erklärt, dass diejenigen, die es wünschen, vortreten, ein Buch in das offene Grab geben und dann eine Schaufel Erde hineinwerfen können.

»Aber um unsere Trauer deutlich zu machen«, setzt er mit leiser Stimme fort, »wollen wir die Rückseite des Schaufelblatts benutzen, um zu zeigen, dass das, was einst war, nun umgekrempelt ist.«

Aus den Reihen der Trauernden sind Schluchzen und Geflüster zu vernehmen. Einer nach dem anderen treten nun Bens Freunde und Verwandte vor, und als sich eine kleine Lücke auftut, führe ich Amelia an den Stapel mit alten Büchern. Sie nimmt eines in die Hand und wirft es behutsam in das offene Grab. Dann nehme ich die Schaufel und gebe, dem Beispiel anderer folgend, mit umgedrehtem Schaufelblatt drei Schaufeln Erde ins Grab.

Dann ergreife ich Amelias Hände, doch mit scharfem Flüstern sagt sie: »Das kann ich alleine!«, was mir ein weiteres Mal das Herz bricht. Unbeholfen, doch mit einer Kraft, die ich ihr nicht zugetraut hätte, wirft auch sie drei Schaufeln Erde ins Grab.

Schließlich treten wir beiseite.

Ein Spalier bildet sich, und die Trauernden durchschreiten es. Die meisten ignorieren mich, obschon Amelia besondere Aufmerksamkeit auf sich zieht. Mir graut davor, zur Synagoge zurückzukehren, denn dort wurde eine große Mahlzeit vorbereitet, und ich müsste damit fortfahren, meine Rolle der bösen trauernden Witwe zu spielen. Meine Schwester Gwen, loyal wie immer, bleibt bei mir, während die Trauernden sich grüppchenweise entfernen. Dann kommt Scotty auf mich zu. Er hat eine verbissene Miene aufgesetzt.

»Boss ... Ich hasse es, dir das jetzt anzutun, aber wir müssen zurück ins Weiße Haus.«

»Aber ... Amelia, ich kann das auf keinen Fall.«

Daraufhin tritt Gwen vor, legt einen Arm um mich und drückt mich an sich. Meine jüngere Schwester, deren Haar grau wird und die kleine Falten um ihre strahlend blauen Augen hat, verursacht von dem Job im Puzzle Palace drüben in Fort Meade, bei dem sie schreckliche Geheimnisse decodiert und deutet, die auf ewig Geheimnisse bleiben sollten.

»Ich werde mich um Amelia kümmern«, bietet sie an.

»Gwen, ich weiß nicht, wann ich zurückkommen werde.«

»Mach dir keine Sorgen«, erwidert sie. »Ich habe noch Zeit. Ich und dein kleiner Knallbär bleiben zusammen, bis unsere Eltern und unsere Schwester Kate aufkreuzen. Ich nehme sie gern bei mir auf, bis die Dinge wieder in Ordnung gekommen sind.«

Ich habe einen Kloß im Hals, und mir kommen die Tränen, und mitten auf diesem Friedhof mit seinen Grabsteinen, auf denen hebräische Buchstaben und der Davidstern eingraviert sind, nehme ich sie lange, ganz lange in die Arme. »Ich stehe hinter dir, große Schwester«, flüstert sie mir ins Ohr. »Denk immer daran.«

Ich löse mich von ihr, und wir küssen uns auf die Wange. Dann sagt Gwen zu meiner Tochter: »Hey, Amelia, wir wär's, wenn du mal ein bisschen Zeit mit deiner bekloppten Tante Gwen verbringst?«

Amelia schaut zu ihr hoch. »Du wohnst doch da, wo es ein Hallenbad gibt, oder?«

»Das stimmt, Sportsfreund«, bestätigt Gwen.

»Ich würde gern schwimmen gehen. Aber ich habe keinen Badeanzug.«

Gwen nimmt sie an die Hand. »Wir besorgen dir einen Badeanzug, versprochen.«

Die beiden ziehen los, und mir geht auf, dass ich Amelia nicht einmal Auf Wiedersehen gesagt habe, als Scotty auch schon meine Aufmerksamkeit auf sich lenkt.

»Was zur Hölle ist los?«, frage ich. »Hat man sie gefunden?«

Er schüttelt den Kopf. »Nee. Schau dir das hier mal an.«

Er dreht sein großes iPhone auf die Seite, sodass ich die reißerische Schlagzeile der *Washington Post* lesen kann:

**FIRST LADY VERMISST GEMELDET –
AUF PFERDEFARM ERTRUNKEN?**

Ich stoße einen Fluch aus, Scotty ergreift meinen Arm, und nebeneinander rennen wir vom Friedhofsgelände, während weiter Erde in das Grab meines Mannes geschaufelt wird.

50

Parker Hoyt vernimmt lautes Stimmengewirr vor seiner Bürotür. Mrs Glynns Stimme dringt klar und deutlich durch, als sie ruft: »Hier können Sie nicht rein!« Aber na klar, Special Agent Sally Grissom stößt die Tür auf, bahnt sich ihren Weg hinein und wirft die Tür dann hinter sich zu.

»Agent Grissom«, sagt er, »was für eine nicht so angenehme Überraschung. Das mit dem Tod Ihres Mannes tut mir leid … sollten Sie jetzt nicht Ihrer Tochter beistehen?«

Mit wutverzerrtem Gesicht geht sie auf ihn los, und für einen Moment bekommt Parker es mit der Angst zu tun, denn immerhin ist diese durchgeknallte Frau bewaffnet. Doch sie bleibt vor seinem aufgeräumten Schreibtisch stehen und klatscht ein Blatt Papier darauf.

»Das hier ist gerade unten aus dem Ticker gekommen«, verkündet sie. »Eilmeldung einer ›hochrangigen Regierungsquelle‹, der zufolge die First Lady vermisst wird und vermutlich ertrunken ist. Diese Quelle waren Sie, Sie Mistkerl.«

Parker würdigt das vor ihm liegende Papier keines Blickes. »Warum sind Sie hier, Agent Grissom? Sie sollten sich den Rest der Woche freinehmen.«

»Warum? Warum haben Sie diese Nachricht durchsickern lassen?«

»Setzen Sie sich.«

»Ich stehe lieber.«

»Mein Büro, meine Regeln«, sagt er. »Pflanzen Sie sich auf Ihre vier Buchstaben.«

Langsam nimmt sie auf einem Stuhl Platz. Wieder einmal verspürt Parker diesen kleinen Nervenkitzel, jemand anderem seinen Willen aufzuzwingen. »Ist an dieser Eilmeldung etwas nicht zutreffend?«, fragt er.

»Etwas? Das ganze verdammte Ding trifft nicht zu. Sie können nicht wissen, ob sie ertrunken ist oder nicht.«

»Und Sie auch nicht«, entgegnet er. »Ihre Behörde, die es fertiggebracht hat, die First Lady vorgestern zu verlieren, hat absolut nichts herausgefunden. Null Komma nichts. Sogar als Sie es geschafft haben, die Leute von der Homeland Security zu schmieren, damit sie euch zu Hilfe eilen, haben Sie ein paar Meilen flussabwärts bloß eine armselige Obdachlose ertrunken aufgefunden.«

»Das stimmt nicht«, stößt sie zwischen zusammengebissenen Zähnen hervor. »Wir haben die Botschaft gefunden, wir haben den Panik-Button gefunden und ...«

»Die Botschaft und den Panik-Button? Die hätte auch ein Stallbursche von der Pferdefarm finden können. Oder ein Ornithologe oder Angler. Nein, der großartige und mächtige Secret Service hat, nachdem er seine Schutzperson verloren hat, in den letzten zwei Tagen überhaupt nichts auf die Reihe bekommen. Gar nichts. Daher ist es jetzt an der Zeit, einen anderen Spieler auf ein anderes Feld zu schicken.«

Grissom nimmt das Blatt Papier mit dem ausgedruckten Nachrichtenbulletin in die Hand und zerknüllt es. »Indem Sie diese Scheiße hier durchsickern lassen?«

»Genau«, gibt er zurück. »Vorher haben Sie und Ihre

Agents und der Heimatschutz sich bemüht, den Deckel daraufzuhalten, diskret an die Sache heranzugehen. Diese Methode hat nicht funktioniert.«

»Das war Ihre Methode, nicht meine!«, protestiert sie.

»Und sie hat nicht funktioniert«, wiederholt er. »Bei Roosevelt lief es früher so, dass er etwas probierte, und wenn das nicht funktionierte, dann ließ er es gut sein und versuchte es mit etwas Neuem. Genau das habe ich auch getan. Die diskrete Herangehensweise hat nichts eingebracht. Jetzt wird sich in ein paar Stunden das FBI eingehend damit befassen, dazu Tausende und Abertausende besorgte Bürger, die sich der Suche nach ihrer geliebten First Lady anschließen werden – ohne auch nur darum gebeten worden zu sein.«

»Sie glauben immer noch, dass sie sich versteckt hält, um den Präsidenten zu demütigen«, sagt Grissom. »Und wenn Sie daraus eine große Nummer machen und ihr Versteck finden, dann sind die ganzen schlechten Nachrichten aus Atlanta nur noch Schall und Rauch.«

Parker ist der Meinung, dass Grissom viel zu schlau ist, um beim Secret Service zu versauern, aber dort, wo es darauf ankommt, nämlich in ihrer Seele, herrscht nicht genug Finsternis, als dass sie wirklich dahinterkommen würde, was sich hier abspielt. »Wenn das passiert, werden der Präsident und ich begeistert sein. Man wird sie finden, unversehrt. Und wenn sie sich nicht versteckt ... falls hier also etwas anderes im Busch ist, nun, auch in diesem Fall wird uns neben dem vollen Potenzial und der Macht von Bundesermittlungsbehörden auch die amerikanische Öffentlichkeit behilflich sein.«

»Und was ist mit dem Secret Service?«, fragt Grissom.

Parker lächelt. »Kommen Sie, Agent Grissom, Sie hatten Ihre achtundvierzig Stunden und eine Chance auf Ruhm. Nun wird es Zeit, dass kompetente Erwachsene die Sache in die Hand nehmen.«

»Wenn Sie so verdammt kompetent sind«, sagt sie, »dann wussten Sie sicher auch, dass die First Lady …«

Die Secret-Service-Agentin verstummt. Parker wartet ab. »Fahren Sie fort«, sagt er schließlich. »Beenden Sie Ihren Satz. Wusste ich was über die First Lady?«

Grissom sitzt starrköpfig da, und, Gott noch mal, da sind schon wieder laute Stimmen draußen zu vernehmen, und Mrs Glynn ruft: »Sie können da nicht einfach reinplatzen, er befindet sich in einem sehr wichtigen Meeting!«, und, na klar, die Tür schlägt auf, und ein Mann in Uniform stürzt herein, die Augen aufgerissen und das Gesicht weiß wie ein Laken. Er trägt eine schwarze Hose, ein weißes Smokinghemd mit goldenem Anstecker und eine schwarze Krawatte. Parker identifiziert ihn als eines der vielen gesichtslosen Mitglieder des uniformierten Secret Service, die draußen auf dem Gelände des Weißen Hauses die Pförtnerhäuschen und die Posten an den Toren besetzen.

Er hält etwas in der Hand.

»Was geht hier vor?«, fragt Parker. »Wer sind Sie, und was wollen Sie?«

Der Mann ignoriert Parker und geht direkt auf Grissom zu.

»Supervisor Grissom«, sagt er mit vor Anspannung verzerrter Stimme. »Sie müssen sich das hier ansehen.«

Sie steht auf und fragt: »Was ist das?«

»Sie müssen es sich anschauen«, wiederholt er und reicht

ihr ein Päckchen. Parker sieht, dass es sich um eine große, durchsichtige Plastiktüte handelt, in der sich ein standardisierter brauner Briefumschlag für Geschäftspost befindet. »Das hier wurde vor etwa zehn Minuten am South Gate abgegeben.«

»Handschuhe!«, fordert Grissom.

»Sofort, Ma'am«, erwidert er und zieht aus seiner Gesäßtasche ein Paar hellblaue Latexhandschuhe hervor, die sie sich sogleich überstreift.

»Was ist das?«

Der Agent schluckt. »Das ist ein menschlicher Finger«, sagt er mit angespannter Stimme.

51

Müde und erschöpft kämpfe ich vor diesem anmaßenden, ekelhaften Mann gegen die Tränen an. Mir wird bewusst, dass ich fast einen Patzer gemacht und ihn gefragt hätte, ob er wüsste, was ich weiß, nämlich dass die First Lady einem anderen Mann ihre Liebe gestanden hat.

Parker erweckte den Eindruck, als wollte er sich mit mir über diesen unvollendeten Satz streiten, und ich komme nur deshalb gerade noch einmal aus der Bredouille, weil einer meiner Jungs von der uniformierten Einheit hereinplatzt, ein Ex-Marine namens Stephenson. Ich höre kaum, was er sagt, und starre stattdessen die Plastiktüte an, auf der in schwarzen und roten Lettern BEWEISMATERIAL steht. Diese fünf Worte *Das ist ein menschlicher Finger* fräsen sich mir in den Schädel wie fünf voneinander unabhängige Hochgeschwindigkeitsbohrer. Vorne auf dem Umschlag sind Linien aufgedruckt; über der ersten steht der Name von Agent Stephenson, und ich unterzeichne mit meinem Namen darunter, sodass die Beweiskette gewahrt wird.

»Großer Gott«, sagt Parker. »Glauben Sie, dass ...«

»Halten Sie den Mund!«, blaffe ich ihn an. »Lassen Sie mich meine Arbeit machen.«

Vorsichtig öffne ich die selbstklebende Lasche der Kunststofftüte. »Wer hat das am South Gate abgegeben?«

»Einer der Obdachlosen, die im Lafayette Park abhängen, ein Typ namens Gregory. Er ist schon vier Jahre dort, ein Stammgast sozusagen. Wir verhören ihn derzeit noch.«

»Wie ist er da rangekommen?«

»Ein anderer Obdachloser hat es ihm zusammen mit einem Zwanzig-Dollar-Schein und der Anweisung gegeben, es uns zu bringen. Gregory kannte den anderen nicht. Das war ein abgekartetes Spiel.«

»Klar war es das«, stimme ich zu und ziehe den braunen Umschlag aus dem Beweismittelbeutel heraus. In der Mitte beult sich das feste Papier ganz leicht. »Wer weiß sonst noch davon?«

»Nur ich, Ma'am«, erwidert er. »Ich … habe ihn aufgemacht, gesehen, was drinnen ist, und bin dann auf der Suche nach Ihnen sofort hierhergekommen.«

»Worauf warten Sie noch?«, drängt Parker. »Machen Sie das verdammte Ding schon auf!«

Zum Glück ist sein Schreibtisch aufgeräumt. Ich lege den Beweismittelbeutel auf die Platte und öffne den 22 x 30 Zentimeter großen Umschlag. Der Klebestreifen ist unversehrt, was bedeutet, dass wer immer den Umschlag benutzt hat, leider schlau genug war, ihn nicht mit Spucke zuzukleben und damit DNA-Spuren zu hinterlassen.

Ich spähe in den Umschlag hinein und drehe ihn dabei so, dass eine von Parkers Schreibtischlampen das Innere ausleuchtet. Drinnen steckt ein einzelnes Blatt Papier, auf dem offenbar in Blockschrift etwas geschrieben steht.

Ich ignoriere es für den Moment.

Da ist auch noch ein kleiner Frühstücksbeutel aus Kunststoff mit etwas Rosafarbenem drin. Ich hole Luft, lange hinein, ziehe den Beutel heraus und lege ihn auf Parkers aufgeräumten Schreibtisch.

Es ist das letzte Glied eines Fingers, vielleicht der kleine Finger. Der Nagel ist hellrot lackiert, und um das abgetrennte Ende ist ein blutiges Stück Gaze gewickelt.

Parker sitzt wie erstarrt auf seinem Stuhl und hat sich eine Hand vor den Mund gepresst.

»Verstehen Sie, Ma'am?«, sagt Stephenson. »Das hatte ich gesehen.«

Die Haut ist immer noch rosa, was bedeutet, dass das Fingerglied vor noch nicht allzu langer Zeit abgetrennt wurde. »Stephenson«, sage ich. »Was immer da am South Gate geschehen ist, ist niemals passiert. Verstanden?«

»Ja, Ma'am.«

»Gut«, sage ich. »Haben Sie noch einen Beutel oder irgendeinen Behälter bei sich?«

Er tastet in seiner Tasche herum und zieht dann einen kleinen Plastikbeutel mit einer Tablette darin hervor. »Mein Magensäuremittel«, erklärt er mit dem Anflug einer Entschuldigung in der Stimme. »Hab es noch nicht eingenommen.«

»Tja, nun, wir haben alle ziemlich viel Stress, nicht wahr?«, sage ich. Mit meinen in Latexhandschuhen steckenden Fingern nehme ich den abgetrennten Finger, und nachdem Stephenson seine Tablette geschluckt hat, lege ich das im Frühstücksbeutel steckende Fingerglied in seine Tüte. Ich durchforste meine Handtasche, ziehe eine Visitenkarte heraus, kritzele meinen Namen, das Datum und die Uhrzeit darauf und schiebe auch sie in die Tüte.

»Gehen Sie, reden Sie mit niemandem und bringen Sie das zu Gil Foster drüben in der Technical Security Division«, weise ich ihn an. »Das ist zwar nicht wirklich seine Baustelle, aber sagen Sie ihm, was los ist, dann wird er es an den oder die Richtige weiterleiten, damit das, was wir vermuten, durch unsere Fingerabdruck-Datensätze bestätigt wird.«

»Ja, Ma'am«, erwidert er und ist genauso schnell wieder aus Parker Hoyts Büro heraus, wie er hereingekommen war. Als er weg ist, sagt Parker: »Was steckt da noch in dem Umschlag?«

Ich ziehe das Blatt Papier heraus, während Parker von seinem Stuhl aufsteht und um den Schreibtisch herumkommt. Dann lesen wir beide die mit Tinte geschriebene Nachricht:

WIR HABEN DIE FIRST LADY, SIE IST NICHT ERTRUNKEN.

FÜR IHRE SICHERE FREILASSUNG

A. EINZAHLUNG $100 MILLIONEN AUF CENTRAL BANK OF CARACAS, KONTO HPL 0691959, ZUGANGSCODE B14789 BINNEN ZWÖLF STUNDEN

B. HARRISON TUCKER MUSS BINNEN 24 STUNDEN EINE ÖFFENTLICHE REDE HALTEN UND SICH FÜR DAS WAS ER IHR ANGETAN HAT ENTSCHULDIGEN

C. DANACH WIRD SIE LEBEND FREIGELASSEN WERDEN. IN JEDEM ANDEREN FALL WIRD IHRE LEICHE HERAUSGEGEBEN DAMIT SIE MIT IHREM FINGER BEERDIGT WERDEN KANN.

Ich spüre, dass Parker beim Anblick dieser Nachricht zittert. »Schätze mal, sie hält sich doch nicht versteckt, Mr Hoyt«, kommentiere ich.

52

Hoyt geht um seinen Schreibtisch herum und setzt sich, und verdammt sei der Kerl, in diesen fünf Sekunden bekommt er offenkundig alles unter Kontrolle und übernimmt erneut das Kommando. »Na schön, Agent Grissom. Von jetzt an übernehme ich.«

Hätte mir der eiskalte Drecksack mitgeteilt, ich sei soeben zur Botschafterin in Island ernannt worden, hätte ich nicht überraschter sein können. »Übernehmen was von jetzt an? Wovon reden Sie? Wir müssen das hier angehen!«

»Was meinen Sie mit *wir*, Agent Grissom?«, fragt er süffisant. »Es handelt sich hier schlicht und ergreifend um eine Entführung. Und die fällt in den Zuständigkeitsbereich des FBI. Ich nehme sofort Kontakt mit denen auf, damit der Ermittlungsprozess eingeleitet werden kann.«

»Die brauchen mindestens einen Tag, um auf Betriebstemperatur zu kommen«, wende ich ein. »Wir können es uns nicht erlauben, so lange zu warten. Sie wissen es, ich weiß es … Die First Lady schwebt in Lebensgefahr.«

»Deshalb wird das FBI die Ermittlungen in die Hand nehmen und nicht eine Handvoll stümperhafter Secret-Service-Agents.«

Vor lauter Wut hämmert mir das Herz so heftig, dass ich das Pochen im Hals spüren kann. »Sie widerlicher Kotzbrocken. Vorgestern waren wir noch nicht stümperhaft. Vorgestern haben Sie und der Präsident mich angewiesen, das Verschwinden der First Lady zu untersuchen, und Sie haben ziemlich deutlich zu verstehen gegeben, was wir in der Sache unternehmen sollen.«

Er lehnt sich auf seinem Stuhl zurück und faltet bedächtig die Hände vor seinem Bauch. »Ich verstehe nicht ganz, was Sie damit sagen wollen, Agent Grissom.«

An die Stelle der heißen Angst, die mich durchströmt, tritt nun ein schwindelerregendes kaltes Grauen. »Sprechen Sie das nicht einmal aus, Mr Hoyt.«

Er zuckt mit den Schultern. »Ich meine mich lediglich an ein kurzes Treffen vorgestern im Oval Office zu erinnern, als Sie Besorgnis in Bezug auf den Aufenthaltsort der First Lady ausdrückten. Ich erinnere mich auch noch daran, dass Sie sagten, Sie wüssten, wo sie ist, und dass sich alles zum Guten wenden würde.«

»Sie haben mich angewiesen, nach ihr zu suchen! Und zwar diskret und ohne öffentliche Aufmerksamkeit zu erregen!«

»Haben Sie irgendetwas davon schriftlich, Agent Grissom?«, fragt er mit kühler, aalglatter Stimme. »Ein Memo? Eine E-Mail? Eine kleine handschriftliche Notiz vom Präsidenten auf einem Zettel?«

Ich balle die Hände zu Fäusten. »Damit kommen Sie nicht davon. Niemals.«

»Fassen wir doch mal zusammen«, resümiert er. »Die letzten Jahre sind für den Secret Service nicht gut gelaufen, nicht wahr? Betrunkene Agents. Prostitutionsskandale. Im Weißen Haus dröhnt man sich zu, und erst nach ein paar Tagen bekommt es einer mit. Und nun haben wir da ein Trio aus inkompetenten Agents, die die wichtigste Frau der Vereinigten Staaten aus den Augen verloren haben. Ein Trio, das von einer unbeständigen, emotionalen Frau beaufsichtigt wird, die gerade eine bittere Scheidung durchlebt … und deren Mann gerade ermordet wurde.«

Bemüht, die Beherrschung nicht zu verlieren, beiße ich mir auf die Wange. Dann spricht Mr Hoyt weiter: »Und das ist das Narrativ, Agent Grissom. Journalisten produzieren keine Nachrichtenmeldungen mehr. Sie berichten von Details, die das Narrativ unterstreichen. Und welchem Narrativ werden sie Glauben schenken? Dem des Präsidenten oder dem Ihren?«

Es herrscht eine solche Stille in diesem großen Büro, dass ich mir vorkomme, als befände ich mich in einer Art Grabstätte oder Mausoleum.

»Vielleicht funktioniert das mit dem Narrativ des Präsidenten nicht«, gebe ich zu bedenken. »Er hatte in jüngster Zeit ein paar schwere Tage.«

»Sie auch, Agent Grissom. Sind Sie wirklich erpicht auf die zusätzliche Aufmerksamkeit, die Ihnen und Ihrer Tochter zuteilwerden würde, falls alles an die Öffentlichkeit käme?«

Dreckskerl, denke ich. *Kalter, eiskalter Dreckskerl.*

»Werden Sie das Lösegeld bezahlen?«, frage ich.

»Das liegt am FBI und am Präsidenten.«

»Und die Entschuldigung im Fernsehen?«

»Das liegt an mir … und dem Präsidenten.«

Angesichts dieser kühlen Aussage ist mir klar, dass Parker Hoyt es dem Präsidenten auf keinen Fall gestatten wird, landesweit vor den Fernsehkameras zu Kreuze zu kriechen.

Was bedeutet, dass die First Lady eine tote Frau ist.

Und …

Der gleichmütige Blick von Parker Hoyt bewirkt, dass mich eine schlagartige Erkenntnis überwältigt.

Eine tote First Lady ist ein Ergebnis, auf das Parker Hoyt hofft, um, Wochen vor der Wahl, die »Attacke in Atlanta« vom Tisch zu fegen.

»Ich habe eine Menge zu tun, Agent Grissom«, sagt er. »Sie wissen ja, wo die Tür ist.«

Ich bin entlassen. Nach Bens Tod und seiner Beerdigung, nach diesem Meeting und nachdem ich den abgetrennten Finger der First Lady vor Augen hatte, fühlt es sich so an, als würde ich langsam mit Wasserstoff volllaufen und wäre im Begriff davonzuschweben, nur einen Funken davon entfernt zu explodieren.

Ich erhebe mich.

Ich kann nicht denken, nicht planen, kann mich nur bewegen.

Kann nur zuhören.

»Agent Grissom, ein Ratschlag?«, ruft er. »Lassen Sie sich Ihre Lebensversicherungspolice oder Ihre Altersvorsorge ausbezahlen und heuern Sie den besten Anwalt an, dessen Sie habhaft werden können. Sie werden es nötig haben.«

Ich gehe zur Tür und mache sie auf. Dann kommt mir ein Gedanke.

Ich drehe mich um und sage: »Mr Hoyt? Ein Ratschlag. Besorgen Sie sich die beste Kevlarschutzweste, die Sie sich leisten können, und tragen Sie sie. Sie werden es nötig haben.«

Dann verlasse ich den Raum.

53

Grace Fuller Tucker, ehemalige First Lady von Ohio, Tochter einer prominenten Familie aus dem Mittleren Westen und gegenwärtig First Lady der Vereinigten Staaten, liegt in einem alten Haus auf dem Land auf einem knarrenden Bett mit durchgelegener Matratze auf ihrer Seite, und ihre linke Hand pocht nach der Abtrennung ihres kleinen Fingers vor Schmerz.

Sie wagt es nicht, sich zu bewegen.

Sie regt sich nicht.

Schließlich holt sie tief Luft und spürt, dass ihr Tränen die Wangen hinabrinnen. Sie friert, hat Hunger und Durst. Sie trägt immer noch ihre Reitkleidung, die sie vor zwei Tagen angezogen hat – eine schwarze Stretchreithose, einen braunen Rollkragenpullover und eine kurze schwarze Baumwolljacke. Die Stiefel wurden ihr ausgezogen und ihr Helm beiseitegeworfen.

Grace betrachtet ihre dick bandagierte linke Hand und durchlebt dabei noch einmal den Schrecken mit anzusehen, wie ihr der Arm gestreckt und so fixiert wurde, dass sie ihn nicht mehr bewegen konnte, um dann das klirrende Geräusch der Instrumente zu hören und rasch wegzuschauen, froh darüber, dass sie zumindest eine Teilnarkose bekommen hatte. Dann war da dieses dumpfe Gefühl gewesen, während sie die sägende Bewegung spürte, nach wie vor den Blick abgewandt, gefolgt von einem kalten, flauen Gefühl im Magen, und sie hatte sich erbrochen. Selbst das, ohne sich bewegen zu können.

Und hier liegt sie nun.

Warum ist sie hier?

Im Rückblick weiß sie, dass sie selbst die Weichen gestellt hat. Schon vor all den Jahren beim Besuch einer Wohltätigkeitsveranstaltung in der Cleveland Clinic, deren Hauptsponsor ihre Familie gewesen war und bei der ihr Blick auf den frischgebackenen Senator Harrison Tucker gefallen war.

Weichenstellungen.

Sie hätte sich von diesem lächelnden, charmanten Gesicht abwenden und woanders hingehen können, aber sie war geblieben.

Obwohl das Paracetamol wirkt, so gut es kann, hält das schmerzhafte Pochen in ihrem linken kleinen Finger an.

Sie war geblieben.

Falls sie in den nächsten vierundzwanzig Stunden sterben sollte, so denkt Grace, sollte die Inschrift auf ihrem Grabstein lauten:

SIE BLIEB.

Blieb bei Harrison, während er im Senat von Ohio Karriere machte, für zwei Amtszeiten zum Gouverneur gewählt wurde, von seiner Partei zum Präsidentschaftskandidaten auserkoren wurde und schließlich seinen ganz großen Triumph feierte und vor fast vier Jahren die Schlüssel zur 1600 Pennsylvania Avenue bekam.

Oh ja, sie blieb, während er Versprechungen machte, Kompromisse einging und ihr weitere Versprechen gab.

Sie war mit ihm gegangen, und dabei war ihre aufstrebende Karriere als Erziehungswissenschaftlerin für frühkindliche Entwicklung vor die Hunde gegangen. Bis sie sich in einer Position wiederfand, vor der es ihr immer gegraust hatte – die Frau eines Politikers zu sein. Der Typ Frau, die über schlechte Witze lachte, auch dann ihr Lächeln beibehielt, wenn sie zum x-ten Mal bei einem Dinner ihr Hühnchen anschnitt und Smalltalk mit fettbäuchigen Männern mit Mundgeruch machte, die in der Lage waren, Riesenschecks für Wahlkämpfe und Political Action Committees auszustellen.

Dann kam ihre Erkrankung. Als vor Jahren ihre alljährliche Mammografie – ironischerweise in derselben Cleveland Clinic, in der ihr Vater und ihre mittlerweile verstorbene Mutter bekannte Größen waren – Auffälligkeiten gezeigt hatte, die Nachfolgeuntersuchung dies bestätigt und eine Nadelbiopsie Krebszellen ans Licht befördert hatte, nun, da hatte Gouverneur Harrison Tucker, der gerade in den Vorwahlen antrat, die richtigen Worte gesagt und alle richtigen Gesten gemacht.

Aber dieser verdammte Schleimbeutel Parker Hoyt – sie hatte mitgehört, wie er sich bei einem Treffen mit Harrison über die Sympathiewelle ausließ, auf die Harrison zählen könne, sobald die Nachricht über ihre Krankheit nach außen drang.

Und das war es dann gewesen. Sie hatte einen hässlichen Streit vom Zaun gebrochen, und dieses eine Mal in ihrem Leben hatte sie einen Sieg über Harrison davongetragen, war dieses eine Mal nicht die perfekte Politikergattin gewesen; sie hatte stumm gelitten während dieser Monate der OP und anschließender Chemo und der letztendlichen Erkenntnis, dass sie nie würde Kinder zur Welt bringen können.

Grace vernimmt Schritte vor ihrem kalten, schlichten Raum.

Dann folgten die Präsidentschaft und die Vorstellung, sie könnte wieder zurück dorthin, wo ihr Leben einstmals gewesen war, um wirklich einen Beitrag zu Gesundheit und Sicherheit von Kindern zu leisten – vor allem für solche, die ohne eigenes Verschulden obdachlos geworden waren. Es war ein vier Jahre währender Kampf mit Budgetkompromissen, Rückschlägen und Misserfolgen gewesen.

Weil sie geblieben war.

Knarrend geht die Tür zu ihrem Raum auf.

Eine barsche Männerstimme sagt: »Ich will mir mal die Hand anschauen.«

Grace sagt kein Wort und regt sich nicht.

Und bleibt, so, wie sie es immer getan hat.

54

Es ist drei Uhr nachts, und ich sitze in einem McDonald's in Forestville, Maryland, und warte. Ich habe zwei Becher Kaffee getrunken und zwei McGriddle-Sandwich-Würstchen verdrückt. Vorhin hatte ich Hunger, was wohl ein gutes Zeichen ist, aber mir ist nach wie vor nicht bewusst, irgendetwas geschmeckt zu haben.

Es passiert einfach zu viel.

Ich teile mir diesen gemeinsamen Essbereich mit einer Reihe von Leuten, die man in einem ländlichen McDonald's um drei Uhr in der Frühe erwarten kann – Gruppen junger Männer und Frauen, die lachen und plaudern, berufstätige Frauen, die auf ihr Frühstück starren, und zwei Fernfahrer, die in ihren Nischen hocken und sich einfach nur Essen hineinschaufeln, damit sie weiterfahren können.

Die Tür geht auf. Scotty kommt herein, schaut sich um, entdeckt mich und zwängt sich in meine Sitzecke.

»Boss.«

»Hey«, begrüße ich ihn.

»Wie geht's Amelia?«

»Ist bei ihrer Tante Gwen.«

»Boss, es tut mir so leid, dass …«

Ich mache eine abwehrende Geste. »Es ist vorbei. Und ich werde nicht darüber sprechen. Warten wir einfach, okay?«

Lange brauchen wir nicht zu warten. Die Tür geht auf, und zwei Mitglieder von CANARYs Personenschutz-team kommen herein. Sie sehen aus, als hätten sie als Obdachlose die letzten Stunden hinter einem Hut und einem Schild gesessen, um Autofahrer anzubetteln. Die leitende Agentin, Pamela Smithson, hält in Begleitung von Tanya Glenn auf uns zu. Die beiden schenken sich den Weg zum Tresen und schieben sich direkt neben Scotty auf die Sitzbank.

»Wo ist Brian?«, will ich wissen. Pamela gähnt, und Tanya sagt: »Ich habe ihn draußen auf dem Parkplatz gesehen. Sieht so aus, als telefoniere er.«

»Um drei Uhr morgens?«, fragt Scotty.

»Vielleicht hat er seiner Mama gesagt, was er zum Frühstück möchte«, unkt Tanya.

Pamela deutet ein Lächeln an. Dann geht die Tür auf, der junge Agent hastet herein und sagt: »Tut mir leid, dass ich zu spät dran bin.«

Er setzt sich neben mich, und ich sage: »Schon in Ordnung. Ich habe noch nicht angefangen.«

Bevor ich loslege, sagt Pamela: »Sally, ich weiß, dass ich für Tanya und Brian spreche, wenn ich sage, wie leid uns das tut, was wir über Ben gehört haben. Gibt es … irgendwas Neues? Was die Ermittlung angeht?«

»Nein«, erwidere ich.

»Hat die örtliche Polizei irgendeine Spur?«, fragt Brian neben mir.

»Nicht dass ich wüsste«, gebe ich zurück. Schließlich meldet sich Tanya. »Sally, ich fasse es nicht, dass Ihre Tochter dabei war, als …«

Erneut mache ich eine abwehrende Handbewegung und sage: »Nichts für ungut, Leute, aber haltet die Klappe.«

Sie erröten oder erstarren. Ihre Aufmerksamkeit ist mir sicher.

Gut so.

»Es passiert gerade eine Menge, und ich habe nicht viel Zeit«, beginne ich. »Als Erstes verratet mir jetzt einfach mal: Was habt ihr in den letzten Stunden gemacht?«

Scotty und die anderen drei Agents werfen einander rasche Blicke zu, so als fragten sie sich, ob diese leitende Secret-Service-Agentin nun endgültig verrückt geworden ist. Dann antworten sie einer nach dem anderen.

»Ich habe ein Bier getrunken und HBO geschaut.«

»Geschlafen.«

»War im Bett und habe versucht zu schlafen.«

»Ich hab auch geschlafen.«

»Hat einer von euch irgendwelche Anrufe vom FBI bekommen?«, frage ich.

Niemand antwortet verbal, aber alle schütteln rasch den Kopf.

»Dachte ich mir's doch«, sage ich.

Ich schaue mich rasch um und vergewissere mich, dass wir in diesem großen McDonald's einigermaßen für uns sind. Dann sage ich: »CANARY wurde entführt. Vor etwa zwölf Stunden wurde am Weißen Haus ein Erpresserbrief mit einer Lösegeldforderung abgegeben.«

In ihren Gesichtern spiegeln sich Betroffenheit und Unglaube, unterschiedlich stark ausgeprägt. CANARYs leitende Personenschützerin ist die Erste, die einen Kommentar abgibt.

»Woher wissen wir, dass es kein Trittbrettfahrer ist?«, will Pamela mit Nachdruck wissen. »Seit die Nachricht von ihrem angeblichen Ertrinken durchgesickert ist, kriecht jeder Spinner aus der Einliegerwohnung im Haus seiner Mom und postet im Internet Verschwörungstheorien. Vielleicht gehört diese Lösegeldforderung auch dazu.«

»Diese Lösegeldforderung wurde von einem abgetrennten Fingerglied begleitet«, sage ich. »Der Fingerabdruck stimmt überein.«

Mit aufgerissenen Augen stoßen sie allesamt wüste Flüche aus. Dann hakt Scotty nach: »Boss ... was geht hier vor?«

»Nichts geht vor«, sage ich. »Das ist ja das Problem. Ich war gerade bei Parker Hoyt, als der Erpresserbrief mit dem Finger eintraf. Er meinte, er werde das FBI einschalten und denen sagen, was passiert ist.«

Schweigen. Nebenan in der Küche ist ein Streit auf Spanisch zu vernehmen.

»Keiner von euch – die Schicht, die bei CANARY Dienst tat, als sie verschwunden ist – wurde vom FBI kontaktiert«, konstatiere ich. »Ihr hättet die Ersten sein müssen, die befragt werden.«

»Was stand in dem Erpresserbrief, Boss?«, will Scotty wissen.«

»Er beinhaltete die Forderung einer Zahlung von hundert Millionen Dollar bis sechs Uhr heute früh. Und heute um 18 Uhr soll sich der Präsident im landesweiten Fernsehen für seine Affäre entschuldigen.«

Tanya Glenns Augen sind feucht, aber glänzen so wie Messer, die aus einer Geschirrspülmaschine kommen. »Was wollen Sie uns damit sagen, Sally?«

»Das Geld wird womöglich bezahlt werden«, sage ich. »Aber nie im Leben wird der Stabschef zulassen, dass eine solche Rede gehalten wird.«

Mit lautem Scheppern kracht nebenan in der Küche etwas zu Boden.

»Parker Hoyt will CANARYs Tod«, sage ich. »Und es liegt an uns, das zu verhindern.«

55

Mit Ausnahme von Scotty schauen mich alle kühl und skeptisch an. Der jüngste Agent, Brian Zahn, sagt: »Bei allem Respekt, Agent Grissom ...«

Seine Chefin, Pamela, schneidet ihm das Wort ab. »Sally ... Sie stehen unter großem Stress, und Gott weiß, dass ...«

Jetzt bin ich dran.

»Parker Hoyt hat mir außerdem gesagt, meine Rolle bei der Suche nach CANARY, an der Seite dieses Teams hier, wäre nicht autorisiert, sondern illegal gewesen und hätte gegen die Wünsche und Anordnungen des Präsidenten verstoßen. Was bedeuten würde, dass ihr dem Gesetz zufolge meine Komplizen wart, während wir illegalerweise nach der First Lady gesucht haben.«

»Dieser Schweinehund!«, zischt Tanya.

»Warum will er CANARYs Tod?«, verlangt Scotty zu wissen.

»Hast du die Nachrichten gesehen?«, erwidere ich. »CANALs Umfragewerte gehen erdrutschartig in den Keller. Irgendwas muss ihn retten. Und was ist dieses Etwas? Eine tote First Lady, jemand, um den die Nation trauert, damit die Wähler ihre Sympathie für CANAL zum Ausdruck bringen können, wenn sie in ein paar Wochen in die Wahlkabinen gehen.«

»Ma'am«, sagt Brian. »Das ist … eiskalt.«

»Das ist DC«, erklärt Pamela. »Was also glaubst du?«

In Ordnung, denke ich, *nun wird die Sache interessant.*

»Leute … es wird Zeit, den Tatsachen ins Auge zu sehen, so hässlich sie auch sein mögen. Unser aller Karrieren sind im Eimer. Ruiniert. Von heute an gerechnet in Monaten oder Jahren, wenn diese Sache hier endlich endgültig ad acta gelegt ist, werden wir von Glück sagen können, falls wir noch eine Stelle als Sicherheitskraft im Einkaufszentrum bekommen. Das heißt, wenn wir dann nicht gerade eine Haftstrafe absitzen.«

Ich lasse diese Bemerkung wirken und füge hinzu: »Uns bleiben zwei Möglichkeiten. Wir können uns zurücklehnen, Parker Hoyt tun lassen, was er tut, und CANARY ihrem Mörder überlassen.«

»Wir könnten das FBI einschalten«, schlägt Brian vor.

»Es ist drei Uhr nachts«, gibt Scotty mit angespannter Stimme zu bedenken. »Das heißt, wir würden es mit einer Diensthabenden zu tun bekommen, die ihren Vorgesetzten würde kontaktieren müssen, und falls ihr glaubt, dass sie auf eigene Verantwortung handeln würde – nein, wird sie nicht. Die Sache würde den Dienstweg nach oben nehmen müssen … das heißt, falls uns überhaupt irgendwer Glauben schenkt.«

»Und was ist die Alternative, was könnten wir sonst tun?«, will Tanya wissen.

»Sie auf eigene Faust suchen«, sage ich.

»Boss, nichts für ungut, aber unsere Erfolgsbilanz Stand heute ist voll scheiße«, sagt Pamela. »Wir haben rein gar nichts herausgefunden.«

»Was heißt, dass wir unsere Schritte zurückverfolgen müssen. Pamela, erzählen Sie uns noch einmal, was Sie über den Sicherheitsdienst der Pferdefarm und deren Überwachungskameras herausgefunden haben.«

»Die Aufzeichnungen der Überwachungskameras entlang des Zauns um das Grundstück haben nichts Ungewöhnliches ans Licht gebracht«, sagt sie. »Das Sicherheitspersonal ließ Gleiches verlauten. Und da war auch kein Fluggerät unterwegs – falls jemand vorgehabt hätte, mit einem Hubschrauber rüberzurauschen und sie zu schnappen. Die Kameras am Tor haben festgehalten, wie wir an diesem Morgen mit CANARY gekommen sind. Und niemand, ich meine wirklich niemand, hat das Gelände verlassen, bevor Sie und Scotty aufgetaucht sind.«

»Also kehren wir noch einmal dahin zurück«, sage ich.

»Was?«, sagt Scotty.

»Wir haben uns auf das Personal der Pferdefarm verlassen, als die sagten, ihnen sei nichts aufgefallen. Das heißt, dass die Gebäude nicht gründlich durchsucht wurden. Das waren bloß kurze Begehungen. Aber jetzt machen wir es gründlich.«

»Sofort?«, fragt Tanya.

»Wir haben keine Zeit zu verlieren.«

»Das wird denen nicht gefallen, wenn wir sie aus dem Schlaf reißen«, gibt Tanya zu bedenken.

»Ich werde ihnen Frühstück servieren, wenn wir fertig sind. Sonst noch was?«

Brian meldet sich zu Wort. »Da wäre noch …«

»Lass es, Brian«, unterbricht ihn Pamela. »Wir tun, was Sally sagt.«

Sie fängt meinen Blick auf. »Zurück zur Pferdefarm. Bevor wir alle verhaftet werden.«

Scotty lacht. »Ja. Wie Benjamin Franklin mal sagte: ›Wir müssen alle zusammenhängen, oder wir werden alle einzeln hängen.‹ Oder so ähnlich.«

Ein Hispanoamerikaner in einer schmutzigen schwarzen Hose, einem schwarz gestreiften Anzughemd und einer roten Krawatte mit einem McDonald's-Logo darauf kommt zu uns herüber und sagt: »Bitte, wenn Sie hierbleiben wollen, müssen Sie noch etwas zu essen bestellen.«

Ich trete aus der Sitznische heraus. »Wir wollten gerade gehen.«

56

Keine Frage: Seit ich das letzte Mal hier war, hat der Betrieb
auf der Westbrook Horse Farm deutlich zugenommen. Obwohl es noch Stunden bis zum Sonnenaufgang sind, parken zu beiden Seiten der Zufahrtsstraße schon Pkws und
Lastwagen. Wir haben uns gemeinsam in einen Suburban
des Secret Service gezwängt, und um hier überhaupt voranzukommen, müssen wir Blaulicht und Sirenen einschalten.

Nachdem Pamela den Wagen auf das Parkplatzgelände
gesteuert hat, steigen wir alle aus und betrachten das Chaos,
das um uns herum herrscht. Mindestens ein halbes Dutzend
Fernsehübertragungswagen mit Satellitenschüssel stehen
hier herum, und Nachrichtenreporter haben sich im grellen Scheinwerferlicht vor Kameras postiert. Grüppchenweise gehen Leute mit Taschenlampen die Wege entlang,
tragen Rucksäcke auf dem Rücken und benutzen Wander-
stöcke. Sogar etwas, das nach einer Schar Pfadfinder aussieht, formiert sich gerade und macht sich bereit, sich der
Suche anzuschließen. Auch jede Menge Vertreter von Strafverfolgungsbehörden sind zugegen, von der Virginia State
Police über das Sheriff-Department des Bezirks bis hin zur
örtlichen Polizei und, um der Sache die Krone aufzusetzen,
eine Handvoll Männer von der freiwilligen Feuerwehr. Die
dichten Wälder mit den Reitwegen werden von Suchtrupps

erleuchtet, die allesamt den Fluss ansteuern, wo die First Lady ertrunken sein soll, wie Parker Hoyt vor einigen Stunden gegenüber der *Washington Post* berichtet hat.

Scotty, der neben mir steht, sagt: »Wie heißt es so schön? Der Zirkus kommt in die Stadt.«

Tanya neben ihm schüttelt lediglich den Kopf. »Was für ein Chaos, was für ein Chaos.«

»Vergesst es«, sage ich. »Wir gehen nicht dorthin, wohin alle wollen.«

Ich führe meine Gruppe abtrünniger Ermittler in Richtung der Ställe und des Hofgebäudes. Prompt treten zwei Mitglieder des Sicherheitspersonals aus dem Schatten des Gebäudes heraus und stellen sich uns in den Weg.

»Tut mir leid, Leute, hier drüben hat niemand Zutritt«, informiert uns der Erste, worauf der Zweite hinzufügt: »Ist schon schlimm genug, dass diese ganzen Hornochsen auf dem Gelände herumtrampeln.«

Ich halte meinen Ausweis hoch. »Wir sind nicht niemand, und wir sind auch nicht durchgeknallt. Wir sind der Secret Service, und wir kommen hier durch.«

Meine Leute scharen sich hinter mir zusammen. Mag sein, dass die beiden Sicherheitsleute müde oder überfordert sind, jedenfalls öffnet der mir am nächsten Stehende das Tor, und wir gehen hindurch, während der Mann vor sich hinmurmelt, er bekäme nicht genug bezahlt, um es mit so einem Chaos aufzunehmen.

»In Ordnung«, sage ich. »Dann legt mal los.« Ich weise auf ein Gebäude nach dem anderen und teile es dabei jeweils einem Agenten zu. »Seid gründlich, aber macht auch zackig«, ordne ich an. »Wir haben nicht viel Zeit.«

Etwa eine halbe Stunde lang halte ich mich in einer der großen Scheunen auf. Dabei nehme ich den Geruch von Pferd, Getreide und Heu auf, beleuchte mit der Taschenlampe in der Hand einen Weg über den kopfsteingepflasterten Boden und richte den Lichtkegel in jede einzelne Pferdebox. Die meisten Pferde wenden sich von mir ab und ignorieren mich, einige geben grummelnde Laute und leises Gewieher von sich.

Ein Pferd hebt sich von allen anderen ab, nämlich der wunderschöne schwarze Morgan namens Arapahoe, der der vermissten First Lady gehört.

Vorsichtig lasse ich den Lichtschein meiner Lampe in der Box umherhuschen, um mich zu vergewissern, dass die First Lady nicht mit blutiger Hand in einer Ecke gefesselt liegt.

»Du weißt, was passiert ist, Kumpel«, sage ich zu dem Pferd. »Könnte ich dir nur das Sprechen beibringen!«

Er blinzelt mit seinen traurigen braunen Augen.

Können Pferde trauern?, frage ich mich.

Ich gehe weiter, bis ich vor einer Leiter stehe, die an einen Zwischenboden angelehnt ist. Ich klemme mir die kleine Taschenlampe zwischen die Zähne und klettere die Sprossen hinauf.

Auf dem Spitzboden der Scheune befinden sich Kisten, Stapel mit Lederausrüstung, alte Sättel, Stiefel und Heuballen. Ich gehe umher und stoße mir zweimal den Kopf schmerzhaft an einem Deckenbalken, was mich aber nicht davon abhält weiterzusuchen. Als ich schließlich die Leiter wieder hinabsteige, erwarten mich unten etwa neunzig Pfund und siebzig Jahre erboste virginische Weiblichkeit.

»Ich bin Connie Westbrook«, verkündet die Frau. »Und wer zum Teufel sind Sie?«

Sie hat sich ihr stahlgraues Haar zu einem festen Knoten zusammengebunden, trägt einen braunen Mantel über einem Nachthemd und steckt in kniehohen Gummistiefeln. Mit einer ihrer runzligen Hände presst sie sich den Mantel fest gegen die Brust, in der anderen hält sie eine Taschenlampe.

Als ich die unterste Sprosse der Leiter erreicht habe, erweise ich ihr die Gefälligkeit, ihr meinen Ausweis vor die Nase zu halten. »Ich bin Sally Grissom vom Secret Service«, sage ich. »Ich bin Special Agent in Charge der Presidential Protective Division.«

Connie scheint eine dieser alten Damen aus der Zeit des Commonwealth of Virginia zu sein, die ihre Abstammung zurück bis zur Gründung von Richmond zurückverfolgen können und den Bürgerkrieg noch immer als die »zurückliegende große Unerfreulichkeit« bezeichnen.

»Und?«, fragt sie. »Warum schnüffeln Sie hier herum?«

Ich gehe in strammem Tempo zum Scheunentor, doch sie hält mit mir Schritt. »Sie wissen, warum.«

»Und wo ist Ihr Durchsuchungsbefehl, Agent Grissom?«

Ich trete hinaus in die kühle Luft. Drüben im Osten zeigt sich noch kein Lichtstreif am Himmel. »Ernsthaft, Ma'am? Die First Lady ist auf Ihrem Grundstück verschollen, und Sie machen sich Gedanken wegen eines Durchsuchungsbefehls?«

Sie schürzt die Lippen. »Sie haben keine Erlaubnis, hier zu sein.«

»Ich bin hier, um die First Lady zu finden.«

»Hier ist sie nicht!«, blafft sie mich an. »Genau das habe

298

ich auch Ihrem ... Personal schon mitgeteilt. Und jetzt trampelt man auf meinen Feldern und Wegen herum, und meine Pferde werden scheu. Ich will, dass Sie hier verschwinden ... und sobald ich kann, werfe ich auch diese anderen ... Leute von meinem Grundstück.«

»Tja, wir suchen noch einmal«, sage ich. »Nur um sicherzugehen.«

»Das verbitte ich mir.«

Ich mustere sie mit starrer Miene von oben bis unten, um ihr dann zu eröffnen: »Ma'am, Sie können sich verbitten, was immer Sie wollen, und wenn Sie einmal dabei sind, können Sie auch der Sonne verbitten, dort drüben aufzugehen. Beides wird den gleichen Effekt haben.«

In meinem Ohrhörer ist eine knarzende Stimme zu vernehmen. »Boss, hier Scotty.«

Ich hebe mein Handgelenk hoch und schalte das Mikrofon ein. »Hier Sally, Scotty kommen.«

»Kleines Nebengebäude, etwa fünfzig Meter Richtung Osten, in einem Eichenhain«, sagt er. »Da stimmt etwas nicht.«

»In welchem Sinne?«

»Im Sinne einer verschlossenen Tür«, erwidert er. »Und einem Müllsack davor.«

Ein leises statisches Knacken ertönt. »Mit blutigen Verbänden drin.«

57

Binnen weniger Sekunden bin ich bei dem Gebäude angelangt. Scotty steht davor und hält den Lichtkegel seiner Taschenlampe auf einen weißen Müllsack neben einer verschlossenen, grün gestrichenen Holztür gerichtet. In der Nähe stehen riesige Eichen, und ein unbefestigter Weg führt dorthin, wo wir stehen. Im Gegensatz zu den anderen Gebäuden, die wir durchsucht haben, sieht dieses hier heruntergekommen aus, und das Dach hängt durch. Es ist eingeschossig und hat kleine Fenster.

Als ich mich umdrehe, stelle ich fest, dass Connie Westbrook mit mir hat Schritt halten können.

Ich lasse den Lichtstrahl meiner Lampe über das Gebäude streichen. »Was befindet sich hier drin?«

»Nichts«, erwidert sie.

»Hier, Boss«, sagt Scotty.

Der weiße Müllsack ist oben aufgerissen und gibt einen Blick auf den Inhalt frei. In dem Sack befinden sich zerknüllte Essenstüten von McDonald's und Burger King. Mit spitzen Fingern stoße ich leicht gegen die obere Schicht, in der ein paar weiße Mullbinden liegen, die braune Flecken von altem Blut aufweisen. Außerdem sind da noch Fäden – gebrauchtes Nahtmaterial? – und Wattestäbchen.

Wieder an Connie gerichtet frage ich: »Wollen Sie Ihre Meinung vielleicht ändern?«

Sie verschränkt die Arme und sagt kein Wort. Schwer atmend kommen Pamela und Tanya herbeigelaufen, von wo auch immer. Statt einen Kommentar abzugeben, beleuchtet Scotty lediglich den offenen Plastiksack mit dem gebrauchten Verbandsstoff.

Pamela wendet sich um und fragt: »Wer ist diese Frau?«

»Die Besitzerin des Gehöfts.«

Prompt geht Pamela auf die Frau los, packt sie mit beiden Händen fest am Morgenrock und schreit: »Ist sie dort drinnen? Ist sie dort drinnen, Sie alte Schrulle?«

Tanya zieht Pamela zurück, worauf Mrs Westbrook beinahe das Gleichgewicht verliert. Sie weicht jedoch nicht von der Stelle und starrt uns mit hasserfülltem Blick an. »Vielleicht bilde ich es mir nur ein, Boss«, sagt Scotty, »aber ich glaube, ich habe da drinnen eine Stimme gehört.«

Ich trete auf Mrs Westbrook zu. »Den Schlüssel. Geben Sie mir sofort den Schlüssel zu dieser Tür.«

»Fahren Sie zur Hölle!«, erwidert diese in einem Tonfall, den man großmütterlich nennen könnte, wenn die eigene Großmutter früher einmal Gefängnisaufseherin war.

Ich wende mich von ihr ab. »Scotty, mach die Tür auf. Mir ist egal, wie du es tust, mach das verdammte Ding einfach nur auf. Und wo zur Hölle ist eigentlich Brian Zahn?«

»Keine Ahnung«, sagt Tanya.

»Einen Moment, Boss«, sagt Scotty, hastet zu einer Scheune in der Nähe, die kleiner ist als diejenige, die ich durchsucht hatte, und kehrt kurz darauf zurück. Vom Parkplatz ertönt Gehupe, hier und da übertönen Sirenen das

Brummen von Stromgeneratoren, und ich wünschte, ich hätte jetzt gerade einen von Letzteren und könnte dieses im Morgengrauen liegende Stückchen Virginia in gleißendes Licht tauchen. Aber dafür ist keine Zeit, und Scotty ist auch schon wieder zurück und hat einen Vorschlaghammer erhoben, so als würde es sich um ein Sturmgewehr handeln.

Ohne zu zögern, geht er damit direkt auf die Tür los, und nach nur einem einzigen heftigen Hieb springt der massive Türknauf ab. Scotty legt den Vorschlaghammer zur Seite, zieht seine Dienstwaffe – wir anderen tun es ihm nach –, und mit gezückten Pistolen und Taschenlampen in der Hand bewegen wir uns weiter.

Scotty stößt die Tür mit dem Ellbogen auf und schreit: »Keine Bewegung! Secret Service!«

Ich bin direkt hinter ihm. Das Erste, was ich sehe, ist das von Schmerz geplagte und verängstigte Gesicht einer Frau.

58

Im Wohntrakt im Obergeschoss des Weißen Hauses nickt
Parker Hoyt einem Secret-Service-Agent zu, der vor der
schlichten Tür Wache steht. Dann klopft er zweimal an die
Tür, tritt ein und betätigt aus jahrelanger Gewohnheit einen
Schalter an der Wand, der das Schlafzimmer in dezentes
Licht taucht.

In dem nun erhellten Raum hat sich der Präsident der
Vereinigten Staaten in einem hellblauen Baumwollpyjama
auf der Seite zusammengerollt und schläft. Dass Harrison
bei allem, was vor sich geht, schlafen kann, lässt Neid in
Parker aufkeimen. Er selbst beschränkt sich darauf, ab und
zu ein Nickerchen auf einer alten, militärisch anmutenden
Pritsche in einer an sein Büro angrenzenden Abstellkam-
mer zu halten.

»Mr President? Sir?«

Der Präsident erwacht schlagartig, schaut Parker an und
fragt: »Gibt es Neuigkeiten?«

»Nein, Sir, ich fürchte, sie ist immer noch verschwunden.«

Der Raum ist zwar schön eingerichtet, und es hängen alte
Ölgemälde mit Landschaftsmotiven vom Lake Erie an den
Wänden. Wie viele andere im Weißen Haus weiß Parker jedoch, dass die Zeit, in der die First Lady dieses Bett mit ihrem Mann geteilt hat, schon lange vorbei ist.

Parker hält einen Umschlag in der einen Hand und zieht mit der anderen einen Stuhl heran, um darauf in der Nähe des Präsidenten Platz zu nehmen.

Dieser reibt sich die Augen und sagt: »Großer Gott, Parker, es ist noch nicht einmal fünf Uhr morgens.«

»Ich weiß, Sir, und ich hasse es, Sie zu stören, aber wir müssen eine Entscheidung treffen.«

Harrison fährt sich mit der Hand durch das Haar. »Welche Entscheidung?«

»Diese hier«, erwidert er und zieht ein einzelnes Blatt Papier aus dem Umschlag. »Es handelt sich um eine Präsidialverordnung, mit der Sie das Finanzministerium anweisen, einhundert Millionen Dollar aus seinem Judgement Fund auf dieses Bankkonto in Caracas zu transferieren.«

Parker schaut auf seine Uhr. »Ich habe die ganze Nacht damit verbracht, diese Überweisung möglich zu machen, und wir haben jetzt nur etwas mehr als eine Stunde, um das Geld zu transferieren.«

Harrison nimmt erst das Blatt Papier entgegen und dann einen Stift, den Parker ihm reicht. »Was zur Hölle ist der Judgement Fund des Finanzministeriums?«

»Das ist ein Fonds, den das Finanzministerium angelegt hat, um Rechtsstreitigkeiten oder Vergleiche zu finanzieren. Um ehrlich zu sein, handelt es sich dabei um Ihre schwarze Kasse. Auf diese Weise konnten wir vor einigen Jahren, als der Deal mit dem Iran eingefädelt wurde, gleich am nächsten Tag palettenweise Hundert-Dollar-Scheine an die Mullahs liefern.«

Der Präsident liest das Papier, nickt und schaut dann seinen Stabschef an.

»Wann kann ich den Entwurf für meine Rede sehen?«

Jetzt geht's los, denkt Parker. »Welche Rede meinen Sie, Sir?«, fragt er.

»Es ist noch zu früh am Morgen, um mich zu verarschen, Parker«, erwidert Harrison frostig. »Sie wissen, welche Rede ich meine. Die Rede, die ich live im Fernsehen halten und mich dafür entschuldigen werde, dass ich Grace betrogen habe.« Er dreht sich im Bett um, damit er auf die Uhr in seiner Nähe schauen kann. »Sieht so aus, als müsste ich sie in ungefähr dreizehn Stunden halten.«

»Mr President, es wird keine solche Rede geben«, sagt Parker.

Harrisons Augenbrauen schnellen in die Höhe. »Haben die Entführer ihre Forderungen geändert?«

»Nein, Sir«, sagt Parker. »Wir werden diese Forderung nicht erfüllen.«

»Zur Hölle! Und ob wir das tun werden.«

»Sir, ich …«

»Sorgen Sie dafür, dass mir bis zum späten Vormittag ein Entwurf dieser Rede vorliegt. Sonst rufe ich persönlich – persönlich! – die Leiter aller drei Sendergruppen und die Nachrichtensender an und bitte um Sendezeit für 18 Uhr heute. Und dann werde ich die Ausführungen selbst formulieren.«

»Ich fürchte, das kann ich Ihnen nicht gestatten, Sir.«

»Parker …«

»Sir, bitte lassen Sie es mich erklären.«

Die Finger des Präsidenten umklammern den Stift wie ein Schraubstock, und Parker ist überzeugt davon, dass Harrison sich gerade vorstellt, ihm diesen Stift in den Rachen zu stoßen.

»Sir«, fährt er fort, »falls Sie diese Rede halten würden, was würde es dem Land nützen?«

»Was würde es ... Zur Hölle, Parker, es bedeutet Freiheit für die First Lady!«

»Vielleicht tut es das, vielleicht auch nicht«, gibt Parker zurück. »Aber bedenken Sie, was ich gerade gefragt habe. ›Was würde es dem Land nützen?‹ Für Sie persönlich hieße es, dass Ihre Frau freikäme. Für die First Lady, dass sie freikommt, und darüber wären ihre Freunde, Familie und Anhänger begeistert. Und in vier Wochen würden Sie dann in Anbetracht der ganzen Nachrichtenberichterstattung, der Untersuchungsberichte und dergleichen im landesweiten Fernsehen mit einem Lächeln im Gesicht dem Gouverneur von Kalifornien zu seinem Erfolg gratulieren. Und keine drei Monate später würde dieser stümperhafte Tölpel dann vereidigt.«

Der Präsident bleibt stumm. »Aber angenommen wir bezahlen das Lösegeld«, fährt Parker fort. »Damit gewinnen wir weitere zwölf Stunden. Vielleicht wird sie gefunden, vielleicht wird sie freigelassen. Bei den Nachrichten wird es sich einzig und allein darum drehen, dass sie erfolgreich befreit wurde ... ohne die Mehrbelastung, vor mehr als dreihundert Millionen Landsleuten zu Kreuze zu kriechen, weil Sie Ihren Präsidentenpimmel nicht in der Hose lassen konnten.«

»Sie ...«, beginnt der Präsident, bringt dann aber nichts mehr über die Lippen.

»Wenn wir Glück haben«, erklärt Parker, »wird sie irgendwo an einer Straßenecke abgesetzt, und wir können die Nachricht bis nach der Wahl geheim halten.«

»Die Presse wird uns ans Kreuz nageln, wenn wir das versuchen.«

»Schon möglich«, räumt Parker ein. »Wir würden einfach sagen – nach Ihrer erfolgreichen Wiederwahl –, dass wir in den letzten Wochen der Wahlberichterstattung nichts aufs Tapet bringen wollten, was das Wahlergebnis beeinflussen könnte. Das werden die Leute letztendlich respektieren. Wen kümmert's dann schon, wenn die Presse es nicht tut?«

»Angenommen die machen Ernst mit ihrer Drohung, und ihr stößt etwas zu ... Was dann?«

»Dann wird die Nation einem Präsidenten den Rücken stärken, der den schmerzlichen Verlust seiner Gattin zu beklagen hat. Ihrer Affäre wird keinerlei Beachtung mehr geschenkt. Ihr Vorsprung wird sogar noch größer werden.«

Harrison schüttelt den Kopf. »Das ... dieser Zynismus ... ich meine ...«

»Mr President, entschuldigen Sie meine Direktheit: Was die Entführung anbelangt, so besteht die Möglichkeit, dass die First Lady bereits tot ist. Haben die Kidnapper erst einmal das Geld in den Händen, werden sie sich ihrer entledigen wollen. Denen ist klar, dass ihnen sämtliche Bundesbehörden auf den Fersen sind ... und sie werden keine Zeugen zurücklassen wollen. Dazu kommt noch das prickelnde Gefühl, dabei den Anführer der freien Welt zu demütigen.«

Eine Pause entsteht. »Bedenken Sie noch einmal, was ich vorhin gefragt habe«, fügt Parker hinzu. »Inwiefern nützt Ihre Rede, wird sie dem Land nützen? Sie wird es nicht. Sie wird für die Wahl eines Müsli mampfenden Narren sorgen, der alle Fortschritte, die Sie erzielt haben, rückgängig machen wird, im Inland wie im Ausland. Ihr Vermächtnis wird aus einer verkorksten Affäre und einer entführten First Lady bestehen.«

Eine weitere Pause schließt sich an. *Ich bin nahe dran,* denkt Parker. *Jetzt ist es Zeit für den Todesstoß.*

»Oder aber … Sie bringen das notwendige Opfer im Namen der Nation. Sie werden wiedergewählt, und zwar mit einem sehr deutlichen Mandat, und haben weitere vier Jahre, um auf den vorherigen vier Jahren aufzubauen. Zum Wohle des amerikanischen Volkes und einer sichereren Welt.«

Er wartet.

Und wartet.

Der Präsident der Vereinigten Staaten betrachtet seine Hand, die den Stift hält, so als frage er sich, wie dieser dorthin gekommen ist.

Mit einer entschlossenen Bewegung kritzelt er dann seine Unterschrift auf die Präsidialverordnung und reicht sowohl das Blatt als auch den Stift seinem Stabschef zurück.

»Gehen Sie mir aus den Augen!«, blafft er ihn an.

Parker erhebt sich. »Jawohl, Sir.«

59

Ich dränge mich an Scotty vorbei und richte den Strahl meiner Taschenlampe auf die verängstigte Frau und weitere Personen, Männer wie Frauen, Jungen und Mädchen. Sie blinzeln und halten sich zum Schutz vor dem Licht die Hände vor die Augen. Anscheinend handelt es sich ausnahmslos um Hispanoamerikaner.

Rasch zähle ich sie durch und komme auf acht – die First Lady befindet sich nicht unter ihnen. Im Raum stehen bloß Pritschen, ein paar Eimer mit Geschirr und dreckiger Kleidung, eine Kochplatte, und im hinteren Bereich trocknet Wäsche auf einer Leine. Es sind zwei Männer, zwei Frauen und jeweils zwei Jungen und Mädchen, vom Kleinkind bis zum Alter von neun bis zwölf.

Tanya packt Mrs Westbrook am Kragen ihres Morgenrocks und schiebt sie vor sich her. »Ist es das, was Sie hier versteckt halten, Sie Miststück? Billige Wanderarbeiter? Sie bezahlen ihnen so gut wie nichts für das Privileg, die Pferdeäpfel Ihrer Millionen-Dollar-Gäule wegzuschaufeln?«

Für jemand von so kleiner Statur ist die Frau recht zäh, und es gelingt ihr mühelos, sich loszureißen. »Nein, darum geht es hier nicht, ganz und gar nicht.«

»Um was geht es denn?«, hakt Tanya nach.

Mrs Westbrook ignoriert sie und spricht die beiden

Familien leise auf Spanisch an, worauf sie nicken und einige von ihnen zaghaft lächeln, bevor sie sich wieder auf ihren Pritschen einrichten. Einer der Männer trägt einen Verband um das linke Handgelenk. Ich begreife, dass diese Leute es gewohnt sind, in primitiven Unterkünften zu hausen, wohl wissend, dass sich jederzeit, ob Tag oder Nacht, bewaffnete Männer und Frauen der Regierung mit Gewalt Einlass verschaffen können.

»Also«, sagt sie und schaut nun wieder mich an. »Sie haben hier das Sagen, nicht wahr?«

»Das habe ich.«

»Dann lassen Sie diese Leute in Frieden.«

»Ich will eine Erklärung«, sage ich.

»Die bekommen Sie auch … sobald Sie diesen Menschen ihre Privatsphäre lassen.«

Ich mache eine Geste gegenüber Scotty, Pamela und Tanya, worauf wir allesamt wieder ins Freie hinaustreten. Im Licht der aufgehenden Sonne wird alles erkennbarer. Nicht verständlicher, nein, das nicht, aber definitiv erkennbarer. Scotty schließt die Tür, hebt den zerbrochenen Türknauf auf, schaut sich verlegen um und lässt ihn wieder zu Boden fallen.

»Ihr … Leute«, beginnt sie mit ihrer spröden, kräftigen Stimme. »Ihr glaubt, ihr wüsstet alles.«

Sie schlingt sich ihren Morgenrock fester um den schlanken Körper. »Meine Familie lebt schon über dreihundert Jahre hier, hat hier seit Generationen ihre Kinder großgezogen und, ja, eine Zeit lang Sklaven gehalten. Das ist unsere Erbsünde, dass meine Familie einmal Menschen besaß. Man kann in alten Zeitschriften und Artikeln über meine Vorfahren lesen und darüber, wie stolz sie waren, ihr Eigentum gut behandelt zu haben. Aber scheußlich war es trotzdem. Und ganz gleich, wie viele Jahre vergangen sind, es ist immer noch scheußlich.«

»Sie tun Buße«, sage ich.

»Dieses eine Mal, Miss, kapieren Sie es.« Sie nickt energisch. »Ja … diese Farm, dieser Ort war zu jener Zeit nie ein Drehkreuz. Heute aber ist er es. Diese beiden Familien hier … sie haben Jobs, ein neues Leben wartet im Norden auf sie. Alles, was wir tun, ist dafür zu sorgen, dass sie dorthin kommen, ohne schikaniert oder verhaftet zu werden.«

Sie starrt mich an. »Werden sie verhaftet werden?«

»Nein«, erwidere ich und stecke meine Pistole wieder ins Holster. Die anderen tun es mir nach.

»Werde ich verhaftet?«

Tanya nuschelt etwas vor sich hin, was sie tun würde, wenn es nach ihr ginge. Ich sage: »Nein, Mrs Westbrook, Sie werden nicht verhaftet.«

»Und sind Sie und Ihre … Leute jetzt hier fertig?«

Mit einmal übermannt mich, wie eine sich langsam bewegende, aber große und breite Flutwelle, überwältigende, völlige Erschöpfung, plötzlich bin ich hundemüde und fühle mich nutzlos. Die Sonne steigt am Himmel empor. Das Lösegeld wird wohl bezahlt werden, und wir sind hier durch. Vor wenigen Minuten noch schien es, als wäre der Erfolg zum Greifen nah, gleich hinter dieser Holztür, direkt hinter diesem Müllsack mit blutigen Verbänden.

So verdammt nah dran und doch so verdammt weit entfernt.

Scotty schaut sich um und sagt: »Wo zur Hölle steckt eigentlich Brian?«

»Gute Frage«, sage ich. »Pamela? Er gehört zu Ihrem Team. Wo haben Sie ihn zuletzt gesehen?«

»Gar nicht«, erwidert sie, während sie ihre kalten Hände aneinanderreibt.

»Ich habe gesehen, wie der Junge zum Auto zurückkehrte, um sich seinen Laptop aus dem Suburban zu holen«, sagt Tanya. »Er meinte, er wolle etwas überprüfen.«

»Und das haben Sie ihm durchgehen lassen?«, will ich wissen. »Das hier war eine Durchsuchungsaktion, keine …«

Vom Parkplatz sind Rufe zu vernehmen. Wie auf Kommando drehen sich alle in unserer kleinen Gruppe um, und angesichts des nun helleren Lichts sehe ich, wie Brian auf uns zugelaufen kommt, einen Laptop unter den Arm geklemmt.

Erneut schreit er etwas, und endlich verstehe ich, was er ruft.

»Ich weiß, wo sie ist! Ich weiß, wo sie ist!«

60

Ein lautes Stimmengewirr der anderen Agents setzt ein, doch ich schneide allen das Wort ab.

»Mund halten, alle, sofort!«, befehle ich.

Brian kommt auf mich zugerannt und rutscht dabei fast aus, als er durch eine schlammige Pfütze läuft. Atemlos stößt er hervor: »Sie ist hier ... sie ist hier ... ich weiß es einfach.«

Im Nu scharen wir uns um ihn. Brian klappt seinen Laptop auf und sagt: »Ich habe darüber nachgedacht, dass CANARYs Pferd vorgestern, als wir mit der Suche begonnen hatten, allein zurückgekehrt ist.«

»Und?«, fragt Pamela.

»Verdammt, ihr wisst doch, wie sehr dieses Pferd an ihr hängt«, sagt Brian, bemüht, mit einer Hand den Laptop aufgeklappt zu balancieren, während er mit der anderen die Tastatur bedient. »Aber das Pferd kam alleine zurück. Hätte CANARY versucht, sich durch den Wald zu schleichen, um dann irgendwo hier zu landen, hätte Arapahoe sie auf keinen Fall alleine gelassen. Er wäre ihr durch den Wald und das Unterholz gefolgt.«

»Na schön, aber was haben Sie?«, frage ich. »Wo steckt sie?«

Er dreht den Laptop herum und schimpft: »Verdammt, vorhin hatte ich noch ein gutes Netz ...«

»Zur Hölle damit, Sie müssen mir das nicht auf dem Laptop zeigen«, schimpfe ich. »Sagen Sie schon: Was haben Sie herausgefunden?«

Bemüht, wieder zu Atem zu kommen, sagt er: »Ich habe mich wieder auf den Fluss konzentriert.«

»Der Fluss war eine Niete«, sagt Tanya. »Du weißt das, ich weiß das, Homeland Security weiß das.«

»Aber wir hatten angenommen, dass sie vom Pferd gestürzt war«, sagt Brian, während er langsam rückwärtsgeht und dabei auf der Suche nach dem flüchtigen Trägersignal auf seine Tastatur starrt. »Oder ins Wasser gefallen war. Oder, der Nachricht zufolge, die wir im Fluss gefunden haben, vielleicht Selbstmord begangen hatte. Also haben alle flussabwärts gesucht. Wer hat flussaufwärts gesucht?«

»Ein paar Leute aus den Heimatschutzeinheiten sind flussaufwärts gegangen, das weiß ich genau«, sagt Scotty.

»Aber haben sie dort auch die Gebäude durchsucht?«

»Ja, haben sie«, bestätigt Scotty. »Mindestens zwei Meilen flussaufwärts.«

Brian lächelt. »Aber sie sind nicht weit genug gegangen. Okay, jetzt hab ich wieder ein Netz.«

»Brian, mir ist es egal, ob der Todesstern Ihnen Anweisungen herunterbeamt«, sage ich. »Sagen Sie mir – jetzt sofort! –, was Sache ist.«

Er nickt, holt erneut Luft und sagt: »Liegenschaftsakten. Ich habe die Einträge des lokalen Steuerschätzers geprüft, flussaufwärts und flussabwärts gecheckt, ob es dort jemanden gibt, einen Freund oder sonst jemanden, einen Ort, an dem sie hätte Zuflucht nehmen können.«

»Moment mal«, wendet Tanya ein. »Der Erpresserbrief und der abgetrennte Finger, wie soll denn ...«

Ich hebe die Hand. »Reden Sie weiter.«

»Keiner der Namen sagte mir etwas, keiner stand in Verbindung mit der First Lady«, sagt Brian. »Dann aber sah ich, dass ein abgelegenes Gehöft, etwa drei Meilen flussaufwärts, Leuten gehört, die sich Friends of Lake Erie Association nennen. Das ist eine gemeinnützige Organisation mit Sitz in Ohio.«

»Ohio ...«, flüstere ich.

»Ah, jetzt bin ich wieder online«, sagt er und dreht den Bildschirm in unsere Richtung. »Ja, und was meint ihr, wer Vorsitzender der Friends of Lake Erie Association ist?«

Als ich den Namen und das Foto sehe, verkünde ich mit so viel ruhiger Autorität, wie ich aufbringen kann: »Brian, Sie übernehmen von hier an. Finden Sie die schnellste Strecke zwischen hier und diesem Gehöft, und dann lasst uns die Hufe schwingen.«

Während wir uns in Bewegung setzen, ruft Mrs Westbrook: »Hey, und wer bezahlt mir jetzt den zerbrochenen Türknauf?«

»Schicken Sie die Rechnung an den Heimatschutz!«, rufe ich zurück.

Dann hasten wir allesamt los.

61

Parker Hoyt hat sich in seinem Bürostuhl zurückgelehnt und döst, als ihn das Läuten eines Telefons aufweckt.

Aufgeschreckt bewegt er sich nach vorn, greift instinktiv nach seinem regulären Bürotelefon und meldet sich mit »Hoyt«, bevor er begreift, dass er zu einem Freizeichen spricht.

Das Telefon läutet weiter.

Es ist sein anderes Telefon.

Er will sein reguläres Telefon wieder auf die Gabel legen, der Hörer rutscht aber ab und poltert über die Schreibtischplatte. Parker nimmt hastig das andere Telefon auf.

»Ja?«

»Wir überprüfen ein kleines Bauernhaus, etwa drei Meilen stromaufwärts von der Pferdefarm. Sie könnte dort sein. Man kann zu Fuß hingehen.«

»Warten Sie … Ihr arbeitet immer noch an dem Fall? Grissom hat doch Anweisung bekommen, sich zurückzuziehen!«

»Ja. Nun, sie hört wohl nicht gut. Wir frieren uns hier gerade den Arsch ab und sind kurz davor aufzubrechen.«

»Geben Sie mir die Adresse«, sagt er, tastet nach einem Stift, schnappt ihn sich, findet jedoch nichts, worauf er schreiben könnte, und holt einen zerknüllten Umfragebericht vom gestrigen Abend aus dem Papierkorb – Harrison Tuckers Umfragewerte sacken landesweit ab –, glättet ihn und sagt: »Legen Sie los.«

»East Dominion Road vierzehn, eins vier, Walton.«

Er notiert sich alles und fragt: »Warum glaubt ihr, dass sie dort ist? Was deutet darauf hin? Könnte es ein geheimer Unterschlupf von Terroristen sein?«

Die Stimme am anderen Ende lacht. »Nur wenn die Terroristen Umweltaktivisten sind. Es gehört einer Naturschutzgruppe aus Ohio.«

»Ohio ... was zur Hölle hat das zu bedeuten?«

»Ich muss jetzt Schluss machen.«

Parker setzt sich kerzengerade auf, so als hätte er einen Besenstiel verschluckt. »Nein! Verdammt, sagen Sie mir, warum das eine Rolle spielt!«

»Wegen dem Kerl, der Vorsitzender dieser Naturschutzgruppe ist.«

Dann nennt er den Namen, und bevor Parker reagieren kann, legt die von ihm angeheuerte Kontaktperson auf.

62

Als ihr Telefon klingelt, nimmt Marsha Grimes ab, bevor der zweite Klingelton ertönt.

»Ja«, meldet sie sich und schaltet gleichzeitig die Aufnahmefunktion auf ihrem Telefon ein.

»Sie wissen, wer dran ist«, erklingt die Stimme des Stabschefs des Präsidenten.

Sie stößt ein Gähnen aus. »Wir haben so viele intime Momente miteinander geteilt – wie könnte ich es vergessen?«

»Hören Sie auf damit«, blafft er. »Ich habe Informationen. Das, was Sie verwertbare Informationen nennen.«

Sie schwingt die Beine aus dem Bett und schnappt sich Bleistift und Notizbuch vom Nachttisch. Bleistifte schreiben immer, ihnen geht nie die Tinte aus, und sie frieren auch nie bei Minustemperaturen ein.

»Parker«, sagt Marsha, »ich liebe es, wenn Sie versuchen, einen auf Macho zu machen und so, aber nun spucken Sie es einfach aus.«

Sie spürt, dass er sich bemüht, sein Temperament zu zügeln, und das entlockt ihr ein Lächeln. »East Dominion Road Nummer vierzehn«, sagt er. »Ein Gehöft auf dem Land. In einer Gemeinde nahe der Stelle, an der sich die Pferdefarm befindet. Walton.«

Marsha notiert es sich rasch. »Aus einer zuverlässigen Nachrichtenquelle?«

»Einer ausgezeichneten Nachrichtenquelle.«

»Nette Abwechslung«, sagt sie. »Was wollen Sie?«

»Ich denke, das wissen Sie.«

Marsha schaut auf die Uhr. »Helfen Sie mir auf die Sprünge, Sir. Ich brauche klare und deutliche Anweisungen.«

»Wer immer in diesem Haus ist ... sollte nicht mehr herauskommen.«

»In Ordnung«, sagt sie. »Und Grissom?«

»Wenn es nötig ist, damit der Job erledigt wird, dann tun Sie's.«

Erneut schaut sie auf die Uhr. »Ich fahre, so schnell ich kann, hin.«

»Machen Sie's einfach«, sagt er. »Und melden Sie sich, wenn Sie dort sind.«

Parker legt auf, Marsha ebenfalls. Gähnend steigt sie endgültig aus dem Bett und tritt an ihren Wandschrank. Wie es scheint, findet dieser besonders schräge und wichtige Job bald ein Ende, und das ist der Zeitpunkt, an dem es wirklich brenzlig werden kann. Irgendwohin zu gelangen und den Abschuss zu machen ist eine Sache.

Heil und am Stück wieder herauszukommen ist genauso wichtig.

Marsha öffnet den Wandschrank, macht das Licht an und mustert die verschiedenen Ausrüstungsgegenstände, die sie sich im Verlauf ihrer Karriere beim Marine Corps und danach in ihrer Zeit als Freischaffende zugelegt hat.

Es wird Zeit, die vollständige Kampfausrüstung anzulegen, denkt sie.

63

Nachdem er sein Telefonat mit Marsha beendet hat, geht Parker einen Moment lang im Büro auf und ab. Viele Teile fügen sich nun zueinander, aber er macht sich Sorgen, weil Marsha äußerte, es könne eine Weile dauern, bis sie dieses abgelegene Gehöft erreicht hat.

Er setzt sich und betrachtet auf seinem Computerbildschirm die Übersichtskarten und Detailinformationen über das Haus in Virginia.

Dann nimmt er sein privates Telefon auf und tätigt einen weiteren Anruf.

Diese Sache heute Morgen ist zu wichtig, als dass er nur auf eine einzige Person setzen sollte, so gut sie auch sein mag.

In den Büros von Global Strategic Solutions in Crystal City in Arlington, Virginia, überfliegt Rupert Munson, stellvertretender Vorstandvorsitzender Interne Operationen, gerade die Schlagzeilen der morgendlichen Nachrichten auf seinem Computerbildschirm, als sein Telefon läutet. Rupert bildet sich gern einen Eindruck von dem, was draußen in der Welt vor sich geht, verlässt sich dabei jedoch nie nur auf das, was er die »Dinosaurier-Medien« nennt, etwa die *Post*, die *Times* oder einen der Kabelkanäle. Er liest Beiträge jener unkonventionellen Reporter und Kommentatoren, denen er vertraut, weil sie an die gleichen Dinge glauben wie er. Momentan dreht es sich in den Nachrichten darum, ob die vollbusige Lobbyistin, mit der Präsident Tucker ertappt wurde, vielleicht in Wirklichkeit die frühere Freundin des russischen Präsidenten war oder doch nicht.

Im Internet wurden ein paar unscharfe Fotos gepostet, die angeblich die beiden zusammen zeigen, und während Rupert sein Telefon abnimmt, denkt er griesgrämig, dass es zu seinen Lebzeiten nicht einen einzigen Präsidenten gab, den er respektiert oder gar bewundert hätte. Vielleicht Reagan – obwohl Reagan für Ruperts Geschmack zu liberal gewesen war –, aber das war vor seiner Zeit.

Er meldet sich mit »Munson« und vernimmt, wie eine der Telefonistinnen der Firma sagt: »Mr Munson, ich habe das Weiße Haus für Sie in der Leitung.«

Bis eben noch war er ein wenig verschlafen, da er letzte Nacht zu lange wach geblieben und auf seinen üblichen Internetseiten gesurft ist. Aber diese wenigen Worte lassen ihn schlagartig hellwach werden.

»Wer ist es?«, fragt er.

»Er hat sich nicht namentlich zu erkennen gegeben«, erwidert die Telefonistin. »Er hat nur ein Codewort genannt, das darauf hindeutet, dass er sich im Weißen Haus aufhält. Bevor das Gespräch zustande kommt, müssen Sie auf Ihrem Telefon die grüne E-1-Taste drücken.«

Inmitten des Wirrwarrs von Tasten auf seinem Telefonapparat befindet sich eine grüne, mit E-1 markierte – was für Encryption One steht –, und wenn er diese drückt, wird das Gespräch zwischen ihm und dem Weißen Haus verschlüsselt. Rupert mag den E-1-Kanal nicht, denn meist sind dann während des Gesprächs jede Menge atmosphärische Störungen und seltsame Echos zu vernehmen, und es hallt so, als spräche er mit jemand tief unten in einem Brunnen. Aber dieses Gespräch jetzt ist klar und deutlich.

Die namenlose Telefonistin vermeldet: »Ihr Gesprächspartner ist jetzt in der Leitung.« Dann ist ein *Klick* zu vernehmen, als die Telefonistin sich ausklinkt, worauf er sich meldet: »Hier ist Rupert Munson.«

»Rupert? Parker Hoyt, Stabschef des Präsidenten.«

Ach du heilige Scheiße. Rupert nimmt den Hörer von einer Hand in die andere. »Mr Hoyt, was kann ich für Sie tun?«

Hoyts Stimme ist klar und hört sich typisch nach ihm an, klingt jedoch auch besorgt. »Hier hat sich ein Problem ergeben … und ich brauche die Hilfe des Konzerns.«

Rupert weiß von Parker Hoyts lange zurückreichender Verbindung mit dem Konzern und begreift sofort, dass dieser Mann nicht anrufen würde, wenn es nicht um etwas äußerst Wichtiges ginge.

»Fahren Sie fort, Sir. Um was geht es?«

»Der Skandal in Atlanta … wirkt sich auf unsere Tätigkeit hier aus«, sagt Hoyt. »Er wirkt sich auf den Entscheidungsfindungsprozess des Präsidenten aus. Uns liegen verwertbare, detaillierte Informationen darüber vor, dass eine Terrorzelle des IS das Land infiltriert hat und im Begriff ist, eine Serie von Terroranschlägen zu verüben, womöglich bereits heute Nachmittag.«

Gütiger Gott, denkt Rupert. »Fahren Sie fort, Mr Hoyt.«

»Der Präsident wurde darüber unterrichtet, dass sich

diese IS-Zelle in einem abgelegenen Gehöft auf dem Land in Virginia befindet. Trotz aller Einsatzbesprechungen, Beschaffung von Beweismaterial und persönlicher Treffen weigert sich der Präsident, Maßnahmen seitens der Streitkräfte einleiten zu lassen. Er will nicht einmal die Virginia State Police oder die örtlichen Behörden kontaktieren. Er will es einfach aussitzen.«

»Ich verstehe, Mr Hoyt«, sagt Rupert.

»Ich glaube, Sie und ich, wir wissen beide, was Aussitzen bedeuten wird. Es wird bedeuten, dass Hunderte unschuldige Zivilisten in Gefahr gebracht werden, weil die Regierung nicht sofort harte und notwendige Maßnahmen ergreift. Und an diesem Punkt kommen Sie und der Konzern ins Spiel.«

Allmählich keimt Erregung in Rupert auf, Teil von etwas Geheimem und Bedeutendem zu sein, etwas, das im Kampf gegen den Terrorismus so dringend notwendig ist. »Wir sind hier, um zu helfen, Mr Hoyt.«

Parker stößt einen Seufzer der Erleichterung aus.

»Ich wusste, dass ich mich auf Sie und meine Firma verlassen kann«, sagt er.

64

Unser unauffälliger schwarzer Chevrolet Suburban hält im frühmorgendlichen Dunst auf der East Dominion Road an. Die Straße ist einspurig, die Fahrbahn holprig und voller Schlaglöcher und wird zu beiden Seiten von hohem Gras, Steinmauern und weiter hinten von Baumreihen gesäumt. Schon seit mehreren Minuten haben wir kein einziges anderes Fahrzeug vorbeifahren sehen. An der Seite der unbefestigten Auffahrt steht ein Pfosten mit einem verbeulten, rostigen Briefkasten. Mit schwarz-weißen Klebeziffern ist die Zahl 14 aufgeklebt.

Scotty, der hinter dem Steuer sitzt, sagt: »Warum rauschen wir da nicht einfach hoch?«

»Darum«, erwidere ich. »Ihr rührt euch nicht vom Fleck, und ich spaziere derweil rauf und schaue mir die Sache an. Wenn wir einfach so reinmarschieren, machen wir einen Riesenauftritt draus und veranstalten einen Heidenlärm. Weiß der Teufel, was dann alles passiert.«

Vom Rücksitz aus wendet Pamela ein: »Um Himmels willen, Sally, es könnte dort drinnen von Terroristen wimmeln oder dem KKK oder sonst jemandem, der Groll gegenüber CANARY hegt und ihr deshalb den verdammten Finger abgeschnitten hat. Wollen Sie wirklich allein dort hochgehen?«

Ich mache die Wagentür auf. »Ja, will ich. Mein Funkgerät

ist eingeschaltet, und wenn ich Verstärkung brauche, melde ich mich. Aber damit das klar ist: Ihr bleibt alle an Ort und Stelle, bis ich euch kontaktiere. Oder ihr fünfzehn Minuten lang nichts von mir gehört habt.«

»Und was ist in sechzehn Minuten?«, hakt Tanya nach.

Ich deute mit dem Kopf auf den großen Kerl hinter dem Steuer. »Dann könnt ihr davon ausgehen, dass Scotty mittlerweile als Special Agent in Charge der Presidential Protective Division agiert, und ihr befolgt seine Anweisungen.«

Ich steige aus, atme die kühle Luft ein und rücke mir Amelias dicken roten Schal, den ich um den Hals trage, zurecht.

Meine Amelia, denke ich, während ich den unbefestigten Weg hinaufschreite. Mein armes kleines Mädchen.

Ich bin dankbar dafür, dass sich meine Schwester um sie kümmert, und ich würde alles dafür geben, diesen Fußmarsch abbrechen zu können, damit ich telefonieren und mit meiner Tochter sprechen könnte. Aber Job ist Job.

Es ist heute Morgen recht kühl, und ich bin froh, den von Amelia gestrickten Schal zu tragen. Ich knöpfe meinen schwarzen Wollmantel auf, damit ich leicht an meine SIG Sauer komme, spekuliere jedoch darauf, dass ich sie heute nicht benötigen werde.

Vögel fliegen über mich hinweg in die Büsche und Bäume. Eine plötzliche Erinnerung kommt in mir auf, aus meinen Zeiten als Pfadfinderin, und ich wünschte, ich könnte immer noch all diese Vögel bestimmen, die ich damals beobachtet habe.

Ich wünschte, ich könnte noch viele andere Erinnerungen wachrufen.

Zum Beispiel diese Unbeschwertheit und pure Freude, die in den ersten Jahren mit meinem Ben verbunden waren. Früher raubte mir der Gedanke daran den Atem, aber das ist jetzt Geschichte.

Mein armer ermordeter Ben.

Der unbefestigte Fahrweg steigt an und beschreibt eine Kurve nach links. An dieser Stelle ist das Gebüsch zurückgeschnitten, und vor mir steht nun ein eingeschossiges Häuschen. Der Boden vor ihm besteht aus Lehm und Schotter. Links unter einer Gruppe von Kiefern stehen zwei Fahrzeuge. Das eine ist ein schwarzer Mercedes S-Klasse mit einem rot-weiß-blauen Nummernschild aus Ohio. Das andere ist ein schwarzer, robuster Ford-Kleintransporter mit einem mordsmäßig verstärkten Kühlergrill. Es sieht so aus, als hätte jemand schwarze Stahlträger vorne an den Transporter geschweißt.

Ich schüttele den Kopf.

Das soll nicht meine Sorge sein.

Ich trete näher an das Häuschen heran. Eine einfache Tür in der Mitte führt auf eine Veranda hinaus, und neben dieser Tür steht ein fein säuberlich aufgetürmter Stapel Scheite. Daneben stehen zwei hellbraune Korbsessel, und in einem von ihnen sitzt ein Mann.

Er ist Ende sechzig oder Anfang siebzig, hat dichtes weißes Haar und trägt ein blaues Button-Down-Hemd, eine Khakihose und polierte braune Halbschuhe. Der Mann mag in die Jahre gekommen sein, hat aber eine entschlossene Miene aufgesetzt und starrt mich mit seinen braunen Augen direkt an.

Auf seinem Schoß ruht eine Schrotflinte. Aus dieser Entfernung kann ich das Fabrikat nicht erkennen, sie sieht aber sauber und gepflegt aus.

»Guten Morgen!«, rufe ich ihm zu.

Er nickt, sagt aber nichts.

Ich gehe weiter auf ihn zu.

»Das ist ein sehr hübscher Teil von Virginia«, sage ich. »Nett und abgeschieden, abgelegen und ohne laute Nachbarn. Und das Haus liegt sogar direkt am Fluss.«

Nun nickt der Mann nicht einmal mehr. Mittlerweile habe ich meinen Blick auf seine Hände geheftet. Sie liegen locker auf der Flinte. Ich hasse es, darüber nachzudenken, aber wenn seine Hände sich bewegen, werde ich etwas unternehmen müssen.

Gern werde ich es nicht tun, aber ich werde es tun.

»Wie geht es Ihnen heute, Sir?«

Endlich wendet er mir den Kopf zu. »Wer sind Sie?«

»Sally Grissom, Special Agent in Charge der Presidential Protective Division«, sage ich.

Der Ausdruck auf seinem Gesicht ändert sich nicht. »Was wollen Sie?«

Ich kann nicht glauben, dass ich diese Worte ausspreche, die ich jetzt über die Lippen bringe, aber ich tue es.

»Mr Fuller«, sage ich. »Ich muss Ihre Tochter sprechen, Grace.«

65

Vor dem Tor eines abgelegenen Hangars auf dem Luftwaffenstützpunkt Andrews sitzt Paul Moody im Pilotensitz eines stark umgebauten Hubschraubers vom Typ OH-58 H Kiowa und geht seine Checkliste vor dem Abflug durch, bereit für seinen überraschenden und wichtigen morgendlichen Einsatz. Jahrelang ist er im Dienst seines Landes für die US-Army geflogen, hat Hubschrauber ähnlich wie diesen im Irak, Afghanistan, Nigeria sowie bei zwei streng geheimen Einsätzen im nördlichen Iran geflogen.

Es ist ein klarer Tag, und er arbeitet die Checkliste mühelos ab. In den vergangenen sechzehn Monaten ist er für Global Strategic Solutions geflogen – und hat jede Minute dabei genossen. Er absolviert Inlandsflüge, was bedeutet, dass es, egal, wo er landet, immer sauberes Wasser und anständige Toiletten gibt. Er weiß, das klingt nach wenig, aber nach Jahren des Fliegens in diesen öden Mondlandschaften am anderen Ende der Welt, wo ein Loch im Boden als Toilette durchgeht und das Wasser immer lauwarm und stark gechlort ist, ist es der pure Luxus, eine Mission zu erfüllen und sich danach immer noch in den Staaten zu befinden.

Ganz zu schweigen von den Chancen, mit Frauen auszugehen, deren Männer oder Brüder nicht in ihrer Nähe he-

328

rumlungern, um einem den Kopf abzuhacken, wenn man auch nur mit ihnen Händchen halten will.

Bei den meisten Missionen, die er für den Konzern erledigt hat, ging es darum, Luftsicherheit für VIPs zu gewährleisten, die auf Besuch in die Staaten kamen. Dabei handelte es sich nicht selten um geheime Besuche, bei denen besagter VIP, wenn man ihn geschnappt hätte, aufgrund von Anklagen wegen Kriegsverbrechen vom FBI verhaftet worden wäre. Zweimal hat er bei der Unterstützung einer Strafverfolgungsmission – er hat nie besonders viele Fragen gestellt – seine Bordwaffen scharf gemacht. Eine dieser Missionen endete damit, dass Sattelzug-Lkws mitten in der Nacht auf Highways irgendwo in der Pampa im Westen beschossen wurden und in abgelegene Schluchten stürzten.

Nichtsdestotrotz hat er es an manchen Tagen vermisst, diese Missionen in Übersee zu fliegen, häufig im Soloflug. Dabei ging es darum, denen auf dem Boden, die dringend Hilfe brauchten, Luftunterstützung zu gewähren. Seine Aufgabe war es, sich mit seinem Vogel zwischen die Bösen und die Guten zu klemmen, und eines hat er dabei früh gelernt, nämlich dass wenn er nicht beschossen wurde, er seine Aufgabe nicht erfüllte.

Das Triebwerk läuft jetzt rund, und er schaltet den Funk ein. Nachdem er die Startfreigabe erteilt bekommen und die linke Hand auf das Höhensteuer und die rechte auf den Steuerknüppel gelegt hat, hebt er langsam ab und nimmt Kurs auf Walton. In dieser Ortschaft befindet sich ein Gehöft, in dem sich eine IS-Zelle versteckt hält, und der wird Paul nun einen äußerst kurzen und gewalttätigen Besuch abstatten.

Er wechselt die Funkfrequenz und nimmt Kontakt mit

dem Verbindungsbüro der Abteilung Internal Operations seiner Firma auf.

»Hier GSS Tango Four«, meldet er sich. »Abgehend.«

Irgendwo in Crystal City spricht eine Frauenstimme in seine Ohrhörer. »Verstanden, Tango Four.«

Rasch gewinnt er an Höhe und steigt in den klaren blauen Himmel hinauf. An beiden Seiten seines Hubschraubers befinden sich Waffenpylonen, die jeweils eine streng geheime Version der AGM-114 Hellfire tragen. Diese besonderen Raketen bestehen aus einem speziell komprimierten Zellulosematerial sowie exotischen, falsch-positive Spuren hinterlassenden explosiven Verbindungen. Nachdem also das Gehöft in Schutt und Asche gelegt worden ist, werden forensische Ermittler Spuren finden, die auf einen explodierten Propangastank hindeuten.

Und keine Spuren davon, dass er jemals dort war.

66

Marsha Gray bricht fast in Lachen aus, als sie an dem schwarzen Chevrolet Suburban vorbeifährt, der am Straßenrand der East Dominion Road geparkt steht und aus dem sämtliche Secret-Service-Agents die unbefestigte Auffahrt hinaufstarren. So viel zum Thema blind sein gegenüber Bedrohungen. Hätte sie eine schwerere Waffe dabei als ihr Scharfschützengewehr, zum Beispiel ein leichtes Maschinengewehr vom Typ M249, dann hätte sie diesen Suburban und seine Insassen mühelos mit zwei vollen Salven durchsieben können.

Niemand im Inneren des Wagens bemerkt ihren Odyssey Minivan, in dem sie an ihnen vorbeigleitet. Kein Wunder, dass diese Clowns die First Lady verloren haben.

Sie fährt noch einige Meter weiter, bis die Straße eine Kurve beschreibt und sie das Fahrzeug des Secret Service im Rückspiegel nicht mehr sehen kann. Gut. Und besser noch – links ist eine unbefestigte Zufahrt. Marsha biegt darauf ab und sieht, dass sich nach etwa zehn Metern rechts zwischen zwei Ahornbäumen eine grasbewachsene Stelle befindet. Dort fährt sie rückwärts mit dem Minivan hinein, stellt den Motor ab, lässt den Schlüssel aber stecken. Falls sie sich rasch davonmachen muss, wird keine Zeit dafür sein, am Zündschloss herumzuhantieren.

Marsha steigt aus und wuchtet ihren Seesack, in dem sich ihr Scharfschützengewehr und weitere Ausrüstungsgegenstände befinden, vom Rücksitz. Dann zieht sie sich rasch um, legt ihre bewährte volle Kampfmontur an – außer dem Helm, denn für drei Pfund unnötiges Gewicht auf der Birne besteht keine Notwendigkeit – und beginnt, sich zwischen den Bäumen hindurchzuschlängeln. Marsha besaß schon immer die Fähigkeit, sich mit einem Minimum an Ausrüstung zurechtzufinden, und benutzt nun Landkarte und Kompass-App auf ihrem iPhone, um sich durch die Wälder und kleinen Felder zu pirschen.

Ein Historienbild taucht vor ihrem inneren Auge auf: Vielleicht marschierten ja genau auf diesem Gelände einst Unionstruppen und Konföderierte, als sie vor über einem Jahrhundert ihre Kämpfe ausfochten?

Wenn dem so war, wird hier jetzt erneut Geschichte geschrieben werden.

Sie steigt eine kleine Anhöhe hinauf, die in einen schlammigen Hohlweg abfällt, klettert dann mühelos weiter hinauf und … na, da haben wir es doch!

Sie blickt von der Seite auf das Häuschen. Zwei Personen unterhalten sich davor, ein Mann, der in einem Sessel sitzt, und eine Frau, die vor ihm steht.

Sie zieht ihr Fernglas aus dem Seesack hervor. Dann kriecht sie durch das Gebüsch, um einen noch besseren Blick zu bekommen. Sie schaut durch das Okular und stellt rasch scharf. Ein alter Mann kommt ins Bild. Es sieht so aus, als hielte er eine Schrotflinte auf seinem Schoß. *Was zur Hölle?*, denkt sie. Brennt der Alte hier heimlich Fusel?

Marsha schwenkt ihr Fernglas.

Aha, alles klar.

Da ist schon wieder diese Secret-Service-Agentin. Sie trägt ihren schwarzen Mantel und hat wieder diesen dummen roten Schal um.

Die beiden reden, reden, reden.

Sie lässt ihre rechte Hand sinken, ertastet ihr iPhone und wischt mehrmals über das Display. Ihr Anruf wird nach einem einzigen Klingeln angenommen.

»Hoyt«, meldet sich dieser.

»Gray«, flüstert sie. »Ich bin auf meinem Posten. Ich bin in der Nähe des Hauses und sehe, dass Grissom mit so einem alten Bock plaudert. Was soll ich tun?«

Hoyt klingt so, als hätte er gute Laune. »Es ist alles organisiert. Sie sind bloß Plan B. Und auch das nur, wenn ich Sie anrufe. Verstanden?«

»Sicher«, sagt sie.

Es sieht so aus, als würde die Unterhaltung dort drüben hitziger. »Und wie sieht Ihr Plan A aus? Ein Blitz aus heiterem Himmel?«

Verdammt, jetzt lacht Hoyt sogar. »So könnte man es nennen.«

Er legt auf.

In der Ferne vernimmt Marsha das vertraute *Poch-Poch* eines sich nähernden Hubschraubers. Sie schlängelt sich zurück, öffnet den Reißverschluss ihres Seesacks weiter und holt das Gewehr heraus, das sie schon in Übersee benutzt hat und das ihr hier genauso gute Dienste leisten wird.

Der einzige Unterschied ist die Art der Munition, die sie verwenden wird. Aber letztendlich wird das keinen Unterschied machen.

67

Der alte Mann blinzelt nicht einmal. »Ich weiß nicht, wovon Sie sprechen, Agent Grissom.«

»Mr Fuller«, sage ich. »Ich bin mir nicht sicher, wie oder warum die First Lady hier gelandet ist und wie sie sich am Finger verletzt hat, aber ich kann Ihnen versichern, dass sie in Gefahr schwebt, und wir müssen sie so schnell wie möglich von hier wegbringen.«

Er bleibt stumm, und ich werde jetzt an ihm vorbeigehen, mache mir aber immer noch Sorgen wegen dieser Schrotflinte. Er dürfte etwa dreißig Jahre älter sein als ich, scheint aber noch recht gut in Form, und falls er schnell und zielstrebig reagiert, könnte er mich mit einem Schuss aus dieser Flinte durchsieben.

Womit meine Amelia Vollwaise wäre.

Allmählich bereue ich meine Entscheidung, allein hier heraufgekommen zu sein.

Er starrt mich mit Verachtung an. »Was wissen Sie über meine Tochter?«

»Ich weiß so einiges«, sage ich. »Ich weiß von ihrer Tätigkeit an der Seite von Harrison Tucker in Ohio und in Washington. Von ihrer Wohltätigkeitsarbeit. Ihrer Hingabe für …«

»Einen Scheiß wissen Sie!«, schneidet er mir das Wort

ab. »Grace war unser einziges Kind. Maureen und ich haben ihr gegeben, was wir konnten, aber wir sorgten auch dafür, dass sie ihren eigenen Weg fand, sich anstrengen musste. Und das tat sie auch. Grace hat ein Faible für Zahlen, fürs Geschäftliche, und sie besitzt das Mitgefühl und das Herz, sich um die Vergessenen zu kümmern. Grace hätte als junge Frau in meiner Firma einsteigen können, könnte heute deren Geschäftsführerin sein, könnte unsere Krankenhäuser und unsere Unternehmen für medizinische Geräte leiten. Aber das alles hat sie verschmäht, um diesem … Faulpelz die Stange zu halten.«

»Mr Fuller, ich weiß zu schätzen, dass …«

»Meine Tochter! Die First Lady – sie ist stark, hübsch, sie hat den Krebs besiegt, ist eine Kämpfernatur … und was tut ihr Idiot von Ehemann? Hält er sich an sein Ehegelübde? Kämpft er dafür, dass ihrer beider Ehe funktioniert? Verhält er sich wie ein Ehrenmann? Nein, ganz und gar nicht. Er mustert sie nicht nur aus, sondern demütigt sie auch noch. In aller Öffentlichkeit. Und wofür? Für irgend so ein jüngeres Flittchen.« Er rutscht auf seinem Sessel herum und zuckt dabei zusammen, als täte ihm etwas weh. »Ich habe etwas unternommen, um dieser Frau Schmerzen zuzufügen, das habe ich wirklich. Damit sie etwas von dem Schmerz spürt, den sie und Harry meiner Tochter zugefügt haben. Um es wieder ins Lot zu bringen. Um alles wieder zu richten.«

Ich mache einen Schritt auf ihn zu und denke dabei, wenn ich noch ein bisschen näher an ihn herankomme, kann ich ihm diese Schrotflinte entreißen und in dieses Haus gelangen.

»Mr Fuller, bitte, ist sie hier?«

»Verschwinden Sie.«

»Mr Fuller, Ihre Tochter schwebt in Lebensgefahr. Wir müssen sie von hier fortschaffen.«

Er macht Anstalten, etwas zu erwidern, als die Tür des kleinen Bauernhauses knarrend aufgeht.

Mr Fuller dreht sich nicht um, scheint gar keine Notiz davon zu nehmen.

Aber ich nehme Notiz davon.

Grace Fuller Tucker, First Lady der Vereinigten Staaten, Codename des Secret Service CANARY, tritt auf die Veranda hinaus. Sie sieht müde aus. Sie trägt eine schwarze Stretchreithose und ein unförmiges graues Sweatshirt, und ihre linke Hand ist dick bandagiert.

»Agent Grissom«, sagt sie mit erschöpft klingender Stimme. »In welcher Art Gefahr befinde ich mich?«

68

Paul Moody liebt das Fliegen, liebt es, Kontrolle auszuüben, und ganz besonders liebt er es, dicht über den Boden zu rasen, während er im Anflug auf das Ziel über das Ackerland von Virginia braust. Um ein Flugzeug oder einen Hubschrauber ein paar tausend Fuß über dem Erdboden zu fliegen, braucht man nur wenig Geschick, etwa so viel, wie um einen Lastwagen zu steuern. Aber um das hier zu tun ... aufmerksam zu sein, während man diesen Adrenalinstoß verspürt, feinfühlig gegenüber den Veränderungen in der Landschaft und der Höhe, dafür braucht man Geschick.

Er schaut auf seine Instrumente, schaut durch die Windschutzscheibe und ...

Jo, da ist es.

Erst ein eingeübter Sturzflug, dann wird er zurückkehren, um das Bauernhaus abzufackeln und die IS-Terroristen darin ins Jenseits befördern, welche Hölle sie dort auch immer erwarten mag.

In seinem Kiowa fegt er über das Gehöft hinweg und beschreibt dann eine weite Kurve, betätigt die Schalter, mit denen die beiden Hellfire-Raketen scharf gemacht werden, schaltet das Mikrofon ein und sagt: »Hier GSS Tango Four, Ziel erfasst, Waffen scharf.«

Die freundliche Frauenstimme sagt: »GSS Tango Four, verstanden.«

Sanft liebkost sein Daumen den Knopf oben auf seinem Steuerknüppel, mit dem – einmal scharf gestellt – die beiden passenderweise Hellfire genannten Raketen auf den Weg in ihr Ziel geschickt werden.

Nicht mehr lange, und der Job ist erledigt.

69

Parker Hoyt starrt immerzu sein spezielles Telefon an, brennt darauf, etwas von Munson bei Global Strategic Solutions zu hören, der sich rasch bereit erklärt hatte, seiner Bitte zu entsprechen. Vor seinem inneren Auge sieht Parker, wie sich dieser Morgen entwickeln wird. Zuerst wird ein Hubschrauber seiner früheren Firma in einer verdeckten Operation das Bauernhaus in die Luft jagen, in dem sich so gut wie sicher die First Lady mit ihrem Vater aufhält.

Bumm!

Wenn das erledigt ist, wird er den Medien die Nachricht von ihrem fehlenden Finger und der Lösegeldforderung durchstecken und dabei passenderweise den zweiten Teil der Forderung unter den Tisch fallen lassen, nämlich ein landesweit im Fernsehen übertragenes tränenreiches Rührstück seitens des Präsidenten, bei dem er sich für seine Verfehlungen gegenüber seiner frigiden Ehefrau entschuldigt.

Während die Nachrichtenmedien sich dann kaum mehr einkriegen werden, wird irgendwann irgendeine Feuerwehr auf das brennende Bauernhaus reagieren und das Feuer löschen. Man wird dann in den Trümmern zwei Leichen finden, dazu Beweise dafür, dass ein Propangastank – über den das Gebäude beheizt wurde – unvermittelt explodiert war.

Wie lange wird es dauern, bis sie die Leichen identifiziert

haben? Nicht allzu lange, vor allem, da eine davon weiblich und in einem bestimmten Alter sein wird und ihr ein Teil des kleinen Fingers an der linken Hand fehlt.

Nach weiteren Indiskretionen aus einem unter Schock stehenden Weißen Haus wird dann das Narrativ aufgebaut werden: Grace Fuller Tucker, First Lady der Vereinigten Staaten, war entführt und in diesem abgelegenen Bauernhaus, das ihrem ebenfalls entführten Vater gehört, als Geisel festgehalten worden.

Und wieso hätte das FBI auf der Suche nach der First Lady, einem Entführungsopfer, ein Grundstück durchsuchen sollen, das ihrem Vater gehört?

Nachdem das Lösegeld angewiesen wurde, sind die Entführer zweifellos an einen Ort mit öffentlichem Internetzugang gefahren, um den Geldtransfer zu verifizieren – genau zu dem Zeitpunkt, als das Haus explodierte.

Was für ein grauenhaftes, schreckliches Schicksal, das dem Präsidenten der Vereinigten Staaten da widerfahren ist!

Und was Munson und den Hubschrauberpiloten angeht, nun, die werden sich natürlich bedeckt halten. Sie waren davon ausgegangen, eine Terrorzelle zu eliminieren. Fehler passieren. So etwas kommt ständig vor.

Die Beerdigung – die First Lady und ihr armer toter Vater werden gemeinsam beigesetzt werden – findet entweder in ihrem Heimatort in Ohio statt oder, falls Parker Hoyt seinen Willen durchsetzen kann, auf dem Nationalfriedhof Arlington. Parker ist überzeugt, dass es Regeln gibt, wer in Arlington beigesetzt werden darf, aber er ist auch zuversichtlich, dass es ihm entweder gelingen wird, diese Regeln zu brechen oder sie zu umgehen.

Ein paar Wochen nach der Beerdigung werden die großherzigen und gütigen Wähler in den Vereinigten Staaten Harrison Tucker dann für eine zweite Amtszeit erneut ins Weiße Haus entsenden.

Das ist es, was sich Parker Hoyt vorstellt.

Das ist es, was Parker Hoyt vorauskalkuliert.

Würde doch nur endlich dieses verdammte Telefon läuten.

70

Die First Lady sieht erschöpft aus, und die Verletzung am Finger bereitet ihr sichtlich Schmerzen, doch ich habe keinen Zweifel daran, dass sie sich nach wie vor unter Kontrolle hat. Sie tritt einen weiteren Schritt auf die Veranda heraus und sagt: »Ich kenne Sie. Sie sind Agent Grissom.«

»Ja, freut mich, Ma'am«, erwidere ich, »aber dafür ist jetzt keine Zeit. Ich muss Sie so schnell wie möglich von hier wegbringen. Sie befinden sich in Lebensgefahr.«

Sie schaut über meine Schultern und fragt: »Sind Sie allein?«

»Unten an der Straße wartet ein SUV auf uns.« Ich trete abermals näher an die Veranda heran und sage: »Ma'am, ich muss wirklich darauf bestehen. Der Stabschef hat ...«

»Der Stabschef ist ein Intrigant«, sagt sie. »Hat er Sie geschickt? Weiß er, wo ich mich aufhalte?«

»Ma'am, meine Agents und ich sind aus eigenem Antrieb hier«, erwidere ich. »Soviel ich weiß, kennt Mr Hoyt Ihren Aufenthaltsort nicht. Aber er hat vor, Ihnen etwas anzutun. Er hat sich zwar bereit erklärt, das Lösegeld zu bezahlen, wird dem Präsidenten jedoch nicht gestatten, eine landesweite Erklärung zu seinen ... Fehltritten abzugeben. Und damit will er Ihnen schaden, daran habe ich keinen Zweifel.«

Sie schaut ihren Vater an und sagt: »Dad, ich hatte dir gesagt, dass du den Bogen überspannst.«

»Ist mir egal«, sagt ihr Vater. »Ich wollte diesen Kotzbrocken genauso verletzen, wie er dich verletzt hat.«

Mir reißt der Geduldsfaden. Ich springe auf die Veranda, gerate dabei fast ins Strauchel, packe die Schrotflinte am Lauf und werfe sie auf den Schotter hinter mir. Mr Fuller ist so perplex, dass er einfach nur sitzen bleibt, während ich die First Lady an ihrem unverletzten Arm packe und sie auffordere: »Ma'am, wir gehen jetzt. Ich bin für Ihre Sicherheit verantwortlich. Ich weiß zwar nicht, wie er es anstellen wird, aber ich weiß, dass der Stabschef Sie nicht mehr im Weißen Haus dulden wird. Sie sind ihm ein Dorn im Auge.«

Es gelingt mir zwar, sie die Holzstufen hinunterzubugsieren, doch dann versucht sie, sich meinem Griff zu entziehen, und ruft: »Dad! Komm mit! Bitte!«

Er schüttelt den Kopf und erhebt sich. »Kein Politiker oder einer seiner Speichellecker verjagt mich von meinem eigenen Grundstück. Macht euch davon, ihr beide. Falls jemand hier aufkreuzt, nun, dann werde ich nicht wehrlos sein. Ich werde mir meine Schrotflinte wieder holen.«

»Bitte, Ma'am!«, dränge ich und zerre sie mehr oder weniger die Auffahrt hinab. Als ich mich umdrehe, sehe ich, dass Mr Fuller seinem Wort treu bleibt und sich schwerfällig die Verandastufen hinunterbewegt, um seine Schrotflinte wieder an sich zu nehmen.

Die First Lady leistet keinen nennenswerten Widerstand, und ich hebe meinen linken Arm in Mundhöhe und spreche in mein Funkgerät. »Scotty, Scotty, hier Grissom. Hörst du mich?«

Während ich die First Lady zerre und ziehe, wiederhole ich: »Scotty, Scotty, hier ist Grissom. Ich brauche dich hier oben, mit dem Suburban. Sofort.«

Immer noch keine Antwort.

Wir sind etwa sieben, acht Meter gegangen, als ich das Geräusch eines Motors höre. Gut, denke ich, Scotty hat mich verstanden und ist unterwegs.

»Was ist das dort drüben?«, fragt die First Lady.

Ich schaue hin und sehe, dass es sich um einen Hubschrauber, scheinbar Modell Kiowa, handelt. Er trägt Waffenpylonen an beiden Seiten.

»Scotty, Scotty, hier Grissom! Ich brauche dich sofort!«

Immer noch keine Reaktion.

Ich schaue zu dem militärisch ausgerüsteten Hubschrauber hinauf, der sich uns nähert, und denke: Verdammt, zu spät!

71

Paul Moody registriert die sich verringernde Distanz zu dem anvisierten Bauernhof, als er noch etwas anderes bemerkt, nämlich zwei Gestalten, die eine unbefestigte Zufahrt hinunterlaufen.

Verdammt.

Sind das Mitglieder der IS-Zelle auf der Flucht?

Sein vorrangiges Ziel ist zwar der Angriff auf dieses Gebäude, aber er will vorher noch einen näheren Blick auf diese beiden Gestalten werfen, damit er später eine Personenbeschreibung abliefern kann. Er will den Bundesbehörden oder welche Strafverfolgungsbehörden auch immer verantwortlich sind, gern dabei behilflich sein, dass diese beiden da unten später ergriffen und vielleicht ins tropische Gefängnisparadies Guantanamo verfrachtet werden.

Auf seinem Armaturenbrett befindet sich ein kleiner Videobildschirm, und dank der über den Rotoren angebrachten Überwachungstechnik bekommt er augenblicklich einen guten Blick auf die beiden Gestalten.

Frauen, denkt er.

Da schaust du aber!

Eigentlich macht es aber keinen großen Unterschied, denn er verfügt über einschneidende Erfahrungen mit alten Frauen, jungen Frauen, ja sogar mit Mädchen, die noch nicht einmal im Teenageralter waren – sie alle brachten es fertig, eine RPG-7 oder eine AK-47 abzufeuern oder lächelnd mit einer kalten Flasche Coca-Cola auf einen zuzuschlendern, während sie unter ihren langen Gewändern einen Sprengstoffgürtel trugen.

Aber diese Frauen hier …

Sie laufen jetzt nicht mehr.

Auf den ersten Blick sind sie unbewaffnet.

Sie winken ihm zu.

Als freuten sie sich, ihn zu sehen!

Er verlangsamt seinen Anflug auf das Bauernhaus. Ein Teil von ihm denkt, das ist eine Falle – sie wollen, dass er unbewegt über ihnen schwebt, damit jemand im Wald eine Panzerfaust abfeuern und seinen Hauptrotor zerstören kann. Aber die Frau zur Linken sieht irgendwie …

Vertraut aus?

Er betätigt einen weiteren Kippschalter.

Zoomt mit der Kamera.

Seine Militärtechnologie ist seit etwa einem Jahr überholt, aber dennoch präzise genug, dass er die Gesichtszüge der beiden Frauen ausmachen kann. Die rechts, die größere der beiden, winkt gerade hektisch und …

Er erkennt die Frau links wieder.

Ist sich wirklich ganz sicher.

Mein Gott, in was ist er denn hier bloß hineingeraten?

72

Marsha Gray sieht, wie der Kiowa im Sturzflug auf das Haus herabgeschossen kommt, und weiß aus Erfahrung, was der Pilot gerade tut – er späht das Terrain aus, damit er keine Überraschungen erlebt, wenn er gleich einen Bogen fliegt, zurückkehrt und dieses Bauernhaus in Schutt und Asche legt.

Keine Frage – der gute alte Parker Hoyt hat ganz tief in die Trickkiste gegriffen. Sie hat keinen Zweifel daran, dass diese da oben herumschwirrende Todesmaschine unter seiner Regie steht, und wenn hier jemand mit Kanonen auf Spatzen schießt, dann ist das eben so.

Einerseits verspürt sie eine gewisse Erleichterung darüber, dass dieser Job sich allmählich seinem Ende nähert, andererseits ist sie nicht gerade erfreut, dass nicht sie diejenige ist, die den Sack zumacht. Nun denn, bei manchen Jobs spielt man die Hauptrolle, bei anderen ist man die Absicherung, und wenn es ihr heute bestimmt war, nur die zweite Geige zu spielen, dann können sie und ihr Bankkonto ganz gut damit leben.

Der Hubschrauber kehrt zurück, braust dicht über den Baumwipfeln entlang, und während sie sich das Fernglas an die Augen presst, zieht Marsha den Hut vor diesem Mann, der den Kiowa fliegt. Diese Kerle haben sich den Ruf erworben, verrückt zu sein, verrückt auf einen perfekten Flug und einen anständigen Kampf, und sie ist sich sicher, dass dieser Job in weniger als einer Minute erledigt sein wird.

Der Kiowa wird größer, immer größer, und dann ...

Er bäumt sich auf, hält inne.

Einfach so.

Was zum Teufel?

Einen kurzen Moment lang glaubt Marsha, dass der Pilot die Sache jetzt persönlich in die Hand nimmt: Sie weiß von mindestens zwei Fällen in Afghanistan, bei denen durchgeknallte Kiowapiloten und -besatzungen mit einem M4 auf dem Schoß losflogen, damit sie aus dem Cockpit heraus Taliban abknallen konnten, sehr hautnah – und sehr verboten! Allerdings kann sie sich nicht vorstellen, dass dieser Pilot so etwas tun würde.

Was hat er vor?

Einige Sekunden verstreichen.

Dann wackelt der Kiowa hin und her, so als grüße er, und braust davon.

Verdammt!

Marsha steckt ihr Fernglas rasch ein, schnappt sich ihr Remington-Gewehr und ihr iPhone und sprintet los.

Es muss einen Grund dafür geben, dass der Pilot abgebrochen hat. Plötzlich ist Marsha nicht länger Absicherung, sondern Hauptakteurin. Parker Hoyt hatte sie vorhin zwar angewiesen, sie solle die Füße stillhalten, es sei denn, sie bekomme einen Anruf von ihm. Aber dafür ist jetzt keine Zeit. Von hier aus kann sie erkennen, wie die Secret-Service-Agentin und die First Lady die Zufahrt hinunterlaufen, aber sie hat keine freie Schussbahn.

Sie muss sich sputen und den beiden den Weg abschneiden.

Marsha rennt.

Sie ist auf der Jagd.

Das liebt sie.

73

Nachdem er sich noch einmal vergewissert hat, dass tatsächlich die First Lady vor der Nase seines Kiowa steht, hat Paul Moody genug für heute. Indem er die beiden durch ein Hin- und Herkippeln des Hubschraubers grüßt, wünscht er ihnen viel Glück und braust dann wieder davon.

Als er das Zielobjekt Bauernhaus und die beiden Frauen hinter sich gelassen hat, wird es Zeit, die Nachricht weiterzugeben. Er betätigt den Schalter für die Funkverbindung und sagt: »Hier GSS Tango Four, GSS Tango Four.«

Die freundlich professionell klingende Frau erwidert: »GSS Tango Four, kommen.«

»GSS Tango Four, Mission abgebrochen. Wiederhole, Mission abgebrochen. Bin auf dem Rückflug.«

Seine gesichtslose Kontaktperson ist nicht begeistert darüber. »GSS Tango Four, kehren Sie zurück ins Zielgebiet. Führen Sie Ihre Mission aus.«

Mein Gott, was für ein wunderschöner Morgen. »Tut mir leid, Süße, daraus wird nichts.«

»So lauten Ihre Befehle!«

»Ma'am, ich stehe nicht mehr in Diensten von Uncle Sam. Ich stehe unter Vertrag bei Sie-wissen-schon-wem, und ich kündige meinen Vertrag mit sofortiger Wirkung.«

Als die Frau weiter auf ihn einredet, schaltet er eine andere Frequenz ein.

Frauen …

Ein Blick auf die Tankanzeige sagt ihm, dass noch mehrere Stunden Flugzeit bleiben, doch er weiß auch, wie angepisst die Leute bei Global Strategic Solutions sein werden. Daher beschließt er, diesen Vogel lieber irgendwo auf den Boden zu bringen, bevor sein ehemaliger Arbeitgeber ein paar andere Vögel losschickt, um ihn vom Himmel zu holen. Inoffiziell würde er nach einem Raketentreffer in der Ansaugöffnung oder einem Tiefflugangriff mit Bordwaffenbeschuss umkommen, offiziell jedoch bei einem Übungsunfall, und das wäre es dann gewesen.

Paul steuert seinen Kiowa Richtung Nordwesten. Dort oben, in den Außenbezirken von Rockville, Maryland, befindet sich ein Landeplatz, der einem Konkurrenten von Global Strategic Solutions gehört, Tyson International Services.

Vielleicht stellen die ihn ja ein?

Es gibt nur einen Weg, um es herauszufinden.

74

Da renne ich also wieder mal mit einer Schutzperson an meiner Seite vor einer Bedrohung davon, so wie bei den Hunderten von Schulungen und Übungseinheiten, an denen ich teilgenommen habe. Nur dass dies hier keine Übung ist und ich um mein Leben renne und eine Heidenangst dabei verspüre, gleich die Kontrolle zu verlieren.

Hätte ich doch nur ein paar der Agents mitgenommen, dann könnten wir jetzt während des Laufens einen lebenden Schutzschirm um CANARY bilden. Aber für Reue oder Schuldzuweisungen ist es zu spät.

Ich will sie jetzt bloß so schnell wie möglich die Auffahrt hinunterzerren, hinein in die relative Sicherheit unseres Suburban, und dann nichts wie weg von hier. Irgendwohin, wo es sicher ist. Zum Beispiel Pennsylvania oder Delaware, irgendwo weit weg von hier und dem District of Columbia.

»Agent ... bitte ... nicht so schnell ... bitte ... nicht so schnell.«

Schnell? Mir kommt es so vor, als würden wir bis zu den Knien im Schlamm waten. Ich mache eine Ausfallbewegung, um nach diesem Militärhubschrauber Ausschau zu halten. Tief in meinem Inneren weiß ich, dass er nicht auf einer Besichtigungstour unterwegs war.

Aber der Hubschrauber ist davongebraust.

Wegbeordert?

Oder weggeschickt, weil uns nun etwas anderes auflauert?

Ich bewege mich so schnell, wie ich es wage, ohne dass die First Lady ins Straucheln gerät, stürzt und dadurch wertvolle Sekunden auf unserer Flucht vergeudet werden. Da sind so viele Fragen, auf die ich eine Antwort haben will, angefangen damit, wie sie hier gelandet ist, bis hin dazu, wer sie entführt und ihr den Finger abgetrennt hat, und schließlich, ob sie wirklich diesen vermeintlichen Abschiedsbrief geschrieben hat. Aber ...

Keine Zeit dafür!

Keine Zeit!

Ich überlege, ob ich etwa fünf Sekunden dafür opfern soll, noch einmal Scotty über mein verdammtes Funkgerät zu alarmieren. Stattdessen setze ich lieber alles daran voranzukommen, weil mir klar ist, dass ich in diesen fünf Sekunden dem gepanzerten Suburban und den vier bewaffneten Secret-Service-Agents darin wesentlich näher kommen werde und ...

»Agent! Bitte!«

»Ma'am, ich ...«

Plötzlich bricht ein kleiner Mann in Tarnkleidung vor uns aus dem Gebüsch. Er trägt ein Gewehr mit langem Lauf und Zielfernrohr. Nach jahrelangem Training reagiere ich instinktiv.

»Waffe!«, schreie ich, wirbele herum, packe CANARY, schirme sie mit meinem Körper ab, umfasse sie, genau wie im Training, genau wie im Training, genau wie ...

Der Krach des Gewehrschusses und der Hammerschlag auf meinen Rücken fallen zusammen.

Schwärze umgibt mich.

Amelia, denke ich. *Arme, verwaiste Amelia.*

75

Marsha Gray schaut durch das Zielfernrohr ihres Remington und nickt zufrieden. Genau in den Rücken. Das Sahnehäubchen daran ist, dass sie nicht das standardisierte Kaliber .308 benutzt hat, sondern etwas, das man zerbrechliches Projektil nennt. Die Patronen zerstören sich beim Aufschlag und werden von Flugsicherheitsbegleitern verwendet, damit ihre Schüsse in einem Flugzeug nicht dessen Rumpf durchlöchern und einen plötzlichen Druckabfall in der Kabine verursachen.

Darüber hinaus befördert diese Munition das gleiche Gift, das sie neulich im Hotel Hay-Adams bei diesem armen jungen Kerl verwendet hat, Carl. Eine kriminaltechnische Untersuchung wird zu dem Ergebnis kommen, dass die überarbeitete und unter starkem Stress stehende Secret-Service-Agentin an einem plötzlichen Herzversagen gestorben ist.

Durch das Repetieren des Verschlusses lässt sie die leere Hülse auswerfen. Sie schnappt sie sich und läuft die unbefestigte Straße hinauf. Ihre Kampfausrüstung trägt sie mit sich, da sie keinerlei Beweise hinterlassen möchte. Marsha ist klar, dass ihr nur wenige Sekunden bleiben, bevor selbst diese Clowns vom Secret Service da unten, nachdem sie gehört haben, wie ein Gewehrschuss die morgendliche Luft durchschnitten hat, schnallen, dass da etwas faul ist.

Marsha tritt näher heran. Die Agentin liegt lang ausgestreckt über der First Lady, die sich gerade abmüht, unter der Leiche der größeren und schwereren Frau hervorzukriechen. Marsha bringt ihr Gewehr in Anschlag, ohne sich die Mühe zu machen, das Zielfernrohr zu benutzen, denn auf diese Entfernung kann sie ihr Ziel gar nicht verfehlen. Sie wird schießen und sich dann schnellstmöglich verkrümeln und das Rätsel hinterlassen, wie eine Secret-Service-Agentin und die First Lady beide zur gleichen Zeit am gleichen Ort offenkundig an Herzinfarkten sterben konnten.

Was soll's, denkt sie. Die Leute sind immer noch nicht dahintergekommen, warum Jack Ruby damals Lee Harvey Oswald drangekriegt hat, und das hier wird eben ein weiteres Rätsel für die Nachwelt werden.

Die First Lady redet, fleht, ihre Lippen bewegen sich, doch Marsha ignoriert schlicht und einfach das Geplapper, umkrampft den Abzug, als sich mit einem Mal …

… die Agentin beiseiterollt, den Lauf einer automatischen Pistole auf sie richtet und Marsha dreimal in die Brust schießt.

76

Ich habe zwar das Bewusstsein nicht verloren, aber mein Rücken schmerzt wie der Teufel. Ich höre das Scheppern einer Kampfmontur – der Mann nähert sich uns. Als ich davon ausgehe, dass er nahe genug ist, um es riskieren zu können, rolle ich mich beiseite und betätige den Abzug meiner SIG Sauer dreimal schnell hintereinander. Ich treffe den Killer mitten in der Brust, dreimal in den 10er Ring auf einem Schießstand, und er fällt sofort rücklings um, auch wenn er wahrscheinlich eine Weste trägt.

Ich rappele mich auf und gehe zu ihm, nehme sein Gewehr auf und werfe es die Straße hinunter. In diesem Moment kommen die vier Agents heraufgesprintet, allesamt die Dienstwaffe im Anschlag. »Sauber!«, rufe ich ihnen entgegen und wende mich wieder CANARY zu.

Sie hat die Augen weit aufgerissen und zittert.

»Ma'am, alles in Ordnung?«, frage ich. »Sind Sie verletzt?«

Die First Lady schüttelt den Kopf und versucht, sich aufzurichten. Ich greife ihr von einer Seite unter den Arm, während die in Tränen aufgelöste Pamela Smithson, ihre leitende Personenschützerin, ihr auf der anderen Seite behilflich ist.

»Nein, es geht mir gut, alles okay ... Mir war bloß die Luft weggeblieben. Aber Agent, dieser Mann da hat auf Sie geschossen. Geht es Ihnen gut?«

»Ich glaube schon«, erwidere ich. Als ich zu ihnen hinüberschaue, sehe ich, dass Tanya, Scotty und Brian den Killer durchsuchen. Ich lege erst meinen Schal und dann meinen Wollmantel ab und zucke dabei vor Schmerz zusammen. Ich spüre, dass ich morgen am Rücken eine mordsmäßige Prellung haben werde – falls ich dann noch am Leben sein sollte.

Pamela wirft wie ich einen prüfenden Blick auf meinen Mantel. Amelias Schal ist eingerissen, auch mein Mantel weist einen Riss auf, und an der Stelle ist etwas, das aussieht wie Bruchstücke von Keramik, die sich vor meinen Augen auflösen.

Pamela stößt einen Pfiff aus. »Boss, Sie sollten sich gleich nach Feierabend einen Lotterieschein kaufen, denn Sie sind der größte Glückspilz auf der ganzen Welt. Das hier sieht aus wie die Reste von Patronen, die Airmarshalls benutzen und die beim Aufprall zerbrechen. Und sie ist auch zerbrochen, aber auf diesem verdammt dicken Schal und Ihrem Mantel.«

»Man soll den Tag nicht vor dem Abend loben«, erwidere ich und ziehe mir Mantel und Schal wieder an. Die anderen drei Agents stehen immer noch über den reglosen Körper des Killers gebeugt. »Was habt ihr gefunden?«, frage ich. »Hat er einen Ausweis bei sich?«

»Er ist eine Sie, Boss«, ruft Scotty, »und sie lebt noch, aber nur gerade so. Unter ihrer Tarnkleidung trägt sie eine Kevlarweste.«

»Zu schade, würde ich sagen«, kommentiert Tanya.

Während Smithson mit der First Lady redet, gehe ich hinüber und schaue auf die Angreiferin hinunter – schmale Statur, dunkler Teint, Uniform, was mich glauben lässt ...

Einen wirklichen Beweis habe ich nicht dafür, bin aber überzeugt davon, dass hier Bens Mörderin bewusstlos vor mir auf dem Boden liegt.

Ich muss tief Luft holen, mich konzentrieren und zusammenreißen, um ihr nicht eine vierte Kugel in den Kopf zu jagen.

»Irgendein Ausweis?«, frage ich.

»Nichts«, gibt Tanya zurück.

»Ein Funkgerät, Handy oder sonst etwas?«

»Nichts dergleichen, Ma'am«, antwortet Brian. »Sieht so aus, als wäre sie sauber.«

Konzentriere dich, denke ich, *konzentriere dich.*

»Tanya, gehen Sie zurück zur Straße und holen Sie den Suburban her, sofort.«

»Wird gemacht, Sally.«

Sie läuft die Auffahrt hinunter, während ich hinten an meinen Gürtel greife, meine Handschellen hervorziehe und Brian zuwerfe. »Sichern Sie die Gefangene«, weise ich ihn an, »und zwar sorgfältig.«

»Schon dabei«, erwidert er.

Mit röhrendem Motor holpert der Suburban die Zufahrt herauf, bis er schlitternd zum Stehen kommt. Tanya lässt den Motor laufen und steigt auf der Fahrerseite aus.

»Pamela! Setz CANARY auf die Rückbank!«

Statt zu antworten, schiebt Pamela die First Lady in den Suburban und knallt dann die Tür zu. Das beklemmende

Gefühl in meiner Brust hat sich ein wenig abgemildert. Im Suburban ist sie zwar nicht vollkommen sicher, aber verdammt viel sicherer als noch vor fünf Minuten.

»Was zur Hölle geht da unten vor?«, ertönt in diesem Moment eine Stimme. Mr Fuller kommt die Auffahrt heruntergehumpelt, worauf Tanya und Scotty reagieren, als wäre auch er eine Bedrohung. »Haltet euch zurück!«, rufe ich. »Haltet euch zurück. Das ist CANARYs Vater.«

Für Erklärungen, Fragen oder dergleichen ist jetzt keine Zeit.

Nun fügt sich eins zum anderen. Diese abgelegene Hütte war der zweite Ort, an dem eine gestresste First Lady glücklich und entspannt sein konnte.

»Scotty und ich fahren mit CANARY los«, sage ich. »Pamela, Sie, Tanya und Brian bleiben zurück. Ihr bewacht die Gefangene, benachrichtigt nach und nach die Behörden und sorgt dafür, dass die Gefangene lebend ins Krankenhaus kommt, kapiert? Ich will keine Unfälle zwischen hier und dem Krankenhaus. Diese Schützin soll am Leben bleiben – wen ihr dafür umbringen müsst, ist mir egal.«

Als gute Agentin, die sie nun einmal ist, nickt Pamela zustimmend. »Was sollen wir der örtlichen Polizei sagen, wenn sie hier ankommt?«

»Was immer ihr wollt«, erwidere ich. »Glauben wird euch so oder so kein Mensch. Scotty, lass uns losfahren.«

Gleich darauf sitzen wir im Suburban. Salopp wendet Scotty den Wagen, und dann holpern wir den unbefestigten Fahrweg wieder hinunter. Ich schaue durch das Heckfenster und sehe, dass Mr Fuller mit Pamela reden will, die gerade in ihr Handy spricht. Brian kniet neben der Schützin und legt ihr Handschellen an, während Tanya im Stehen ihre Pistole auf sie gerichtet hält.

»Wohin, Boss?«, will Scotty wissen, als wir die Asphaltpiste der East Dominion Road erreicht haben.

»Keine Ahnung«, erwidere ich. »Fahr einfach drauflos, bis mir was einfällt.«

77

Parker Hoyt geht erneut in seinem Büro auf und ab, als sein spezielles Telefon klingelt. Während er darauf zuhastet, stolpert er fast über die eigenen Füße.

Als er den Hörer umklammert, bemerkt er, dass seine Hand vor Nervosität schweißnass ist.

»Ja?«

Rauschen, Knacken, elektrostatische Störungen.

»Hallo?«, wiederholt er.

Erneut statisches Rauschen. Dann sagt eine Stimme: »Es ist vorbei.«

Erleichtert sinkt er in seinem Stuhl zusammen. »Gott sei Dank.«

»Sie sollten die Stadt verlassen«, fährt die Stimme fort. »Auf der Stelle.«

»Warum?«, fragt er. »Sie haben doch eben gesagt, es sei vorbei.«

»Tja, dann müssen meine ersten Worte verschluckt worden sein«, sagt die Stimme. »Es ist vorbei, weil CANARY gefunden wurde und sich in Sicherheit befindet.«

Parker schließt die Augen. Er hofft inständig, dass der Mann am anderen Ende der Leitung nur eine Nummer abzieht, um mehr Geld zu bekommen, mehr Anerkennung, mehr irgendwas.

»Was ist passiert?«, will Parker wissen.

»Ein weiblicher Schütze hat CANARY und Grissom angegriffen, als die beiden gerade ein Grundstück in Virginia verließen, das CANARYs Dad gehört. Grissom hat ihren Job gemacht, und CANARY lebt noch.«

Verdammt, verdammt, verdammt, flucht er stumm vor sich hin.

Die Schützin.

Marsha Gray, natürlich. Mein Gott.

»Ist die Schützin tot?«

»Gegenwärtig nicht«, antwortet der Anrufer. »Sie hat drei Neunmillimeter-Patronen gegen die Brust bekommen, vermutlich sind das Brustbein und ein paar Rippen gebrochen. Im Moment ist sie bewusstlos.«

Marsha Gray lebt.

Also schön, denkt er. *Ihr Wort steht gegen meines. Das bedeutet ...*

»Noch etwas«, sagt der Anrufer. »Sie hatte ein iPhone bei sich. Ich konnte es nur mit ihrem Fingerabdruck entsperren, aber es ist mir gelungen. Ich habe darin eine Menge interessanter Aufnahmen gefunden ... aufgezeichnete Unterhaltungen zwischen ihr und Ihnen.«

Eine längere Pause entsteht. Parker ist zumute, als stünde er kurz vor dem Herzversagen.

»Nennen Sie Ihren Preis«, sagt er. »Ich muss dieses iPhone haben.«

»Verhandeln können wir später«, sagt die Stimme. »Jetzt muss ich Schluss machen.«

Parker richtet sich in seinem Stuhl auf. »Warten Sie, warten Sie, bitte ... legen Sie nicht auf.«

»Fassen Sie sich kurz.«

Parker massiert sich den Kopf. »Sie … sind Sie in einer Position … ich meine, können Sie …«

»Kann ich was?«

Parker holt so tief Luft, dass er das Gefühl bekommt, als stächen Messer in seine Lunge. »Können Sie … den Auftrag der Schützin ausführen?«

Keine Antwort.

Statisches Rauschen.

Es knistert und knackt.

Ist sein Anrufer noch in der Leitung?

Dann meldet sich die Stimme wieder mit festem Tonfall.

»Ich denke darüber nach.«

Aufgelegt.

78

Während Scotty einen Parkplatz für unseren Suburban sucht, stehe ich vor der Tür eines hübschen, jedoch nicht zu schicken Reihenhauses in einem bewaldeten Gebiet von Laurel, Maryland, etwa acht Meilen entfernt von der Arbeitsstelle meiner Schwester in Fort Meade.

Den Arm um CANARY gelegt drücke ich die Türklingel und warte. Wir sind beide erschöpft, haben weiche Knie, und sie verzieht das Gesicht vor Schmerz, der ihr zweifellos den linken Arm hinaufschießen muss, während es in meinem Kreuz so stark pocht, als hämmere jemand fortwährend dagegen.

»Wie geht es Ihnen, Ma'am?«, frage ich.

»Bitte, nennen Sie mich Grace.«

»Auf keinen Fall, Ma'am«, entgegne ich.

Ich drücke noch einmal auf den Klingelknopf. Dabei beschleicht mich ein düsterer Gedanke: Angenommen Gwen ist etwas zugestoßen, weil jemand Amelia entführen wollte? Sich meine Tochter zu schnappen könnte funktionieren …

»Ist das die Wohnung Ihrer Schwester? Sind Sie sicher, dass sie uns aufnehmen wird?«

»Das muss sie«, entgegne ich. »Sie gehört zur Familie.«

Gott sei Dank kann ich jetzt hinter dem Vorhang eines Fensters Bewegung ausmachen. Schließlich geht die Tür auf, und ja, es ist meine Schwester Gwen. Sie trägt eine Schürze, ihre Hände sind mehlbestäubt, und sie schaut uns überrascht und verwirrt an.

»Grace … ich meine, Mrs Tucker, äh, kommen Sie rein, kommen Sie doch rein!«, begrüßt sie uns. Wir treten ein, und ich mache die Tür hinter mir zu und verriegele sie.

»Wer ist denn da, Tante Gwen?«, höre ich Amelia aus der Küche rufen. Prompt muss ich mit aller Macht dagegen ankämpfen, auf der Stelle zu meiner Tochter zu rennen, sie mir zu schnappen, hier und jetzt dem Secret Service zu kündigen und mich mit ihr davonzumachen.

»Gwen, ist die Hintertür verriegelt?«

Gwen, gepriesen sei sie, schaltet schnell und sagt: »Ich glaube schon, aber ich schaue sicherheitshalber noch einmal nach. Bin gleich wieder da.«

Während sie zur Hintertür hastet, bugsiere ich die First Lady in das Wohnzimmer zur Rechten und ziehe dann dort die Vorhänge zu. Mit einmal klingelt es an der Haustür. Ich ziehe meine SIG Sauer und schiebe vorsichtig den Vorhang zur Seite.

Es ist Scotty.

Ich entriegele die Tür und lasse ihn herein.

»Hast auch lange genug gebraucht«, sage ich.

»Ich habe noch kurz das Parkplatzgelände in Augenschein genommen«, sagt er und steckt seinerseits seine Pistole zurück ins Holster. »Mir sind keine ungekennzeichneten Vans oder Einzelpersonen aufgefallen, die aus einem Auto heraus das Gelände beobachten.«

Mittlerweile hat mein kleines Mädchen das Stimmengewirr vernommen und kommt herbeigerannt. Sie hat eine

Schürze um, die ihr drei Nummern zu groß ist, und auch ihre Hände sind mehlbestäubt. »Mommy!«, schreit sie, und im gleichen Moment bin ich nicht länger eine Secret-Service-Agentin, sondern bloß eine müde und verängstigte Mutter.

»Oh, Schatz!«, rufe ich laut, nehme sie in die Arme und küsse sie. Dann umarme ich sie erneut, worauf sie sich beschwert: »Mommy, nicht so fest!« Nun bringe ich kein Wort mehr über die Lippen, weil mir Tränen in die Augen schießen und mir ein dicker Kloß im Hals steckt.

Nach ein paar Minuten wird Amelia sanft in das Gästezimmer verbannt, das vorübergehend das ihre ist. Sie sagt: »Wollt ihr nachher ein paar Schokoladenkekse essen? Tante Gwen und ich haben sie selbst gebacken!« Natürlich stimmen wir alle zu, auch die First Lady, auf deren Gesicht nun wahrhaftig der Anflug eines Lächelns liegt.

Gwen serviert uns allen Kaffee im Wohnzimmer. Als ich meine Pistole auf den Couchtisch lege, fällt mir etwas ein: Ich lasse das Magazin herausspringen und schiebe ein neues hinein. Drei Patronen hatte ich bereits abgefeuert, und ich will für den Fall eines Falles alle vierzehn Patronen zur Verfügung haben.

Meine Schwester beobachtet mich dabei und sagt: »Ich würde mir nicht allzu große Sorgen machen. Mein Haus ist unsichtbar.«

»Was bedeutet das?«, will die First Lady wissen.

Scotty dreht seinen Stuhl so, dass er der Tür gegenübersteht. »Es bedeutet, Ma'am, dass dieses Haus, die Rechnungen der Versorgungsunternehmen und alles andere auf einen anderen Namen laufen. Nicht auf ihren, damit sie nicht aufgespürt werden kann.«

»Sind Sie eine Spionin?«, fragt CANARY.

»Dafür bin ich nicht mutig genug« erwidert sie. »Ich bin bloß jemand, der viel liest und nachdenkt.«

Mittlerweile habe ich meine Pistole nachgeladen und sage: »Ich vermute, du fragst dich, warum ich hier bin, zusammen mit … Mrs Tucker.«

»Richtig vermutet.«

»Es ist am besten, wenn du nicht zu viel weißt«, sage ich.

Gwen grinst. »Weißt du, wie oft ich das schon gehört habe?«

»Trotzdem«, sage ich. »Das könnte hilfreich sein, falls diese Sache irgendwann einmal Teil eines Untersuchungsausschusses des Kongresses wird.«

Sie nickt. »Ich verstehe. Was kann ich tun?«

»Wir müssen die Nacht hier verbringen«, sage ich.

»Abgemacht.«

»Unter anderem«, sage ich.

Gwen nickt. »Auch abgemacht. Sonst noch was?«

Nicht auf der Flucht zu sein und sich im warmen, komfortablen und bis dato sicheren Zuhause meiner Schwester aufzuhalten lässt es mir so wohlig zumute werden, dass ich im nächsten Moment auf dem Stuhl einschlafen könnte.

»Wir müssen die First Lady an einen sicheren Ort bringen. Und das Weiße Haus ist keiner. Auch nicht das Eisenhower Executive Office Building oder sonst ein Regierungsgebäude.«

»Darüber habe ich mir schon den einen oder anderen Gedanken gemacht«, meldet sich CANARY zu Wort.

Ich nicke leise. »Das dachte ich mir.«

79

Nach einer heißen Tomatensuppe mit Baguette, gefolgt von Schokoladenkeksen – Amelia ist dermaßen stolz darauf, wie gut sie geworden sind, dass ich mich abwenden muss, um meine Tränen vor ihr zu verbergen –, räume ich auf und begebe mich mit Amelia in ihr Schlafzimmer. CANARY wird in Gwens Zimmer schlafen, Gwen wird sich mit dem ausziehbaren Sofa begnügen, und Scotty bekommt eine Decke und eine Schaumstoffmatratze auf dem Küchenboden.

Gwen borgt mir eine Schlabberhose und ein altes T-Shirt, worauf ich sage: »Schwesterherz, ich schulde dir eine Menge.«

Sie nimmt uns beide rasch in die Arme, gibt uns einen Kuss und sagt: »Kein Wort mehr. Schlaft jetzt, ja?«

Sie geht hinaus und schließt hinter sich die Schlafzimmertür. Ein gedämpftes Nachtlicht erleuchtet einen Teil des Schlafzimmers. Ich kuschele mich ins Bett, in dem Amelia bereits liegt, nehme die Löffelposition ein, und mir kommen lieb gewordene Erinnerungen an die vielen, vielen Male, die sie und ich nebeneinander geschlafen haben, wenn sie einen Albtraum gehabt hat oder sich vor dem Donner oder sonst etwas fürchtete. Ben grummelte dann immer (der arme Ben!), aber insgeheim liebte ich den Geruch und die Wärme meines kleinen Mädchens einfach. Sogar der Schmerz in meinem Kreuz scheint sich jetzt zu verbessern.

»Mom?«, flüstert sie.

»Ja, Schatz.«

»Ich vermisse Daddy.«

Die Worte rutschen mir einfach heraus, so wie es bei der Wahrheit häufig der Fall ist. »Ich auch, Schatz. Ich auch.«

Ihre Schultern fangen an zu beben, ich begreife, dass sie weint, und ich lasse sie. Sie raschelt herum, und ich spüre, dass sie sich mit dem Bettlaken die Nase schnäuzt.

»Er war mutig, Mommy, nicht wahr?«

»Dein Daddy war sehr, sehr mutig«, sage ich. »Einer der mutigsten Männer, die ich kenne.«

»Und er hatte nicht einmal eine Waffe. Er ist hinter diesem bösen Mann her, und er hatte nicht einmal eine Waffe.«

»Das stimmt. Er wollte dich beschützen, wie es ein mutiger Daddy eben tut. Und das hat er auch getan.«

Sie kuschelt sich bei mir an, und auch wenn ich es kaum glauben kann, gleite ich nun allmählich in den Schlaf. Es gibt so viel nachzudenken, so viel zu tun, aber nach den vergangenen achtundvierzig Stunden gibt sich mein Körper geschlagen.

»Du bist auch mutig, Mom.«

»Nein, nein, das bin ich nicht.«

»Diese nette Frau da unten, die mit der verletzten Hand. Sie hat mir gesagt, dass du mutig bist.«

Ich liege da, denke nach und sage: »Wirklich?«

»Oh ja«, sagt Amelia. »Diese nette Frau hat mir gesagt, ich soll stolz sein. Meine Mutter wäre die mutigste Frau, die sie je kennengelernt hat.« Amelia erhebt ihre Stimme ein wenig. »Wer ist sie eigentlich, Mom? Sie kommt mir irgendwie bekannt vor. Und wie hat sie sich die Hand verletzt?«

Ich fahre ihr mit den Fingern durch das Haar. »Schlaf jetzt, mein Schatz. Schlafe. Morgen früh können wir weiterreden.«

Dieses Mal erfolgt keine Widerrede seitens meines kleinen Mädchens.

Gott sei gedankt für kleine Wunder.

***

Irgendwann in der Nacht gleitet die Tür auf, und jemand huscht ins Schlafzimmer. Sofort ziehe ich meine Pistole unter dem Kissen hervor und rolle hinüber, um Amelias Körper abzuschirmen. »Junge, Junge, du bist wohl immer bei der Arbeit, was?«, flüstert Gwen.

Ich löse mich von Amelia, um sie nicht aufzuwecken. Meine jüngere Schwester geht um das Fußende des Betts herum und kniet sich neben mir auf den Teppichboden. »Geht es dir gut?«

»Ich glaube schon«, erwidere ich gähnend. »Was gibt's?«

Ich sehe, dass sie einige Blatt Papier in der Hand hält. »Tut mir leid, dass ich das jetzt sage, Sally. Aber ihr müsst hier weg. Sofort.«

80

Hektisches Treiben kommt auf, und kurz darauf befinde ich mich mit Scotty und der First Lady im Wohnzimmer, allesamt angezogen und aufbruchbereit. Gwen reicht mir, als niemand hinsieht, einen dicken Umschlag, den ich mir in die Manteltasche stecke. Wir alle gähnen und reiben uns die Augen, nur Scotty ist so wachsam wie gewöhnlich.

Mein Kreuz tut immer noch weh.

»Bist du sicher, dass wir das jetzt tun müssen?«, fragt er.

»Absolut sicher«, erwidere ich mit Blick auf meine Schwester, die daraufhin sagt: »Amelia schläft noch.«

Mir schnürt es die Kehle zusammen. »Sag ihr … sag ihr …«

Gwen tritt zu mir und drückt mir die Hand.

»Ich werde ihr sagen, dass sie entweder Rührei oder Pfannkuchen haben kann. Das werde ich ihr sagen.«

Ich erwidere ihren Händedruck. »Das hört sich gut an.«

Scotty steht neben CANARY, die nun fragt: »Warum brechen wir so früh auf? Und wohin fahren wir?«

»Ich sage es Ihnen gleich, Ma'am«, erwidere ich. »Aber eins nach dem anderen. Scotty, nimm doch mal das Parkplatzgelände unter die Lupe und komm mit dem Suburban zurück, ja?«

»Schon dabei, Boss«, sagt er, entriegelt die Tür und huscht

hinaus. Ich gebe ihm ein paar Sekunden, gebe dann der First Lady ein Zeichen, und wir folgen ihm.

Wir treten auf den schmalen Gehsteig hinaus. Die Sonne ist zwar schon aufgegangen, aber es ist noch verdammt früh. Die First Lady umfasst ihre bandagierte linke Hand vorsichtig, aber mir ist nicht danach, sie dazu zu befragen.

Mir ist danach, meinen wichtigsten Job anzugehen.

In der Ferne erspähe ich inmitten der geparkten Autos die Gestalt von Scotty, der nach rechts und links schaut, um sich zu vergewissern, dass dort niemand mit bösen Absichten lauert.

Ich kann ein Gähnen nicht unterdrücken. Die First Lady lächelt und sagt: »Immer noch ziemlich müde.«

»An manchen Tagen wünsche ich mir einfach nur, ich wäre irgendwo, wo ich nie, nie mehr einen Wecker stellen muss, sodass ich erst aufwache, wenn meinem Körper danach ist.«

Plötzlich startet ein Wagen, und ich greife nach meiner Pistole, entspanne mich aber gleich wieder. Es ist eine Frau in einem silbernen Lexus, die langsam an uns vorbeifährt und dabei aus einem Thermosbecher Kaffee trinkt. Nicht ahnend, an wem sie da gerade vorbeifährt, winkt sie uns beiden zu, und wir winken zurück.

»Vor Kurzem sagten Sie, Sie hätten eine Idee, an welchen sicheren Ort wir fahren könnten«, sage ich.

»So ist es«, erwidert CANARY.

Ich lasse meine Hand in meine Manteltasche gleiten, zu diesem dicken Umschlag, den meine Schwester mir vorhin zugesteckt hat.

»Jetzt wäre ein guter Zeitpunkt, mir zu sagen, wo er ist«, sage ich.

81

Tammy Doyle sitzt in ihrem Büro bei Pearson, Pearson and Price, froh darüber, dass sie heute Morgen den Mut aufgebracht hat, ihre Firma durch den Vordereingang zu betreten. Die Nachricht, dass die First Lady vermisst wird, hat dazu geführt, dass sich die Reihen der Medienvertreter vor Ort gelichtet haben und sich die meisten Reporter und TV-Teams auf die Jagd nach der aktuelleren und reizvolleren Story in Virginia gemacht haben.

Sie kennt die Regeln in den Nachrichtenredaktionen nur zu gut.

Wer bekommt mehr Aufmerksamkeit? Eine lebende Geliebte oder eine tote First Lady?

Jemand klopft leise an die Tür. Ralph Moren, der Verwaltungsassistent ihrer Gruppe, kommt herein, eine Tasse Kaffee in der Hand. »Gut siehst du heute Morgen aus.«

»Danke, Ralph.«

Er reicht ihr den Kaffee. Noch bevor sie einen Schluck trinken kann, sagt er in vertraulichem Ton: »Da ist ein Anruf für dich.«

»Wer ist es?«

»Das wirst du nicht glauben«, antwortet er mit einem Lächeln.

»Probier's aus.«

»Lucian Crockett.«

Tammy ist perplex. Sie erinnert sich an das letzte Mal, als sie diesen Namen gehört hat, nämlich in ihrer Wohnung. »Da muss ein Irrtum vorliegen. Amanda versucht schon seit Monaten, ihn als Kunden an Land zu ziehen.«

Nach wie vor lächelnd schüttelt der Assistent den Kopf. »Es ist kein Irrtum. Er hat direkt und ausdrücklich nach dir verlangt.« Ralph deutet auf ihr Telefon. »Leitung drei, Tammy. Lass ihn nicht warten.«

Ralph verlässt ihr Büro, doch Tammy lässt Lucian sehr wohl warten, weil sie sich erst einmal darüber klar zu werden versucht, was hier vor sich geht. Lucian Crockett ist CEO eines der landesweit größten Fracking- und Gasförderungsunternehmen im Südwesten der USA, und die Lobbyfirma Pearson, Pearson and Price – und insbesondere Amanda – bemüht sich, ihn und sein milliardenschweres Vermögen unter den Lobbying-Schirm der Firma zu bekommen.

Schließlich schiebt Tammy ihre Zweifel beiseite, nimmt den Hörer ab, drückt die Taste für Leitung drei und meldet sich: »Hier ist Tammy Doyle.«

»Miss Doyle?«, ertönt eine raue und selbstbewusst klingende Stimme. »Hier spricht Lucian Crockett. Danke, dass Sie meinen Anruf entgegennehmen.«

»Gern geschehen, Mr Crockett. Danke für Ihren Anruf. Was kann ich für Sie tun?«

Er lacht. »Ich mag es, wenn man formlos miteinander umgeht. Meine Buchhalter treibe ich damit immer in den Wahnsinn. Darf ich Sie Tammy nennen, Miss Doyle?«

»Natürlich.«

In den gemeinsam genutzten Räumlichkeiten vor ihrem

Büro sind laute Stimmen zu vernehmen, doch Tammy ignoriert das allgemeine Durcheinander. »Dann nennen Sie mich Lucian«, erwidert er. »Hören Sie, ich weiß, dass Sie eine viel beschäftigte Frau sind, und vor Kurzem waren Sie ja auch in den Nachrichten, also fasse ich mich kurz und komme gleich auf den Punkt. Ich möchte, dass Ihre Firma mich und meine Leute repräsentiert, und zwar je eher, desto besser. Wir müssen da einer ganzen Reihe von Problemen bei Genehmigungen und Gebietsabgrenzungen zuvorkommen, und Ihre Firma hat genau die Mitarbeiter, die wir brauchen, um die Dinge voranzutreiben.«

»Also, das sind ja wirklich großartige Neuigkeiten, Mr, äh … Lucian«, sagt Tammy. »Ich weiß allerdings, dass Sie mit meiner Chefin, Amanda Price, im Gespräch sind, und …«

Seine fröhliche Stimme klingt mit einem Mal eiskalt. »Amanda? Nun … unter uns gesagt, Tammy, dieses Miststück spielt schon seit Monaten mit mir. Sie ist wie eine Cheerleaderin, die einen Footballstar daten will und ihm deswegen ständig hinterherläuft, und das habe ich satt.«

»Nun …«

»Meine Frau und meine Mutter, gesegnet seien sie beide, die haben Sie im Fernsehen gesehen. Es gefällt ihnen, dass Sie den Kopf nicht in den Sand stecken. Was ihnen nicht gefällt, ist die Art, wie Tucker Sie behandelt hat. Und als ich ihnen erzählte, dass Sie für Pearson, Pearson and Price arbeiten, nun, da haben sie mir geraten« – er kichert, so als wüssten sowohl er als auch Tammy, was das Wort *geraten* bedeutet –, »ich solle mit Ihrer Firma zusammenarbeiten, dabei aber nur mit Ihnen verkehren. Nicht mit Amanda Price.«

Vor lauter Freude schlägt Tammys Herz höher; sie denkt an die Millionen von Dollar, die ihrer Firma zufließen werden – und das alles dank ihr. »Also, Lucian, das ist schon sehr ungewöhnlich, und …«

»Das ist der Deal«, unterbricht Lucian sie. »Sagen Sie Ja oder Nein, ich habe keine Zeit, weiter herumzualbern. Als Amanda und ich das letzte Mal miteinander plauderten, meinte sie, ihr aktuelles Angebot sei das beste, das sie mir unterbreiten könne, das hieße also friss oder stirb. Wie es scheint, war sie der Meinung, sie müsste mir einen Aufpreis berechnen für den Fall, dass sie wegen dem, was wir tun, ein paar ihrer naturverliebten Kunden verliert. So ein Miststück. Aber okay, ich nehme das Angebot an. Das läuft dann aber nur über Sie und ausschließlich über Sie. Habe ich mich klar ausgedrückt?«

Tammys Gedanken rasen. Amanda wird einwenden, so etwas sei unmöglich, sie könne das nicht zulassen. Aber die anderen Partner in der Firma werden es mit einem Lächeln sehr wohl zulassen.

»Lucian, wir haben einen Deal«, sagt Tammy.

Als sie das Telefonat beendet hat, tritt sie in den Gemeinschaftsbereich hinaus und erkennt nun, warum hier so ein Wirbel herrscht. In der Ecke ist ein Fernsehgerät eingeschaltet, und sie bahnt sich ihren Weg dorthin, um zu sehen …

Grace Fuller Tucker, First Lady der Vereinigten Staaten.

Die Frau lächelt, lacht sogar, und sie wird umringt von kleinen Kindern, die sie fröhlich kichernd umarmen. An den Wänden sind Fingermalereien und Zeichnungen, und in der Menge um die First Lady erspäht Tammy die Secret-Service-Agentin, die sie vor Kurzem befragt hat.

»Was geht da vor?«, erkundigt sich Tammy.

»Die First Lady lebt«, erwidert einer ihrer Kollegen. »Wie es scheint, war sie beim Ausreiten in den Fluss gefallen, hat das Bewusstsein verloren und hat sich an der Hand verletzt. Es gelang ihr aber, sich bis zu einer Scheune zu schleppen. Dort hat der Secret Service sie heute Morgen gefunden.«

Tammy sieht, wie die First Lady lächelt, immerfort lächelt, erkennt die Freude und das Vergnügen in ihren Augen, wie sie dasteht, ganz für sich, stark, stolz und trotzig. Jemand sagt: »Sie sieht schrecklich aus.«

»Nein«, widerspricht Tammy. »Sie sieht toll aus.«

82

Vorhin noch war Grace Fuller Tucker durchgefroren und hungrig gewesen, und ihre linke Hand hatte immer wieder leise vor Schmerz gepocht, aber jetzt ist ihr warm ums Herz, sie ist glücklich und fühlt sich sicher.

Sie ist wieder im A Happy Place Forever, jener Obdachlosenunterkunft in Anacostia, die sie besucht hatte, bevor sie am Tag des Skandals den East Wing verließ. Und da die Kinder, ihre Mitarbeiter und Agent Grissom um sie sind und ein Fernsehteam nach dem anderen dazukommt, fühlt sie sich unverwundbar.

Die Fragen prasseln jetzt auf sie ein wie schnell geschlagene Softbälle, wie damals, als sie in der Mannschaft der Ohio State University spielte, und sie schmettert wie damals alles ab.

»Mrs Tucker, was ist mit Ihrer Hand passiert?«

Sie hebt die linke Hand. »Ich weiß es nicht genau. Ich glaube, als ich in den Fluss gefallen bin, habe ich mir irgendwie den kleinen Finger gequetscht. Es geht aber schon besser, danke.«

»Mrs Tucker, wer hat Sie behandelt?«

»Der Secret Service. Die haben Erste Hilfe geleistet. Heute Vormittag werde ich mich ins George Washington Hospital begeben, um professionell medizinisch versorgt zu werden.«

»Und Ihr Kopf?«

Ihr Lächeln wird breiter; sie nimmt ihre gesunde Hand und reibt sich damit über den Nacken. »Trotz größter Anstrengungen seitens des Taccanock River und meines Pferdes Arapahoe scheint er immer noch dran zu sein.«

Damit erntet sie Gelächter aus den Reihen der Mitarbeiter und sogar von einigen Mitgliedern des rasch anwachsenden Pressekorps.

»Mrs Tucker, wissen Sie, dass in den vergangenen Tagen eine ausgedehnte Suchaktion nach Ihnen im Gange war?«

Ein kleiner afroamerikanischer Junge umarmt sie innig, und sie langt einfach nach unten und drückt ihm seine knochige Schulter. »Ich weiß, und ich bin allen, die sich an der Suche beteiligt haben, sehr dankbar. Ihnen allen fühle ich mich zu tiefstem Dank verpflichtet.«

»Mrs Tucker, warum sind Sie hier und nicht im Weißen Haus oder in einem Krankenhaus?«

»Ich weiß, das hört sich jetzt sonderbar an«, erwidert sie, »aber bevor ich ins Krankenhaus fahre, wollte ich noch einen kleinen Muntermacher, und dieser Ort eignet sich für so etwas perfekt.«

Erneut schlingt der Junge an ihrer Seite die Arme um sie. Derweil stellt sie sich die Frage, ob irgendwem hier auffällt, dass sie gar nicht davon spricht, ins Weiße Haus zurückzukehren.

Die Blitzlichter der Kameras gleißen auf, Mikrofone werden in ihre Richtung gehalten, und die grellen Scheinwerfer der Fernsehkameras lassen das Innere dieser Obdachlosenunterkunft für Kinder so aussehen, als sei es in Phoenix zur Mittagsstunde.

Aber sie wartet, wartet auf diese eine Frage, die ihr gestellt werden wird, und, ja, da kommt sie auch schon.

»Mrs Tucker … wenn ich mir diese Frage erlauben darf, tut mir leid, das jetzt anzusprechen, aber wollen Sie eine Bemerkung zu der Beziehung abgeben, die Ihr Ehemann offensichtlich mit einer K-Street-Lobbyistin unterhält?«

Erneut setzt sie ein breites Lächeln auf, erneut tätschelt sie dem obdachlosen Jungen die Schultern.

»Nein, will ich nicht«, antwortet sie.

83

Als ich vor vier Tagen das Oval Office betreten hatte, saßen der Präsident und der Stabschef auf einer Couch und luden mich freimütig dazu ein, ihnen gegenüber Platz zu nehmen.

Heute ist das nicht so.

Der Präsident sitzt hinter seinem Schreibtisch, Parker Hoyt steht neben ihm. Beide haben eine grimmige Miene aufgesetzt; sie sehen aus wie Strafverteidiger, die soeben erfahren haben, dass der Gouverneur ihre letzte Bitte auf Gnadenerlass für ihren in der Todeszelle schmorenden Mandanten abgelehnt hat.

Aber das ist in Ordnung so.

Dies wird mein letzter Besuch in diesem Büro sein, und wenn ich Glück habe, wird es auch das letzte Mal sein, dass ich mit einem der beiden spreche.

Parker Hoyt schaut »The Man« an, doch ich gehe sofort in die Offensive.

»Mr President, ich weiß, dass die Nachricht Sie bereits erreicht hat, aber ich freue mich, Ihnen mitteilen zu können, dass wir die First Lady gefunden haben«, sage ich. »Von ihrem kleinen Finger und ein paar Beulen und Kratzern abgesehen geht es ihr gut.«

So, als wolle er sich absichern, schaut der Präsident zu

seinem Stabschef hin. Ich füge hinzu: »Sicher freuen Sie sich darüber, ganz unabhängig vom Zustand Ihrer … Ehe, dass Grace Tucker lebt und es ihr den Umständen entsprechend gutgeht. Aber was Mr Hoyt angeht, so denke ich, sollten Sie wissen, dass er hinter Ihrem Rücken die Ermittlungen behindert hat.«

Parkers Gesicht läuft rot an. »Agent Grissom, damit liegen Sie total daneben«, sagt er. »Verschwinden Sie. Auf der Stelle.«

»Nicht, bevor ich mein Briefing des Präsidenten beendet habe.«

»Raus!«, ruft Parker und weist auf die nahe Tür des Oval Office. »Sofort!«

Ich halte mit großen Schritten direkt auf ihn zu, und pflanze mich dicht vor ihm auf.

»Ich arbeite nicht für Sie, Mr Hoyt!«, blaffe ich ihn nun meinerseits an. »Ich übe meine Tätigkeit nur nach Ermessen des Präsidenten aus! Wenn er will, dass ich gehe, dann werde ich es tun, aber keine gottverdammte Sekunde eher!«

Wir starren einander an, und ohne ihm den Kopf zuzuwenden, sage ich: »Mr President?«

Die folgende Pause währt zwar nur einige Sekunden, es fühlt sich jedoch so an wie eine Ewigkeit.

Schließlich sagt der Präsident mit sanfter Stimme: »Agent Grissom, bitte fahren Sie fort.«

Ich grinse Hoyt an und trete zurück.

»Sir«, beginne ich, »im Verlauf meiner Ermittlung habe ich erfahren, dass Ihr Stabschef, Parker Hoyt, Kontakt mit seinem früheren Arbeitgeber Global Strategic Solutions aufgenommen hat sowie mit einer unabhängigen Auftragnehmerin, Marsha Gray, einer ehemaligen Scharfschützin des Marine Corps. Diese Frau stand in ständigem Kontakt mit Mr Hoyt und war ihm direkt unterstellt.«

Der Präsident hat die Hände zu Fäusten geballt und steht hinter seinem Schreibtisch auf.

»Parker?«

In den Augen des Stabschefs sehe ich ein Flackern, und ich spüre, wie sein chamäleonartiger politischer Verstand geradezu mit Lichtgeschwindigkeit arbeitet. »Mr President, das ist nicht wahr. Und Sie wissen es auch. Sie wissen, dass Agent Grissom unter enormem Druck stand, und angesichts des Todes ihres Mannes …«

Ich behalte meinen Verdacht, was die Identität von Bens Mörder angeht, für mich und sage: »Mr President, Ihr Stabschef hatte kein Interesse daran, die First Lady zu retten. Sein Interesse ging dahin, sie nicht lebend aus dieser Sache herauskommen zu lassen.«

Mit hochrotem Kopf sagt Parker: »Harry … hören Sie nicht auf sie. Sie weiß nicht, was sie da redet. Hören Sie, Sie kennen mich jetzt schon seit Jahren, seit vielen Jahren. Ich habe immer nur in Ihrem ureigensten Interesse gehandelt. Hören Sie nicht auf sie.«

»Mr President«, sage ich, »wussten Sie, dass Mr Hoyt ein sicheres Telefon in seinem Büro hat, mit dem er das Kommunikationssystem des Weißen Hauses umgehen kann?«

Der Präsident hält inne. »Ich meine mich vage an die Installation von so etwas zu erinnern … gleich nach der Amtseinführung.«

»Mit diesem Telefon hat Mr Hoyt mit seiner ehemaligen

384

Firma und mit der Scharfschützin des Marine Corps kommuniziert. Die gleiche Scharfschützin, die gestern um ein Haar die First Lady ermordet hätte.«

Hoyts Gesicht ist nun so rot, dass man glauben könnte, er hätte zu lange auf der Sonnenbank gelegen. »Beweisen Sie es!«

Ich lange in die Innenseite meiner schlichten schwarzen Jacke und falte drei Blatt Papier auseinander. »Mr President, das hier sind Listen, die Zeit und Ort von Telefongesprächen dokumentieren, die zwischen Mr Hoyt und seiner früheren Firma beziehungsweise der verhafteten Scharfschützin geführt wurden.«

Ich lege sie auf den Schreibtisch des Präsidenten. »Eine Fälschung«, beteuert Hoyt. »Das ist eine Fälschung, Mr President.«

»Nein, das ist keine Fälschung«, entgegne ich. »Davon kann sich der Präsident mit einem Anruf beim Leiter der National Security Agency in Fort Meade überzeugen. Diese Anrufliste ist zwar kein Beweisstück, das vor Gericht zugelassen werden kann, aber, Mr President, ich weiß, dass Sie sie nützlich finden werden.«

Mit zitternder Hand greift CANAL danach und hebt die Papiere auf. Er beginnt, sie durchzuschauen.

Hoyt starrt mich mit blankem, zügellosem Hass an.

Es fühlt sich gut an, Objekt seines Hasses zu sein.

»Wenn die Gentlemen mich dann entschuldigen würden«, sage ich, »ich muss gehen.«

Ich drehe mich um und halte auf die geschwungene Tür zu, kann dann aber der Versuchung nicht widerstehen.

»Mr Hoyt, vielleicht erinnern Sie sich an unsere letzte

Unterhaltung«, sage ich, »als Sie mir rieten, mir den besten Anwalt zu nehmen, den ich mir leisten kann.«

Ich öffne die Tür, gehe aber noch nicht hinaus. »Ich schlage vor, dass Sie Ihren eigenen Rat befolgen.«

84

Zwei Meter unter dem Oval Office – ich bin krank vor Neugier, wie sich die Unterhaltung dort oben entwickelt – trete ich an meinen Schreibtisch, setze mich und lasse einfach nur den Kopf in die Hände sinken.

Ein paar Momente vergehen, dann mache ich mich an die Arbeit.

Keine Zeit verschwenden.

Die anderen Agents ignorieren mich wohlweislich, während ich einen leeren Pappkarton und zwei Einkaufstüten auftreibe und langsam und sorgfältig damit anfange, meine persönliche Habe zusammenzusuchen und hineinzupacken. Ich hasse es jede einzelne Sekunde, weiß jedoch, dass es getan werden muss. Die Tür zum Raum W-17 geht auf, und mein Stellvertreter Scotty kommt herein. Als er sieht, womit ich beschäftigt bin, kommt er zu mir herüber und setzt sich neben meinen Schreibtisch.

»Boss«, sagt er.

»Scotty«, antworte ich.

Ich lange über meinen Schreibtisch und nehme eines meiner letzten Erinnerungsstücke an mich, nämlich das von Amelia geschnitzte Namensschild mit der Aufschrift SALLY GRISSOM, SUPERAGENTIN, auch wenn ich mich momentan nicht so super fühle.

»Bist ziemlich ruhig, Scotty.«

Er sagt kein Wort.

»Es wundert mich, dass du mich nicht fragst, warum ich dich beim Haus meiner Schwester zurückgelassen und mir ihr Auto geborgt habe, um die First Lady zu dieser Obdachlosenunterkunft zu fahren.«

»Du wirst deine Gründe gehabt haben«, sagt Scotty leise.

»Gute Gründe«, bekräftige ich. »Lass uns keine Spielchen spielen, okay? Erweise mir Respekt. Ich habe die Telefonliste durchgesehen. Sag mir einfach: Was hat Hoyt dir geboten?«

Mein Stellvertreter presst die Kiefer aufeinander und entspannt sie wieder. Wahrscheinlich ringt er mit sich, was er als Nächstes sagen soll. »Deinen Job«, erwidert Scotty schließlich. »Und später einmal eine glanzvolle Karriere in seiner Firma.«

Ich nicke. »Also nicht gerade dreißig Silberlinge, aber es war wohl genug. Und nun kommt der Punkt, an dem ich frage: Warum?«

Er zuckt fast unmerklich mit den Schultern. »Das ist nichts Persönliches, Boss. Ich habe drei Einsätze in Übersee absolviert. Ich bin Ex-Ranger. Ich habe Dinge getan, die dir Albträume bescheren würden. Und ich soll mich von einem ehemaligen Cop herumkommandieren lassen? Von einer Frau?« Erneut zuckt er leicht mit den Schultern. »Inakzeptabel.«

Ich halte meine Wut und meine Entrüstung im Zaum. »In Ordnung. Danke, dass du mir das gesagt hast.«

Ich ziehe meine Schublade auf, stöbere darin herum, finde aber nichts Persönliches mehr und sage schließlich: »Meine Schwester hat mir auch erzählt, dass du letzte Nacht ruhelos warst und ein paarmal aufgestanden bist. So, als wolltest du dich durchs Wohnzimmer schleichen und nach oben gehen, dorthin, wo CANARY schlief. Aber meine Schwester hat wirklich einen sehr leichten Schlaf, nicht wahr?«

Scotty reagiert nicht. Ich werfe einen letzten Blick in die Schublade, schließe sie und schaue hoch. Scotty ist immer noch da.

»Und?«, sage ich. »Gibt es sonst noch was?«

Endlich scheint ihm unbehaglich zumute zu sein. »Äh, tja, was jetzt?«

»Ich habe keinen blassen Schimmer«, sage ich. »Ich beende mein Arbeitsverhältnis beim Secret Service und Heimatschutz zum … in etwa zehn Minuten. Oben ist meines Wissens der Präsident gerade dabei, seinen Stabschef in die Wüste zu schicken. Irgendwann könnte es mal einen Untersuchungsausschuss des Kongresses geben, vielleicht aber auch nicht, je nachdem, was bei der Wahl herauskommt. Aber ich bin mir sicher, dass es eine interne, vertrauliche Secret-Service-Überprüfung geben wird angesichts dessen, was zur Hölle sich hier während der letzten Tage abgespielt hat. Und falls nicht, wird ein anonymer Anruf im Büro des Generalinspektors der Homeland Security die Dinge ins Rollen bringen.«

Er bleibt stumm.

»In der Zwischenzeit, Scotty, wirst du bekommen, was du wolltest, nämlich die Verantwortung für die Presidential Protective Division.« Vorsichtig lege ich Amelias Namensschild oben auf den pickepackevollen Karton.

Ich quäle mir ein Lächeln ab. »Genieße es, solange du kannst.«

85

Ein Lied auf den Lippen, ein Lächeln im Blick, so heißt es, und genauso ist es Tammy Doyle zumute, während sie mit großen Schritten durch das Großraumbüro mit seinen aneinandergereihten Arbeitsnischen geht. Sie folgt einem Flur bis zur geschlossenen Tür von Amanda Prices Eckbüro und zieht rasch an deren beiden Assistenten vorbei, um die Türklinke zu ergreifen und direkt hineinzumarschieren.

Noch vor einer Woche hätte sie sich nicht im Traum vorstellen können, sich so unhöflich und dreist zu verhalten.

Aber die vergangene Woche ist schon eine Ewigkeit her.

Amanda Price, die gerade eine Zigarette raucht und mit jemandem telefoniert, schaut auf und sagt: »Was zur Hölle ist los, Tammy? Brennt das Gebäude? Oder hat Ihnen der Präsident endlich einen Antrag gemacht?«

Das Eckbüro gewährt einen tollen Blick auf die K Street und die umliegenden Gebäude, den besten im ganzen Unternehmen. »Ich muss mit Ihnen sprechen, Amanda.«

Den Hörer in der Hand haltend legt Amanda ihre Zigarette in den überquellenden Aschenbecher. »Ich kann Sie in einer Stunde empfangen.«

»Sofort.«

Amandas gefärbte Augenbrauen schnellen in die Höhe. »Drängeln Sie mich nicht, Tammy.«

»Wenn Sie jetzt nicht mit mir sprechen«, gibt Tammy zurück, »dann werden Sie diejenige sein, die gedrängelt wird – und zwar unten aus der Tür hinaus.«

»Jeb, tut mir leid«, spricht Amanda in den Telefonhörer, »mir ist da gerade etwas dazwischengekommen. Ich rufe Sie in einer Minute zurück, versprochen.«

Amanda knallt den Hörer auf die Gabel und macht Anstalten, Tammy herunterzuputzen. Doch diese herrscht sie ihrerseits an: »Es reicht! Amanda, ich bin nun schon ein paar Jahre hier, und das ist jetzt das letzte Mal, dass Sie mir gegenüber die Stimme erheben. Das allerletzte Mal.«

Damit hat sie Amandas Aufmerksamkeit gewonnen. Amanda verschränkt die Hände vor sich und formt damit ein schlankes, ausgeprägtes Dreieck. »Ich sagte Jeb gerade, ich würde ihn in einer Minute zurückrufen. Ihnen bleiben noch ungefähr dreißig Sekunden, bevor ich Ihren Arsch auf die Straße setze und diesen Anruf mache.«

»Lucian Crockett«, sagt Tammy.

Nun wird Amanda stutzig. »Fahren Sie fort.«

»Ich habe gerade mit ihm telefoniert. Er will Geschäfte mit der Firma tätigen … aber nur über mich.«

Amanda ballt ihre Finger zu einer Faust. »Sie hätten nicht mit ihm reden dürfen. Als er Sie angerufen hat, hätten Sie den Anruf zu mir weiterleiten müssen. An ihm und seiner Firma bin ich dran. Ich arbeite schon Monate daran, ihn zur Unterschrift zu bewegen. Monate!«

»Ich hatte keine Wahl«, sagt Tammy. »Er wollte mit mir reden und ließ keinen Zweifel daran, dass er und seine Firma Geschäfte mit Pearson, Pearson and Price machen wollen – aber nur über mich. Nicht über Sie.«

Amanda greift nach ihrem Telefon. »Machen Sie, dass Sie hier rauskommen. Sofort.«

»Falls Sie mit dem Gedanken spielen, Lucian anzurufen: Das würde ich nicht tun, Amanda. Er kann Sie nicht leiden. Seine Mutter und seine Frau können Sie nicht leiden. Der einzige Grund, dass er zu uns kommt, bin ich.« Um ihren Worten Nachdruck zu verleihen, tritt Tammy einen Schritt vor. »Wenn Sie mich umgehen und versuchen, die Sache abzuwürgen, dann wird der Vorstand binnen einer Stunde von mir erfahren, dass Sie ein millionenschweres Geschäft sabotiert haben.«

Amandas sorgsam manikürte Hand umfasst immer noch ihren Telefonhörer. »Testen Sie mich?«

»Das ist kein Test, es ist eine Tatsachenaussage. Lucian Crockett kommt an Bord, und ich stelle ihm das Ticket aus.«

Langsam zieht Amanda ihre Hand zurück. Sie schaut erst Tammy an, blickt dann aus dem Fenster und richtet ihren Blick schließlich wieder auf Tammy.

Etwas, das einem Lächeln ähnelt, legt ihr Gesicht in Falten. »Nun … ich denke, da lassen sich Regelungen treffen … zum Wohle der Firma.«

»Da stimme ich zu, Amanda. Zum Wohle der Firma. Ich bin froh, dass Sie es so sehen.«

Schweigen. Tammy beschließt nachzuhaken. »Das ist sehr verständnisvoll von Ihnen, Amanda. Und da ist noch etwas, das ich verstehen möchte. Neulich, als Sie … in meine Wohnung eingebrochen sind und als ich Ihnen erzählte, dass ich in einen Verkehrsunfall verwickelt worden war, da sagten Sie, der Verkehr auf der Interstate 66 könne manchmal das reinste Gruselkabinett sein. Woher wussten Sie, dass ich auf der 66 unterwegs war? Das hatte ich Ihnen nicht erzählt. Haben Sie diesen Unfall arrangiert?«

Sie schüttelt den Kopf. »Nein. Tammy, es gibt durchaus Dinge, bei denen ich den einfachsten Weg nehme, Linien, die ich überschreite, aber so etwas mache ich nicht. Nein.«

Sehnsüchtig starrt Amanda auf ihre langsam herunterbrennende Zigarette. »Informationen. Das ist alles. Ich sehe immer zu, dass ich Informationen über unsere Kunden und unsere Angestellten bekomme. Ihr Name steht auf einer Liste, das ist alles. Und ich habe einen Anruf von einer meiner Quellen bei der Virginia State Police bekommen, die mir von Ihrem Unfall erzählte. Das ist alles.«

»Na schön«, sagt Tammy, dreht sich um und geht zur Tür des Büros. »Übrigens: Bevor Sie Jeb zurückrufen, machen Sie noch einen anderen Anruf, ja? Bis Ende der Woche will ich ein größeres Büro mit einer schöneren Aussicht.«

Das Lächeln auf Amandas geschminktem Gesicht verschwindet, doch ihre Stimme klingt lieblich. »Ich wüsste nicht, was dagegenspricht.«

Tammy rauscht aus der Tür. Kurz bevor sie ihr bald ehemaliges Büro erreicht hat, klingelt ihr Mobiltelefon, und sie sieht auf dem Display die ihr vertraute Nummer des Anrufers.

Sie ahnt, dass dies das letzte Mal sein wird, dass sie jemals auf ihrem Telefon einen Anruf von dieser Nummer bekommt.

86

Ein Blick aus dem Fenster des Oval Office lässt vermuten, dass es bald regnen wird. Bedächtig setzt sich der Präsident der Vereinigten Staaten hin, doch als sein Stabschef Anstalten macht, es ihm gleichzutun, hebt Harrison Tucker die Hand.

»Sie können stehen bleiben«, sagt er mit müder Stimme. »Es wird nicht lange dauern.«

»Mr President, ich …«

Mit einer Geste schneidet Tucker ihm das Wort ab. »Ich schätze, ich mache mich selbst dafür verantwortlich, Parker«, sagt er. »Damals in Ohio bekam ich einen Vorgeschmack der Macht, und ich liebte ihn, und Sie haben mich einfach immer und immerzu damit angelockt. So wie bei einem Süchtigen und seiner Beziehung zu einem Dealer.«

»Harry …«

Tucker schüttelt den Kopf. »Es ist vorbei. Machen Sie, dass Sie rauskommen, und legen Sie mir binnen einer Stunde Ihr Rücktrittsersuchen auf den Tisch. Ich werde höflich sein, ich werde Ihnen zum Abschied Dank und Anerkennung aussprechen, aber das ist es dann auch, Parker. Sie sind raus.«

Sein Stabschef kommt um seinen Schreibtisch herum und beugt sich zu ihm vor, beide Hände auf den Resolute Desk gestützt. »Sie gottverdammter Narr – jetzt benehmen Sie sich doch mal wie ein großer Junge und hören Sie mir zu. Okay? Hören Sie mir einfach zu! Diese Schlampe von Secret-Service-Agentin … die blufft doch nur. Sie wird nicht an die Öffentlichkeit gehen. Sie wird sich nicht an die Presse wenden. Wir müssen bloß die nächsten drei Wochen überstehen, bis Sie die Wahlen gewonnen haben. Das ist alles. Gewinnen Sie einfach die verdammten Wahlen.«

Tucker ist zumute, als wäre alles, was er erreicht hat, alles, was er aufgebaut hat, alles, was er zustande gebracht hat, seit er hier in die 1600 Pennsylvania Avenue gezogen ist, zunichtegemacht, ruiniert wegen dieses Mannes, der hier vor ihm steht.

»Sie wollten, dass meine Frau stirbt. Raus.«

»Ich wollte, dass Sie wiedergewählt werden. Und wenn das den Verlust dieser frigiden Schlampe bedeutet hätte …«

Abrupt steht Tucker auf, sodass er förmlich Nase an Nase mit seinem Stabschef steht. »Also. Sie sind jetzt raus hier. Ich will Ihr Rücktrittsersuchen, und ich werde den Mund halten und Sie nicht mit Schimpf und Schande vom Hof jagen. Raus jetzt!«

»Sie sind nur hier, weil ich Sie hierhergebracht habe«, sagt Hoyt. »Und so danken Sie es mir?«

»Sie drehen sich jetzt um und marschieren hier raus, sonst lasse ich den Secret Service kommen und Sie abführen. Wollen Sie, dass das morgen auf der Titelseite der *Washington Post* steht?«

Hoyt macht auf dem Absatz kehrt, schreitet über den Teppich und geht durch die geschwungene Tür hinaus, ohne sie hinter sich zu schließen.

Tucker setzt sich langsam wieder.

Er fühlt sich schrecklich allein, einsam, sogar in diesem Haus des Volkes mit Hunderten Menschen in der Nähe.

Ihm bleibt nur eines, was er tun kann.

Er greift nach seinem Telefon.

87

Tammy Doyle betritt ihr Büro, als ihr Telefon gerade ein weiteres Mal läutet. Es meldet sich eine Frauenstimme: »Miss Doyle?«

»Ja?«

»Ein Anruf aus dem Weißen Haus«, sagt die Frau. »Bitte bleiben Sie in der Leitung, der Präsident möchte Sie sprechen.«

Diese kleine Begrüßungsfloskel – »Bitte bleiben Sie in der Leitung, der Präsident möchte Sie sprechen« – hatte Tammy lange Zeit immer freudig erregt, hatte dazu geführt, dass sie sich besonders geliebt und wertgeschätzt fühlte.

Aber jetzt?

Tammy fühlt sich einfach nur schrecklich.

»Oh, danke«, sagt sie. Nach einem leisen Klicken meldet sich die ihr vertraute Stimme.

»Tammy?«

Sie geht zu dem kleinen Fenster in ihrem Büro hinüber und malt sich voller Vorfreude aus, wie viel besser ihre Aussicht nächste Woche um diese Zeit sein wird.

»Hallo, Harry«, sagt sie.

Sie vernimmt sein Seufzen. »Verdammt, es tut gut, deine Stimme zu hören. Das tut es wirklich. Und ich muss mit dir reden.«

»Harry, ich bin sehr froh, dass man Grace gefunden hat. Ich wusste nicht einmal, dass sie vermisst wurde. Du denn?«

Diese Frage scheint ihren Liebhaber zu verschrecken. »Nun, es gab da Hinweise ... hier und da ... Aber hör zu, Tammy, ich weiß, dass die letzten Tage schrecklich waren. Ich war nicht fair dir gegenüber, nicht offen. Und das tut mir sehr leid. In nur wenigen Wochen werden die Wahlen vorbei sein. Dann können wir uns wieder treffen.«

Tammy hält ihren Blick auf D.C. hinaus gerichtet – ein Ort, der von dem Mietshaus, in dem sie damals in South Boston aufgewachsen ist, verdammt weit entfernt liegt und märchenhaft anmutet.

Ein märchenhafter Ort, denkt sie. Mit bösen Königen und Königinnen, mit Komplotten, Verrat und fortwährenden Machtkämpfen.

»Tammy? Ich ... liebe dich, Schatz. Von ganzem Herzen.«

Die Wirkung dieser lieblichen Worte hat sich mittlerweile verändert. Es sind jetzt bloß ... Worte.

Unten auf der Straße drückt ein Taxifahrer auf die Hupe.

»Harry, ich liebe dich auch. Und ich werde dich auch vermissen.«

»Tammy ... was redest du da?«

Bis vorhin hatte sie geglaubt, dieses Telefonat würde schwer oder bedrückend werden oder aufwühlend. Aber nein, sie findet es ...

Stärkend.

Befreiend.

»Harry, wir hatten eine großartige Zeit mit ganz besonderen Momenten«, sagt sie. »Und ich verspreche dir, dass ich das, was wir miteinander geteilt haben, immer vertraulich behandeln werde. Ich werde unsere Geheimnisse für immer bewahren. Aber ich kann unmöglich wieder zu dem zurück, was wir hatten. Das geht nicht. Es ist Zeit für uns beide weiterzuziehen.«

»Tammy, bitte, gib uns eine Chance, gib uns etwas Zeit.«

»Nein, Harry, tut mir leid«, beharrt sie. »Mein Leben wird mir und nur mir gehören. Ich werde in Zukunft keinen Kontakt mehr mit dir haben. Ich werde keine zweite First Lady werden und auch keine allererste Präsidentenfreundin. Ich habe mitverfolgt, was mit Grace passiert ist, und ich werde nicht zulassen, dass es auch mir passiert.«

»Oh, Tammy …«

Zum ersten Mal seit Monaten verwendet sie nun diese alte, formelle Wendung.

»Auf Wiedersehen, Mr President.«

88

Der Präsident der Vereinigten Staaten sitzt allein im Oval Office.

Mittlerweile regnet es in Strömen, und die Regentropfen klatschen gegen die Glastüren hinter seinem Schreibtischsessel und rinnen daran herunter.

Also ist es vorbei.

Alles vorbei.

Grübelnd starrt er auf seinen aufgeräumten, leeren Schreibtisch und auf die Fotos von ihm und Grace, die Besuchern weismachen sollten, er führe eine glückliche, traditionelle Ehe.

Was ist ihm jetzt noch geblieben?

Die Erkenntnis versetzt ihm einen Stich der Angst.

Ihm ist jetzt gar nichts mehr geblieben.

Grace wird ihn niemals zurücknehmen.

Parker ist weg.

Und Tammy will nichts mehr von ihm wissen.

Der bedeckte Himmel lässt das Oval Office dunkler und beengter wirken.

Der Präsident der Vereinigten Staaten starrt auf sein Telefon.

Er kann den Hörer aufnehmen und mit dem Vizepräsidenten sprechen, der sich gegenwärtig auf einer kurzen

Wahlkampftour durch Georgia und Florida befindet. Oder er könnte seine Sekretärin, Mrs Young, anrufen und sich ein herrliches Gourmetgericht liefern lassen.

Oder er könnte Kontakt mit der berühmten Telefonzentrale des Weißen Hauses aufnehmen und sich binnen weniger Minuten mit dem Präsidenten von Polen, dem Leiter von Columbia Pictures, dem aktuellsten und berühmtesten Rap-Star oder dem hübschesten Filmsternchen in Hollywood verbinden lassen.

All diese Macht, all diese Möglichkeiten, alles steht zu seiner Verfügung.

Aber zu welchem Zweck?

Warum?

Der Präsident der Vereinigten Staaten ist allein in seinem Oval Office.

Er starrt weiter auf sein stummes Telefon.

89

Im vierten Obergeschoss des Waterford County Hospital wirft Deputy Sheriff Roy Bogart von der offenen Tür aus einen prüfenden Blick auf seine VIP-Patientin. Sie liegt mit dem Gesicht zur Wand auf ihrem Bett, die Handschellen sind nach wie vor am Bettgestell gesichert.

Gut so.

Er tritt hinaus und steuert das nahe gelegene Schwesternzimmer an. Neben der offenen Tür des Krankenzimmers steht ein leerer Stuhl. Eigentlich sollte Deputy Sheriff Nancy Cook mit ihm hier Wache schieben, aber eines ihrer Kinder leidet gerade unter heftigem Erbrechen, sodass sie später kommen wird.

Egal.

Als er vor einer Stunde zum ersten Mal nach der Patientin sah, bewegte sie sich nicht und sagte auch keinen Ton, sondern lag lediglich zusammengerollt auf der Seite, ein Handgelenk an das Stryker-Krankenbett gekettet. Das ist okay für Roy, der im Laufe der Jahre schon eine Menge Patienten bewacht hat. Was einen in den Wahnsinn treibt, sind die, die sich ständig lautstark über Krankenhausbrutalität beschweren, darüber, dass sie eine Bettpfanne benutzen müssen, oder die damit drohen, gleich den ganzen Boden vollzukotzen.

Aber diese Frau hier ist perfekt. Zierlich, mit gebräun-

402

tem Teint, schon irgendwie wild aussehend, aber wie er im Schwesternzimmer erfahren hat, trug sie eine Kevlarweste, als ihr jemand dreimal gegen die Brust geschossen hat. Das arme Mädchen ist übel zugerichtet, und als Roy das letzte Mal versucht hat, mit ihr ins Gespräch zu kommen, hat sie einfach weggeschaut.

Auch okay.

Im Schwesternzimmer fängt er den Blick von Rhonda Buell auf, der Oberschwester. Sie ist ein hübsches Ding, hat beeindruckende Kurven, und obwohl er alt genug ist, um ihr Vater zu sein, liebt er es, sie anzubaggern.

Sie rollt auf ihrem Stuhl in seine Richtung und fragt: »Wie geht's, Roy?«

»Gut, Schätzchen, und dir?«

»Ich halte die Stellung«, sagt sie und lächelt. Für einen kurzen Moment fantasiert Roy, sie könne eine dieser Schwestern sein, denen es schon kommt, wenn sie auch nur einen Mann in Uniform erblicken. Vielleicht ist ihm das Glück ja mal hold, und er kann sich nach ihrer beider Schichtende mit ihr zum Mittagessen oder so verabreden.

»Ich schwinge mich gleich nach unten in die Cafeteria, um mir einen Kaffee zu holen«, sagt Roy. »Soll ich dir einen Becher mitbringen?«

»Klar doch«, erwidert Rhonda. »Aber willst du deine Patientin wirklich unbeaufsichtigt lassen?«

»Herrgott, ihr habt doch gesagt, ihre Brust ist total im Eimer«, sagt er. »Außerdem trägt sie Handschellen. Ich glaube kaum, dass sie in nächster Zeit das Weite suchen wird.«

»Ja, du hast recht«, erwidert sie. »Ich habe gehört, dass ein ganzer Haufen FBI-Leute, Staatspolizisten und örtliche

Polizeibeamte in einem Besprechungsraum im ersten Stock darüber streiten, wer sie in die Finger bekommt.«

»Ich weiß immer noch nicht, was sie verbrochen hat«, sagt Roy. »Du?«

Rhonda schüttelt ihren hübschen kleinen Blondschopf. In diesem Moment gleiten die Türen des nahen Aufzugs auseinander, und eine verschwitzte Nancy Cook, Deputy Sheriff, kommt mit hochrotem Kopf heraus. Sie ist eine füllige Frau in brauner Sheriff-Uniform und trägt eine kleine Kühlbox.

»Mann … Roy … tut mir wahnsinnig leid, dass ich so spät dran bin …«, stammelt sie. »Du weißt ja, wie das ist.«

»Und ob«, sagt er und denkt: *Prima, dann kann sie sich setzen und die Gefangene bewachen, während ich die Tour zur Cafeteria mache.* »Dann weise ich dich mal ein.«

Er deutet auf das Krankenzimmer, und Nancy schließt sich ihm an. Als sie eintreten, ruft Roy: »Hey, Miss, hier ist der andere Deputy Sheriff, der ein Auge auf Sie werfen wird.«

Keine Antwort, was aber auch nicht überraschend ist.

Allerdings gibt es eine Sekunde später dann doch eine faustdicke Überraschung.

Da ist nämlich gar keine Patientin mehr.

Stattdessen finden sich unter den Decken zusammengeknüllte Kissen, am Bettgestell baumelt eine Handschelle, und auf dem Kissen liegen dichte Haarbüschel, damit es für ihn so aussah, als schliefe da jemand. Heilige Maria!, denkt Roy: Hat sie sich die Haare ausgerissen oder abgeschnitten?

Nancy, die neben ihm steht, atmet schwer.

»Mein Gott, Roy, tut mir leid, wenn ich das jetzt sage, aber ich bin echt froh, dass ich zu spät gekommen bin«, verkündet sie.

90

Zum wohl letzten Mal in meinem Leben kann ich meinen Secret-Service-Ausweis dazu benutzen, eine polizeiliche Absperrung zu passieren, und mit ein paar Minuten Verspätung gelange ich in einen separaten Raum im Blair House, das sich – welch Ironie – in unmittelbarer Fußnähe zum Weißen Haus befindet und als offizielles Gästehaus des Präsidenten fungiert.

Die Tür wird von einem der »Kinder« der First Lady aus dem East Wing geöffnet, und dann führt man mich in ein Wohnzimmer, in dem eine erholt wirkende Grace Fuller Tucker an einem runden Esszimmertisch sitzt. Vor ihr steht ein Kaffeegedeck. »Kann ich Ihnen eine spätnachmittägliche Stärkung anbieten, Agent Grissom?«, fragt sie.

Zu jeder anderen Zeit hätte ich abgelehnt, aber wie ich im Lauf der letzten Tage schon so oft dachte, ist das jetzt mit Sicherheit nicht jede andere Zeit.

»Gern«, erwidere ich. »Aber ich schenke mir selbst ein.«

Sie nickt, und ich setze mich ihr gegenüber, nehme mir eine Tasse dampfend heißen Kaffee von einem silbernen Service und gebe ein paar Würfel Zucker hinein. Die First Lady hat sich ihr Haar frisieren lassen, trägt eine schwarze Hose und einen schlichten weißen Rollkragenpullover, und der Verband an ihrer linken Hand ist frisch.

»Wie geht es Ihrer Hand?«, erkundige ich mich.

Sie hebt sie hoch und wirft einen Blick darauf, als handele es sich um einen Fremdkörper. »Schon viel besser«, sagt sie. »Die Ärzte in der Notaufnahme drüben im George Washington haben die Wunde gereinigt und frisch vernäht, und ich habe sehr gute Schmerzmittel bekommen. Eigentlich wollten sie, dass ich über Nacht dortbleibe, aber Sie sehen ja, wie weit sie damit gekommen sind.«

Die First Lady lächelt, und es ist schön, im Mittelpunkt ihrer Wärme und Aufmerksamkeit zu stehen, trotz dem, was ich als Nächstes sagen werde.

»War es schwer, Ihren Vater dazu zu bewegen, Ihnen das Fingerglied abzuschneiden?«, frage ich.

Ihr Lächeln verblasst nicht. »Er hat viele Jahre in der Cleveland Clinic als Qualitätsmanager gearbeitet. Er hat perfekte Arbeit geleistet.«

Ich nehme einen Schluck Kaffee. »Das war alles von langer Hand vorbereitet.«

»So lang nun auch wieder nicht«, erwidert sie. »Erst seit sich mein Verdacht, was Harrison betrifft, bestätigt hat.«

»Ich habe ein bisschen recherchiert, was Mr Fuller angeht«, sage ich. »Wie es scheint, sitzt er auch im Vorstand des Unternehmens, dem neben anderen Tageszeitungen auch die *Cleveland Plain Dealer* gehört. Ich kann mir vorstellen, wenn ein Reporter oder Redakteur von der Affäre Ihres Gatten erfahren hat, dann ist diese Nachricht zuerst ihm gesteckt worden.«

Mrs Tucker sagt zwar nichts, nickt dafür jedoch kaum merklich. »Mit einer solchen Information«, sage ich, »stellt er nicht den Präsidenten zur Rede. Den Präsidenten stellt man nicht zur Rede. Stattdessen arrangierte er diese Reporter-Attacke in Atlanta. Das hat mich von Anfang an verblüfft. Bei einer Eilmeldung ist es üblicherweise so, dass lediglich ein Nachrichtenmedium, sei es ein Fernsehsender oder eine Zeitung, die Nase vorn hat, was die Story angeht. Dass nun aber gleich mehrere Fernsehteams und Reporter von miteinander konkurrierenden Zeitungen zur selben Zeit am selben Ort eine solche Attacke veranstalten, ist äußerst ungewöhnlich. Das ist so, als hätten sie alle gleichzeitig einen Tipp bekommen.«

Ihr Lächeln wird breiter. »Das war schon eine ungewöhnliche Story, nicht wahr?«

»Nicht so ungewöhnlich wie Ihr ... Verschwinden«, halte ich dagegen. »Bis jetzt hat die Verschleierungsgeschichte, nach der Sie in den Fluss gefallen, sich den Kopf gestoßen und am Finger verletzt haben, noch Bestand. Wie lange, glauben Sie, wird das noch so bleiben?«

Sie nimmt ihre Kaffeetasse in die Hand. »Darf ich fragen, warum Sie hier sind, Agent Grissom?«

»Am Ende dieses Tages werde ich nicht mehr Agent Grissom sein«, erwidere ich. »Dann werde ich schlicht und einfach die alte Sally Grissom sein. In den letzten Tagen ist zu viel passiert.«

»Das tut mir leid.«

»Danke«, sage ich. »Ich habe eine hervorragende Karriere in der Behörde gemacht, eine makellose Personalakte, und jetzt ... ist alles im Eimer.«

»Dann kommen Sie zu mir«, schlägt die First Lady vor. »Ich kann jemanden mit Ihrer Erfahrung brauchen.«

»Sie werden immer Schutz durch den Secret Service bekommen, selbst wenn Sie und der Präsident sich letztendlich scheiden lassen.«

»Das weiß ich«, sagt sie. »Aber ich meinte damit nicht, dass ich noch jemanden zu meinem Schutz brauche.«

Plötzlich fügt sich alles zusammen, so, wie es immer geschieht, wenn ich Amelia dabei helfe, ein Puzzle zusammenzusetzen. Man gibt sich Mühe, gibt sich noch mehr Mühe, und schließlich fügt das eine letzte Stück das ganze Bild zusammen.

»Das war eine sehr gut durchdachte Operation mit dem Erpresserbrief, dem abgetrennten Finger und allem anderen«, erkenne ich an.

»Ich dachte, die Nachricht wäre so kryptisch, dass sie Sie glauben lassen würde, ich hätte Selbstmord begangen«, sagt sie. »Aber nach dem, was ich gehört habe, wurde die Selbstmordtheorie nie wirklich verfolgt. Warum nicht?«

»Sie schienen niemand zu sein, der entschlossen war, sich selbst zu töten«, erwidere ich. »Nein, eher wie jemand, der den Präsidenten bestrafen, seine Chancen auf Wiederwahl zunichtemachen und dabei auch noch … einhundert Millionen Dollar mitgehen lassen will.«

»Ich betrachte es lieber als eine Umverteilung«, sagt die First Lady. »Einhundert Millionen Dollar, die ich nach meinem Ermessen und ohne dass damit irgendwelche Verpflichtungen verknüpft wären, dafür ausgeben kann, um Zehntausenden von Kindern zu helfen. Jahrelang habe ich meinen Mann und Hoyt angebettelt, die nötigen Budgetanfragen und Haushaltszuweisungen zu tätigen, um genau dies zu bewerkstelligen, und sie haben mich immer ausgelacht, ignoriert oder herablassend behandelt. Dann habe ich beschlossen, diesbezüglich etwas zu unternehmen.« Sie hebt ihre bandagierte Hand. »Kein schlechter Tausch.«

Da sitze ich nun bei Grace Fuller Tucker und lasse mir so einiges durch den Kopf gehen. In meinen langen Jahren bei der Agency habe ich immer das Amt beschützt … das Amt des Präsidenten, das Amt des Vizepräsidenten, das Amt der First Lady und so weiter und so fort. Wer es innehatte, war nicht so wichtig wie das Amt selbst.

Aber ich sehe jetzt nicht ein Amt oder eine Schutzperson oder einen Code vor mir. Ich sehe eine starke Frau – stärker als ich –, die Kompromisse eingegangen ist und Rückschläge hat hinnehmen müssen, die es bedauert, nie Kinder haben zu können, die aber ihren eigenen Weg einschlagen hat und damit etwas bewegen wird.

Nicht als First Lady.

Sondern als Frau.

»Mein Vater hat die Stiftung, die ich leiten werde, schon gegründet«, erklärt die First Lady mir. »Ich werde jemanden benötigen, der clever und taff genug ist, um die Mittel unauffällig von diesem Nummernkonto abzuheben und sie diskret auf meine Stiftung und andere Wohltätigkeitsorganisationen zu verteilen. Das wird wahrscheinlich nicht so spannend sein wie die Tätigkeit in Ihrer bisherigen Position, aber ich garantiere Ihnen, dass Sie von jetzt an mehr Zeit mit Ihrer Tochter verbringen können.«

Amelia, denke ich. Die arme, süße Amelia, die mich mit ihrer Liebe und ihrem Geschenk gerettet hat.

»Werden Sie sich mir anschließen?«, fragt die First Lady.

Ich zögere keine Sekunde.

»Sie können auf mich zählen«, sage ich.

91

Parker Hoyt sitzt in der schlichten, blitzblanken Küche seines luxuriösen Hauses in McLean, Virginia und trinkt gerade seine morgendliche Tasse Kaffee, bevor er hinausgehen wird, um sich seine tägliche Portion Spaß zu gönnen.

Er schaut aus dem Fenster über dem Spülbecken und sieht die Medienmeute, die ihn am Ende seiner Auffahrt erwartet. So geht das nun jeden Tag seit seinem überraschenden Ausscheiden aus dem Weißen Haus; die Reporter und Fotografen haben draußen auf der Straße ihr Lager aufgeschlagen, warten auf einen Kommentar, auf Neuigkeiten, auf irgendwelches Futter für den gierigen Rachen der landesweiten Presse.

Tja, da werden sie lange, lange warten müssen, denkt er, während er den schmucklosen schwarzen Becher in das Spülbecken stellt.

Er tritt aus dem Vordereingang des Hauses, zieht sich rasch eine Jacke über, um die *Washington Post* von heute Morgen zu holen, die auf dem Rasen in seinem Vorgarten liegt. Er hat sich in diesen letzten Tagen emsig umgeschaut, und es warten jede Mengen Chancen auf ihn. Er mag vorübergehend ein Tal der Tränen durchschreiten, aber er wird nie, niemals raus aus dem Spiel sein.

Parker öffnet die Tür und schlendert seine Auffahrt hinunter. Die Meute dort unten bemerkt ihn, und es werden Rufe laut, die Scheinwerfer der Fernsehkameras gleißen auf. Er genießt es, mit ihnen zu spielen, sie zu veralbern, indem er Ahnungslosigkeit und Verblüffung ob seines plötzlichen Ausscheidens vorgibt.

Auf keinen Fall wird er diesen Idioten stecken, was er im Schilde führt. Über die Telefonate nach Übersee in gewisse Länder sprechen, in denen man ihn als Berater bei Verhandlungen mit einer offenbar neuen Regierung will; die Telefonate mit seiner alten Firma, in der man sich zuversichtlich zeigt, dass es für ihn in ein paar Monaten eine Position geben wird, und sogar mit einem New Yorker Herausgeber, der möchte, dass er zu einem unanständig hohen Honorar seine Memoiren schreibt.

Memoiren.

Warum eigentlich nicht?

Aber eines ist sicher: Was in seinen Memoiren nicht erwähnt werden wird, sind die mitgeschnittenen Telefonate auf dem iPhone dieser Frau, da besagtes iPhone ihm diskret von dem Secret-Service-Agent übergeben wurde, der in seinen Diensten steht, und dann in seinem Kamin in Flammen aufgegangen ist.

Telefonate.

Komisch, dass diese Spinatwachtel von Amanda Price ihn nicht zurückgerufen hat, aber das schert Parker jetzt nicht mehr. Er hat eine strahlende, gefestigte und vor allem sichere Zukunft vor sich.

»Mr Hoyt!«

»Können Sie uns sagen, warum Sie das Weiße Haus verlassen haben?«

»Haben Sie vor Kurzem mit dem Präsidenten gesprochen?«

»Wer wird die bevorstehenden Wahlen gewinnen?«

Er bemüht sich nach Kräften, die Leute, die er verabscheut, anzulächeln, und sagt dann: »Wie ich schon sagte, ich kann wirklich keinen Kommentar dazu abgeben.«

Hoyt schaut auf den Rasen. Verdammt, seine Zeitung ist nicht da!

Wo ist sie denn?

Aus der Menge der Fragesteller ertönt eine Stimme: »Hier ist Ihre Zeitung, Mr Hoyt.« Die Zeitung wird ihm hingestreckt, er verlässt sein Grundstück, um sie entgegenzunehmen, und da er nun nicht mehr auf seinem Grundstück steht, ist er leichte Beute für die gierige Meute von Reportern. Sie scharen sich um ihn und bedrängen ihn mit ihren Fragen, ihren Forderungen, dem *blitz-blitz-blitz* ihrer Kameras, als er mit einem Mal einen jähen, stechenden Schmerz am Hals verspürt ...

Er taumelt auf die Auffahrt zurück, legt sich die rechte Hand auf den Hals, zieht die Finger weg.

Ein Blutfleck.

Mittlerweile sitzt er auf der Auffahrt, fühlt sich todmüde, fragt sich, wie er hierhergekommen ist.

Das Letzte, was er sieht, bevor ihn Schwärze umhüllt, ist eine schlanke, dunkelhaarige Frau, die sich von der schnatternden Menge entfernt und sich dann noch einmal umdreht.

Und ihm einen letzten Luftkuss zuwirft.

Autoren

James Patterson war lange Kreativdirektor bei einer großen amerikanischen Werbeagentur. Nebenher begann er mit dem Schreiben von Kriminalromanen – und das mit großem Erfolg: Für sein Debüt erhielt er den begehrten Edgar Allan Poe Award. Mittlerweile gilt er als der Mann, der nur Bestseller schreibt.
Mehr zum Autor unter: www.jamespatterson.com

Brendan DuBois ist ein erfolgreicher US-amerikanischer Autor von Thrillern und Mystery-Romanen. Für sein Schreiben wurde er bereits mehrfach ausgezeichnet.

James Patterson im Goldmann Verlag:

Thriller (📱 auch als E-Book erhältlich)
Zoo • Im Netz der Schuld • Todesgier • Die Frau des Präsidenten

Thriller (📱 nur als E-Book erhältlich)
Honeymoon • Todesbote • Höllentrip • Rachedurst • Lügennetz • Unerbittlich • Todesflammen • Ocean Drive 7

Die PRIVATE-Thriller (📱 nur als E-Book erhältlich)
Der Countdown des Todes. Private Games • Die Spur der Schuld. Private L.A. • Der Tag der Rache. Private Berlin • Der letzte Verdacht. Private Suspect • Falsche Schuld. Private London

Die Thriller mit Detective Michael Bennett (📱 nur als E-Book erhältlich)
Blutstrafe • Sühnetag • Todesstunde

Roman (📱 nur als E-Book erhältlich)
Hochzeit unterm Mistelzweig

GOLDMANN
Lesen erleben

Unsere Leseempfehlung

432 Seiten
Auch als E-Book
erhältlich

London: Vier Menschen erhalten anonym eine Geburtstagskarte mit der Nachricht: »Dein Geschenk ist das Spiel – traust du dich zu spielen?« Danach verschwinden sie spurlos. Da die Polizei die Sache nicht ernst nimmt, engagiert die Tochter einer der Verschwundenen die Psychologin und Privatdetektivin Dr. Augusta Bloom. Als Bloom die Lebensläufe der Vermissten analysiert, entdeckt sie eine Gemeinsamkeit: Alle vier hatten eine dunkle Seite, die sie vor der Welt geheim hielten – und die sie höchst gefährlich macht. Offensichtlich nutzt der Täter das Gewaltpotential seiner Opfer. Und versucht, auch Bloom in sein tödliches Spiel hineinzuziehen …

Unsere Leseempfehlung

512 Seiten
Auch als E-Book
erhältlich

Kat Donovan, Detective bei der Kriminalpolizei, ist überzeugter Single, seit sich ihre große Liebe einfach aus dem Staub machte. 18 Jahre später starrt sie fassungslos in die Augen dieses Mannes – auf dem Profilbild einer Dating-Website. Sie überlegt, ihn zu kontaktieren – doch dann wird der Mann auf dem Foto zum Verdächtigen in einem Mordfall. Währenddessen belauert ein Mörder jeden einzelnen von Kats Schritten. Denn sie droht einen sorgfältig ausgeklügelten Plan zu stören. Einen Plan, der mit den Sehnsüchten einsamer Herzen spielt, bei dem es um viel Geld geht – und der schon so viele Menschenleben gekostet hat, dass es auf eins mehr nicht ankommt ...

Um die ganze Welt des
GOLDMANN Verlages
kennenzulernen, besuchen Sie uns doch
im Internet unter:

www.goldmann-verlag.de

Dort können Sie
nach weiteren interessanten Büchern *stöbern*,
Näheres über unsere *Autoren* erfahren,
in *Leseproben* blättern, alle *Termine* zu Lesungen und
Events finden und den *Newsletter* mit interessanten
Neuigkeiten, Gewinnspielen etc. abonnieren.

Ein *Gesamtverzeichnis* aller Goldmann Bücher finden
Sie dort ebenfalls.

Sehen Sie sich auch unsere *Videos* auf YouTube an und
werden Sie ein *Facebook*-Fan des Goldmann Verlags!

www.goldmann-verlag.de
www.facebook.com/goldmannverlag